KB052918

집으로
가는 길

집으로 가는 길

1판 1쇄 찍음 2018년 5월 10일
1판 1쇄 펴냄 2018년 5월 17일

지은이 | 선우정민
펴낸이 | 고운숙
펴낸곳 | 봄 미디어

기획·편집 | 김민지, 김지우
표지 디자인 | 박현진

출판등록 | 2014년 08월 25일 (제387-2014-000040호)
주소 | 경기도 부천시 원미구 길주로 64, 1303(굿모닝 오피스텔)
영업부 | 070-5015-0818 편집부 | 070-5015-0817 팩스 | 032-712-2815
E-mail | bommedia@naver.com
소식창 | http://blog.naver.com/bommedia

값 9,000원

ISBN 979-11-5810-505-1 03810

집으로
가는 길

선우정민 장편소설

contents

프롤로그

아무것도 진리가 아니다.
모든 것이 허용된다.

—니체, 〈선악의 저편, 도덕의 계보〉

"괜찮아?"

머리를 부여잡으며 가까스로 일어난 은진의 귓가에 들린 건 걱정스러운 화윤의 목소리였다.

겨우 고개를 들어 보니 늘씬한 몸매에 어울리는 미니 원피스를 입은 그녀가 화장을 하며 거울 너머로 은진을 바라보았다. 20대 중반에 미국 아이비리그 소재 대학에서 공학을 전공하고 있던 그녀는 우연히 실리콘 밸리에서 화윤을 만난 뒤 무작정 뒤를 졸졸 따라다니고 있었다.

"그러니까 왜 어울리지도 않는 곳에 따라오겠다고 억지를 부려?"

거울 속 화윤의 웃는 얼굴에 여유로움이 느껴졌다.

"아……."

그녀의 말에 은진은 입술을 꾹 깨물었다. 어젯밤 일이 생생하게 떠올라 얼굴이 달아올랐다.

화윤의 말이 맞았다. 연구실에서 공부나 할 줄 아는 자신과 그녀의 라이프스타일은 달라도 너무 달랐다. 애초부터 따라오지 말라고 못을 박은 그녀에게 자신이 객기를 부린 것이었다.

"죄송해요. 저는 선배가 롤모델이어서 다 따라 하고 싶은 마음에……."

"나 같은 사람이 롤모델이면 어떡하니?"

"저 말고 공대 나온 20대 한국 여자들 100명한테 물어보세요. 다 채화윤이 롤모델이라고 할걸요."

"이젠 99명이겠네. 설마 아직도 내가 네 롤모델인 건 아니지?"

"선배의 대단함을 새삼 느꼈죠, 뭐."

화윤은 어깨를 으쓱하고 귀걸이를 고르기 시작했다. 실리콘밸리에서 시간을 보내던 중 알게 된 은진은 알고 보니 같은 대학을 나온 몇 학번 아래 동문이었다.

한국 IT 업계의 새로운 역사를 쓴 '유니콤'의 젊은 사장 채화윤을 직접 만났다는 데에 너무나 고무된 은진은 무조건 화윤을 따라 하겠다고 꾸준히 쫓아다녔다. 귀엽고 순진한 은진을 화윤은 귀엽게 봐주어서 제법 가깝게 지내고 있었다.

그러나 절대 밤에 놀러 나갈 때는 그녀를 데려가지 않았는데 어제는 기어코 은진이 박박 우겨서 쫓아간 것이다.

화윤이 체념한 채로 은진과 함께 다른 도시에 놀러 갔다가 익숙하게 이끈 곳은 유명한 클럽으로, 온갖 인종들의 사람들이 함께 음악과 술에 취해 짙은 스킨십도 서슴없이 하는 분위기였다.

이런 곳이 있다는 말만 들었지, 공부밖에 할 줄 몰랐던 은진은 경험한 적 없었던 낯선 분위기에 소스라치게 놀랐다.

그리고 익숙하다는 듯 처음 본 남자들과 어울려서 춤을 추고 키스를 하며 술을 마시던 화윤에게 더 놀랐다. 낯선 남자들이 아무렇지도 않게 스킨십을 시도하는 그런 분위기가 싫어서 혼자 조용히 구석에서 술만 마시던 은진은 어느 순간 정신을 잃었고 눈을 떠보니 호텔이었다.

"오랜만에 내 스타일인 라틴계 남자를 만났는데, 너 챙기느라고 얌전히 헤어져 버렸어."

"죄송해요."

"뭐, 괜찮아."

화윤은 드디어 마음에 드는 귀걸이를 골랐다는 듯이 함박웃음을 짓고 발끝을 까닥거리며 흥얼거리듯 말했다.

낯선 도시의 처음 온 호텔에서도 전혀 어색함 없이 편안하게 돌아다니는 화윤에게서 묘한 이질감이 느껴졌다. 은진은 괜히 움츠러드는 기분에 살짝 한숨을 쉬었다.

"전화번호는 받았거든. 오늘 밤에 만나면 되지."

"그 남자 만나러 나가시는 거예요?"

"어. 너 데려다주고."

"선배 남자 친구는요?"

"남자 친구? 누구?"

"그때 같이 만났던 중국계 미국인⋯⋯."

"아, 걔? 남자 친구 아니야. 그냥 몇 번 만난 사이지."

몇 번 만난 사이. 은진은 남자와 밀어를 속삭이던 화윤의 모습을 떠올렸다. 그녀가 낯설게 느껴져 입술을 꾹 깨문 채 말없이 뒷모습을 바라보았다.

천재적인 엔지니어, 공학계의 이단아, 혁신적인 프로그램 유니콤의 개발자인 채화윤은 이제 나이 갓 서른셋에 엄청난 부를 쌓았다. 한국 사회에 거의 없는 자수성가형 재벌이라고 들었다. 실리콘 밸리에서 공부 겸 휴가를 보낸다는 그녀를 우연히 만났을 때는 생각보다 너무 소탈해서 깜짝 놀랐지만.

화윤은 생각보다 더 자유로운 영혼이었다.

"……여전히 멋있어요, 선배."

막 석사 유학을 나온 은진은 한숨을 쉬며 중얼거렸다.

"뭐가?"

"선배처럼 스스로 삶의 주체가 되어 사는 거요. 하고 싶은 거 하면서 마음이 가는 대로 인생을 산다는 게……. 저는 늘 누군가가 정해 준 틀 안에서 살아서 그런지 제 의지대로 산다는 게 겁나거든요."

"이런 거 멋있어하면 안 돼."

외출 준비를 끝낸 화윤이 싱긋 웃었다. 그녀는 서른셋의 나이에 은진보다도 어려 보였다.

목선을 따라 흐르는 결 좋은 긴 머리카락, 늘씬한 몸매, 매끈한 피부, 동양적이면서도 또렷한 이목구비가 매력 있는 여자였다. 같은 여자인 은진조차 그녀의 온몸에서 느껴지는 색기 때문에 숨이 막힐 지경이었다.

그러나 그녀의 매력은 외모로만 재단할 수 없었다. 은진은 알면 알수록 그녀의 자유분방함과 화끈함에 끌렸다. 화윤은 자신의 감정에 더없이 솔직하고 욕망에 충실하면서도 타인에게 상처를 주지 않는 한에서 어떤 것에도 구애받지 않았다.

"전 처음부터 선배가 멋있었어요. 회사를 운영하고 있는데도 휴가가 필요하다며 아무 계획도 없이 3개월이나 훌쩍 이 미국 땅에 온 것부터……."

"운영? 실질적인 운영은 내 동업자가 알아서 해. 나는 경영 같은 건 완전 젬병이야. 내가 한 건 프로그램 개발뿐이라고. 그러니까 동업자님께 다 맡겨 두고 나 내키는 대로 할 수 있었지. 회사를 버리고 온 건 아니야. 물론 내 동업자님은 한국에서 개고생 중이겠지만."

화윤의 눈에 웃음기가 어렸다. 아직도 동경하는 눈빛이 남아 있는 후배를 바라보며 그녀가 진지한 얼굴로 말했다.

"이건 멋있는 삶이 아니야. 하고 싶다고 해서 누구나 이렇게 다 살 수 있는 것도 아니야. 후배님, 나처럼 살면 후배님 같은 사람은 후회해."

그녀는 화장대에서 걸어 내려와 은진이 누워 있는 침대에 털썩 걸터앉았다.

"나처럼 아무 남자나 만나다가, 그 남자가 정말 사이코여서 후배님을 괴롭히면 어쩌려고? 이런저런 남자를 만나다가 정말 사랑하는 사람이 생기면 아무 죄책감도 없이 사랑할 수 있겠어?"

화윤의 삶은 가볍기 그지없었지만, 그녀의 말에는 온갖 상황을 생각하고 결론을 내린 무거움을 담고 있었다.

"클럽 같은 데 함부로 놀러 갔다가 그 남자가 알고 보니 유부

남이면 어떡할래? 처음 보는 남자랑 원나잇이라도 했다가 치명적인 성병에 걸리면? 마구잡이로 살다가 후배님의 평온한 일상도, 꿈꾸던 미래도 다 날아갈 수 있어."

말문이 막힌 은진이 대답을 하지 못하는 동안, 화윤이 싱긋 웃으며 결론을 내렸다.

"결론은 이렇게 막살면 안 된다는 소리야. 그러지 마."

화윤의 목소리에는 무언가를 달관한 듯 보이는 평온함마저 느껴졌다.

"무작정 미국에 3개월씩 놀러 온 건, 내가 이미 평생을 흥청망청 아무렇게나 쓰고도 남을 돈을 벌었기 때문이야. 혹시나 후배님 어디서 직장 생활 하다가 내 생각하면서 막 때려치우고 떠나 버리면 안 돼. 알았지?"

"그럼 왜 선배는 그렇게 사는데요?"

"내게는 평온한 일상도, 꿈꾸는 미래도 없으니까."

화윤이 산뜻하게 웃으며 말을 이었다.

"더 이상 내일이 의미가 없을 때, 그때가 오면 나처럼 사는 걸 한 번 생각해 봐. 하지만 후배님한테 그런 날이 오지 않았으면 좋겠네."

"그, 그래도…… 멋있었는데……."

은진은 또다시 화윤이 낯설었다. 그녀를 알고 지낸 3개월 동안 늘 느끼던 감정이었지만 오늘은 유난히 화윤이 멀게만 느껴졌다.

"자, 그럼 얼른 옷 챙겨 입어. 너 데려다주고 난 어제 만난 라틴 귀요미 만나러 가야 하니까. 엉덩이가 정말 예쁘던데, 다른 곳도 예쁜지 오늘 확인 좀 해 봐야겠다."

"……."

"근데 오늘 밤에는 또 크리스틴 일란이 주연으로 나오는 뮤지컬을 한단 말이지. 일단 VIP석으로 끊어 놓기는 했는데…… 아, 모르겠다. 어떻게든 되겠지. 저녁에 상황 봐서 결정할 문제고."

"죄송해요."

은진이 고개를 푹 숙였다.

"저만 아니었어도 어제 그 라틴계 사람하고 밤을 보내고 예정대로 오늘은 뮤지컬 보러 가실 수 있었을 텐데……."

"애가 아직도 나를 모르네."

화윤이 깔깔대며 웃었다.

"말은 이렇게 하지만 당장 난 오늘 앤디 워홀 전시를 보러 피츠버그에 갈 수도 있는 거야. 한 치 앞도 모르는 게 내 감정이고, 내 인생이야. 어제 네가 없다고 내가 그 남자와 밤을 보내리란 보장은 없어. 이 세상에 남자는 많고, 볼만한 것들도 많아."

얼마나 생각을 많이 했으면, 저렇게 가벼운 말투로 자신의 삶에 대해 확정적이게 말할 수 있을까. 은진은 화윤이 내뿜는 강력한 색채에 홀릴 것만 같았다.

"내 인생에 계획 같은 건 없어. 그러니까 그런 소리 하지 마."

"그래도 선배는 제 롤모델이에요!"

은진의 앙다문 입술을 보며 화윤이 작게 한숨을 쉬었다.

어제 번호를 주고받아 만난 라틴계 혼혈 남자, 로널드는 생각
보다 재미있는 사람이었다.

화윤은 그와 오후에 맥주를 마시면서 뮤지컬은 보러 가지 않
는 쪽으로 마음을 굳혔다. 로널드는 스물다섯 살의 은행원이었
고, 유머 감각이 있어서 대화가 즐거웠다. 은근슬쩍 그녀를 터
치하는 손길도 귀여워서 마음에 들었다.

물론 그는 화윤이 유니콤의 개발자이자 공동 창업자라는 것
은 전혀 모르는 상태였고 미국에 휴가를 온 한국의 엔지니어 정
도로만 알고 있는 상태였다.

「어제 친구가 삐져서 다행이야.」

노을이 지기 시작하자 로널드가 분위기를 잡으며 말했다.

「날이 밝을 때부터 너를 오래 볼 수 있잖아. 네 까만 눈동자
는 조명 아래보다 햇빛 아래에서 더 아름답군.」

화윤이 키득대며 능숙한 영어로 대꾸했다.

「불이 꺼지면 더 아름다울걸.」

그들의 손이 자연스럽게 엉겼다. 로널드가 다른 손으로 그녀
의 머리카락을 쓰다듬으며 말했다.

「내 아파트먼트 가서 와인 한 잔 더 하지 않을래?」

화윤은 기다렸다는 듯이 그의 눈을 바라보며 씩 웃었다. 그녀
가 눈썹을 살짝 추어올리자 로널드가 못 견디겠다는 듯이 살짝
한숨을 쉬었다. 그녀는 한 번 눈동자를 굴리고, 미소를 머금으
며 천천히 말했다.

「음, 그럴까.」

로널드가 그녀의 팔을 살짝 잡아당기며 일어섰다. 화윤이 살

짝 콧노래를 부르며 살랑거리는 손길로 가방을 들었다가, 갑자기 느껴지는 진동에 흠칫 놀랐다.

「잠시만.」

화윤이 눈을 가늘게 뜨고 한 손으로 가방을 뒤져 아무렇게나 휴대폰을 집었다.

발신자를 본 그녀의 표정이 다소 진지해졌다. 로널드에게 잡힌 손을 무의식적으로 놓은 그녀가 급히 전화를 받았다.

"여보세요?"

휴대폰 액정에는 로널드가 알아보지 못한 한국어, '동업자'가 선명히 떠 있었다.

—야.

다짜고짜 들리는 젊은 남자의 목소리에 화윤이 묘한 표정을 지으며 혼자서 어깨를 으쓱했다.

미국 실리콘 밸리에 바람 좀 쐬고 오겠다는 말 이후 잘 지내냐는 연락 한 번 없었던, 그녀의 유일한 동업자 하도한이었다.

"왜?"

3개월간 한 번도 연락을 안 했던 것이 무색할 만큼, 바로 어제 만난 사이처럼 자연스러웠다.

—주성그룹 쪽 결제 시스템에 유니콤 도입했다가 오류 생겼어. 지금 아무도 해결 못 하고 있어.

"주성이? 주성은 평생 우리 프로그램 안 쓸 것 같다며. 나도 주성하고는 별로 얽히고 싶지 않았는데."

—몰라. 경영권 승계 과정이 이뤄지면서 노선이 바뀐 모양이야. 일단 결제 시스템만 계약하긴 했는데……

"뭐, 네가 알아서 했겠지. 결제 시스템이면 보안에서 뭐 하나 삐끗한 거 아니야?"

─난 모르지. 내가 어떻게 알아?

도한의 목소리는 퉁명스러웠다. 유니콤 개발은 화윤이 했지만 모든 경영은 도한이 책임지고 있었다.

정기적으로 프로그램의 버전을 업그레이드하는 것은 물론 업체와의 계약 진행과 홍보, 배급을 포함한 전반적인 회사 운영을 책임지고 있어 화윤보다 훨씬 더 바쁘게 움직였다.

─이제 들어와. 지금 네 메일로 항공권 보냈다. 오늘 자정 출발이야.

화윤은 로널드의 얼굴을 흘끗 보고 망설임 없이 대답했다.

"알았어."

─공항으로 마중 갈게.

"호텔 예약 잊지 말고."

전화는 뚝 끊어졌다. 화윤이 천천히 휴대폰을 내렸다. 그들의 대화를 알아듣지 못해 멀뚱히 그녀를 바라보고 있던 로널드에게 생긋 웃으며 말했다.

「어쩌지? 급한 일이 생겨서 가 봐야겠는데.」

「그래? 심각한 일이야?」

「그런 것 같네. 정말 해결이 안 되어서 나를 부르는 것 같으니까.」

「어쩔 수 없지. 그럼 우리 언제 다시 만나지?」

「음, 글쎄.」

화윤이 안타까운 표정을 다소 과장되게 지어 보이며 말했다.

「당장 공항에 가야 해서.」

황당해서 말문이 막힌 로널드에게 살짝 손으로 키스를 날리고, 그녀는 전혀 아쉬운 표정 없이 뒤를 돌았다.

그녀의 인생에서 로널드를 다시 볼 일은 없을 듯싶지만, 무언가를 두고 미련 없이 떠나는 것은 화윤에게 있어 너무나 익숙한 일이었다.

✳   ✳   ✳

로널드를 만나던 차림 그대로 공항에 온 화윤은 탑승을 기다리다가 아무래도 마음에 걸린다는 듯 휴대폰을 꺼내 들었다.

그래도 한 달이 넘게 자신이 롤모델이라며 따라다녔던 은진에게 아무 말도 없이 한국으로 가는 게 영 편치 않았다. 게다가 자신이 롤모델이라고 했던 그 말이 부채감이 되어 마음에 남았다.

"은진이니? 나 화윤이야."

—네! 선배. 번호가 다르네요?

"이건 내 개인 연락처야."

—아, 그렇구나. 그런데 무슨 일이세요?

"응. 다른 게 아니고, 나 이제 한국 가려고."

—네?!

"회사에 일이 생겼다고, 동업자님이 호출하셨어. 우리 대단하신 동업자님이 해결하지 못한 문제라면 내가 가야 하는 게 맞거든. 당장 오라고 부를 때에는 그럴 만한 이유가 있겠지."

—아니, 그래도 이렇게 갑작스럽게…… 그럼 언제 다시 오시는 거예요?

"모르겠는데. 아마 안 오지 않을까. 당장은 다시 올 생각이 없어서."

—네? 그럼 정말로 떠나시는 거예요? 잠시 갔다 오시는 게 아니고? 진행 중인 벤처 기업 자문은 어쩌시고요?

"그거야 일회적인 거니까. 딱히 내가 필요하지 않다고 생각해."

—지, 집은요?

"집?"

화윤이 미간을 찌푸리며 반문했다.

—네, 집이요. 일단 호텔의 선배가 두고 오신 물건들은 제가 다 챙겨 오기는 했는데. 그럼 선배 집에 중요한 물건은 제가 가져다 놓거나, 아니면 서울의 집 주소를 알려 주시면 보내 드릴게요.

"난 어디에도 집 같은 건 없어. 아! 생각나서 말하는데, 혹시 그중 마음에 드는 거 있으면 가져도 돼. 가지러 갈 일 없으니까."

—네?

"여하튼, 네 덕분에 그래도 재미있었어. 공부 열심히 하고 앞으로도 잘 살길 바라. 그리고 노파심에 말하는데, 절대로 나같이 살겠다고 하지 마."

—왜요? 사실은 멋있었는데. 선배처럼 살지 말라는 그런 말까지.

"난 정말로 지금 당장 죽어도 상관없는 사람이야. 넌 아니잖아. 그러니까 대다수의 사람은 나처럼 살면 안 되는 거라고."

―무슨 그런 소리를!

"진짠데. 난 사실은 보고 싶은 건 다 봤고 먹고 싶은 것도 다 먹었어. 성공할 만큼 성공했고 더 갖고 싶은 것도 없어. 다 이뤘는데 남은 인생이 너무 길어서 지루하거든?"

화윤은 말을 고르며 공항 유리창 밖으로 보이는 황량한 풍경을 바라보았다.

어느 정도의 진심을 말해야 할지 짐작이 가지 않았다. 떠나는 마당에 이렇게 전화까지 하는 것은 자신이 멋있다고 하는 은진의 말 속에서 정말로 진심이 보였기 때문이었다.

진심이라는 건 언제나 무섭다. 그래서 남자를 만날 땐 그 진심이라는 마음을 받기 전에 얼른 정리해 버리고는 했는데, 은진은 저와 같은 여자에 대학 동문이라는 이유로 저도 모르게 방심하고 말았다.

"쉬운 숙제를 하는 것처럼 설렁설렁 살 뿐이야. 선천적으로 신념 같은 건 없는 성향에 목표마저 없으니 말초적이고 순간적인 즐거움만 탐닉하면서. 이런 환경의 사람은 이 세상에 거의 없지 않을까?"

―…….

"그러니까 바르게 잘 살아야 해, 후배님."

화윤은 마지막 말을 마치고는 전화를 끊었다. 퍼스트 클래스부터 탑승이 시작된다는 안내에 자리에서 산뜻하게 일어섰다.

그녀는 언제나 떠날 준비가 되어 있었기 때문에 이대로 모든 짐을 호텔에 놔두고 나오는 것이 아쉽지 않았다.

와인을 마시고 늘어지게 한잠 자고 나면, 인천 공항에서 저를 기다리고 있는 동업자 하도한의 뚱한 얼굴을 마주할 수 있겠지.

한국으로 가는 길이 평온했다.

1화

내 말을 믿어라.
실존의 가장 커다란 결실과 향락을
수확하기 위한 비결은
다음과 같은 것이기 때문이다.
위험하게 살아라!

—니체, 〈즐거운 학문〉

"왔냐?"

인천 공항에 도착하니 어렵지 않게 도한을 마주칠 수 있었다. 타이트한 미니스커트와 어깨에 멘 숄더백. 커다란 캐리어를 끌고 오는 많은 사람들 속에서 유독 튀는 화윤의 이질적인 모습에도 도한은 크게 놀라지 않았다.

화윤은 3개월 만에 보는 그녀의 사업 파트너를 보며 씩 웃었다.

"잘 지냈어?"

도한은 언제나 그렇듯이 단정한 슈트 차림이었다. 가뜩이나 날카롭게 생긴 얼굴에 안경까지 쓰고 있어서 만만치 않아 보이는 인상을 주었다.

흰 얼굴에 새까만 머리카락이 선명하게 대조를 이루어 차갑게 느껴졌지만 화윤은 조금의 거리낌도 없이 깔깔거리며 다가섰다. 화윤도 여자치고는 큰 키였지만 도한을 마주하자 고개를 추어올려려 했다.

"별일 없었고? 아니, 별일 있으니까 나를 불렀겠지."

"엔지니어가 몇 명인데, 너 없어도 거의 다 잘 돌아가. 그런데 결정적인 몇 가지 오류 때문에 잘 안 된대. 충분히 보완 가능하면서 왜 꼭 너를 부르게 만들어? 제대로 된 매뉴얼만 좀 주거나, 아니면 좀 더 친절하게 개정을 하고……."

"그러게. 그 간단한 게 왜 그렇게 하기 싫지?"

유니콤은 화윤이 혼자 만들어 낸 프로그램으로 사용하기에 간편하고 직관적이어서 많은 기업체에서 쓰이고 있었다.

그러나 시각적으로 표현을 잘했을 뿐이지, 프로그램의 구성자체는 꽤 복잡한 데다가, 아주 가끔 발생하는 몇 건의 오류에 대해서는 화윤이 손을 보지 않으면 해결이 되지 않는 부분이 있었다.

"여하튼 주성그룹 건이나 해결해."

"좀 잘래. 비행기에서 한숨도 못 잤어. 씻고 싶기도 하고. 호텔 잡아 뒀어?"

"내가 잊어버릴 사람이냐?"

도한은 화윤보다 네 살이나 위였다. 하지만 화윤은 단 한 번도 그를 오빠처럼 대한 적이 없었고 도한도 그에 대하여 가타부타 불평한 적이 없었다.

그들은 처음 만날 때부터 동등한 동업자 사이였고 앞으로도 그럴 거라고 생각했다.

화윤은 도한의 차에 능숙하게 올라타며, 마치 3개월 동안 연락 한 번 안 했던 사이라는 것이 무색할 만큼 하품을 했다.

"또 다른 일은 없었어?"

"별로. 아, 주성 쪽에서 유니콤을 인수하고 싶어 해."

"어쩐지. 주성하고 얽힐 때부터 왠지 기분이 나쁘더라."

"네가 경영에 관심 없다는 걸 알아서 하는 소리지. 결혼 생각도 없어 보이고, 그러니 후계도 없고, 본인이 제대로 관리도 안 하니까. 당연한 것 아냐?"

어느 정도 자리를 잡은 벤처 회사를 더 큰 회사에 매각하는 일은 꽤나 빈번하게 일어나고 있었다. 애초에 소위 말하는 스타트업 엑시트(Startup Exit)*를 목표로 삼은 청년 CEO들도 적지 않았기 때문이다.

유니콤 역시 많은 제안을 받아 왔으나 주성과 같은 대기업에서 의사를 밝힌 것은 이번이 처음이었다.

"그래서? 동업자님 생각은 어때?"

"나는 대리 경영인일 뿐이야. 유니콤이 성장한 건 순전히 네가 천재라서 프로그램을 대박 냈기 때문이지. 그러니까 마음대로 해. 난 상관없다. 아무리 나한테 던져 줬다고 해도 어쨌든 네 창조물이야."

"몰라. 아직은 딱히 안 내켜."

주성은 지금 한국 경제를 책임진다는 말까지 나오고 있을 정도로 재계뿐만 아니라 정계 및 언론계와도 밀접하게 연결된 최

---

*Startup Exit:스타트업 용어 중의 하나. 창업가 입장에서는 '출구 전략', 투자자 입장에서는 '투자 회수'로 풀어 설명할 수 있다.

고의 대기업이었다. 주성은 그저 작은 벤처 기업으로 시작한 유니콤의 눈부신 성장을 조용히 지켜보고 있다가 본격적으로 손길을 뻗기 시작한 것이 틀림없었다.

최대의 기업인만큼 주성은 사회 전반에 걸쳐 영향력을 행사하고 있었다. 또한 그만큼 지저분한 소문이 도는 것도 사실이었다. 화윤은 주성을 포함한 어느 누구에게도 유니콤을 넘기고 싶지 않았다.

어느 정도 대화가 마무리되자 화윤이 고양이처럼 몸을 길게 늘어트리더니 나른한 듯 창밖을 보았다. 3개월간 미국에 있었던 것이 마치 꿈인 것처럼 아득했다.

유니콤이 가진 혁신성은 말로 표현할 수 없는 수준이었지만 프로그램이란 애당초 초기의 개발보다 유지 보수가 더 중요한 성질을 지닌 탓에 그에 소요되는 비용과 노력 역시 상당할 수밖에 없었다.

생명력을 유지하기 위해 오류를 잡고 성능 향상을 위해 꾸준히 수정, 보완하는 것이 개발팀이 존재하는 이유였다. 하지만 프로그램을 완벽하게 이해하고 있는 사람은 개발자인 화윤이 유일했기에 때로는 문제 해결을 위해 그녀가 절대적으로 필요한 상황이 있었다.

이런 상황에서도 불친절하기 그지없는 개발자 화윤은 단순히 하기 싫다는 이유로 매뉴얼 하나 제대로 쓰지 않았다.

"전하는 거야 어렵지 않지만, 네가 귀국했으니 주성에서 네게 직접 연락할 수도 있겠지."

"그러거나 말거나. 난 아쉬울 거 없어."

그뿐만이 아니었다. 화윤은 정작 프로그램의 관리나 회사 운영에는 관심이 없었다. 유니콤이 어떻게 팔리는지 관심도 없고 제멋대로 살기 바쁜 그녀는 결코 좋은 사장은 아니었다.

유니콤이라는 작은 규모의 회사가 엄청난 매출을 내며 지금의 위치까지 성장할 수 있었던 건 하도한이라는 전문 경영인이 있었기에 가능한 일이었다.

"도착했어. 일단 여기 스위트룸으로 한 달 잡아 놨고."

"좋네."

화윤은 핸드백 하나를 가볍게 들고, 호텔이 어딘지 대충 확인한 후 허리를 꼿꼿하게 세워 넓은 보폭으로 걸어 로비에 들어섰다.

발레파킹을 맡긴 도한이 로비에서 체크인을 하고, 어딘지 모르게 기분이 좋아 보이는 화윤과 함께 엘리베이터에 올랐다.

"옷은 세 벌 정도 사 놨어. 더 필요하면 알아서 사. 네가 쓰던 노트북은 가져다 놨다. 일주일 안에 해결해 줬으면 좋겠어."

도한의 말을 듣는 둥 마는 둥, 화윤은 콧노래를 부르며 발을 까닥거렸다. 어차피 대답은 기대하지 않았던 도한은 엘리베이터가 열리자 룸을 향해 걸음을 옮겼다.

이내 먼저 룸에 들어선 화윤이 넓은 침대에 몸을 던지는 모습을 그는 무표정으로 바라보았다.

"하도한이 뭐 다 잘해 놨겠지. 어련하겠어?"

그녀는 깔깔거리며 굽 높은 구두를 하나씩 붙잡아 바닥에 아무렇게나 던졌다.

"발 아파 죽는 줄 알았네. 먼 길 올 줄 모르고 너무 예쁜 신발을 신어 버렸지 뭐야. 고작해야 어디 가서 와인이나 마실 줄 알았지, 태평양을 건너올 줄 알았겠어?"

도한은 별다른 대꾸를 하지 않은 채 룸의 곳곳을 점검했다. 자신이 부탁했던 서비스가 빠짐없이 준비된 것을 확인한 그가 처음과 똑같은 표정으로 말했다.

"이만 쉬어. 메일 보내 놨으니까 세부 사항 다 읽고, 필요하면 내일 주성에 가거나 회사에 오던가 해. 혼자 고칠 수 있으면 고치고 나서 연락하고."

화윤이 침대에서 한 바퀴 빙글 돌았다. 흐트러진 머리카락 속에 반달처럼 휘어진 눈이 검게 빛났다. 늘씬하게 뻗은 두 다리가 까닥거렸다. 그녀의 주변 공기마저 뇌쇄적으로 물들어 도한은 자신도 모르게 고개를 돌렸다.

누가 이런 그녀의 모습을 보고 유니콤의 창시자, 천재 개발자로 생각할까.

그 누구보다도 똑똑한 사람, 그러면서도 종잡을 수 없이 통통 튀기 일쑤인 여자.

"나, 미국에서 내가 롤모델이라는 여자애 하나 만났다?"

"그게 뭐."

"도대체 나 같은 걸 왜 롤모델로 삼을까? 멀리서 봤을 땐 그렇다고 쳐도, 내가 바닥까지 보여 줬거든. 클럽 가서 노는 꼴까지 보여 줬는데."

"세상 어딘가에 그런 애도 있나 보지."

"뭐, 네 말이 정답."

그녀가 키득키득 웃었다.

"어차피 이번 생은 망했으니, 대충 사는 건데 말이야. 이딴 삶이 롤모델이라니."

"다음 생에는 열심히 살려고?"

"음, 다음 생에는 새로 태어나야지."

화윤은 진지한 얼굴로 미간을 찌푸리며 중얼거렸다. 도한은 나가려다 말고 안경을 추어올리며 물었다.

"새? 왜? 날고 싶어서?"

"비행기 있는데 뭘 또 날고 싶어서 새로 태어나겠어?"

그녀가 입술을 삐죽이며 말을 이었다.

"그냥, 다음에 태어날 땐 뇌가 아주 작은 존재로 태어나고 싶어서. 아주 작은 것만 보고 아주 작은 것만 생각해도 충분한 존재로 살 거야."

도한은 아무 대꾸도 하지 않고 방을 나섰다. 그는 화윤과 같은 타고난 천재가 아니었기에 그녀를 완벽히 이해할 수는 없었다. 남들과 달리 비상한 머리로 살면 정신세계 역시 심오해지는 것일까, 막연히 짐작할 뿐이었다.

그러나 도한은 누군가에게 이해받기를 포기한 듯한 그녀의 말에서 숨겨진 슬픔을 발견할 수 있을 정도로, 화윤을 가장 오랫동안 지켜봐 온 사람이었다.

화윤은 다음 날, 오후가 다 되어서야 일어났다. 그녀는 룸서비스로 떠오르는 대로 대충 메뉴를 시킨 다음 눈을 비비며 노트

북을 켰다.

도한의 메일과 여러 가지 자료를 쓱 훑어보고는 끙, 앓는 소리와 함께 자세를 고쳐 앉았다.

아무리 도한에게 경영권을 던져 줬다고 하지만 그녀 역시 유니콤에 대한 최소한의 책임감쯤은 갖고 있었다. 자신이 만든 유의미한 창조물이 조금이나마 세상을 바꿨다. 기업에서 사용하는 프로그램 전반에 영향을 끼쳤으니 하다못해 한국 GDP라도 늘었을 것이다.

유니콤이 성장하면서 늘어난 직원만 해도 제법 많았다. 그렇기에 내부에서 해결하지 못하는 문제가 생겼을 때, 유니콤이 그녀를 필요로 한다면 그녀는 개발자로서 당연히 책임져야 했다.

두 시간쯤 노트북을 두드리던 그녀가 더듬거리며 한 손으로 휴대폰을 찾았다.

"야, 동업자."

—일어났냐?

"어. 지금 메일 보낸 거 확인해 봐."

—…….

"거기 적혀 있는 대로 해 보라고 엔지니어들한테 전해. 아마 주성 측하고도 다시 연락해야 될 거야. 그쪽 프로그램도 조금 바꿔야 돼. 그래도 이게 최선이야. 내 생각엔 이제 잘될 것 같은데 혹시나 또 문제 생기면 연락해."

—얼마나 걸렸냐?

"두 시간 정도?"

—일단 해 보고 연락할게.

"잘 돌아가면 연락 안 해도 돼. 서울 구경 좀 할 생각이니까."

화윤은 전화를 툭 끊고, 아무렇게나 머리를 질끈 묶은 뒤 옷장을 열었다. 도한이 사 놓은 옷들이 있었다. 그녀는 휘리릭 옷을 대충 보고 나서 피식 웃었다.

"하여튼, 하도한. 무슨 수녀복 같은 것만 사 놨네."

도한과는 10년 전, 대학교 교양 수업에서 조별 과제를 하면서 처음 만났다. 컴퓨터공학과 2학년이었던 그녀와 경제학과 졸업반이었던 도한은 딱 4년 차이가 나는 동문 사이였다.

학생들을 무작위로 짝지어 사업 계획서를 쓰는 것이 과제였는데, 그때 두 사람은 우연히 같은 조가 되었다. 성실하고 치밀하며 공부도 열심히 해서 경제학과 과탑이라고 했던가. 화윤은 처음 봤을 때부터 도한이 몹시 재미없는 사람이라는 것을 눈치챘다.

모든 것을 상식 안에서 정석대로 해결하려는 사람. 화윤은 끝도 없이 늘어지는 보고서들과 근거 자료들을 보면서 무심한 목소리로 중얼거렸다.

"이런 건 프로그램 하나만 잘 만들면 끝나는 거 아니야? IT 시대에 가장 효율성 좋은 건 프로그램이지. 잘 만든 프로그램 하나만 있으면 해결할 수 있는 것들이 참 많다고."

학번이 한참 아래인 그녀가 대뜸 반말로 대꾸하자, 도한은 무언가를 참는 표정으로 한숨을 쉬며 변화 없는 어조로 말했다.

"밑도 끝도 없이 그런 말하지 말고, 일단 제대로 된 사업 계획서가 과제이니……."

"사업 계획서? 그런 거 써서 뭐할 건데?"

화윤이 키득거리며 웃었다. 저 멀리에서도 알아볼 정도로 밝게 염색한 분홍색 머리가 함께 찰랑이며 흔들렸다.

"팔릴 만한 거, 필요한 거, 엄청 획기적인 거, 뭐 그런 것만 잘 개발해 내면 되는 거지."

"그게 그렇게 쉬워?"

도한은 미간을 찌푸리며 자신도 말을 놓아 버렸다. 화윤은 개의치 않으며 어깨를 으쓱했다.

"나한테는?"

"그럼 네가 하나 만들어 보시던가."

도한에게는 순간적인 짜증이었는데, 화윤은 정말로 자신의 노트북을 켜 코딩을 시작했다. 그러더니 노트북 사양이 따라 주지 않는다며 그를 끌고 중앙 전산원까지 함께 갔는데, 그게 유니콤의 시작이었다.

대학을 졸업하여 대기업에 취직한 뒤 평범한 가정을 이끌어야겠다고 생각했던 도한은 졸지에 유니콤의 기획 및 경영을 맡게 되었다. 애초부터 둘의 교양 수업 프로젝트에서 시작된 일이었기 때문이다.

유니콤의 놀라운 성공 때문에 도한은 계획했던 삶과 다른 길을 걷기 시작했다. 젊은 나이에 신입 사원은커녕 대리나 과장도 건너뛰고 최고 경영자가 된 것이다. 물론 화윤은 개발 이후, 도한에게 모든 것을 떠넘겼다.

화윤이 대충 학교를 다니며 자퇴를 할까, 졸업장은 받을까 고민을 할 동안 도한은 회사를 키우고, 새로운 사람을 뽑고, 수익 분배를 하고 사무실을 얻었다.

놀랄 만큼의 막대한 부가 매일매일 쌓였다. 도한에게는 어느 날 갑자기 찾아온 벼락같은 성공이었고, 그는 이 모든 건 화윤이 없었다면 한낱 꿈에 불과하다는 것을 잊지 않았다.

화윤 역시 표정 없이 딱딱하기만 했던 도한에게 뭔가 보여 주고 싶어서 홧김에 개발한 프로그램이지만 유니콤이 여기까지 오는 데에는 도한의 역할이 크다는 것을 인정하고 있었다.

그들은 10년 동안 서로를 동업자로 여기며 회사를 키웠다. 어디에도 정착하고 싶지 않아 집의 개념조차 싫어하던 화윤이었지만 도한에게는 끈끈한 동료애를 느꼈다.

그 누구의 말도 듣지 않는 그녀가 한국으로 돌아오라는 도한의 뜬금없는 전화에 바로 비행기를 탄 것에는 그런 배경이 있었다.

"그런데 쇼핑이 별로 내키지가 않으니까, 뭐 어쩔 수 없지."

화윤은 얕게 한숨을 쉰 뒤, 도한이 사 놓은 옷들 중에 그나마 가장 마음에 드는 것을 꺼내 들었다.

당장 오늘의 계획이 없었다. 그러나 이런 몸을 꽁꽁 싸매는 옷을 보고 있자니 무언가 마음이 경건해져, 어딘가 성스러운 장소를 가고 싶다는 생각이 들었다.

잠시 고개를 갸웃하던 그녀는 경복궁을 가 보기로 했다. 어쨌든 조선 왕조의 역사를 생생히 담고 있는 의미 있는 장소 아닌가.

그녀는 다시 나른하게 기지개를 켠 뒤, 씻고 외출 준비를 하기 위해 느릿하게 몸을 움직였다.

"하여간 미쳤군."

도한은 감탄을 반쯤 섞어 중얼거렸다. 높은 연봉을 주고 데려온 수많은 엔지니어들도 풀지 못했던 오류를 화윤은 단 두 시간 만에 풀어냈다. 그것도 호텔 방에서.

이럴 줄 알았으면 한국에 오라고 할 필요도 없었다. 주성 본사에 방문해서 함께 봐야 할 줄 알았는데 혼자 어떻게 그 시스템에 침입을 한 건지 예상치도 못한 방식으로 해결해 주었다.

주성 본사에 방문하여, 문제없이 프로그램이 실행되는 것을 확인한 도한은 고개를 절레절레 저었다. 그것은 화윤의 지시대로 프로그래밍을 하러 따라온 유니콤 직원이자 가장 손이 빨라 출장 팀장으로 있는 현민도 마찬가지였다.

"부사장님은 코딩이나 컴퓨터에 대해서 잘 모르시니까······ 이게 얼마나 대단한 건지 모르시죠?"

현민은 뒤에서 팔짱을 끼고 있던 도한에게 툭 내뱉었다.

"이런 해결책을 생각해 내다니, 사장님은 진짜 엄청난 천재예요. 저도 참 이 바닥에서 난다 긴다 하는 엔지니어인데 혼자서 이렇게 복합적인 사고를 할 수 있는 사람은 상상도 못 했어요. 사장님 보면 프로그래밍은 팀으로 협업하는 게 당연하다고 여겼던 제 상식이 무너지는 것 같다니까요."

"컴퓨터는 잘 몰라도 채화윤이 얼마나 미쳤는가는 알겠네."

화윤과 도한은 서로에게 어떠한 명칭을 달고 회사를 시작한 것이 아니었지만, 자연스럽게 화윤이 사장, 도한이 부사장의 직함을 달고 있었다.

"유니콤 전 직원들이 달라붙었는데도 못한 걸 혼자 이렇게 쉽게 해결할 수준의 뇌라면 도대체 어떤 사고방식을 가졌을지……."

어제 화윤이 자신은 다시 태어나면 작은 뇌를 가진 존재로 태어나고 싶다는 얘기를 했던 것이 생각났다. 도한은 이런 일이 벌어질 때마다 그녀가 얼마나 특별한 인간인지 새삼 느끼곤 했다.

"저는 이럴 때마다 채 사장님은 유니콤 말고도 훨씬 더 대단한 걸 만들어 낼 수 있는데 그냥 하기 싫어서 여기서 멈춘 건 아닌가, 하는 생각이 들어요."

"내 생각도. 그리고 이런 오류들이 나올 때 엔지니어들이 완벽하게 다룰 수 있도록 분명 개정할 수 있을 텐데 귀찮아서 안 하고 있는 거겠지."

도한이 안경 너머로 알 수 없는 말이 가득한 모니터를 바라보며 중얼거렸다.

"게으른 천재니까, 채화윤은."

"두 분이서 대학 교양 수업 같이 듣다가 유니콤을 설립하셨다면서요. 처음 만났을 때도 천재라는 느낌이 드셨어요?"

현민은 대학원 박사까지 마치고 들어와 팀장급으로 입사했어도 서른한 살이었다. 그는 자신보다 여섯 살 많은 도한이 까마득한 상사라기보다는 선배 같이 느껴지기도 했다.

도한은 자신의 일에는 철저하고 말이 없어 친하게 지내기는 어려워도 권위 의식을 세우는 편이 아니었다.

"처음 만났을 때?"

도한은 생각에 잠긴 눈으로 피식 웃었다.

"처음 같은 조라는 걸 알았을 때, 망했다 싶었지. 분홍색으로 물들인 머리에 뿔테 안경을 쓰고, 난해한 패션의 옷을 입고 있었거든. 너무 확 튀어서 모두가 채화윤을 알고 있었는데 수업에 그다지 성실하게 나오지도 않았어."

턱을 괴고 자신을 빤히 바라보던 밝은 분홍색 머리를 한 화윤이 생생하게 기억났다. 도한의 말투에 잔잔한 웃음이 섞였다. 누군가에 대해서 이야기할 때 이토록 웃음을 섞게 만드는 대상은 화윤뿐이라는 생각을 억지로 밀어내며 그가 말을 이었다.

"저거 폭탄이라고 다들 생각하던 와중에 내가 같은 조가 되어버린 거지. 아니나 다를까 사업 계획서를 같이 쓰는데 멀뚱하게 바라만 보고 엉뚱한 소리만 지껄여서 아주 짜증이 났어."

"어라, 재미있어요."

현민이 키득거렸다.

"근데 이제 와서 생각해 보면, 사람들이 모두 아는 얘기만 하고, 한 차원 낮은 토론만 하는데 성실하게 있기가 본인으로서는 어렵지 않았나 싶어. 우리가 초등학생들 수업에 집중할 수 없는 것처럼?"

시간이 지나야만 이해할 수 있는 것들이 있다. 당시에는 화윤을 도저히 이해할 수 없었지만, 이제는 너무나 그녀다운 행동이라는 생각이 들었다.

"내가 워낙에 딱딱하게 구니 답답한 듯이 노트북을 열던 모습이 눈에 선하네. 어딘가 풀려 보이던 눈에 초점이 돌아오는 표정까지 잊을 수가 없어. 그때 살짝 소름이 돋았던 것 같기도 하고."

"와, 그 뒤에 그럼 10년을……."

"그렇지. 10년을 유니콤으로 이어진 동업자로 살았고. 워낙에 서로가 서로의 인생을 확 바꿔 버렸기 때문에 유대감 비슷한 게 생기기도 했지."

그때였다.

"그랬군요. 잡지 인터뷰만 읽다가 이렇게 생생히 들으니 정말 신기한데요."

낯선 목소리에 도한과 현민이 흠칫 놀라 뒤를 돌아보았다. 목소리의 주인공을 확인한 도한의 표정이 굳었다.

처음 만나는 사람이었지만 워낙 TV에서 자주 봐서 알 수 있었다. 주성그룹의 가장 유력한 후계자, 진시환이었다.

주성그룹의 진 회장은 이미 노쇠하여 병원에 있는 날이 저택에 있는 날보다 많았다. 그래서 본격적으로 승계 문제가 두드러지고 있었는데, 그중 시환은 막내아들로 가장 능력을 인정받고 있었다. 가장 많은 계열사를 거느린 채 주주들의 강력한 지지를 받고 있었는데, 아무래도 막내다 보니까 두 명의 누나와 한 명의 형에게 끊임없는 견제가 들어왔다.

그럼에도 불구하고 지금 가장 승계의 가능성이 높은 사람이었다. 이미 주성의 곳곳을 장악하고, 자신들의 시스템을 쓴다는 주성의 원칙까지 무너트린 뒤 유니콤을 도입한 젊은 남자.

칼같이 다린 슈트를 입고 머리를 올린 가무잡잡한 피부의 시환이 그들을 바라보고 있었다.

"어떻게……."

"문이 열려 있던데요. 흥미 있는 이야기가 들려와서 들어왔습니다. 유니콤 문제가 잘 해결되었나 궁금하기도 했고요."

시환은 씩 웃으며 도한 앞에 섰다. 컴퓨터 앞에 앉아 있던 현민이 민망한 듯 쩔쩔맸다.

도한은 시환이 내민 손에 떨떠름하게 악수를 하며 침을 꿀꺽 삼켰다. 육식 동물의 패기가 느껴지는 눈매다. 대한민국을 쥐락펴락한다는 기업의 막내아들로 태어나 대부분의 계열사를 장악한 포식자의 기운이 형형했다.

"잘 해결되었습니다. 당장 내일부터 아무런 문제없이 잘 돌아갈 겁니다."

"다행이군요. 채화윤 사장님은 귀국 잘 하셨습니까."

"……네."

나름 보안을 지키며 귀국시켰다고 생각했는데 언제 이렇게 이 남자 귀에 들어간 걸까.

도한은 안경을 밀어 올리며 침착하려 애썼다. 과거, 화윤이 느낌이 안 좋다며 주성과는 얽히는 걸 꺼려한 적이 있었는데 도한은 그 근거 없는 느낌들을 모두 무시하고 주성과 계약을 진행했었다.

워낙에 조건이 좋았기도 했지만, 주성의 하청 업체들은 유니콤과 주성 자체 시스템을 이중으로 설치해야 하는 어려움이 있다고 항상 도한에게 토로했기 때문이다.

하청 업체 중소기업들이 작은 예산에도 얼마나 힘들어하는지 알고 있는 도한은 그러한 사정을 모른 척할 수가 없었다.

"오늘 오전에 저희 김 이사님 통해 전달한 유니콤 인수 건에 대한 거절 답신은 잘 받아 보았습니다."

"화윤이가 그다지 내켜 하지 않더라고요. 저희의 시작은 어쨌든 벤처였고, 초심을 유지하고자 성공한 벤처들의 롤모델로 남아 있으려고 합니다."

"사업 매각도 벤처의 롤모델이죠. 어쨌든 채 사장님이 결정했다는 거군요. 그럼 채 사장님을 설득하면 얘기가 다시 진행될 가능성이 있겠네요?"

도한은 예의가 아닌 걸 알면서도 침묵을 지켰다. 현민은 중간에서 가시방석에 앉아 있는 것처럼 불편해했지만 시환은 전혀 의식하지 않았다.

"저희 쪽에서 포기해야 할 만한 큰 이유는 없으니, 채 사장님께 따로 연락을 해 보도록 하죠. 제가 크게 접대해야겠어요. 당장 오늘 저녁에라도."

"당장 오늘요?"

"어차피 채 사장님은 아무런 계획 없이 사는 사람 아닙니까.

오히려 다음에 스케줄 정식으로 잡으면 안 내킨다고 안 나올 수
도 있겠죠."

도한은 설명할 수 없는 이유로 기분이 나빠서 입술 안쪽을 깨
물었다.

"저희는 오랫동안 유니콤을 관찰해 왔습니다. 채 사장님에 대
해서도 잘 알죠."

"화윤이는 아마 거절할 겁니다. 걔는 싫은 건 그냥 안 해요."

시환은 싱긋 웃었다.

"저희 주성의 정보력이 부사장님의 10년 유대감보다 뛰어나
길 바라야겠군요."

❀   ❀   ❀

화윤은 기분이 상당히 좋지 않았다. 경복궁이 5시까지밖에 입
장이 안 된다는 것을 도착하고 나서야 알았기 때문이다.

인터넷에 경복궁 관람 시간 한 번 검색하지 않은 자신의 잘못
이라는 걸 충분히 인지하고 있었기 때문에 근처의 카페에 앉아
경복궁에서 나오는 사람들을 부러운 눈으로 바라보고 있었다.

"묘하네."

그녀는 중얼거렸다.

"미국에서는 혼자 있어도 아무렇지도 않았는데……."

삼삼오오 모여 있는 수많은 사람을 보며 화윤은 묘한 고독감
을 느꼈다.

이방인이라고 생각되는 장소에서 혼자 있는 것과 비슷한 사

람들끼리 모여 있는 곳에서 외로움을 느끼는 것은 달랐다. 경복궁 근처에 한복을 입고 돌아다니는 사람들을 보며 그녀는 내일 한복을 사러 가야겠다고 생각했다.

그때 그녀의 전화가 울렸다. 유니콤의 직원 중 한 명인 현민이었다.

"여보세요?"

―사장님, 혹시 주성에서 전화 안 갔나요?

"주성? 뭐 잘 안 됐어? 내가 지시한 대로 하면 잘될 텐데."

―아뇨. 프로그램은 잘 돌아가요. 그게 아니라, 유니콤 인수 건으로요.

"나 하도한한테 잘 얘기했는데. 안 넘긴다고."

―그렇게 전달했는데 진시환…… 주성 회장 막내아들 있잖아요, 그 사람이 직접 와서 사장님한테 다시 말할 거라고…….

화윤은 그다지 귀 기울여 듣지 않았다. 스타트업 매각 건이야 하루 이틀 일이 아니었고, 그게 국내 굴지의 대기업이라고 해도 그다지 심각성이 느껴지지 않았다. 그래서 현민의 말에도 가볍게 대답했다.

"맘대로 하라고 해. 백날 말해도 안 들으면 그만이지, 뭐."

―어쨌든 쉽게 포기할 것 같지가 않아요. 진시환 그 남자, 기가 엄청 세 보였어요. 부사장님이 안 된다고 하는데도 끈질겼어요. 자기가 우위에 있다는 걸 잘 알고 있는 묘하게 기분 나쁜 말투가 있어서, 부사장님 기분이 지금 되게 안 좋아요.

도한의 기분이 안 좋다는 말에 화윤의 표정이 자신도 모르게 굳었다.

―그래서 제가 전하겠다 해서 전화한 거예요.

"음. 그건 좀 그러네."

화윤이 미간을 찌푸렸다.

"하도한은 주성이 찡찡거리는 거 듣고 있을 정도로 한가하지 않잖아. 그건 내가 해결을 봐야겠다. 우리 동업자님 성격에 주성 같은 큰 기업에도 최선을 다해 응대하겠지. 아예 더 말도 못 나오게 내가 끝내야지."

―사장님이요?

"어."

그녀가 어깨를 으쓱했다. 가뜩이나 경복궁도 못 들어가서 기분이 살짝 다운되어 있었는데 귀국하자마자 마주친 대기업의 횡포라니.

"나를 상대로 협상이나 타협 같은 걸 하려고 하다니. 내가 생각보다 상식 밖의 인간인 걸 보여 주지. 다시는 얽히고 싶지 않게 말이야."

현민에게서 온 전화를 끊자마자 득달같이 다시 전화가 울렸다. 화윤은 콧김을 내뿜으면서 전화를 받았다. 웃음기가 살짝 섞였지만 힘이 들어간 낯선 남자의 목소리가 들렸다.

―여보세요? 채화윤 사장님 휴대폰 되시죠?

"그런데요."

―주성 진시환입니다. 알고 계시죠?

"네."

―오늘 저녁에 식사 한 번 모시고 싶은데 괜찮으신가요?

"오늘요?"

—예. 지금 당장.

그녀는 흠칫 놀랐다. 보통 이런 사업상 약속은 서로 스케줄을 맞춰 가며 여유를 두고 잡지 않나?

뭐, 오래 끌 필요 없지. 그녀는 호기롭게 대답했다.

"그러죠."

—좋아하실 만한 걸로 준비해 놓겠습니다.

"제가 좋아하는 걸 어떻게 아시고?"

—저희가 오래전부터 채화윤 씨에게 관심이 많았습니다.

화윤은 자신을 칭하는 호칭이 '채 사장님'에서 '채화윤 씨'로 바뀐 것을 눈치채고 아무런 대꾸도 하지 않았다.

—직접 만나 뵙고 대접까지 할 수 있게 되다니 영광입니다. 최선을 다해 준비하겠습니다.

화윤은 대답도 듣지 않고 전화를 끊었다. 전화기 액정에 그 어떤 노여움도 담지 않은 사무적인 메시지가 도착했다. 약속 시각과 장소가 적혀져 있었다.

조금 늦은 저녁 식사는 화윤과 도한, 그리고 시환이 함께했다. 화윤은 현민이 왜 시환을 기가 센 남자라고 표현했는지 알 수 있었다. 어떻게 보면 순하게 생긴 이목구비인데도 불구하고 형형한 눈빛이 사람으로 하여금 긴장하게 만들었다.

"미국에 3개월간 계시다 이번 일 때문에 귀국하셨다고요. 어쩌나, 우리가 화윤 씨의 휴가를 망쳤네요."

"저는 휴가 같은 거 안 가요. 신경 쓰지 마세요."

화윤은 노래하듯 말했다.

"언제나 가고 싶은 곳에 가 있을 뿐이에요."

"지금 한국에는 있고 싶으신가요?"

"딱히 없을 이유는 없죠."

약간의 신변잡기의 대화가 이어졌지만 식사 자리의 긴장은 풀어지지 않았다.

시환은 턱을 괴고 화윤을 관찰했다. 표정이나 눈빛에 묘하게 사람을 홀리는 분위기가 어려 있었다. 만일 조선 시대에 태어났다면 황진이만큼이나 대단한 기생이 될 관상이라고 생각했다.

화윤이 그런 시환의 시선이 불쾌하다는 생각을 하고 있을 때 그가 씩 웃으며 말했다.

"우리 조금 더 편하게 대하죠. 화윤 씨랑 나는 심지어 동갑인데."

"동갑이라고 다 친구는 아니죠."

화윤은 차갑게 대답하면서 야무지게 회를 집어 들었다. 남자를 많이 겪어 본 그녀는 시환의 눈빛에 어느 정도 이성적인 감정이 존재한다는 것을 눈치챘다.

고급 일식집에서 하는 식사는 휘황찬란한 상만큼이나 불편했다. 도한은 아무런 말도 하지 않고 차가운 얼굴로 침착하게 자리를 함께할 뿐이었다.

"뭐, 친구라는 건 언제든지 될 수 있는 것 아닙니까."

"전 그런 거 안 키워요."

시환은 과장되어 놀란 표정을 지어 보였다. 화윤은 그가 마음에 들지 않았다. 거칠어 보이는 눈빛도, 꿍꿍이가 있어 보이는 표정도, 뭐 하나 시원하지 않은 대화 방식도.

그녀의 눈이 시환의 슈트 소매 끝에 보이는 팔목에 닿았다. 뜻을 알 수 없는 라틴어가 문신으로 새겨져 있었다.

문신을 새긴 새파랗게 어린 대기업 후계자라니. 그녀는 그에게서 포식자의 기운을 느꼈다.

아무리 공손한 언어와 느물거리는 말투를 쓴다고 해도, 대기업 후계자로 태어났으니 망정이지 조폭의 아들로 태어났다면 뒷골목을 평정하고도 남을 기운이라는 생각이 들었다.

"그런 말 그렇게 막 하시면 옆자리 부사장님이 섭섭해하지 않으시겠어요?"

"친구 아닌데요."

그녀는 어깨를 으쓱하며 받아쳤다.

"그럼?"

"동업자요."

"이런, 평가가 짠데요. 10년간 등 뒤를 맡긴 상대한테 동업자라니."

도한은 아무 말도 없었지만, 화윤은 젓가락을 탁 소리가 나게 놓고는 씩 웃었다. 더는 장단 맞춰 주기가 귀찮다는 생각이 들었기 때문이다.

"웃기네."

시환의 표정이 굳었지만 도한은 아무렇지도 않다는 듯 표정의 변화 없이 물을 마실 뿐이었다. 화윤의 어떤 행동에도 당황하지 않는 그는 진심으로 평온해 보였다.

"넌 영원히 내 동업자도 못 돼."

화윤의 눈이 매력적으로 휘었다. 마치 유혹하는 듯한 표정을 지어 보이면서 그녀는 상냥한 어조로 정반대의 말들을 쏟아 냈다.

"이제 재미없다. 밥도 생각보다 맛이 없네. 원래도 유니콤 넘길 생각은 없었지만 실제로 보니까 더더욱 얽히기도 싫어졌어. 잘 살아, 다신 보지 말자. 동업자님, 이제 그냥 가자고."

화윤은 벌떡 일어선 뒤 그녀를 흥미롭다는 표정으로 바라보고 있는 시환의 눈을 똑바로 쳐다보며 간드러진 목소리로 말했다.

"편하게 대해도 좋을 거라고 해서 잠시 편하게 대해 봤어요. 별로 저랑 편하게 지내고 싶지 않죠? 웬만하면 다시 보지 맙시다."

긴 치마를 하얗고 긴 손으로 붙잡으며 성큼성큼 걸어 나가는 화윤의 뒷모습을 도한은 여유 있게 바라보았다.

좀 빠르긴 했지만 처음부터 예상했던 시나리오 중 하나일 뿐이었다. 애초부터 화윤이 시환에게 고분고분한 모습을 보일 거라고는 생각하지 않았다.

도한은 안경을 추어올리며 젓가락을 내려놓았다. 다소 얼떨떨해하는 시환의 표정을 보며 그는 설명할 수 없는 승리감과 쾌감을 느꼈다.

채화윤, 일관적으로 미쳐 있어서 그런지 너랑 일하는 건 여전히 즐겁다. 도한은 여유 있게 말을 꺼냈다.

"주성의 정보력이 채화윤의 나이를 말하는 걸 줄은 몰랐군요.

인터넷에 치기만 해도 다 나오는 것을."

"생각보다 빠르게 끝났네요. 준비한 것들이 아직 많이 남았는데."

"포기하시죠. 채화윤은 그 어떤 방법도 먹히지 않을 겁니다. 소중히 여기는 것이 없으니 약점도 없어요. 애먼 데에 에너지 쓰지 마시라고 조언 드리는 겁니다."

낮은 목소리로 천천히 말한 도한이 천천히 일어섰다. 화윤이 밖에서 그를 기다리고 있을 것이 뻔했다. 시환은 어깨를 으쓱했다.

"그래도 준비한 건 다 해 봐야죠."

"먼저 일어나겠습니다."

도한은 처음과 똑같은 표정으로 까닥 고개를 숙인 뒤 방을 나갔다.

시환은 혼자 남았지만 재미있다는 듯이 한동안 소리 내어 웃었다. 넓은 방에서 혼자 숨이 넘어갈 것처럼 웃는 그의 모습을 누가 봤다면 화윤만큼이나 이상한 사람이라고 생각했을 것이다.

"대단히, 끅끅, 미친 여자네."

그의 안광이 번쩍 빛났다.

"같이 미쳐야 되나."

화윤은 다시 보지 말자고 했으나, 그는 그럴 생각이 전혀 없었다.

"너는 왜 애가 그 모양이냐."

시환에게 담담하게 말한 것과는 반대로, 도한은 주차장에 세워진 그의 차 앞에 주저앉아 있는 화윤을 내려다보며 한심하다는 듯이 중얼거렸다.

"주성 진시환한테 그렇게 함부로 대하는 사람은 한국에 너뿐일 거다."

화윤은 길게 늘어진 치마 끝을 만지면서 딴청을 부릴 뿐이었다. 머리카락이 쏟아져 내리면서 희고 가는 목선이 드러났다.

"몰라. 기분이 나빴다고."

그녀는 볼멘 목소리로 한숨을 쉬었다.

"경복궁 가고 싶었는데 경복궁도 못 가고."

"경복궁?"

"앞까지 갔다가 시간 다 되어서 쫓겨났어. 몰랐어? 너 내 휴대폰에 위치 추적 달아 놨잖아."

"그건 네가 집 없이 아무 데서나 사니까 진짜 급박할 때 연락 안 될까 봐 최후의 수단으로 달아 놓은 거고. 평소에 내가 네 위치 추적할 정도로 한가하지는 않아."

화윤이 밑도 끝도 없이 투덜거렸다.

"어쨌든. 게다가 난 한식 먹고 싶었는데 메뉴도 일식이었다고."

"그건 네 사정이지."

"의도는 뻔히 알고 있는데 말 빙빙 돌리는 태도도 마음에 안 들고."

"사업 한두 번 해 봐? 그럼 만나자마자 유니콤 넘기라고 할 줄 알았어?"

도한의 논리 정연한 말들에 화윤은 자신도 모르게 입술을 달 싹였다. 그러고는 괜한 억지를 부리는 것이 분명했던 아까의 어 조와는 확연히 다른, 진심이 확실히 섞인 말투로 중얼거렸다.

"동업자가 별것 아닌 것처럼 말하고."

도한은 가만히 그녀를 바라보았다. 그녀가 머리를 아무렇게 나 넘기더니 새초롬한 눈으로 그의 안경 너머 무표정한 시선을 마주했다.

"우리 사이에 대해서, 친구라고 안 해 줬다고 실망하겠다느니 능글맞은 소리를 해대잖아. 지가 뭘 안다고, 짜증 나게."

그는 한동안 말이 없다가, 그녀를 일으켜 세웠다. 별로 반항 하지 않는 그녀의 가벼운 몸이 훌쩍 일어섰다. 대충 엉덩이를 털어 낸 그녀가 기다렸다는 듯이 그의 차 옆자리에 냉큼 탔다.

화윤이 절대 하기 싫어하는 것이 있다면 운전이었다.

어차피 집도 사지 않는 그녀가 자신의 차를 살 리도 없었지 만. 다만 도한의 차는 제 차처럼 친근해서, 아무렇지도 않게 옆 자리에 올라타곤 했다.

"아직 시차 적응이 안 됐나, 여전히 피곤하네."

화윤은 창가에 머리를 기대며 중얼거렸다. 도한은 조용히 운 전석에 앉아 시동을 걸고 차를 출발시켰다.

서울의 밤은 뉴욕만큼이나 화려했고 잔잔한 불빛들이 끊임없 이 시야에 어른거렸다. 화윤의 호텔로 향하는 길에 한참이나 말 이 없던 도한이 툭 내뱉었다.

"우리 사이가 뭐라고 진시환한테 짜증을 내냐."

"동업자지."

"그럼 진시환이 틀린 말 한 것도 아닌데."

"자기가 너무하네, 어쩌네 가치 판단할 일은 아니라는 거야. 내 말은."

"너는 가치 판단 안 하냐?"

"몰라. 내가 그냥 기분 나빴으니까, 나쁜 거야. 우리 사이가 얄팍하다고 하는 어조였다고. 나한테 뭐라고 하는 것 같았어."

도한이 피식 웃었다.

"야."

하얗고 차가운 얼굴에 미소가 걸렸다.

"이 세상에서 너한테 가장 뭐라고 하는 사람이 나 아니야?"

"……그건 그러네."

화윤이 천천히 대답했다. 전혀 몰랐던 사실을 이제 깨달았다는 듯이 그녀가 미간을 찌푸렸다. 고개를 갸웃하며 그녀가 덧붙였다.

"근데 너한테는 기분이 안 나빠."

"왜?"

"모르지."

그녀는 무성의하게 대답한 것이 아니었다. 다만 말을 고르고 있을 뿐이었다. 도한은 차분히 기다렸다. 차분하고 감정의 기복이 없는 것은 놀랄 것도 없는 그의 특징이었다. 화윤은 고개를 갸웃거리며 중얼거렸다.

"그 주성 양아치 말이 맞나? 내가 네게 뒤를 맡겨서? 근데 난 사실 뒤 같은 것도 없는 사람인데."

저 멀리 화윤이 묵고 있는 호텔이 보였다. 화윤이 곰곰이 생각하다 발랄하게 물었다.

"그런데 너는? 네 살이나 어린 내가 반말 막 쓰고 이렇게 대하는데 기분 안 나빠? 사장이랍시고 매일 제멋대로만 하고 사는데."

"그러게. 별생각 없는데."

"네 살 어린 다른 애가 너한테 이렇게 대해도 괜찮아?"

"그건 아니지."

도한 역시 고개를 갸웃하며 턱을 쓰다듬었다. 잠시의 정적 후 그가 중얼거렸다.

"아무래도 네가 동업자라서 괜찮은가 보다."

"그래, 동업자님."

화윤이 깔깔거리며 웃었다. 세상에는 수많은 관계가 있다. 그 중에는 두 사람처럼 서로가 정반대의 성격이라는 것을 알고 있기에 오히려 딱 맞는 퍼즐과 같은 관계도 있다.

어쩌면 수많은 사람들이 부딪히는 이유는 서로가 달라서가 아니라 서로를 충분히 알지 못해서일 수도 있다. 그들은 서로에게 가치 판단의 잣대를 들이밀기 전에 다름을 완전히 인정한 사이였기 때문에 갈등이 없었다.

"들어가라."

호텔 앞에서 도한이 차를 세우며 말했다. 화윤은 대답도 하지 않고 안전벨트를 푼 뒤 깡충 뛰어내렸다.

찰랑거리며 흔들리는 그녀의 머리카락을 바라보던 도한이 그녀의 등 뒤에 대고 던지듯 말했다.

"진시환을 조심하는 게 좋겠어. 이대로 상황이 쉽게 끝날 것 같지 않으니까."

"집도 절도 없는 나보고……."

화윤이 키득거리며 돌아보지 않은 채로 어깨를 으쓱했다.

"대체 뭘 조심하라는 거야?"

도한은 나비처럼 팔랑거리며 호텔 로비로 들어가는 화윤을 잠시 바라보다가, 미련 없이 차를 돌렸다.

2화

살아 있는 것을 발견할 때마다
나는 권력에의 의지도 함께 발견했다.

—니체, 〈차라투스트라는 이렇게 말했다〉

시환은 오전에 몇 개의 회의를 몰아치듯 해 버린 뒤, 점심을 간단한 샌드위치로 때우며 비서의 보고를 듣고 있었다.

"현재 G호텔에 투숙 중이며, 이러한 방랑 아닌 방랑 생활을 계속해 온 걸로 보고되고 있습니다. 미혼모인 엄마가 초등학생 때 자살했고, 할머니의 손에 키워졌다고 하는데 그 동네에 남아 있는 사람이 워낙에 없어서 더 이상 알아보기가 힘들었습니다."

비서의 건조한 목소리를 듣는 시환의 눈빛이 가라앉았다.

"고등학교는 1학년 때 자퇴했고, 무슨 생각인지 모르겠지만 검정고시를 친 뒤 S대학교 컴퓨터공학과에 입학했고요. 이때 채화윤으로 개명을 하고 성형수술도 좀 합니다. 그리고 2학년 때 하도한과 우연히 만나 유니콤을 창업했습니다."

"그 뒤는 다 아는 얘기고. 아버지에 대한 정보는 없어?"

"예. 그 마을이 워낙에 폐쇄적이었고, 어느 순간부터 몰락한

뒤 지금은 머물고 있는 사람도 별로 없어서…… 좀 더 알아보도
록 하겠습니다."

"오늘 하도한 스케줄은?"

"오후에 T전자 미팅이 있고, 저녁 스케줄은 비어 있습니다."

"우리 하청 업체 중에 K산업 있지? 급히 하도한이랑 미팅 잡
으라고 해. 저녁으로."

"네."

"채화윤 소재는 계속 파악하고 있도록 해. 저녁때 만날 거니
까."

"그때 준비하신 거 다시 준비할까요?"

"당연하지."

시환은 낄낄거리며 웃었다.

"미친년 상대하려면 나도 미쳐야지. 오랜만에 재밌어 죽겠
네."

비서가 나가고 난 뒤에도 시환은 의자를 빙빙 돌리며 얼굴에
웃음기를 지우지 않았다. 모니터에는 미국의 한 클럽에서 외국
인 남자의 손길을 기분 좋게 즐기고 있는 화윤의 사진이 떠 있
었다.

그는 처음 접했을 때부터 유니콤이 획기적인 프로그램이라는
것을 알았다. 주성에 도입되지 않도록 손을 쓴 것은, 유니콤을
결정적일 때 자신이 도입하고 인수하기 위해서였다.

중소기업의 탐나는 기술들을 인수하여 더 크게 키우는 것은
대기업들의 흔한 경영 방침이었다. 유니콤은 분명 탐나는 먹잇
감이었기 때문에 오랫동안 관찰해오다가 자신이 경영권에 직접

참여하고, 후계 자리가 확실해지면 그때 본격적으로 달라붙을 계획이었다.

유니콤의 사장이 미친 개차반 여자라는 것은 매우 흥미로웠고, 어떻게 튈지 모른다는 것이 그의 승부욕을 자극시켰다.

그는 실질적인 경영권을 갖고 있는 도한에게 몇 번 접근했지만 모든 것은 화윤의 뜻대로라는 냉랭한 대답만을 들었을 뿐이었다.

그건 사실이었고, 화윤이 유니콤 인수의 열쇠라면 그녀를 풀어내야 했다. 유니콤이라는 프로그램을 어린 나이에 만들어 버린 세기의 천재라는 수식어만 들어도 그녀는 그의 관심을 끌기에 충분했다.

그런데 이 여자, 직접 만나 보니 자신과 비슷한 광기를 가지고 있지 않은가.

눈빛, 표정, 목소리, 몸짓 하나하나에 무의식적으로 느껴지는 색기는 또 어떻고.

시환은 모니터 속 화윤의 모습을 뚫어져라 응시하며 의미심장한 미소를 지어 보였다.

※   ※   ※

T전자 미팅이 아직 끝나지도 않았는데 급히 K산업에서 연락이 왔다. 도한은 무표정으로 저녁 때 보자는 대답을 했지만 살짝 지친 것은 사실이었다. 결국 오늘도 야근이다. 아무리 직접 키우는 회사의 재미에 빠져 지금까지 살아왔다지만 이제 나이도

나이인 만큼 체력적 한계가 오곤 했다. 대충 해결하고 들어가야겠다는 생각에 그는 목 뒤를 주물렀다.

이제 그의 나이 서른일곱이었다. 대학 시절 첫사랑은 이미 결혼하여 초등학생 자식이 있었다.

유니콤이 한창 커 가기 시작하며 눈코 뜰 새 없이 바쁠 때 그녀는 그를 떠났다. 그녀의 입장에서는 벤처 키우는 데에 혈안이되어 제대로 연락도 되지 않는 남자 친구와 만날 이유가 없었다.

어쩌면 화윤과 유니콤을 만난 뒤 그의 인생은 확 틀어진 셈이다. 그는 평범한 대기업 사원으로 입사하여 첫사랑이었던 여자친구와 결혼하고, 지금쯤 전세 자금 대출이나 갚으며 자식을 둘정도 낳을 줄 알았다.

그러나 성장하는 유니콤의 주인 아닌 주인이 되고 나자 그의인생 노선이 달라졌다. 그러므로 인생을 미리 예상하고 계획한다는 것이 얼마나 우스운가. 주성그룹에 취업하기 위해 자기소개서를 쓰던 그가 어젯밤에는 주성 후계자와 마주 앉아 저녁을먹었다.

집 나간 아내를 기다리는 심정으로 방랑하는 화윤을 필요할때마다 불러다 앉히고, 대한민국 산업 전반에 펼쳐져 버린 유니콤을 관리하는 동안 세월이 놀랄 만큼 빨리 갔다. 컴퓨터라고는거의 몰랐던 그가 최고의 엔지니어들을 데리고 개발팀을 이끌었다.

화윤이 한바탕 꿈을 꾸듯 인생을 살아가는 것처럼 그는 꿈을꾸듯 일을 했다. 워커홀릭 기질이 있는 그에게는 확실히 즐거운

일이었지만 가끔은 무엇을 위해 이렇게 살고 있나 하는 회의감
이 들기도 했다.

그럼에도 불구하고 그는 화윤과의 만남이 그의 인생 중 가장
큰 행운이라고 생각했다.

"우리 사이에 대해서, 친구라고 안 해 줬다고 실망하겠다느니
능글맞은 소리를 해대잖아. 지가 뭘 안다고, 짜증 나게."

어제 볼멘소리로 중얼거리던 화윤이 떠올랐다. 항상 제멋대
로이고 인생을 막 사는 것처럼 보이며, 집을 절대 가지지 않는
다든지 하는 기이한 행적을 보이지만 확실히 불같은 매력이 있
는 동업자였다.

"넌 영원히 내 동업자도 못 돼."

시환에게 놀리듯이 차갑게 말하던 그녀의 목소리가 떠올라
하마터면 웃음을 터트릴 뻔했다.

도한은 언제나 모범생이었고 성실했으며 상식적인 사람이었
다. 사실 그는 화윤 같은 사람들을 정말 싫어했다. 책임감 없고,
제멋대로 굴고, 뒷일을 생각하지 않고, 그 과정에서 남의 기분
같은 건 생각하지 않고.

그러나 그 상대가 너무나 비범해서 대한민국 산업의 판도를
흔들어 버릴 만큼 천재라면 이야기가 어떻게 되는 걸까.

게다가 화윤과 함께 있으면 이렇게 인생이 꿈꾸듯 몽롱해진

다. 상식과 비상식의 경계가 흐릿해지고, 한바탕 모험을 하는 기분이었다.

아무리 대충 사는 약간 미친 여자라고 해도 그녀를 싫어할 수 없다. 그래서 그가 이렇게 모든 일을 도맡아 해도 괜찮았다. 금전적인 보상도 차고 넘칠 만큼 충분하니까.

창문 밖으로 보이는 날이 좋았다. 그녀는 결국 오늘 경복궁에 갔을까.

화윤은 늦장을 부리다가 또 늦게 출발했다. 경복궁을 가려다가, 어제 본 한복을 입은 사람들이 생각나 주단 집부터 먼저 갔다. 왠지 한복을 입고 싶어졌던 것이다.

그녀는 태어나서 한 번도 한복을 입은 적이 없었다. 옷도 세 벌밖에 없는데 이참에 한복 한 벌 사겠다는 마음을 가지고 그녀는 종로로 향했다. 인터넷에 검색했더니 종로에 주단 집이 많다는 정보가 눈에 띄었기 때문이었다.

"새색시 한복 하시려고요?"

"아뇨."

젊은 여자의 등장에 모두 그녀를 한복을 새로 맞추는 예비 신부라고 착각한 모양이다. 화윤은 태연하게 말했다.

"그냥 제가 입고 다니려고요. 저거 예쁘네요."

"아, 그럼 일단 어울리는 색을 보고 결정하면 한 달 정도 안으로 맞춰서……."

"지금 당장 입고 싶어서요."

황당하다는 듯한 사장의 얼굴을 보며 그녀는 재빠르게 덧붙였다. 너무 늦게 출발해서 얼른 입고 가야 입장 시간 안에 경복궁에 도달할 수 있었다.

"저걸로 주세요."

전시용 한복을 대뜸 손가락질한 그녀는 얼마 지나지 않아 이상하다는 듯한 사장의 눈빛을 받으며 그 한복을 입고 종로 거리를 활보할 수 있었다.

흰색 저고리에 분홍색 치마, 보라색 고름이 바람에 살짝 흩날렸다. 도한이 준 옷은 버릴까 하다가 쇼핑백에 들었다. 경복궁으로 향하는 택시를 잡으려는 그녀를 사람들이 흘끗흘끗 바라보았다.

황당하고 이상한 눈으로 그녀를 바라보고 있었던 것은 그녀와 아무 관계도 없던 사람들뿐만이 아니라, 그녀의 뒤를 몰래 밟고 있던 시환의 비서도 마찬가지였다. 특이한 여자인 건 알았지만 갑자기 한복을 입고 거리를 활보할 줄은 몰랐다. 그녀가 잡은 택시를 따라 이동해 보니 경복궁 앞이었다.

화윤이 경복궁에 들어가려던 그때, 때맞춰 그의 휴대폰이 울렸다.

―준비 다 됐어. 데려와.

이러한 사정도 모르고 화윤은 입장권을 끊으려다가, 한복을 입으면 입장료가 무료라는 말을 듣고 기뻐하고 있는 와중이었다. 왜 이렇게 경복궁에 한복을 입고 다들 돌아다니나 했더니 그런 사정이 있었던 것이다.

그녀는 경복궁에 오겠다고 씩씩댔으면서 인터넷에 검색 한 번 해 보지 않은 자신이 한심해서 한숨을 푹 쉬고, 다시 의기양양해서 걸어 들어가려던 참이었다.

"채화윤 씨?"

누군가 그녀의 팔을 잡았다. 화윤은 공격적인 눈으로 뒤돌아보았다.

"잠시 같이 가실 곳이 있습니다."

"뭐야?"

그녀는 짜증 난다는 듯이 눈을 흘겼다.

"진시환이 뭐 또 할 말 있다니?"

시환의 비서는 깜짝 놀랐다. 아무런 말도 하지 않았는데 시환과 연계된 것을 눈치챈 것이다. 그녀는 미간을 찌푸리며 덧붙였다.

"어제 진시환 옆에 있던 네놈 낯짝을 내가 기억 못 할 거라고 생각했나 봐?"

천재라고 하더니 괜히 천재가 아닌 모양이다. 어제 그가 시환의 옆에 있었던 시간은 극히 드물었고, 게다가 지금은 선글라스까지 끼고 있었다. 아무 곳에도 신경 쓰는 것 같지 않아 보이던 그녀의 성향에 비추어 볼 때 예상하지 못한 일이었다.

물론 화윤은 당연히 아무 곳에도 신경 쓰지 않았다. 다만 그저 기억할 뿐이었다. 그냥 기억이 나는 것을, 의식하지 않아도 알 수 있는 것을 어찌할 도리는 없었다.

그녀는 말문이 막힌 시환의 비서를 바라보며 그의 손을 탁 쳐

냈다.

"나 안 가."

"모셔 오라고 했습니다."

"세상에 모든 게 제 맘대로 되지는 않는 법이라고 전해 줘. 난 경복궁 구경 갈 거야."

"정말 즐거운 것을 준비했다고……."

시환의 비서는 침을 꿀꺽 삼키며 시환이 알려 주었던 말을 의미심장하게 속삭였다.

"이번엔 제대로 접대하며 사업상 이야기를 나눠 보자고 하셨습니다."

과연, 화윤이 눈을 가늘게 뜨며 반응했다.

"제대로?"

"대한민국 최고의 기업 우두머리를 목전에 둔 남자가, 오직 채화윤만을 위해 맞춰서 제공하는 즐거움을 누려보시지 않겠냐고 전하셨습니다. 접대를 받는다고 해서 상대가 원하는 것을 들어줄 의무는 없지만, 그 접대가 궁금하시지 않으시냐고요."

"……."

화윤의 눈동자가 굴러갔다. 호기심이 동한 것이다.

"무료한 삶의 반복에서 순간의 새로운 즐거움으로 일탈하고 싶으시다면, 오시라고."

"대사는 유치하기 짝이 없는데……."

그녀는 춤추듯이 빙글 돌았다. 아무렇게나 묶어 올린 머리카락 중 한 가닥이 그 바람에 사뿐히 어깨에 내려앉았다.

"궁금하긴 하군. 나를 위해 도대체 뭘 준비했다는 건지."

"저희 이사님은 사실 사장님과 많은 부분이 닮았습니다."

"허?"

"가시면 더 잘 알게 되실 겁니다."

"경복궁보다 재미없기만 해 봐."

화윤은 피식 웃고는, 비서가 안내할 틈도 없이 성큼성큼 걸어 경복궁 앞 광경과는 이질적이던 리무진 문을 휙 열고 혼자 냉큼 타 버렸다.

차 안에 준비되어 있던 와인을 한 잔 마시고, 살짝 무료해져 휴대폰 게임을 하다가 깜빡 졸았더니 도착한 모양이었다. 차가 부드럽게 멈추는 것을 느낀 그녀는 번쩍 눈을 떴다. 비서의 안내에 따라 지하로 들어가자 휘황찬란한 실내가 보였다.

그녀는 한복 치마를 질질 끌면서 비서의 뒤를 따라갔다. 제일 안쪽의 방에 다다르니 그가 문을 열었다. 화윤은 눈을 가늘게 뜨고 도도하게 방으로 들어가 넓은 소파의 한가운데에 앉았다.

맞은편에 살짝 놀란 눈의 시환이 보였다. 시환은 그녀에게 인사하는 것도 잊은 채 잠시 그녀를 바라보더니 어이가 없다는 듯이 웃었다.

"역시 채 사장님은 예측 불가능이군요."

화윤은 다리를 꼬고 앉아 팔짱을 끼고 어깨를 으쓱했다.

"안 올 수도 있다고는 생각했는데, 한복을 입고 올 거라고는 전혀 생각 못 했거든요."

"이사님 보여 주려고 입은 거 아닙니다."

"젊은 여자가 겁도 없네요. 무슨 일을 당할 줄 알고 경계심 없이 아무나 따라옵니까?"

"기껏해야 죽기밖에 더하겠어요?"

그녀는 앞에 있는 화려한 술상을 눈으로 훑으며 이죽거렸다.

"멕시코의 이름 모를 바에서 술 취해서 필름 끊긴 적도 있었는데, 아는 나라에서 아는 사람 만나는 게 뭐 그렇게 무섭다고."

시환은 낄낄대며 옆에 있던 양주를 화윤의 잔에 따랐다. 화윤이 그의 잔에 따라 줄 생각이 없어 보이자 그는 어깨를 으쓱하며 자신의 잔에 스스로 술을 따르고, 그녀가 단숨에 술을 비우는 것을 차분하게 바라보았다.

"나는 말이죠, 채화윤 씨를 이해할 수 있을 것 같아."

화윤은 피식 웃으며 턱을 괴었다. 한복을 입고 한 손으로는 빈 양주잔을 달깍거리는 그녀의 모습은 상당히 이질적이었다.

"내가 20대 때, 여행이 즐거워서 거의 전 세계를 돌아다녔거든요?"

"그런데요?"

"부다페스트의 야경이 그렇게 대단하다고 해서 엄청난 기대를 하고 갔죠."

"흠."

"그런데 그저 그런 거예요. 남들은 사진 찍느라고 정신없는데, 나는 사실 별 감흥이 없었어요. 끽해 봐야 유럽식 건축 양식에 주황색 조명 쏘고 야경의 필수 요소라는 강 하나 흐르는 거 아닌가. 너무 예상 가능한 구도와 예측이 가는 감동이다, 이런 생각이 들었거든요."

화윤은 소파에 등을 기대며 살짝 눈썹을 꿈틀거렸다. 캄캄한 방에 은은한 조명이 떨어져 그녀와 그의 얼굴에 그림자를 드리웠다.

화려하고 넓은 방, 푹신한 소파, 잔뜩 차려진 온갖 산해진미 앞에서 분홍색 한복 치마 속에 파묻히다시피 한 그녀의 모습을 시환은 흥미로운 표정으로 바라보며 말을 이었다.

"다 해 본 사람들은 그 무엇에도 흥미를 못 느끼잖아요. 그래서 점점 더 센 자극, 더 새로운 사건이 필요하죠. 그래서 삶의 방식이 기괴한 채화윤 씨, 이해해요."

기괴하다니. 난 그저 오늘 다른 사람들처럼 한복을 입고 경복궁에 가고 싶었을 뿐인데. 화윤은 눈을 가늘게 뜨고 대답했다.

"그러기엔 삶을 너무 열심히 사시는 거 아닌가."

"아니죠. 그런 사람은 그쪽 부사장, 하도한 씨고. 나는 아니에요. 하도한 씨는 아무런 목적이 없어도 열심히 살잖아요? 모범생처럼."

시환 역시 잔을 모두 비웠다. 이번엔 화윤이 잔을 채워 주었다. 어느 정도 대화가 흥미 있다는 표시였다. 시환은 그녀에게 사진을 몇 장 내밀었다. 그녀가 미국에서 다양한 외국인들과 클럽에서 스킨십을 하는 사진, 길거리에서 키스를 하는 사진 등등이었다.

화윤이 기가 막혀 짜증을 내려는 순간, 재빨리 시환이 변명했다.

"딱히 숨기고 싶은 생각도 없어 보여서 갖고 있었을 뿐입니다. 그냥, 채화윤 씨가 어떤 여자인지 알고 싶어서 그런 거고. 하긴, 새로운 이성은 언제나 재미가 있죠. 그렇죠? 인간도 동물 중 하나니까 말이에요."

"무슨 소리를 하고 싶은 건가요?"

"나는 사실 그런 것도 다 해 봐서 살짝 질리고 다 재미없었는데, 일관적으로 형이랑 누나 이겨 먹는 재미가 쏠쏠해요. 주성을 더 크게 키우고, 더 획기적으로 변화시켜 다 내 것으로 만들 거니까. 아직 이루지 못한 것에 대한 흥미라고 할까요? 그 길로 가는 좋은 방법이 유니콤 인수 같아서 이렇게 노력하는 겁니다."

"대단하시네요."

"어제는 모범생이 하나 껴 있어서 대화가 잘 안 되기에 화윤 씨만 불렀죠. 우리, 영혼 맞는 사람들끼리 진솔하게 얘기 좀 해 봅시다."

화윤은 턱을 괴고 씩 웃었다.

"언제부터 우리가 영혼이 맞았더라."

"유니콤 넘겨요."

시환이 상체를 앞으로 숙이며 아주 달콤한 제안을 하는 것처럼 속삭였다.

"저는 화윤 씨보다 인생을 즐기는 법을 더 많이 알고 있어요."

"음?"

"유니콤을 넘기면, 내가 이미 해 봤던 재미있는 것, 그 모든 것을 다 가르쳐 줄게. 언제까지 클럽 같은 데에서 외국인이나 꼬드기고 살 거야?"

화윤은 자신이 여러 외국인 남자들과 즐기고 있는 사진들을 던져 버리고, 그가 따라 준 술을 또 비웠다. 은은한 주황색 조명 불빛 아래에서 산해진미들이 식고 있었다. 화윤의 알 수 없는 표정을 보며 시환이 휴대폰으로 어디엔가 전화를 했다.

"들여보내."

"오호."

그녀가 키득거리며 웃었다.

"이제 접대하는 거니?"

그쪽에서 반말을 썼다면 이쪽에서도 반말을 안 쓸 이유가 없다. 둘 다 어느 정도 취해 있고, 본론으로 들어간 상태였다. 그녀가 모르는, 이 세상에 존재하는 더 즐거운 것을 접대해 준다는데 마다할 이유가 어디 있겠는가.

화윤은 거의 다 풀어진 고름을 대충 매듭진 뒤에 턱을 괴었다. 고름을 제대로 매는 법을 몰랐기 때문에 아주 우스운 꼴이 되었다.

"나, 기대한다?"

대한민국 최고의 권력과 부를 가진 남자가, 화윤을 뒷조사까지 해서 그녀가 원하는 아주 새로운 즐거움을 선사한다는데 거부할 이유는 없었다. 화윤은 편한 소파에 아빠 다리를 하고 앉아 화려하게 장식된 문을 바라보았다.

문이 열리고 그들이 들어왔다. 화윤의 동공이 커졌다.

"안녕하세요."

눈이 튀어나올 정도로 잘생기고 몸이 좋은 젊은 남자들이 여덟 명 들어왔다. 다들 깔끔한 슈트 차림이었다.

화윤의 표정이 굳어졌다. 차례대로 선 남자들이 화윤의 선택을 기다리는 양 간단히 자기소개를 하고 그녀를 바라보고 있었다.

"야."

화윤이 팔짱을 끼고 젊은 남자들을 훑으며 말을 내뱉었다.

"너랑, 거기 너. TV에 나오는 애 아니야?"

"알아보네."

시환이 흐뭇한 듯이 턱을 쓰다듬으며 말했다.

"이런 자리 안 나온다는 거 억지로 데려왔어. 그리고 잘 모르나 본데 저 끝에 애도 요새 잘 나가. 새로 시작한 드라마 아직 안 봤나 보네."

"⋯⋯."

화윤이 입을 꾹 다물자, 시환은 키득거리며 덧붙였다.

"얘네도 계 탔지. 이렇게 젊고 예쁜 여자가 상대일 줄 몰랐을 걸."

그들은 고름이 대충 묶여 있는 한복이나, 이미 반쯤은 풀려 버린 화윤의 올림머리를 보고도 아무렇지도 않은 듯 미소를 지은 채로 화윤을 바라보고 있었다.

"아무거나 시켜 봐도 돼. 골라 봐. 물론 저쪽 문으로 나가면 좋은 방도 바로 있어. 한 명 말고 여러 명 골라도 되고. 다들 놀랍도록 잘할 거니까 그쪽으로는 걱정하지 마."

"넌?"

"너 고르면 나도 이제 여자들 들어오라고 하지. 네가 내키지 않는다면 나는 지금 나가 봐도 좋아."

"대단하군."

"뭐, 나도 저쪽 방으로 들어오라 하면 들어갈 용의는 있다."

세상 즐거운 농담을 들었다는 듯 화윤이 깔깔거리며 웃었다. 그녀는 자신의 앞에 놓여 있던 빈 잔에 손에 잡히는 아무 술이나 자작하여 단숨에 마셨다. 얼마나 크게 혼자 웃었는지, 빈방에 그녀의 웃음소리만 가득 찰 정도로 울려 퍼졌다.

"야, 너."

화윤이 포크를 집어 왼쪽에서 두 번째 남자를 지목하며 말했다.

"춤춰 봐."

그 남자는 능숙하게 구석에 있는 노래방 기기에서 노래를 틀더니 아이돌 뺨치는 수준으로 춤을 추기 시작했다.

화윤은 30초 정도 눈을 게슴츠레 뜨고 보다가 노래를 꺼 버리고, 포크로 그 옆의 남자를 지목했다.

"넌 노래해 봐."

이번에 지목한 남자는 목을 두어 번 가다듬더니, 화윤이 중학교 때 좋아했던 아이돌의 노래를 열창하기 시작했다. 그녀는 후렴구에 다다라서야 또 아주 재미있다는 듯이 낄낄 웃었다.

맞은편에 앉은 시환이 화윤의 눈을 마주치며 속삭였다. 취기가 올라온 그녀의 얼굴이 발갰다.

"돈은 원하는 만큼 줄게. 유니콤을 넘겨 주면."

화윤의 갈색 동공에 비치는 자신의 모습을 바라보며, 그는 싱긋 웃었다. 지목된 남자가 부르는 노래는 계속되었다.

"네게 늘 새로운 경험과 넘치는 쾌락을 약속하지. 네가 몰라서 발을 들이지 못했던 세계들, 권력이 없으면 안 되는 일들, 타고날 때부터 삶이 지루했던 사람들이 탐구했던 자극들, 예전의 황제들이 대를 이어 누렸던 수많은 즐거움……."

시환의 속삭임이 끝나는 동시에 남자의 노래 1절이 끝났다. 화윤은 뒤로 등을 기대고, 포크를 든 손을 다시 올렸다.

"그만. 거기 너, 술 마셔 봐."

포크로 지목당한 제일 끝의 남자가 두말없이 술을 마셨다. 그녀가 아무 말이 없자, 그는 살짝 화윤의 눈치를 보며 한 잔 더 마셨다.

화윤은 포크를 빙글빙글 돌리더니, 이 모든 것을 흥미롭게 바라보고 있던 시환 쪽으로 내던졌다. 포크는 시환의 가슴팍에 정통으로 맞은 뒤, 힘없이 바닥에 떨어져 쨍그랑 소리를 냈다.

"야."

여덟 명의 남자는 물론, 시환까지 표정이 굳었다. 화윤은 약간 풀린 눈을 부릅뜨며 목소리를 바꿔 낮게 말했다.

"너는 이게 재미있냐?"

정적이 흘렀다.

"이걸 아주 세상의 제일 재미있는 접대라고 나한테 바쳐?"

"취향이 아닌 줄은 몰랐네."

시환 역시 진지한 표정으로 눈썹을 꿈틀거렸다.

"모르는 남자들이랑 너저분하게 노는 게 취미 생활 아니었나?"

"아무런 합의도 그 어떤 자유 의지도 없는 성관계는 내 스타일이 아닌데. 너는 권력을 이따위로 확인하니? 역겹게."

그녀가 천천히 일어섰다.

"네놈한테는 더 볼 것도 없다. 영혼이 맞긴 개뿔."

그녀는 그녀의 앞에 늘어선 남자들을 툭툭 쳐서 모두 비키게
한 다음 뒤도 돌아보지 않고 그 방을 나섰다.

어둡고, 캄캄하고, 그만큼 화려한 복도를 엉망인 차림의 한복
을 입은 여자가 술에 취해 비틀거리는 걸음으로 걸어 나가는 모
습이 모두에게 생경하여 시환의 비서조차 그녀를 잡지 못했다.

화윤은 건물 밖으로 나서자마자 휴대폰을 꺼냈다.

"어디야?"

—오른쪽 골목으로 돌아.

그녀는 경복궁에서 시환의 비서에게 끌려갈 때부터, 먼저 성
큼성큼 차에 올라타 비서가 눈치채지 못하게 도한에게 자신의
위치 추적을 하라고 메시지를 넣어 두었다.

자신의 사회적 지위가 있으니 쥐도 새도 모르게 죽이지는 않
겠지만, 최악의 경우를 상상했던 것이었다. 호기심에 따라가긴
했으나 시환은 느낌이 좋은 남자가 아니었다.

살짝 비틀거리며 골목을 돌자 도한이 자신의 차 문에 기대어
팔짱을 끼고 서 있었다.

"꼬라지 봐라."

그가 혀를 끌끌 차며 다가왔다.

"이거 네가 맸지?"

화윤은 낄낄거리며 고개를 끄덕였다. 도한은 성큼성큼 걸어와 그녀의 고름을 바르게 매어 주고, 엉망이 된 그녀의 머리를 다시 묶어 주었다.

"들을 얘기는 많은데, 사람 꼴은 하고 얘기하자."

"이제 사람 꼴은 됐어?"

도한은 배시시 웃는 화윤의 얼굴을 가만히 바라보다가, 자신도 모르게 피식 웃어 버렸다.

화윤은 한 가닥 내려온 자신의 옆머리를 귀 뒤로 넘기고 발개진 얼굴로 눈을 과장되게 깜빡여 보였다.

"절반 정도? 타, 이제."

도한의 매정한 말에 그녀는 치마를 잡고 종종걸음으로 도한의 차 조수석에 올라탔다. 이제야 편안한 듯 그녀는 긴장이 풀린 얼굴로 시트에 축 늘어진 몸을 기댔다. 도한은 천천히 운전석에 올라타 부드럽게 시동을 걸었다.

"진시환 만났어?"

"만났지."

화윤은 하품을 하면서 시환과의 술자리에서 있었던 일을 담담하게 말하기 시작했다.

제대로 된 접대를 하겠다며 데려갔다는 것부터 시작해서, 정말 믿기지 않을 정도로 잘생긴 젊은 남자들이 주르륵 서서 간택을 기다렸다는 대목에 이르자 도한의 미간이 찌푸려졌다.

"대단한 접대네."

"이런 게 접대라면……."

화윤이 한숨을 푹 쉬었다.

"알고 싶지 않은 세계였어."

"어땠어?"

"몰라. 별로더라."

그녀가 시선을 도한에게 두며 도리어 물었다.

"넌 어떻게 생각해?"

도한의 옆모습은 단정하다 못해 깔끔했고, 운전을 하는 자세 역시 차분하고 신중했다. 마치 10년 전에 조별 모임에서 본 경제학과 과 수석 그 모습 그대로. 그는 말을 고르는 것 같았고, 화윤은 약간 짓궂은 어조로 재차 물었다.

"어찌 되었건 경영 판에서 굴렀으니 정도가 어떻게 되든 동업자님, 너도 비슷한 꼴은 봤을 것 아니야. 너는 어땠어?"

"굳이 접대 자리를 나가지 않지. 접대라는 것이 결국 본인에게 유리하려고 상대의 비위를 맞추는 거잖아. 나는 정정당당한 계약이 좋아."

"역시 하도한은 모범생이야."

"그리고 나는 관습의 노예라 그럴지 몰라도, 성을 돈을 주고 사고판다는 것 자체가 받아들이기 어려워. 사실은 정말로 지저분하다고 생각해. 물론 관습 따윈 개나 줘 버리라는 네 가치관에는 그 모든 게 어떻게 비쳤을지 예상하기가 어렵지만."

차가운 모범생, 관습의 노예.

벌써 두 가지 수식어가 붙은 성실하고 차가우며 자신의 일에 무조건 충실한 그녀의 동업자 하도한은 무덤덤하게 말을 이었다.

"그래서 네가 그 자리를 박차고 나왔다는 걸 예상하지 못했지."

"그래?"

"아마 거기서 제일 잘생긴 놈 두 명을 뽑아 옆방으로 데려간 다음에 유니콤을 넘겨 버렸다고 해도 별로 놀라지 않았을 테니까."

"와, 역겹고 지저분하다더니?"

"나한테 채화윤은 예측과 평가를 넘어선 존재라서."

화윤은 뭐라고 하려다가 말문이 막혔는지 천천히 고개를 돌려 시선을 먼 창밖으로 두었다.

유니콤으로 얽혀 있는 동업자 사이라서 어쩔 수 없다고는 해도 도한은 그동안 그녀의 곁에 가장 오래 있었던 사람이었다. 그만큼 오래 함께 있었는데도 예측과 평가를 넘어설 정도로 자신이 아무렇게나 살았나 싶어 그녀는 새삼 미안해졌다. 화윤에게 도한은 언제나 예측과 평가가 가능한 사람인데.

"그래도……."

잠시 흐른 정적을 깨고 도한이 천천히 말했다.

"네가 그냥 나와서 다행이라는 생각이 드는데 왜 그런지는 모르겠다."

"진짜?"

화윤이 활짝 웃었다. 도한은 피식 웃으며 대답했다.

"그래. 그리고 진시환은 정말 마음에 안 들어. 다시는 네가 그런 자식이랑 얽히지 않았으면 좋겠어. 말로 표현할 수 없고 적절히 설명할 수 없는 이유로 불쾌해."

"그래?"

그녀가 콧노래를 흥얼거리듯 몸을 흔들며 말했다.

"그럼 안 얽히고 안 보지, 뭐. 이젠 그놈에 대해 호기심도 없어. 온 우주의 재미있는 것들을 다 준다고 해도 안 따라나설 거야."

"미안."

"뭐?"

"주성과 얽히게 된 건 내 책임이야. 네가 주성은 느낌이 좋지 않다 했는데 내가 독단적으로 계약해 버린 거니까. 이번 계약이 아니었다면 아예 얽힐 일도 없었을 텐데."

"괜찮아. 네게 전권을 준 내 책임이야. 그리고 이렇게 될 줄 몰랐을 거 아니야. 또 동업자님이 계약한 나름의 이유가 있었겠지. 신경 꺼."

가볍게 말하던 화윤은 갑자기 생각났다는 듯 고개를 휙 돌리며 장난스럽게 말했다.

"정 미안하면 소주나 한잔할래? 술이 어설프게 취해서 좀 더 마시고 싶거든."

"그러든가. 근데 너 옷 좀 갈아입고 와라. 그 한복 입고 소주 한 잔 걸치러 가려고?"

"어머."

화윤이 화들짝 놀라며 입술을 꼭 깨물었다.

"옷 두고 왔네. 네가 사 준 건데……."

한복을 사면서 원래 입고 있던 옷을 담은 쇼핑백을 두고 온 것이다. 리무진 안에 두고 내린 것이 생각났다.

"그게 뭐 대수라고."

도한의 대수롭지 않다는 말에 화윤이 잘 되었다는 듯 손뼉을 짝 쳤다.

"응. 새로 사 줘. 저기 옷 판다!"

그녀는 신나서, 이런저런 옷을 널어 두고 파는 길 건너 노점 상을 가리키며 호들갑을 떨었다.

✽   ✽   ✽

시환의 비서는 혼자 술을 마시는 시환에게 차마 준비해 둔 여 자들을 들여보내지 못하고 조용히 그 앞에 서 있었다. 그는 몇 잔을 연거푸 마시고 전혀 취하지 않은 얼굴로 일어섰다. 흥이 다 깨졌다는 듯 그는 그 어떤 유희도 하고 싶지 않아 보였다.

"댁으로 모실까요?"

"아니, 회사로."

그는 리무진에 올라타다가, 낯선 쇼핑백을 발견하고 미간을 찌푸렸다.

"아."

비서가 황급히 쇼핑백을 치우며 말했다.

"채화윤 씨 것입니다."

"음."

그가 생각에 잠긴 눈으로 중얼거렸다.

"버리지 말아 봐."

"아직 미련이 계신지요."

"미련?"

시환이 키득대며 웃었다.

"시작도 안 했는데, 벌써부터 미련이라니?"

그가 리무진에 편안하게 다리를 올렸다. 그는 느긋한 표정을 지어 보였지만 눈은 부릅뜬 상태였다. 리무진이 출발하자 그는 낮게 말했다.

"채화윤 부모에 대해서 더 알아와. 자살한 미혼모라는 그 엄마에 대해서도, 정체를 모르는 아비에 대해서도. 마을이 작고 사정 아는 사람들은 다 떠났다 해도 어떻게든 수소문해. 돈이야 얼마가 들어도 상관없으니 작은 실마리라도 놓치지 마."

"예."

비서의 간결한 답이 떨어지자 그는 피곤한 눈을 감았다.

"주는 당근 먹고 적절히 떨어질 것이지."

그의 캄캄한 시야에, 분홍색 한복 치마에 파묻혀 양주를 기울이고 그의 제안에 흥미롭다는 듯이 미소를 지어 보이던 화윤의 모습이 어렴풋이 떠올랐다.

"피곤하게 채찍을 들게 만드네."

호적수를 만났다. 차라리 하도한처럼 논리적인 모범생 타입이었다면 더 대하기 쉬웠을 테지만, 어떻게 튈지 모르고 어떤 반응을 할지 모르는 여자였다.

그는 자신이 유니콤이라는 놀라운 프로그램에 끌리는지 그녀가 보여 주는 거침없는 광기에 끌리는지 알 수 없었다.

그러나 아무리 채화윤이라고 해도 이것은 그가 이길 수밖에 없는 싸움이었다. 그가 가진 권력도, 배경도, 온갖 비열한 술수에 대한 지식도 그녀에게는 없었기 때문이다.

❊　　　　❊　　　　❊

"우동 두 그릇에 곰장어 한 접시 주세요."

"소주 한 병하고요!"

도한과 화윤은 한 포장마차 안에 마주 앉았다. 도한의 주문이 끝나기가 무섭게 발랄하게 덧붙인 화윤이 신난다는 듯 어깨를 들썩였다.

노점상에서 대충 산 옷을 입은 그녀는 나이보다 훨씬 어려 보였다. 누가 봐도 유명 브랜드의 가품인 것이 티가 나는 트레이닝복 세트를 입고 머리를 높게 묶은 그녀는 포장마차의 풍경과 아무런 이질감 없이 녹아들었다.

"짠!"

도한이 소주를 직접 가져오자마자 그녀는 재빠르게 술을 따르고 잔을 부딪쳤다. 청량한 소리가 기분 좋게 울렸다.

"동업자님."

"왜?"

"너 많이 늙었다."

비운 술잔에 다시 술을 자작하던 도한이 어이가 없다는 듯 그녀를 바라보았다. 기가 차서 말을 잃은 그를 보며 화윤이 배시시 웃었다.

"맨 처음 봤을 땐 진짜 젊었는데."

"나이는 나만 들었냐?"

"그래도 그땐 촌스러웠지. 총점은 지금이 낫다, 야."

"남이사."

"너 맨날 똑같은 체크무늬 남방 입고 다녔잖아. 지금은 양복도 멀끔히 입고, 용 됐다."

"늙었다는 거야, 용이 됐다는 거야? 하나만 해."

"결혼은 안 하냐?"

그새 나온 우동을 후루룩 먹던 도한이 고개도 들지 않고 반문했다.

"넌?"

"딱히 하고 싶다는 생각이 아직은 안 드네."

"나도 그래."

"말도 안 돼."

화윤이 숨을 들이켜며 말했다.

"이 시대의 모범생, 사회적 관습의 노예, 완전한 정해진 길만 걷는 하도한이 나랑 똑같은 이유로 결혼을 안 한다고? 거짓말하지 마."

"거짓말?"

"너는 그냥 어렸을 때부터 열심히 공부해서 좋은 학교에 가고, 좋은 학교에서 또 열심히 공부해서 좋은 기업 취직하고, 조건 잘 맞고 참한 여자 만나서 결혼하고, 늦지 않게 두 명의 아이를 낳아서 대학 입학까지 하는 거 보고 적절히 명예퇴직 할 것 같은 그런 사람이란 말이야. 네가 그냥 별생각 없이 결혼을 안 했을 리가 없어."

쓸데없이 자세한 화윤의 묘사에 도한이 쿡쿡 웃었다.

"어이가 없네. 유니콤을 맡은 순간부터 그런 삶의 계획은 접었어. 네 탓이야."

"야, 얼굴 좀 보고 말해. 대화하는데 넌 우동만 보니?"

"나 저녁도 안 먹고 거기 앞에서 기다렸거든? 너보다 우동이 더 보고 싶은데."

화윤이 킬킬거리며 웃었다. 그녀는 곰장어 몇 조각을 먹다가 문득 발랄하게 말했다.

"동업자님, 노래 불러 줘."

"미쳤냐? 난 노래 같은 거 부르는 사람이 아니야."

도한은 한 치의 망설임도 없이 미간을 찌푸렸다. 그녀는 하늘을 바라보며 과장되게 한숨을 쉬어 보였다.

"와, 두 시간 전만 해도 엄청나게 고급스러운 곳에서, 온갖 비싼 음식은 쫙 깔고, TV에 나온 젊은 남자들이 나만 바라보면서 시키는 건 다 해 주는 상황이었는데. 사람 인생 진짜 모르네."

"어쩔 수 없어."

도한이 피식 웃었다. 그제야 고개를 든 그가 기지개를 펴며 발그레한 두 볼과 대조적으로 눈이 반짝반짝 빛나는 화윤에게 나른한 듯 말했다.

"넌 너보다 우동이 더 중요하다는, 늙고 까칠한 남자랑 포장마차에서 싸구려 안주에 소주나 먹을 인생이라고."

"아아, 비참해."

말과는 다르게, 화윤의 표정이 밝았다. 그녀는 젓가락을 한 짝씩 양쪽에 든 뒤 팔을 들썩이며 작은 율동을 하기 시작했다.

아이같이 순수한 표정과 얼굴에 붉게 달아오른 홍조, 율동과 함께 흔들리는 머리카락이 도한의 시야에 가득 잡혔다.

"하지만 이 또한 좋은 저녁이야."

도한은 그런 그녀를 자신도 모르게 멍하니 바라보다가, 그런 자기 자신을 의식하고 흠칫 놀라 황급히 시선을 돌렸다. 순간적인 그의 당혹감을 전혀 눈치채지 못한 화윤이 깔깔대며 잔을 들었다.

"여덟 명의 아이돌보다 멋있는 내 늙은 동업자님께 건배!"

"놀고 있네, 진짜."

도한은 대충 잔을 갖다 대며 짐짓 한숨을 쉬어 보였다. 높게 흔들리는 화윤의 머리카락이 시야에 흩어져 어지러웠다.

화윤은 정말 이상한 여자다. 어느 순간 시선에 담으면 그녀가 내뿜는 색깔이 너무 강해 모든 장면이 인상 깊게 남아 버린다. 무슨 말을 할지, 어떤 표정을 지을지 예상할 수 없다. 그래서 자꾸만 뇌리에 강하게 스치는 거라고 그는 혼자 생각했다.

별 하나 뜨지 않는 서울의 밤이 평범하게 저물어 갔다.

"은근 불쾌한 경험이었어. 경복궁이나 갈걸. 난 인간 대 인간에서 그렇게 권력을 휘두르는 꼴을 보는 게 가장 짜증 나."

화윤이 알딸딸해진 목소리로 중얼거렸다.

"근데 또 혼자 가는 게…… 썩 내키지도 않는단 말이지."

그녀의 풀린 눈을 바라보며 도한이 자신도 모르게 말했다.

"같이 가지, 뭐."

그들은 유니콤 창업 이후 사적인 일로는 단 한 번도 따로 만난 적이 없었다.

"어? 진짜? 네가?"

화윤이 미심쩍은 듯 물어서, 도한은 헛기침을 몇 번 했다.

"나중에…… 나중에 시간 나면. 요새는 바빠."

"에이."

그녀가 키득키득 웃으며 소주 한 병을 더 시켰다.

"완전 인사치레 말이네. 그래도 난 절대 안 잊을 거야."

도한은 바로 대답하지 않고, 플라스틱 의자에 아빠 다리를 하고 앉아 콧노래를 부르며 자신의 잔에 술을 따르는 화윤의 춤추는 듯한 손길을 한참 동안 바라보고 있었다.

"……그래."

도한은 반달처럼 휘어진 화윤의 천진난만한 표정에 괜히 헛기침을 하며 중얼거렸다.

"나도 절대 안 잊을게."

"약속!"

화윤이 그의 새끼손가락을 억지로 걸었다. 술이 들어간 탓인지 두 사람의 얼굴이 어느새 상기되어 있었다.

3화

사람은 극복되어야 할 그 무엇이다.
너희는 너희 자신을 극복하기 위해 무엇을 했는가?

—니체, 〈차라투스트라는 이렇게 말했다〉

"네년은 도대체 왜 생겨서…….".

머리가 너무 아팠다. 화윤은 꿈이라는 것을 알면서도, 술이 만들어 낸 숙취의 환상이라는 것을 인지하면서도 눈을 뜰 수가 없었다.

"징그러운 계집애, 제 어미 잡아먹고 눈 치켜뜨는 꼬락서니 보라지. 누가 제 아비 핏줄 아니랄까 봐."

외할머니는 오래전에 돌아가셨는데. 아니, 돌아가셨으니 꿈에 와서 이렇게 지겹도록 잊지 못하는 말을 할 수 있는 것인가.

"야, 너 그거 알아? 쟤 아버지가 바로…….".

"미친, 그래서 유환이가 쟤 쌩까는 거야?"

"정유환 뿐이야? 건하네 엄마는 그래서 쟤만 보면 발작하고 난리도 아니잖아."

"뭐, 근데 그때 그 일에 연관된 사람들은 다 이사 갔으니까."

동네는 작았고, 시골 마을은 폐쇄적이었다. 어린 시절부터 그녀를 배척하고 괴물 보듯 보던 사람들은 그녀가 성장하고도 그 눈초리를 바꾸지 않았다.

그나마 화윤이 열여섯 살까지 그곳에 머물 수 있었던 이유는 중학교 1학년 때 담임 선생님 덕분이었고, 그 선생님을 볼 수 없는 고등학생이 되자마자 자퇴했다.

화윤은 자신을 향한 동네 사람들의 호기심 어린 눈빛이 소름 끼치도록 싫었고, 자퇴 후 마을을 떠나고자 마음먹었다. 그리고 자퇴 소식을 들은 선생님은 집에서 짐을 싸고 있던 화윤을 찾아왔다.

"검정고시라는 제도가 있어."

머리가 빙글빙글 돌았다. 오래전 기억에 묻어 둔 목소리가 마구 뒤섞여서 울렸다.

"은희야, 너는 정말 영리한 아이야. 누가 뭐라 해도 넌 꼭 대학 교육을 받아야 해. 선생님이랑 약속 하나만 하자. 엉뚱한 곳에 가서 이상한 방법으로 돈 벌지 않겠다고. 네 재능을 꽃피워서……."

"야, 가위눌렸냐?"

자신을 툭툭 치는 손길에 화윤은 겨우 눈을 뜰 수 있었다. 눈꺼풀이 천근만근 무거웠다.

흐릿한 시야에 낯익은 천장이 보였다. 그녀가 묵고 있는 호텔 방이었다.

"와 보길 잘했네."

"뭐야……?"

눈을 비비고 가까스로 일어나 보니 도한이 테이블에 무언가를 차리고 있었다.

"전화 너무 안 받아서, 죽었나 싶어 쫓아왔다. 벌써 오후 5시야."

"5시?"

"해장국 사 왔으니까, 먹어."

화윤은 침대에서 몇 바퀴를 굴러 살짝 바닥에 떨어진 다음 엉금엉금 기어 테이블 의자에 무거운 몸을 앉혔다. 어제의 싸구려 트레이닝복 차림 그대로였다. 반면 도한은 잘 다린 셔츠에 면바지 차림이었다.

"출근 안 했어?"

자신의 것까지 사 왔는지, 도한은 화윤의 맞은편에 앉아 일회용 숟가락을 들었다.

"토요일이거든?"

"근데 나 깨우러 온 거야?"

"네가 여기 있는 거 아는 사람이 나뿐인데 신경 안 쓰이겠냐?

토하다가 기도 막혀서 쓰러져 있는 건 아닌가 싶기도 하고."

"이왕 죽이는 거 좀 우아하게 죽일 순 없겠어?"

"네가 잘못되면 유니콤도 끝이야. 이미 대한민국 기업들의 유니콤 의존도는 높아. 너 죽으면 큰일이야. 죽더라도 유니콤 매뉴얼이라도 제대로 만들고 죽어. 개발팀이 그러는데 99% 정도는 매뉴얼 없이도 협업으로 해결할 수 있지만 핵심 부분 1%가 잘 안 풀린대. 그것만 좀 어떻게 해 봐. 아니면 그 1%를 좀 고치든가."

"그러게. 그거 하나 고친다는 게 왜 이렇게 귀찮은지."

화윤은 하품을 하고 해장국을 한 숟가락 먹었다. 속이 따끈해지는 것이 느껴져 후우, 하고 한숨을 쉬었다.

"괜찮냐?"

"아니. 머리 아프고 속 메슥거리고 몸에 힘이 하나도 없어. 너무 많이 마셨나 봐."

"잘났다."

"하도한."

화윤은 눈을 끔뻑이며 밑도 끝도 없이 말했다.

"넌 어린 시절이 어땠냐?"

도한은 해장국에 밥을 말다가 미간을 찌푸리며 그녀를 바라보았다.

"갑자기 무슨 소리야?"

"그냥."

그녀는 눈을 비볐다.

"꿈을 꿨거든."

"꿈? 무슨 꿈?"

"어린 시절 꿈."

그는 밥을 두어 숟갈 먹으며 생각했다. 화윤의 성장 과정에 대해서 들어본 적은 없다.

화윤은 그 누구에게도 자신의 과거에 대해서 말하지 않았다. 딱히 가족과 연락을 하고 지낸다거나 오래된 친구가 있어 보이지도 않았다.

아니, 솔직히 말해 가족이 있긴 한지도 의문이었다. 언제나 집이 없었기에 어디 출신인지도 몰랐다.

"알다시피 나는 성주 참외밭 판잣집 살던 빈농의 아들이라."

그는 담담하게 말했다.

"지지리도 못 살아서 찬 바람 부는 겨울이면 이빨을 딱딱 부딪치며 잠들었었지. 참외밭 소작 부쳐 입에 풀칠하는 부모님 생각하며 죽으라고 성실하게 공부했고 그래서 서울로 상경했어."

화윤은 그의 목소리에 집중했다.

"장학금 받으려고 대학 와서도 공부하고, 생활비 벌려고 과외하면서 바쁘게 살았지. 듣기에 재미없을 텐데. 연봉 높은 주성 같은 기업에 가서 얼른 학자금 갚고 결혼 자금 만들고, 그러려던 차에 널 만났고."

"그게 재앙이 아니었길 바라."

"한순간에 학자금 다 갚고 부모님 집도 장만해 드렸는데 재앙은 무슨. 돈 드린다 해도 손 놀리기 싫다고 하셔서 작은 참외밭도 사 드렸고."

화윤이 쿡쿡 웃었다. 도한은 최대한 무심하게 보이려고 노력하며 물었다.

"넌 어땠는데."

"음."

그녀는 대답해 줄 생각이 없는지 한동안 해장국과 밥만 번갈아 먹었다.

도한은 재촉하지 않았다.

말하고 싶지 않다면 억지로 들을 생각은 없었다. 평범하지 않다는 건 충분히 짐작하고 있었으니, 말하기 어려운 것도 이해할 수 있었다.

"오늘도 경복궁 못 가겠는데."

화윤이 중얼거렸다.

"몸이 너무 안 좋아서."

도한은 너털웃음을 터트렸다.

"도대체 그 경복궁 언제 갈 수 있냐?"

"몰라. 그래도 나, 꼭 너랑 같이 갈 거야. 두고 봐."

화윤은 해장국의 국물까지 남김없이 다 먹은 다음 하품을 하며 말을 이었다.

"한국에 온 지 얼마 안 되었는데 너무 많은 일이 벌어진 것 같아. 진시황인가, 진시환인가 하는 놈 때문에 그렇겠지만."

"좀 지쳤냐?"

"그런 듯."

"듣던 중 반가운 소리네. 제발 어디 싸돌아다니지 말고 틀어박혀서 유니콤 매뉴얼 좀 써."

"……맞아."

발끈할 줄 알았던 반응과 다른, 순순한 대답이 나오자 도한은 흠칫 놀라 말문이 막혔다.

그러거나 말거나, 화윤은 생각에 잠긴 얼굴로 중얼거렸다.

"어디 돌아다니기가 좀 그래. 주성에서 계속 내게 사람을 붙이지 않을까."

화윤의 목소리는 제법 진지했다. 그녀가 말을 이었다.

"경복궁 딱 도착했는데 어디에서부터 따라다녔는지 모를 놈이 앞을 막으니 얼마나 소름 끼치던지. 그건 자유가 아니잖아. 누가 날 관찰한다는 건 너무 불쾌해서, 뭘 해도 재미가 없을 거야."

"그건 동감이야. 주성에서 쉽게 포기할 리가 없지."

"이 상황에서 혼자 해외로 날라 버릴 만큼 네게 다 맡기기도 찝찝하고, 그렇다고 호텔 방에만 있자니 그건 너무 심심하거든."

그녀가, 도한의 눈을 바라보면서 반짝거리는 시선과 함께 해맑게 웃었다.

"그래서 결정했어."

"뭘 또."

도한의 눈에 불안감이 일렁였다.

"나 출근할래."

그의 눈이 접시만큼 커졌다. 지금 화윤의 입에서 전혀 어울리지 않는, 10년 동안 사장이자 개발자면서 한 번도 나오지 않았던 말이 거짓말처럼 나온 것이다.

"당장 내일모레부터."

"야, 하지 마."

그가 번개 같은 속도로 대답했다.

"회사가 놀이터인 줄 알아? 당장 월요일부터 출근하고 싶다고 하면 출근하게? 네 자리도, 네 컴퓨터도 없어. 갑자기 문제 생겨서 네가 여기저기 다니면서 대충 해결하고 가는 개념이 아니라고. 매일매일 성실하게 나와서 자리 지키는 게 아니라면……."

"성실하게 나가서 자리 지키면 되잖아? 네 자리에 의자나 하나 놔 줘. 너 그 넓은 방 혼자 쓰잖아. 컴퓨터야, 내 노트북 쓰다가 필요하면 네 것 쓰면 되고. 네가 내 자리 마련할 때까지 신세 좀 지자."

도한은 갑자기 피곤해졌다는 듯 미간을 찌푸렸다. 화윤은 그에게 마음껏 민폐를 끼쳐도 되는 존재였다. 어떻게 보면 도한의 사무실 자체가 화윤의 프로그램이 없다면 존재하지도 못할 공간이었을 테니까.

"성실하게 나가서 매뉴얼 만들게."

화윤이 눈을 가늘게 뜨고 몸을 앞으로 기울이며 애교 어린 목소리로 졸랐다.

"진짜 친절하게, 자세히."

도한은 그런 그녀를 가만히 바라보다가 눈을 감았다.

도한과 화윤은 10년을 동업한 사이였고 호텔 방을 잡아 주고 드나드는데 거리낌이 없을 정도였지만 이렇게 오랫동안 같이 있었던 적은 없었다.

화윤이 제멋대로 떠돌다가 유니콤에 문제가 생기면 해결해 주고 다시 떠나는 시간들의 반복이었기 때문이다.

그러나 대한민국 기업계에서 최고의 권력을 휘두르는 주성과 얽히며, 어쩌다 보니 화윤의 일상이 구속되어 매일같이 얽히게 되었다.

"······월요일 아침, 8시 반까지 데리러 올 테니 로비로 내려와. 늦지 말고."

하고 싶은 것이라면 다 하고 사는 그녀가, 심지어 자신의 회사에 출근하고 싶다는데 어쩌겠는가.

✾   ✾   ✾

시환은 토요일이었지만 바빴다. 자신의 편인 줄 알았던 주주 중 한 명이 몰래 누나와 긴밀한 연락 중이었다는 것을 알고 이를 처리하기에 바빴기 때문이다.

"그때, 그 골프 캐디한테 돈 좀 쥐여 주고 협박 메일 한 통써."

그는 냉정한 눈으로 비서에게 지시했다.

"성추행으로 신고할 수 있다고. 물론 배후에는 우리가 있다는 걸 은근히 비쳐."

"네."

시환은 주성의 계열사 몇 개로 만족하고 싶지 않았다.

그는 어렸을 때부터 형제들을 경쟁 상대로 생각하는 데에 익숙했다. 한 번 마음에 거슬리는 것이 있으면 절대 그대로 놔두지 않았다.

무슨 수를 써서라도 주성의 단독 후계자가 되어 나머지 형제들을 벼랑에 떨어트리고 싶었다.

그러려면 아직 노선을 정하지 못한 아버지의 사람들, 중립 노선을 유지하며 그들을 관찰하고 있는 나머지 주주들을 설득할 무언가 결정적인 것이 필요했다.

유니콘을 처음 접했을 때, 시환은 그 결정타가 이 프로그램이라고 확신했다.

"그리고 어제 알아보라고 한 건?"

화윤의 뿌리를 찾는 일이었다. 가족과의 접촉이 전혀 없는 것을 보아 무언가 나올 수도 있다는 것이 그의 직감이었다.

"추적 중입니다. 다만 모친이 자살한 점, 채화윤 씨를 가졌을 때 여고생이었던 점, 아버지의 신원 확인이 되지 않는 점, 그마을 자체가 어느 시점에 거의 해체되었다는 점 등이 미묘합니다."

"이번 일, 신속하게 처리해야 할 거야. 저러다가 또 해외로 튀어 버리면 우리는 닭 쫓던 개가 되니까."

그러나 유니콘에 종잡을 수 없는 상대가 버티고 있을 줄이야. 돈이나 권력으로 어떻게 꾈 수가 없는, 쾌락만을 좇고 사는 여자가 유니콘 그 자체라니.

해외에서 원나잇은 즐겁게 하면서 성 접대는 역겹다며 뿌리치고 나가는 게 시환은 이해할 수 없었다.

대책 없이 남자를 좋아하는 여자인가 했더니 그것도 아니었던 모양이다.

"포기하시죠. 채화윤은 그 어떤 방법도 먹히지 않을 겁니다. 소중히 여기는 것이 없으니 약점도 없어요."

문득 도한의 말이 떠올랐다.

안경 너머로 보이던 또렷한 눈매와 창백할 정도로 흰 피부, 전체적으로 풍기는 차분한 분위기의 그가 생각나자 시환은 자신도 모르게 미간을 찌푸리고 중얼거렸다.

"건방진 놈. 제까짓 게 나한테 조언을 해?"

"네?"

"아, 아니야. 어쨌든 채화윤의 약점을 찾는 동안 조금 불행하게 만들어 줘야겠지."

시환은 자신이 원하는 것을 갖기 위해서 타인을 불행하게 하는 방법에 대해 잘 알고 있었다.

"자유롭게 살던 여자니 자유를 뺏으면 돼. 제아무리 제멋대로 사는 여자라고 해도 사람이야. 채화윤을 유명인으로 만들어."

화윤이 운 좋게 IT시대에 태어나 좋은 머리 하나로 지금의 위치에 올랐다면, 시환은 그 자리에 있기 위해 온갖 술수를 모두 익힌 사람이었다.

화윤이 제멋대로 사는 자유로운 영혼이라면 시환은 대한민국 사회에서 여러 가지 무기를 가지고 있는 뛰어난 전략가였다.

오래 생각할 것도 없이 시환은 곧 비서에게 여러 지시를 복합적으로 읊었다.

"언론에 인터뷰 띄우고, 파파라치 샷으로 패션 블로그나 커뮤니티에 사진 뿌려. 실시간 검색어랑 랭킹 기사 조작해서 이 시대의 성공한 청년 CEO로 만들어. 사람들은 새로 태어난 청년 재벌 신화 이런 것들에 쉽게 반응하니 프레임 잘 짜. 아이돌 같은 애 하나 은근슬쩍 붙여서 사진 몇 장 찍고 스캔들을 내도 좋고."

시환의 눈이 사냥꾼처럼 번득였고, 상상만 해도 즐겁다는 듯 어쩌지 못하고 입꼬리가 올라갔다.

그의 머릿속에 흐트러진 한복을 입고 헝클어진 머리로 술잔을 들던 화윤의 모습이 생생했다. 자신을 관찰하던 시선과 이 모든 상황들이 흥미롭다는 듯 보던 표정은 마치 제 또 다른 자아를 보는 것처럼 낯설지 않았다. 포크를 던지며 싸늘하게 일어섰던 뒷모습까지 선명했다.

"자유도 없애고, 위로 붕붕 띄워 주기도 해야지."

시환은 세상에 채화윤 같은 여자는 없다는 것을 확신했다. 세상에 자신과 같은 남자가 없듯이.

인생이라는 지루한 체스판에서 형과 누나라는 지루한 폰들 너머 저 멀리 반짝이는 킹을 발견한 것처럼 그는 호전성이 끓어올랐고, 그래서 그런지 설렘과 들뜸이 온몸에 가득 차오르기 시작했다.

요즈음 머리를 채우고 있는 그 말도 안 되게 미친 여자를 생각하며 그가 씹어뱉듯 중얼거렸다.

"위로 띄워야 떨어트릴 수가 있으니까."

덫을 놓는 건 언제나 설렌다며 씩 웃던 시환은 문득 자신이 처음 본 날부터 화윤만 생각하고 있다는 사실에 흠칫 놀랐다. 지금껏 살면서 어떠한 여자를 이렇게 오랫동안 생각해 본 적이 한 번도 없었기 때문이었다.

그런 그를 놀리듯이 약간은 광기에 번득이던 화윤의 여유로운 표정이 떠올라 그는 입술을 깨물었다.

지금 그녀는 그를 조금도 생각하지 않을 것이라는 예감에 분노와 짜증이 밀려왔다.

＊   ＊   ＊

월요일 아침, 도한의 차를 타고 도착한 유니콤 본사 건물에서 화윤은 새롭다는 듯이 깔깔대며 주변을 두리번거렸다.

"야, 3개월 새 좀 많이 커졌다. 이제 10층도 우리가 쓰는 거야?"

"12층까지 써."

도한은 벌써부터 피곤하다는 듯이 고개를 절레절레 저었지만 그래도 자랑스러움을 숨기지 않는 어조로 대답했다.

"그리고 네가 3개월 전에 한국을 떠난 건 맞는데, 우리 회사 온 건 1년 만이야. 그 전에는 여기저기 쏘다니면서 메일로만 이것저것 해결해댔잖아."

"그건 그렇지. 역마살이 꼈는지, 어디 꾸준히 나가는 게 쉽지 않아서."

"학교 졸업한 게 용하다."

"그러게. 그놈의 대학교 졸업장이 뭐라고."

화윤은 도한의 사무실로 춤추듯 걸어 들어가며 말했다.

"꼬박꼬박 들어가는 게 싫어서 집도 안 만들었는데, 대학교는 왜 그렇게 졸업하고 싶었는지."

"졸업하고 싶었던 거 맞아? 내 기억에 넌 대학교 내내 자퇴 고민했는데?"

"그건 나의 본성이고. 그런데……."

도한이 혼자 쓰는 부사장실은 채광이 좋고 넓었다. 사장실이 없는 관계로 그의 사무실은 이 회사에서 가장 좋았다.

그의 성격을 반영하듯 깔끔하고 군더더기가 없었다. 컴퓨터 배경화면조차 윈도우 기본 화면인 것을 본 화윤이 혀를 내둘렀다.

"뭐, 옛날 중학교 선생님이 나한테 대학 졸업장은 따라고 했거든. 그 말이 도저히 잊히지 않아서 결국엔 졸업을 하고 말았네."

"네가 그토록 남의 말을 잘 듣는 사람인 줄은 전혀 몰랐네."

"남의 말은 더럽게 안 듣지. 그런데……."

그녀는 아무렇지도 않게 그의 컴퓨터 앞에 앉아 이것저것 프로그램을 열면서 중얼거렸다. 물론 도한도 그녀가 마음대로 그의 컴퓨터를 사용한다고 해서 기분이 상해 보이는 눈치는 아니었다.

"그냥, 그런 사람이 있더라고. 꼭 그 말을 들어주고 싶은 사람."

"중학교 선생님 말고 또 있냐?"

"……너."

화윤의 말에 도한은 왠지 모르게 심장이 쿵 내려앉는 것을 느꼈다. 신체적인 반응은 어떻게 할 수 있는 것이 아니다. 예상할 수도, 예측할 수도, 통제할 수도 없다.

도한은 말 그대로 어쩔 수 없다는 감정을 느끼며 가만히 그녀를 바라보았다.

막상 그런 말을 한 화윤은 아무렇지도 않아 보였다.

"왠지 모르게 네 말은 듣게 되더라. 그러니까 미국에서 놀다가도 네 전화에 재깍 달려왔지. 너를 너무 믿어서 그런가? 왜지?"

"선생님이랑 나랑 공통점이 있냐?"

"그건 아니야. 선생님은 쉰이 훌쩍 넘은 아줌마였다고. 너랑 완전히 달랐어. 따뜻했고, 정도 많고, 착했고……."

"지금 나 욕하는 거 맞지?"

도한은 자신의 컴퓨터를 제멋대로 딸깍거리는 화윤을 내버려 두고, 맞은편 소파에 길쭉하게 앉아 책상 위에 쌓여 있던 보고서들을 읽기 시작했다.

화윤은 어느새 하이힐을 벗어 던지고, 도한의 의자에서 기분 좋게 햇살을 맞으며 머리를 아무렇게나 묶은 채 편안하게 모니터를 바라보고 있었다.

한동안 무심한 침묵이 흐르고 나서야 그녀가 퉁한 목소리로 중얼거렸다.

"……그나마 진심으로 나를 생각해 준다는 생각이 드는 사람들한테 그랬던 것 같아."

"뭐?"

이미 어떤 대화에서 이어진 지 기억하지 못했던 도한이 서류에서 눈을 떼지 않고 대충 반문했다.

"그냥, 이런 말이 어울릴지 모르겠는데……."

화윤은 도한의 컴퓨터에 걸린 보안을 쉽게 풀어내며 이것저것 클릭하는 중이었다.

"내가 아주 바닥에 있을 때도 손을 내밀어 줄 그런 사람들한테는?"

"가족 같은 사람을 말하는 건가?"

화윤은 아무 대답도 하지 않았다. 그녀에게는 가족이 별로 긍정적인 단어가 아니었기 때문이었다.

그 사실이 왠지 모르게 약간 심통이 나기도 하고 답답해서 그녀는 재킷을 벗은 뒤 블라우스의 단추를 몇 개 풀었다.

도한은 그 모습을 흘끗 보고 재빨리 고개를 돌렸다. 화윤이 자신의 앞에서 무방비한 모습을 보인 게 한두 번 있는 일은 아니었지만, 이번에는 너무 오랫동안 붙어 있었다.

예전에는 저러다가 또 이틀 정도 후에 훌쩍 떠나 버려 순간적인 두근거림 같은 건 크게 의식하지 않아도 괜찮았는데, 어느덧 일주일 남짓한 시간이 흐르고 말았다.

채화윤은 오랜 시간 같이 붙어 있기에는 위험한 여자다.

그도 남자였기 때문에, 소위 말하는 색기가 넘치는 화윤의 묘한 분위기를 아무렇지도 않게 넘겨 버리기는 힘들었다.

게다가 그토록 능력 있고 자유로운 매력의 그녀가 '너는 특별하다' 와 같은 뉘앙스의 말을 계속한다면?

화윤은 아마 그에게 아무런 감정이 없으니 도리어 그런 말을 할 수 있을 것이다. 묻지는 않았지만 그녀가 수많은 남자들을 거쳐 가고 있는 중이라는 건 짐작할 수 있었다.

그래서 도한은 최대한 그녀를 의식하지 않으려고 하며 무심하게 보고서를 넘겼다.

"야, K전자한테 메일 왔어. 뭐, 기술적인 내용이니까 이건 내가 답장한다?"

"어. 그런데 너 원래 매뉴얼 작성하겠다고 온 거 아니야? 누가 내 컴퓨터로 내 업무를 대행하래?"

"원래 출근하면 오전 정도는 땡땡이쳐도 되는 거 아니야? 내가 사장이잖아."

화윤은 뻔뻔하게 대꾸하며 배시시 웃었다.

"점심 맛있는 거 사 주면 오후부터 일할게."

"그냥 시켜 먹어. 시간 없어."

"거짓말."

그녀는 휘파람을 한 번 휙 불고 키득거렸다.

"너 오늘 아무 약속도 없는데? 네 스케줄 앱에 아무것도 없는 거 확인했어."

"그거 비밀번호는 어떻게 알았냐?"

"이 정도 보안이야 푸는 건 일도 아니지."

"약속이 없어도 검토해야 될 보고서가 한가득이야. 너랑 놀아 줄 시간 없어. 프로그램이라는 게 한 번 개발해 놨다고 그만이 아니라는 건 네가 더 잘 알잖아."

"내가 밀린 업무 메일 다 처리해 주면 점심 정도는 나가서 먹을 수 있지 않을까?"

도한은 화윤의 물음에 대답하지 않았다.

그의 침묵은 긍정이라는 것을 알고 있는 화윤은 망설이지도 않고 그의 메일함에 들어가 재빠르게 메일 확인 후 키보드를 치기 시작했다.

본래 해야 하는 일이 눈앞에 있으면 더 하기 싫어지는 법이다. 화윤은 그 빌어먹을 유니콤 매뉴얼을 쓰지 않을 수만 있다면 도한의 일을 일시적으로 해 주는 건 매일이라도 할 수 있었다.

신나서 키보드를 두드리던 화윤의 눈에 갑자기 새로 온 메일이 들어왔다.

순간 피가 차갑게 식었다.

[새로 온 메일] 지난번에 고마웠어. (보낸 사람 : 주아라)

그녀는 흐트러짐 없는 모습으로 소파에 앉아 보고서를 읽고 있는 도한의 옆모습을 흘끗 쳐다보았다.

바늘로 찔러도 피 한 방울 나오지 않을 남자라고 생각했다. 자신에게는 항상 평정심을 유지하며 차가운 모습만 보여 주던 그였다.

그 한결같은 태도가 믿음직스럽고, 역설적이게도 따뜻하다고 생각했는데…….

화윤이 특별히 기억하려고 하지는 않았지만, 자연스럽게 기억이 나 버렸다.

주아라는 그의 예전 여자 친구 이름이었다. 머리가 좋아 잊히지 않는 건 어쩔 수 없었다. 화윤이 스물일곱의 그를 처음 만났을 때 만나고 있던 오래된 그의 여자 친구이자 첫사랑.

그들은 캠퍼스 커플이었기에 화윤도 그녀를 본 적이 있었다.

수업이 끝나고 강의실 앞에서 그를 기다리던 뒷모습을 언뜻언뜻 보았었다. 수수하고 평범한 여자였다.

유니콤 경영 때문에 서로 사이가 소홀해져 헤어졌다고 들었고, 그 이후 평범하게 결혼하여 아이도 낳았다 들었는데.

그런데 그 여자랑 지금 연락을 하고 있다고? 그 모범생 하도한이?

화윤은 자신도 모르게 메일을 눌렀다. 보지 않으면 후회할 것 같았다. 지난번이라는 게 도대체 언제고, 고맙다는 건 또 무슨 소린가.

안녕, 도한아. 염치없게 답장이 늦었지.

그때 도와줘서 얼마나 고마웠는지 몰라. 보내 준 돈으로 당장 급한 불은 껐어. 정말 고마웠는데 바로 연락 못 해서 미안해.

너 아니었다면 우리 식구 모두 길거리로 나앉았을지도 모르겠다. 그래도 죽으라는 법은 없는지…….

가끔 너랑 같이 걸었던 캠퍼스의 오솔길들, 함께 먹었던 학생 회관 밥들, 마주 앉아 밤늦게까지 함께 공부했던 중앙 도서관, 이런 것들이 생각난다.

그땐 몰랐는데, 그때가 내 인생에 가장 반짝이던 청춘이었나 봐. 그 시절의 너와 내가 꿈처럼 빛나서 내게도 그런 시절이 있었구나, 하는 생각에 며칠을 버티곤 해. 지나고 나서야 그때가 눈물 나게 좋았던 걸 알았어.

사실은 남편이 아직도 청산하지 못한 빚이 있어 다른 사채업자들에게 쫓기고 있어. 하루하루가 고단하고 힘들다. 특히나 아이들

학교에 찾아갈까 봐 언제나 전전긍긍하고 있는데, 말도 안 되게 늘어나는 이자들이 내 능력으로 감당하기엔 버거워.

현실이 무거워 언제나 생각은 과거로 돌아가고, 그때마다 내 인생에 가장 반짝이던 너와의 시간들이 떠올라.

네 기억 속에 혹시 아직도 내가 반짝이고 있다면 혹시 조금만 더 도와줄래.

그때도, 지금도 가장 힘들면 네가 생각난다.

화윤은 화가 난 나머지 자리에서 벌떡 일어섰다.

이게 무슨 말 같지도 않은 소리란 말인가. 메일의 끝에는 그녀의 계좌번호와 필요한 금액이 적혀 있었다. 이런 일이 처음이 아님을 눈치챘다.

"야, 하도한."

도한은 쟤가 왜 또 저래, 하는 눈빛으로 미간을 찌푸린 채 그녀를 바라보았다.

화윤은 왜인지 모르겠지만 마음 속 깊숙이 끓어오르는 화를 주체하지 못하고 의자에서 일어나 도한의 앞에 맨발로 성큼성큼 걸어가 앉았다.

"뭐야?"

그는 심상치 않은 화윤의 표정에, 보고 있던 서류를 잠시 옆에 두고 안경을 밀어 올렸다.

"너, 옛 여친한테 삥 뜯기고 있니?"

"뭐?"

도한은 화윤의 너무나 원초적인 말에 황당해서 화낼 타이밍도 잊었다.

"너 버리고 시집가서 애가 둘이나 있는 여자한테, 사랑한다는 메일을 받아도 한심할 판에 돈 달라는 메일을 받아?"

"채화윤."

그는 차갑게 대답했다.

"누가 내 사적인 메일까지 열어 보래?"

"네가 열지 말라고 당부했니?"

이런 문제에서 화윤을 이겨 먹을 생각은 없었다. 그러나 당황한 것은 사실이었기 때문에 도한은 급히 자신의 자리로 돌아가 모니터에 뜬 메일을 읽었다.

정말로 아라가 메일을 또 보내 왔다.

아라는 그의 바뀐 휴대폰 번호를 몰랐고, 그래서 그의 메일로 연락을 해 왔다. 그런 연락이 오면 도한은 그 어떤 답도 하지 않고 돈만 보냈다.

예전에 한두 번 돈을 보내 줬더니, 이번에 또 하필 이 타이밍에······.

"그때 도와줘서 얼마나 고마웠는지 몰라. 보내 준 돈으로 당장 급한 불은 껐어. 정말 고마웠는데 바로 연락 못 해서 미안해."

모니터를 보지도 않고, 화윤은 한 번 읽은 것을 정확히 외웠다.

"번역해 줄까? 그때 고마웠지만 아쉬운 거 끝나서 연락 안 했어. 근데 또 부탁할 게 생겨서 연락한다, 호구야."

도한은 말에 대꾸할 새도 없이 메일을 읽기 바빴고, 화윤은 어느새 전문을 외웠는지 킬킬거리며 말을 이었다.

"특히나 아이들 학교에 찾아갈까 봐 언제나 전전긍긍하고 있는데, 말도 안 되게 늘어나는 이자들이 내 능력으로 감당하기엔 버거워. 현실이 무거워 언제나 생각은 과거로 돌아가고, 그때마다 내 인생에 가장 반짝이던 너와의 시간들이 떠올라."

그녀는 맨발의 매끈한 다리를 테이블에 올리며, 짐짓 화가 난 어투로 말을 계속했다.

"번역. 나 돈 더 필요해. 생각해 봤는데 돈 대 줄 곳은 너밖에 없어."

"채화윤. 그만해."

"네 기억 속에 혹시 아직도 내가 반짝이고 있다면 혹시 조금만 더 도와줄래. 그때도, 지금도 가장 힘들면 네가 생각난다."

도한의 낮은 목소리에 화윤은 더 크게 소리쳤다.

"번역. 넌 과거의 나를 잊지 못하는 것이 뻔하니, 얼른 돈 좀 보내라, 호구야!"

"너 진짜!"

도한이 으르렁거렸지만 화윤은 전혀 무섭지 않다는 듯 코웃음을 쳤다. 도한의 불타는 듯한 시선을 정면으로 받아 내며 그녀가 빈정거렸다.

"버리고 간 전 남친이 성공하니까 돈 뜯어내는 메일을 보내? 난 거기에 또 돈을 보내 준 너도 신기하다. 하는 짓이 이렇게 띨띨해도 되는 거니?"

이럴 때 화를 내지 않고, 상황을 극단으로 치닫지 않도록 냉정을 먼저 찾는 것이 도한의 큰 장점이었다. 자신마저 화를 내기 시작하면 끝도 없이 감정적으로 변할 상황을 쉽게 예측할 수 있었기 때문이었다.

도한은 가만히 그녀와 눈을 마주치다가, 꽤 긴 시간의 정적이 흐르고 나서야 대답했다.

"……그냥 그러고 싶어서 그랬어."

도한은 어느새 평정심을 되찾고, 뚜벅뚜벅 걸어 그녀 앞에 섰다.

그녀는 그를 올려다보았다. 당황한 채 컴퓨터 앞에 달려가던 모습은 무섭지 않았는데, 낮은 목소리로 평온하게 말하는 모습이 이상하게 무서워서 그녀는 아무런 대답도 하지 못했다.

"아라랑 뭘 어떻게 다시 해 보겠다는 것도 아니고, 그 애가 나를 돈 나올 구석으로 보고 있다는 것도 아는데, 그냥 내가 그러고 싶어서 그랬어."

화윤은 팔짱을 끼고 가만히 그를 바라보았다. 그러고 싶어서 그랬다는데 대답할 말이 없었다.

역설적이지만, 늘 자신이 하는 말 아닌가. 그러고 싶어서 그랬다고.

그럴 때마다 도한은 가타부타 토를 단 적이 없었다. 그런데 왜 자신은 이렇게 마음 깊숙한 곳에서부터 화가 나는 건지.

"이해해 달라고 안 해. 내 사생활이야. 그런데……."

"이번엔 보내지 마."

화윤이 말을 끊어 버렸지만 그는 개의치 않아 하는 듯 보였다.

"그런데, 내게는 사실 내가 대학생 때의 그 추억이 소중한 것도 사실이거든."

"그래 봤자 남이야. 평생 돈 보내 주면서 살 거야?"

"걔랑 연애할 때 내가 지지리도 돈이 없어서, 매일같이 학교 밥만 먹었어. 취업만 하면 잘해 주겠다 다짐했었는데 끝내 잘해 준 적이 없었고."

화윤의 목소리에는 이미 날이 서 있는 반면에 도한은 그다지 감정을 보이지 않으며 차분히 말했다.

그의 아무렇지도 않은 표정에 화윤은 주먹을 꾹 쥐었다.

"걔가 널 버리고 가서 그런 거잖아!"

"그 애가 그리운 것이 아니라 그때의 내가 그리워서 모른 척 할 수가 없는 건데, 과거에 연연하지 않는 너를 설득시킬 마음 은 어차피 없어."

"그래서……."

화윤은 벌떡 일어서서 도한을 마주 보았다.

"그래서, 앞으로 이 여자가 캠퍼스의 추억 운운하며 과거 얘 기 꺼내면 몇천이고 몇억이고 쥐여 주게?"

"채화윤. 월권이야. 네가 내 사생활에 관여할 하등의 이유도 없어."

"짜증 나서 그래!"

그녀가 발을 한 번 쾅, 구르자 달랑거리며 위태롭게 매달려 있던 머리끈이 툭 하고 떨어졌다.

왜 화가 나는지 스스로를 설명할 수 없었다. 그녀의 결 좋은 생머리가 그림처럼 흩날리며 풀어졌다. 화윤은 머리를 아무렇 게나 머리를 뒤로 넘기고, 잠시 생각하는 표정을 짓더니 갑자기

덥석 도한의 팔을 잡았다.

"뭐, 뭐야?"

도한은 생각하지도 못한 스킨십에 당황하여 자신도 모르게
큰 소리를 질렀다.

화윤은 그에게 몸을 밀착하며 씩 웃었다.

"야, 하도한."

"왜 이래? 저리 가."

화윤은 동성 친구에게 대하듯 친근하게 몸을 붙이며 눈을 가
늘게 떴다.

그런 표정을 지을 때의 화윤은 어딘가 모르게 섬뜩하기도 해
서 도한은 뒷걸음질을 쳤다.

"나 점심 먹을 곳 생각났어."

화윤의 뜬금없는 말에 도한은 한숨을 푹 내쉬었다.

"야, 차라리 아까처럼 억지를 부리고 화를 내."

"같이 가 줄 거지, 동업자님?"

화윤이 이렇게 번갯불에 콩 구워 먹듯 제 감정을 바꿔 버리는
것을 한두 번 본 것이 아닌지라, 도한은 재빠른 그녀의 태세 변
환에도 크게 놀라지 않았다. 다만 기가 찬 표정만 지어 보일 뿐
이었다. 애교와 앙탈이 섞인 그녀의 말투에 그는 딱딱하게 대답
했다.

"또 무슨 수작이야?"

"동업자님 호구 짓 하는 거 보기 싫어서, 내가 뭐 좀 하고 싶
어서."

"내가 내 돈 가지고 누구 주는데 네가 무슨 상관이야?"

"가자."

그녀는 달콤하게 속삭이더니, 폴짝폴짝 뛰어 자신이 벗어 놓은 하이힐을 고쳐 신었다.

창문에 어렴풋하게 보이는 자신의 모습을 가는 눈으로 가늠하여 머리를 단정하게 빗어 넘긴 다음, 춤을 추는 것처럼 도한의 팔짱을 꼈다.

"얼른 가자. 진시환 미행이 따라붙더라도 오늘 동업자님이랑 외출 좀 해야겠다. 너를 향한 나의 이 진득한 감정을 알아주길 바라."

"알았으니까 이거 놔. 너는 출근 첫날부터 이 모양이냐?"

도한은 짐짓 차가운 말투로 그녀를 떼어 내고, 살짝 화끈거리는 팔을 뒤로 감추며 재킷을 챙겼다.

도대체 방금 5분간 무슨 일이 벌어졌는지 살짝 꿈을 꾼 기분이었다.

화윤과 같이 있으면 늘 이런 식이다. 예상하지 못한 일이 생기고, 어느 순간 그녀의 장단에 맞춰 주게 된다. 개연성 없이 화를 내고 또 순식간에 애교를 부려대는 화윤은 여전히 종잡을 수 없는 상대였다.

"어디 갈 건데."

"학교."

"뭐?"

그는 약간은 경악해서 반문했다.

"네 기억 속에 그토록 아름답다는 학교 좀 다시 가 보자고."

"야, 채화윤."

"나도 너랑 동문이야. 우리 추억 놀이 좀 제대로 해 볼까?"

도한이 뭐라고 하려는 찰나, 화윤은 그의 책상 위에 놓여 있던 차 키를 홀라당 빼 들고 혀를 한 번 날름 내밀고 나서는 재빨리 사무실을 나갔다.

그는 자신도 모르게 웃음 섞인 한숨을 한 번 쉬고 그녀를 따라 뚜벅뚜벅 걷기 시작했다.

4화

나는 자유로운 정신과
자유로운 심장을 갖고 있는 사람을 사랑한다.
그런 자에게 머리는 심장에 있는 내장에 불과하다.

—니체, 〈차라투스트라는 이렇게 말했다〉

가을 하늘이 높고 푸르렀다.

도한은 그동안 몹시 성실하게 회사에 출근했기 때문에 평일 오후에 이렇게 여유 있게 대학교 캠퍼스를 둘러본 적이 없었다.

새 학기가 시작되어 삼삼오오 몰려다니는 파릇파릇한 학생들 속에 슈트 차림의 도한과 오피스룩을 입은 화윤은 이질적이기까지 했다. 화윤은 하이힐이 전혀 불편하지 않은지 캠퍼스를 활보하기 바빴다.

"동업자님! 저기 83—1동이 있어!"

화윤이 깡충깡충 뛰며 신나서 말했다.

"우리 저기서 처음 봤던 거, 기억 안 나?"

도한은 슈트 주머니에 손을 꽂고 있다가 정말로 옛날 생각이 나서 피식 웃어 버렸다. 여기서 화윤을 만나서 그의 삶이 이렇게 변할 줄 어떻게 알았겠는가.

10년 전, 화윤은 분홍색으로 염색한 짧은 머리에 삼선 슬리퍼를 신고 간헐적으로 강의실에 등장했었다. 하도 튀는 외모라 그날 왔는지 안 왔는지 바로 알 수 있었다.

그리고 두 사람이 같은 조가 되었을 때, 망했다는 표정이 역력한 그를 보며 그녀는 나른하게 기지개를 켜 보였었다.

"사업 계획서? 그런 거 써서 뭐할 건데?"

그때의 화윤은 지금처럼 제멋대로였고, 발랄하면서도 괴짜 기질이 있었다.

"팔릴 만한 거, 필요한 거, 엄청 획기적인 거, 뭐 그런 것만 잘 개발해 내면 되는 거지."

10년 전의 자신은 어땠던가, 회상하기도 전에 화윤이 키득거리며 중얼거렸다.

"진짜 10년 전에 하도한, 누가 봐도 나 학점에 목매는 모범생이요, 써 붙이고 다녔는데."

"그게 뭔데?"

"지금보다 더 날카로운 인상에, 재미없고 단정한 셔츠만 입고, 온갖 전공 서적은 다 들어가 있는 커다란 백팩…… 매일 생수통 들고 다니고 항상 앞자리에 앉고. 매력이라고는 진짜 조금도 없었어."

"그게 뭐 어때서 매력이 없어? 나 도서관이나 강의실에서 얼마나 쪽지 많이 받았는데."

"그거야 네가 얼굴 좀 반반하고 몸도 탄탄하니 그렇지. 그래도 나한테는 별로 매력 없었다고. 근데 이렇게 좋은 동업자가 되어 줄 줄이야. 어쩜 이렇게 한결같이 늘 똑같은 매력이 계신지."

화윤은 까치발을 들어 조용히 복도로 진입한 다음, 몰래 강의실 문을 조금 열었다가 비어 있는 것을 확인하고 종종걸음으로 걸어 들어갔다. 도한 역시 자신도 모르게 그녀의 뒤를 따라 비어 있는 강의실에 걸음을 옮겼다.

"여기, 이 자리에서."

도한은 화윤처럼 모든 것을 쉽게 기억하는 천재가 아니었지만, 그래도 눈으로 다시 보니 생생히 기억났다.

두 사람은 처음 조별 모임을 하기 위해 서로를 확인하고 말을 섞었던 바로 그 자리에 천천히 걸어갔다.

"너 진짜 첫인상 최악이었는데."

도한이 피식 웃으며 말하자 화윤이 도끼눈을 떴다.

"내가 뭐 어땠다고?"

"나 같은 사람들은 너처럼 책임감 없고 불성실하고 자유분방한 애 싫어해."

"나도 너 싫었어."

"넌 왜?"

"난 재미없는 타입은 질색이라. 한 번 보니 네 인생 전체가 짐작되더라고."

화윤이 씩 웃었다.

"그래도 10년 동안 내 예상대로 조금의 반전 없이, 유니콤 성실하게 잘 맡아 줘서 고마웠다. 앞으로도 잘 부탁해."

"나야말로, 너는 여기저기 떠돌며 살았지만 그래도 내가 부르면 언제든지 와서 해결해 줘서 고마웠다. 물론 넌 앞으로도 계속 그래야 되고. 대대적인 개편을 하거나 적어도 매뉴얼 제대로 쓰기 전엔."

도한은 자신도 모르게, 책상에 걸터앉아 있는 화윤의 머리를 꾹 눌렀다.

커다란 손이 화윤의 작은 머리를 감싸다시피 했다. 화윤은 그런 그의 손길이 나쁘지 않아 작게 미소 지었다.

"……유니콤, 팔지 말자."

그가 낮은 목소리로 천천히 말했다. 화윤이 재미있다는 표정으로 그를 올려다보며 물었다.

"뭐래? 며칠 전만 해도 사장은 나니까 팔든 말든 맘대로 하라며. 넌 상관없다며?"

"몰라, 분명 그랬는데……."

화윤은 미간을 찌푸리면서도 싫은 기색이 아니었다. 도한은 살짝 웃으며 말을 이었다.

"유니콤은 10년 전 내게도 미친 짓이었어. 그 프로그램의 매력에 끌려 여기까지 온 건 내 인생에서 손에 꼽을 만큼 대단한 일탈이야. 나는 내가 벤처 같은 걸 할 줄도 몰랐고, 20대에 부사장 같은 지위를 가질 줄은 상상도 못 했거든. 이대로 허무하게 놓아 버리고 싶지 않아."

"동업자님의 뜻이 그러시다면."

화윤이 걸터앉아 있던 책상에서 폴짝 뛰어 그의 앞에 선 뒤, 두 눈을 똑바로 마주치고 웃어 보였다.

"그러지, 뭐. 약속할게."

알겠다며 가만히 미소를 지을 줄 알았던 도한이 예상외로 그녀를 빤히 쳐다보아서, 화윤은 순간 흐른 정적에 어색하게 눈을 깜빡였다. 안경 너머 그의 날카로워 보이는 눈이 그녀를 가득 담고 있었다.

뭐야, 이 눈빛. 주아라를 보던 눈빛이랑 비슷하잖아.

화윤은 어설프게 목을 가다듬고, 뒤를 돌아 걸어 나가며 투덜거렸다.

"배고파."

뒤를 돌지 않아도 천천히 따라오는 도한의 발소리가 들렸다.

"점심 먹자."

"……그래."

기분 탓이겠지. 화윤은 애써 방금 전에 느꼈던 기시감을 지워 버렸다.

하도한 같은 남자가 자신을 여자로 보고 있을 리 없다. 그의 첫사랑은 그녀와 정반대의 이미지를 가지고 있었다. 모든 일을 철저히 계획적으로, 완벽을 추구하며 살아가는 그가 자신 같이 개차반으로 사는 여자를 원할 리가 없었다.

학교에 오니 잠시 옛날 생각이 났나, 정말 그 여자가 생각나는 건가.

화윤은 이어지는 생각에 살짝 불쾌감을 느꼈다.

학생회관에서 3천 원짜리 밥을 먹고, 그들은 학교 내에 있는 카페에서 싸구려 커피를 한 잔씩 들고 잔디밭을 걸었다. 학교 축제 기간이라, 잔디밭에 이런저런 부스가 마련되어 있었다.

"야, 이제 들어가자."

도한이 퉁명스러운 목소리로 말했다.

"보고서 볼 거 많아."

"하도한, 땡땡이 한 번도 안 쳐 봤지?"

"당연한 거 아니냐?"

"그럼 사장이 허락할 때 땡땡이 좀 쳐 봐."

"넌 유니콤 매뉴얼 안 써? 진짜 핵심적인 부분만 써 주면 된다니까."

"와, 써야 하는 건 알겠는데 놀랍도록 쓰기 싫다."

화윤이 눈을 가늘게 뜨고 커피를 한 모금 마신 뒤, 행복하다는 듯 흐뭇하게 웃으며 도한의 속을 긁는 말들을 이어 갔다.

"어디 억지로 감금되지 않는 한 못 쓸 것 같은데?"

"야. 너 출근한다고 한 지 48시간도 안 지났어."

"근데 이렇게 하늘도 높고, 잔디도 파랗고, 꽃은 예쁘고, 커피는 맛있고, 바람은 살랑거리잖아. 참으로 아름다운 세상이야, 그렇지?"

화윤은 바람을 손가락으로 가르는 듯한 동작을 하며 도한을 바라보았다.

그러던 그녀의 눈에 무언가가 들어왔다. 잔디밭 한구석에서 학교 밴드부 동아리가 악기를 설치하고 있었던 것이다.

'밴드부 동아리 파도 47기 게릴라 공연'이라는 현수막을 본 그녀가 구경하고 싶다며 폴짝폴짝 뛰어갔다.

도한은 또 산만하게 어디론가 가 버린 그녀의 뒷모습을 보며 한숨을 쉴 수밖에 없었다.

"공연 언제 해요?"

그녀는 베이스를 뚱땅거리고 있는 학생 중 한 명에게 다가가 처음 보는 사이임에도 불구하고 친근하게 물었다.

베이스에만 집중하던 학생이 깜짝 놀라 그녀를 바라보고, 오피스룩 차림의 미인이 싱긋 웃고 있는 모습을 난생처음 보는 것처럼 말을 더듬으며 대답했다.

"죄, 죄송해요."

"네?"

"원래 1시 시작이 맞는데 아직 보컬이 안 와서…… 30분 내로 시작할 거예요."

"어머, 그런 사정이."

그녀는 자연스럽게 앳된 대학생들 사이에서 정말 안타깝다는 표정을 지어 보였다.

"그럼 보컬 아직 안 왔으니까, 나랑 한 곡 맞춰 볼까요? 나 여기 38기인데!"

"어? 정말요?"

도한은 뒤에서 가만히 지켜보고 있다가 미간을 찌푸렸다. 그녀가 밴드부에 소속된 적이 있다는 사실은 듣도 보도 못했던 것이었다.

"네. 그 왜 한결이랑 동빈이, 유은찬, 이런 애들이랑 같이 있었어요."

"아! 은찬 선배님……! 저번에 뵈었습니다."

"가끔 보컬하고 그랬는데. 후배님들하고 한 곡 맞춰 보고 싶은데, 어때요? 아직도 여기 '과거는 잊고' 그 노래 연습하나?"

"네! 아직 합니다! 이번 정기 공연 무대에도 편성했습니다. 노래 불러 주신다면 저희가 영광이죠!"

화윤은 천연덕스럽게 간이 무대에 올라서서 마이크를 잡았다. 물론 밴드부 38기라는 말은 새빨간 거짓말이었다.

다만 캠퍼스 시절에 우연히 봤던 공연에서 자기소개를 하던 멤버들의 이름이 기억났을 뿐이었다.

그리고 '과거는 잊고'라는 노래를 몇 번 들었던 것이 기억나, 밴드부 구성원들이 기수에 상관없이 공유하는 명곡이라는 것을 추론할 수 있었다.

그녀가 눈을 찡긋하며 무대에 서서, 밴드와 어울리지 않게 엉덩이를 살랑거리는 것을 본 도한은 그야말로 기가 찼다. 갑자기 저건 또 무슨 짓이란 말인가. 상황 파악이 끝나기도 전에 곡이 시작되었다.

화윤의 낭랑한 목소리가 잔디밭에 울렸다.

지금 여기 너와 내가 마주 보고 서 있잖아
네 눈에 비친 내가 이렇게 편안히 웃고 있어
기억 속의 옛사랑이야 무슨 상관이야
변하지 않는 과거는 잊고 내 손을 잡아

우리 함께할 시간들이 궁금하지 않니
어쩔 수 없는 과거는 버리고 내게로 와

살랑거리는 가을바람에 그녀의 머리카락은 휘날렸고, 선율을 타듯 감은 눈에 속눈썹이 길게 뻗어 있었다. 리듬을 타며 기분 좋게 흔들리는 그녀의 몸이 아름다운 곡선을 그렸고, 청량한 목소리가 정확한 음정을 누르며 울렸다.

곡을 다 부른 뒤, 화윤은 지갑을 꺼내 기타를 치던 학생에게 돈을 두둑하게 주며 선배가 주는 찬조금이라며 어깨를 두드렸다.

'감사합니다, 그런데 성함이⋯⋯' 라는 학생들의 말을 뒤로하고 도한 앞에 선 그녀가 깔깔거리며 웃었다.

"어때, 나 잘 부르지?"

"뭐야? 너 저 밴드부 아니지 않아?"

"아니지. 그냥 쟤네들 보니까 같이 노래 부르고 싶어서 수 좀 썼어. 연주비는 꽤 많이 챙겨 줬으니 저쪽도 손해 보는 장사는 아니었을 거야."

"갑자기 웬 노래?"

"그냥, 부르고 싶었다니까."

그녀는 흥에 겨운지 아까 불렀던 노래를 흥얼거리며 작은 율동을 곁들였다. 한동안 기분 좋게 걷기만 하던 그녀가 문득 그를 불렀다.

"동업자님."

"왜?"

"사실 나 저기 밴드부 면접 봤다가 떨어졌었다? 대학생 때."

"뭐, 그럴 수도 있지. 성량이 좋은 편은 아니니까."

화윤은 살짝 눈을 흘겼다. 이런 시점에서까지 이토록 냉정하게 무대를 평가해야 했었나 하는 생각이 들었기 때문이었다.

"그렇지만 그때보다 훨씬 더 늙었는데, 이렇게 무대에서 더 젊은 애들이랑 노래도 할 수 있지. 그때 면접 떨어진 게 뭐가 대수겠어? 인생은 길고 살 날은 많고 한 치 앞도 모르는데."

"……."

도한이 말을 잇지 못한 것은, 그녀의 말에서 인위적인 꾸밈이 아니라 진심이 느껴졌기 때문이었다.

"그깟 첫사랑이 뭐가 대수야. 현재만 봐. 그땐 좋은 여자였을지 몰라도, 지금은 너를 이용해서 돈을 요구하고 있는 나쁜 여자야. 우리한테 돈은 넘쳐흐를 정도로 많을지 모르지만 그렇다고 해서 옛사랑을 핑계로 돈을 달라고 하는 건 **뻔뻔해**."

도한은 가만히 그녀를 바라보았다.

"내가 너를 몰라? 별생각 없이 돈 부쳐 주고 잊어버린 거 다 알아. 너한테는 그냥 원하는 대로 몇 푼 입금해 주고 마는 게 최선이었겠지. 그래도 난 그런 **뻔뻔한** 여자랑 네가 조금이라도 얽히는 게 너무 싫어."

화윤의 말은 사실이었다. 도한에게 돈은 넘칠 정도로 많았고 추억을 공유한 옛 여자에게 그다지 크지 않은 돈을 보낸 것은 더는 피곤한 일을 겪고 싶지 않아 별생각 없이 한 행동에 불과했다. 별것 아니라고 생각했던 일에 화윤이 이렇게 반응하는 것이 조금 놀라웠다.

"그깟 캠퍼스의 기억이 뭐가 대수니? 지난 기억은 새로운 기억으로 덮어 버리면 그만이지. 과거가 좋았다고 회상하는 시간도 아까워. 지금 이 순간을 즐겁게 살아야 돼. 돌아오지 않는 건 지금도 마찬가지라고."

"그래서 넌 그렇게 사냐?"

"그래서 이렇게 살지."

그녀는 크게 고개를 주억거렸다.

"노래 부르고 싶어서 불렀고, 네 찌질한 모습 보니 짜증 나서 학교도 다시 왔어. 난 과거 따위에 얽매여서 현재를 제대로 보지 못하는 게 최악이라고 생각해. 난 오늘만 살 거야. 내일 죽어도 괜찮다는 마음으로."

화윤이 눈을 가늘게 뜨고, 허리에 두 손을 얹으면서 또박또박 말했다.

"그러니까 그 여자, 돈 주지 마. 차라리 불우 이웃 돕기를 해라."

"무슨 상관이야?"

도한은 이미 화윤의 말을 들어야겠다고 생각했던 참이었지만, 그녀가 자신의 일에 계속 관심을 보이는 기분이 나쁘지 않아 이죽거렸다.

"과거로 현재를 주무르려고 하는 그 여자의 그 태도가 마음에 안 들어서 그래. 최악이야. 난 그런 거 너무 싫어."

"남이사."

"……과거가 날 잡아먹게 놔뒀으면 난 영원히 웃지도 못하고 살았을 거야."

도한은 대답하지 않고 그저 가만히 걷다가, 시야에 들어온 다른 것을 잠시 멍하니 쳐다보았다.

화윤은 그의 시선이 잠시 어딘가에 머무르는 것을 보고 재빨리 고개를 돌렸다.

"어? 트램펄린이잖아."

화윤의 말에 도한이 천천히 대꾸했다.

"우리 동네에서는 방방이라고 불렀어."

축제라서, 잔디밭에 대형 트램펄린이 설치되어 있었다. 학생들이 그 안에서 폴짝폴짝 뛰고 있었다. 가을 하늘에 높게 날아오르는 학생들이 마치 영화 속 한 장면 같이 예뻤다.

"타고 싶어?"

화윤이 은근슬쩍 묻자 도한이 피식 웃었다.

"어릴 적엔 엄청 타고 싶었지. 5백 원인데 돈이 아까워서 못타고 매일 구경만 했었는데. 한 번도 못 탔어. 그런데 저걸 여기서 보다니."

"가자."

"뭐?"

"타자고. 저거."

"야, 정신 차려. 우리 지금 옷차림을 봐라."

"그게 뭐?"

화윤은 신나서 그의 등을 떠밀었다. 도한이 어이가 없다는 듯이 소리쳤다.

"채화윤, 나 서른일곱이야."

"그게 왜?"

그의 걸음이 느려지자, 그녀는 그의 팔을 잡아끌면서 트램펄린 근처로 다가갔다. 그리고 그가 뭐라고 하기도 전에 관리하고 있던 학생에게 돈을 내고는 억지로 구두를 벗긴 뒤 트램펄린으로 밀어 넣고 자신 역시 쏙 들어갔다.

한 번 못 이기는 척 트램펄린 안에 들어가자, 주변 대학생들이 모두 뛰고 있었기 때문에 흔들리는 바닥에서 도한 역시 뛸 수밖에 없었다.

"어때?"

화윤은 옆에서 폴짝폴짝 뛰며 씩 웃었다.

"서른일곱에 드디어 방방을 타는 기분이?"

도한은 자신도 모르게 발을 구르며 높이 올라가다가, 화윤의 천진한 표정에 참지 못하고 웃음을 터트렸다.

"앞으로는 내가 떠밀지 않아도 하고 싶은 대로 다 하고 살아야 해!"

"돈 부쳐 주는 건?"

왜 이렇게 화윤을 떠보고 싶은 걸까.

은근슬쩍 묻는 도한의 말에 화윤이 득달같이 소리쳤다.

"그건 안 돼!"

"뭐야, 그게."

그들은 옆에서 콩콩 뛰면서 서로 약간의 소리를 지르며 대화를 했다.

도한은 자신도 모르게 흥이 나서 높이, 더 높이 뛰었다. 어린 시절에만 이게 너무나 타고 싶은 줄 알았다. 지금은 나이가 들어 이런 건 생각도 안 하고 살았던 것이 사실이다.

그런데 청바지 차림의 대학생들 속에서 슈트 차림으로 뛰고 있는 이 트램펄린이 이렇게 신나다니.

어쩌면 그의 시야에 더 신나게 하늘로 날아오르고 있는 화윤이 잡혀서 더 가슴이 벅찬가 보다.

"야, 하도한!"

"왜, 또!"

화윤은 블라우스 소매까지 접어 올리고 신나서 높이 뛰는 중이었다.

"앞으로 학교에 대한 추억 운운하지 마라!"

통통 튀는 그녀의 얼굴이 유쾌하게 일그러졌다. 아직도 안 끝났나 싶어 도한이 피식 웃었다.

"나 참."

"그딴 건!"

한 발 한 발 구를 때마다 화윤은 그와 시소를 타듯 리듬을 맞춰 가며 소리쳤다.

"올 때마다!"

주변 대학생들이 힐끔거리는 것도 개의치 않으며 그녀가 눈을 찡긋했다.

"만들 수!"

그는 피식 웃었다.

"있는 거라고!"

웃을 수밖에 없었다. 추억 같은 건 별것이 아니라고 화윤은 소리치고 있었지만, 도한은 역설적이게도 지금 이 순간이 못 잊을 추억으로 남겠다는 생각을 했다.

10년 만에 저와 회사에 모심했던 동업자가 자신과 추억을 쌓기 시작했다.

"인생 따위!"

화윤은 그에게 하는 말인지, 자신에게 하는 말인지 모르는 말을 아무렇게나 소리쳤다.

"앞만 보고 간다!"

도한은 그녀에게서 처절함 비슷한 무언가를 느꼈다.

"오늘만 산다!"

꼭 저렇게 살지 않으면 안 될 사람을 보는 것처럼, 저렇게 해서 살아남은 사람을 보는 것처럼 도한은 빤히 화윤을 바라보았다.

문득 그는 정말로 이제는 아라가 직접 찾아와 눈물로 호소해도 돈을 부치지 않으리라는 예감이 들었다.

돈은 여전히 그에게 큰 문제가 아니었지만, 이런 말을 하기 위해 학교까지 그를 무작정 끌고 와 하늘 위로 폴짝폴짝 뛰는 화윤의 마음과 추억이 더 소중하다는 생각이 들었기 때문이다.

"야, 채화윤."

이용 시간 5분을 꽉 채우고, 트램펄린에서 내려오며 도한이 그녀의 흐트러진 머리카락을 정돈해 주었다. 그가 정돈해 주지 않으면 머리가 산발인 채로 돌아다닐 기세였다.

그의 긴 손가락에 머리카락을 맡기고, 화윤은 유순하게 그를 바라보며 배시시 웃었다.

"너 때문에 내가 진짜……."

"어머, 채화윤 씨 아니세요?"

도한이 말을 끝내기도 전에 한 무리의 대학생들이 다가왔다. 사인을 해 달라, 사진을 찍어 달라 순식간에 주위로 모여들었다. 도한은 살짝 미간을 찌푸리며 예상치 못한 상황을 냉정하게 관찰했다.

화윤은 기분이 좋아서 해 달라는 사인을 모두 해 주고 사진도 하나하나 다 찍어 주었다.

사람들은 점점 더 모여들었고, 도한은 그런 화윤의 모습을 지켜보다가 의구심을 느꼈다.

채화윤이 이렇게 유명인이던가. 일반인들이 이토록 알아보고 사인을 요구할 정도는 절대 아닌데.

안경 너머 그의 두 눈이 날카로워졌다.

네가 있으면 아무 일도 못 하겠다는 도한의 투덜거림 때문에, 화윤은 결국 일찍 호텔로 돌아올 수밖에 없었다.

그녀는 자신이 옆에서 계속 전 여자 친구에게 돈을 못 부치게 감시해야 한다고 우겼으나, 도한이 워낙에 완강하게 나오자 근처 서점에서 '과거는 잊고'가 수록된 CD를 사서 건넸다.

"야, 요새 누가 CD를 들어?"

"컴퓨터에 넣고 틀면 되잖아?"

"나 참."

"내 목소리다, 생각하고 들어."

그녀는 툴툴거리며 그의 차에서 내려 호텔 로비로 들어갔다.

벌써 저녁 시간이 가까워지고 있었다. 화려한 호텔 로비를 천천히 그녀의 하이힐이 가로질렀다.

무언가 룸서비스를 시켜 먹어야겠다고 중얼거리다가, 도한과 저녁을 같이 먹을 걸 그랬다는 데에까지 생각이 미쳤다.

오랫동안 같이 붙어 있었던 적은 처음이지만, 10년간 알아서 그런지 가장 편한 상대였다. 다시 그를 잡아 볼까 가볍게 뒤를 도는 순간, 예상치 못한 얼굴이 보였다.

"아직 식사 전이라면, 같이 저녁 먹을까."

화윤의 표정이 순식간에 굳었다. 그녀는 굳은 표정을 숨기려고 하지도 않고 받아쳤다.

"이런, 밥맛이 떨어졌는데 어쩌나."

시환이 주머니에 손을 꽂아 넣고 로비 소파에 앉아 그녀를 바라보고 있었다. 언제부터 있었는지는 몰라도 이미 그녀가 어느 호텔에 묵고 있는지 정보 파악이 끝났음은 짐작할 수 있었다.

기분이 나쁘니 다른 호텔로 숙소를 옮겨야겠다고 생각함과 동시에 그녀가 팔짱을 끼고 빈정거리기 시작했다.

"그러지 말고 시간 좀 내지. 할 얘기도 있고."

"난 더할 얘기 없는데. 무슨 얘기?"

"우리가 할 얘기라고는 하나밖에 더 있나. 그리고 난 아직 할 말이 많거든."

그들은 너무 자연스럽게 서로 반말을 쓰고 있었다. 그 접대의 날, 술에 취해 은근슬쩍 말을 놓은 이후 서로 존대를 해야겠다는 개념은 완전히 사라져 버렸다.

"저녁 먹자. 이 호텔 레스토랑으로 예약해 놨으니까."

"혼자 먹으면 되겠네."

그녀는 어깨를 한 번 으쓱하고 뒤를 돌아 성큼성큼 걸어 나가다가, 그녀를 붙잡는 거센 손길에 하마터면 넘어질 뻔했다. 그녀의 팔을 시환이 잡아챈 것이다.

아무리 화윤이 무서울 게 없는 여자라 할지라도 체격과 기본적인 힘에서 차이가 있었다. 그녀는 팔을 뿌리치려고 했지만 단단한 힘에 가로막혀 꼼짝도 하지 않았다.

이 인간은 나를 놔 주지 않을 셈이구나.

화윤은 소리를 치는 대신 표독스럽게 그를 노려보았다. 이 사단을 모두 보면서도 호텔 직원들은 못 본 척하고 있었고, 지금 권력이 어디에 쏠려 있는가를 보여 주는 단적인 예였다.

예전에, 어찌할 수 없는 괴로움을 마주쳤을 때 화윤은 도망쳤다. 그녀 외의 모든 마을 사람들이 한편이었고 그것은 권력으로 그녀에게 다가왔다. 그래서 고등학교 1학년 때, 자퇴를 하고 서울로 떠나 버린 것이다.

그 이후 처음 만나 보는 어떻게 할 수 없는 벽이었다.

그녀가 극복하기에는 너무나 크고 거대해서 무력감마저 느껴지는 상황들.

"가자고."

"이 미친놈이, 이거 폭력인 거 알아? 네가 뭔데 내가 싫다는데 나한테 강제적인 압력을 가하고 난리야?"

"어떻게 하고 싶은 것만 하며 사나. 사람이 힘에도 굴복하고, 그렇게 사는 거지. 따라와."

화윤은 꼴사납게 넘어지지 않기 위해 속도를 맞추며 걸어갈 수밖에 없었다. 속으로는 시환이 지금 데려가는 곳은 식당이지만 앞으로 어떤 곳을 데려갈까 진심으로 겁이 났다.

거듭 느끼지만 그의 눈빛에는 광기가 있었다. 아무리 자신이 담이 세고 내일 죽어도 아쉬움이 없다고는 하지만, 그래도 왠지 지금 죽어 버리면…….

뭐, 딱히 슬플 건 없지만 일단은 도한이 그 여자한테 돈을 부치는 거 아니야? 난 정말 그 꼴은 못 보겠는데.

생각이 엉뚱한 곳으로 튀자 화윤은 이 와중에도 웃음이 비어져 나왔다. 그 웃음이 자신을 향한 것이라고 착각한 시환은 이 여자가 어디까지 멋대로 굴지 궁금하다는 생각이 들었다.

"웃어?"

"그래, 웃는다."

시환의 말에 정신이 문득 든 화윤은 체념한 목소리로 말했다. 시환의 비서도 아니고, 진시환 당사자다. 이렇게 강압적으로 나온다면 그녀가 이길 수 있을 리가 없다.

"놔. 끌려가는 것보단 내 발로 갈 테니까. 밥 먹자는 거잖아."

더 거칠게 반항할 줄 알았던 그녀가 의외로 고분고분하자 시환은 미심쩍은 표정을 지었다.

그러나 태세 전환은 화윤의 주특기였고, 아까 온 힘을 다해 짜증 냈던 것과는 반대로 포기한 그녀의 말투는 여유롭기까지 했다.

"이왕 먹게 된 거 즐겁게 먹자고. 맛있고, 즐겁게 밥 먹자. 먹어 준다니까? 그러니까 놔. 맛있는 음식도 먹고, 비싼 술도 마실 테니. 아주 재밌는 시간을 만들어 보자."

화윤의 팔을 세게 잡고 있던 시환의 팔에서 힘이 살짝 빠지는 것을 느낀 그녀가 작게 한숨을 쉬었다.

그녀는 몸을 살짝 틀어 그에게 밀착하고, 잡혀 있지 않은 자유로운 팔로 그의 팔을 잡아 마치 팔짱을 낀 포즈를 만들어 보였다.

"가자, 가자고. 이제 믿겠니?"

예상하지 못했던 화윤의 스킨십에 시환은 자신이 놀랐음을 인정해야 했다. 그래서 그는 맨 처음 생각한 것과는 아주 다른 모양새로 레스토랑에 들어가게 되었다.

"난 이런 게 너무 싫단 말이야."

"뭐가?"

"끌려가는 거."

시환은 궁금한 눈으로 그녀를 바라보았지만, 그녀는 대답해 줄 생각이 없어 보였다.

"야, 이리 와 봐. 너네 아버지 때문에 우리 집이 이 모양 이 꼴이 됐다고!"

"쟤 끌고 와. 애비가 튀었으면 네년이 갚아야 되는 거 아니야?"

"계집애가 얼굴이 반반하니…… 이거 물건인데? 야, 데려가자."

떠오르는 옛 기억에 화윤은 짐짓 더 빠르게 발걸음을 옮길 뿐이었다.

과거는 과거일 뿐, 지금 이 순간이 마지막처럼 살겠다 다짐한 삶이다. 발목 잡히지 않겠다.

❋ ❋ ❋

화윤은 값비싼 술과 음식을 주문해 거침없이 먹었다. 오후 내내 캠퍼스에서 젊은 애들처럼 노래를 부르고 뛰어 댔으니 허기가 진 것은 사실이었기 때문이다.

강제로 끌려온 주제에 천연덕스럽게 앉아 있는 그녀를 보면서 시환은 정말 대단히 이상한 여자라고 생각했다.

"그래, 여행이 취미였다고? 세상에서 뭐가 제일 맛있었어?"

심지어 화윤은 마치 이 자리가 소개팅이나 된 듯이 대화를 주도해서 이어 가고 있었다.

"도쿄에서 여든이 넘은 장인이 직접 만들어 준 오마카세. 이제 그 장인이 죽어서 더는 못 먹지."

"다시는 못 먹겠다는 생각 때문에 제일 맛있는 것처럼 생각될 수도 있지."

"내가 여행 많이 다닌 건 어떻게 기억했지?"

"난 거의 다 기억해."

화윤은 어깨를 으쓱했다.

"꼭 네 일이 아니라도 말이야. 몇 년 전 들었던 노래 가사도 완벽히 외울 수 있어."

"그것 참 별나게 태어났군."

"너만 할까. 네 형제들도 다 너처럼 사람을 볼 때 짐승이 먹잇감 보듯 보냐?"

"내가 제일 아버지를 많이 닮았다고들 하지. 넌 부모 중 누구를 닮았지?"

부모 이야기가 나오자 화윤의 표정이 미묘하게 변했다. 그녀는 살짝 망설이다가 태연하게 대답했다.

"외모는 엄마랑 비슷하다 들었지. 머리 좋은 건 아버지 쪽을 닮은 것 같고."

"아버지도 그렇게 생각하나?"

"알 게 뭐야."

화윤은 배가 부르지도 않은지 스테이크를 끝까지 꼭꼭 씹어 먹으며 대화를 이어 갔다.

"태어났을 때부터 권력이 쥐어진 사람들은 어떻게 사니? 그냥 좀 궁금해서 물어보는 거야."

"별 의식 못 하고 자라다가, 절대 빼앗기지 않겠다고 다짐하게 돼."

"그래서 남의 걸 막 뺏고?"

그녀가 어이가 없다는 듯이 반문했다. 시환이 차갑게 대꾸했다.

"가격은 제대로 쳐주겠다고 했어. 빼앗는 것이 아니라 거래야."

"거래는 상호 원해야 하는 거 아냐? 난 유니콤 안 넘겨. 굳이 팔아야 할 이유를 모르겠어. 돈도 필요 없고 딱히 너희랑 얽히고 싶지도 않아. 왜 나는 의사를 밝혔는데 똑같은 말을 반복하게 해?"

"나는 갖고 싶었는데 못 가진 것 따위는 없어. 주성도 곧 내 것이 될 예정이고, 그 가장 쉬운 길로 유니콤을 택한 것뿐이야. 도대체 안 팔 이유는 또 뭐냐. 너는 홧김에 유니콤을 개발했고 지금까지 별 관심도 없었잖아."

"……안 팔고 싶어."

화윤의 눈이 차분하게 가라앉았다.

"……유니콤, 팔지 말자."

그녀는 지금쯤 회사에서 보고서에 파묻혀 있을 도한이 생각 나, 약간 울컥했다.

"이건 내 진심이야. 너한테 주성을 내게 팔라고 하면 팔겠 어?"

"어이없는 소리를 하는군."

"내게는 같은 말이야. 왜 네 주성과 내 유니콤을 동등하게 보 면 안 되니? 넌 참 자기중심적이고 불공정한 인간이구나. 알고 는 있었다만."

그녀는 시환의 살짝 갈색을 띄는 눈을 똑바로 바라보았다.

"네가 주성을 위한 네 삶을 충실하게 산다는 것은 인정하는 데, 거기에 나를 끼우지 마. 미안하지만 나는 그냥 내 맘대로, 내키는 대로 살 거야. 난 개차반으로 살고 동업자가 개고생하는 지금이 즐거워."

동업자라는 단어가 나오자 화윤은 자신도 모르게 피식 웃어 버렸다. 저녁은 같이 먹지 못했지만, 그래도 어쩔 수 없이 생각 나는 사람이었다.

"이게 내 진심이야. 너랑 만난 두 번 내내 나는 화만 냈으니, 이제는 진심을 담아 진지하게 말할게. 난 유니콤 안 팔아. 너랑도 이제 안 얽혀."

"그건 네가 결정할 바가 아니고."

"해외로 날라 버리면 그만이지? 너 다 내팽개치고 나 따라 세계 일주 한 번 더 할래?"

시환은 잠시나마 그것도 나쁘지 않겠다는 생각이 들어 흠칫 놀랐다. 그런 시환의 감정 변화를 눈치채지 못한 화윤이 아무 말이나 지껄이기 시작했다.

"난 네 식대로 권력을 부리면서 노는 건 별로야. 차라리 클럽을 가자고. 장기 정도는 걸고 남미 같은 데에서 같이 가 볼래? 다음 날 멀쩡히 살아서 만나면 너라도 반가울 것 같은데."

"……."

"너 같은 놈도 진심으로 싫어하지 않는 게 내 장점이야. 난 그 누구도 싫어하거나 미워하지 않거든. 나도 하고 싶은 대로 다 하고 살아서."

싫어하거나 미워하지 않는다, 시환은 자신도 모르게 허탈함을 느꼈다. 그 말은 결국 무관심으로 치환될 수 있다는 생각이 들었기 때문이다. 그의 반응에 전혀 관심을 보이지 않던 화윤이 말을 이었다.

"거기에 너는 무소불위의 권력까지 있을 뿐이겠지. 그러니까 지금까지 했던 짓들은 다 용서해 줄게. 유니콤 이용료 싸게 해 줄 테니까 잊고 다른 방도를 찾아봐."

화윤은 후식까지 맛있게 마지막 한 입까지 다 먹은 뒤, 생긋 웃었다.

"넌 유니콤 아니어도 다른 길을 충분히 찾을 수 있잖아."

"네가 어떻게 알지?"

"네 눈에 간절함이 아니라 오기가 보이니까 그렇지."

"그럼 내가 끝까지 포기 안 하겠다는 것도 알겠군."

"서로 피곤해질 뿐이야. 그냥 여기까지만 해. 나도 만만치 않은 거 알잖아. 그때 네가 그러지 않았어? 우리 둘은 닮았다고."

화윤이 늘어지게 하품을 한 번 하고, 턱을 괸 뒤 달콤하기까지 한 시선으로 시환을 바라보며 말을 이었다.

"닮은 사람끼리 붙기 시작하면 끝도 없어. 난 너랑 막장까지 얽힐 정도로 그렇게까지 열심히 살고 싶지 않아."

친절함을 가장한 끈적이는 듯한 시선이었지만, 어딘가 공허해 보이는 눈빛이었다.

"그러니까 부탁할게. 여기까지만 해. 살고 싶어서 사는 것도 아닌데 괴롭기 시작하면 난 정말 죽어 버릴지도 몰라."

"죽어 버리면 가만 안 두겠다."

시환은 본능적으로 으르렁댔다가, 자신이 무의식중에 뱉은 말을 나중에야 의식하고 혼자 놀랐다. 화윤은 어깨를 으쓱하고 자연스럽게 일어섰다.

"뭐, 네 플랜B가 이미 날 죽이는 거일지도 모르겠지만. 아프지 않고 추잡하지 않게 부탁할게. 내가 의식할 수 없는 새에 처리할 수 있다면 뽀뽀라도 해 줄 수 있어."

뭐 이런 여자가 다 있어? 시환은 멍하니 멀어지는 그녀의 뒷모습을 바라보다가, 자신이 왜 여기 왔는지도 잊었다는 생각이 들었다.

그저 그녀가 그를 잊고 일상을 산다는 생각이 들어 참을 수 없었고, 강제로라도 멀쩡한 곳에서 평범하게 대화를 나누고 싶었다. 그런데 화윤과 함께 나눈 일상적인 대화와 발랄한 그녀의 말장난들은 놀랍도록 그에게 매력적으로 다가왔다.

식사를 하면서 이토록 길게 누군가와 말을 섞은 적이 있던가. 아무렇게나 말해 버리는 화윤의 화법에 그는 마치 홀린 듯했다. 어떤 여자도 그에게 이런 식의 발랄하면서도 건방진 말투로 상상할 수 없는 말들을 내뱉지는 않았다.

그는 다시 화윤을 만나고 싶어질 것 같다는 확신이 들었다.

그까짓 벤처 하나 인수하지 못한다고 해서 큰일 날 것은 없었다. 그러나 그 벤처가 화윤과 연결될 수 있는 유일한 소재라면 이야기가 달랐다.

머릿속에 어지럽게 화윤의 대사가 섞여서 시환은 한동안 가만히 앉아 있었다. 얽히기 싫다는 수많은 부정적인 말보다 스치듯 말한 서로 닮았다는 언급이 그의 머릿속에 남았다.

그녀의 공허한 눈빛, 인위적으로 꾸며 내던 밝은 목소리, 어떻게 넘어가는지도 몰랐던 음식들, 둘 사이에 흐르던 긴장된 공기, 아무렇지도 않게 주도권을 가져가던 그녀의 태연함 등을 한참이나 곱씹어 보았다.

"채화윤…… 끝도 한도 없이 얽혀 볼까."

자신이 그녀를 원한다는 사실을 재빠르게 인정한 시환은 천천히 개인 휴대폰을 꺼냈다.

그의 번호는 정말로 극소수의 사람만 알고 있었다. 비서가 알려 준 화윤의 번호로 메시지를 보냈다.

〈진시환이다.〉

 그 메시지를 방에 가서야 확인한 화윤은 '뭐래?'라고 한 번 생각했을 뿐, 답장도 하지 않았다.

 화윤은 노트북을 켜고 열심히 무언가를 두들기기에 바빴다. 다시는 주아라가 연락을 못 하도록 도한의 메일에 몰래 수신 거부를 걸어 놓을 생각이었다. 자신이 왜 이렇게까지 하나 스스로 궁금했지만 의식적으로 깊이 생각하지 않았다.

 "가만. 내가 왜 이렇게 하도한을 신경 써?"

 화윤은 필요 이상으로 주아라의 메일에 집착하는 자신이 낯설었다. 도한의 사생활에 제가 관여할 필요는 없었다.

 톡, 톡. 그저 그 이유를 끝없이 합리화하며 손가락으로 키보드를 두드렸다.

 하도한, 주아라…….

 "뭐, 별 이유 있나. 동업자님이 옛정에 빠져 경영에 소홀하시면 안 되지."

 상념을 떨친 화윤의 손가락이 다시 바쁘게 움직이기 시작했다.

�֍   �֍   ✻

 화윤이 시환과 저녁을 먹고 있을 무렵, 도한은 화윤과 예상치 못하게 놀러 나가느라 미처 처리하지 못한 보고서들을 읽고 있었다.

기술적인 부분을 자문하기 위해 현민을 옆에 앉혀 두었는데, 현민은 이런저런 것들을 확인하다가 한숨을 푹 쉬며 말했다.

"부사장님."

아무래도 안 되겠다는 말투였다.

"제발 노래 좀 끕시다."

도한의 사무실에서 음악이 반복되고 있었는데, 도대체 언제 발매되었는지도 기억이 나지 않는 '과거는 잊고' 라는 노래였다. 예전에는 분명 히트를 친 곡이지만 한참 동안 대중에게 잊힌 곡이었다.

한 번 정도는 뭐, 옛날 생각도 나고 해서 들을 수 있었지만 벌써 몇십 번이 넘게 반복 재생이 되자 현민은 귀에 딱지가 앉을 지경이었다.

"그냥 들어. 사회생활 거지 같은 거 모르는 바 아니잖아?"

도한이 보고서를 읽고 있던 눈을 들지도 않으면서 태연하게 대답했다. 현민은 흔치 않은 상사의 기이한 행동에 의아해하며 볼멘소리로 투덜거렸다.

"도대체 왜 저 노래에 꽂히신 거예요, 갑자기? 부사장님이 사장님도 아니고, 왜 이런 짓을 하냐고요."

"상사가 이해할 수 없는 짓을 해도 참고 견디는 것이 월급 받는 자들의 공통된 슬픔이야. 넌 이제 그걸 좀 배울 때가 됐어."

"꼭 사장님을 모시는 부사장님 얘기 같은데요. 저보고 그 슬픔을 공감해 달라는 의미에서 제 귀를 괴롭히시는 건가요?"

현민은 이참에 조금 쉬고 싶다는 듯이 기지개를 켰다.

"근데 사장님 말이에요."

도한은 화윤의 이야기에 그제야 고개를 들었다. 노래를 틀어 놓으면서, 잔디밭에서 어린애들과 어울려 천연덕스럽게 노래를 부르던 화윤의 모습이 머릿속을 떠나지 않았다. 한 번만 더, 한 번만 더 듣자는 것이 결국 이렇게 되었다.

"확실히 특이한 사람 같아요. 모시기 힘들지 않아요? 매번 비서도 아니신데 호텔 예약하시고 오늘 같이 출근하겠다고 하시면 스케줄 다 엉망 되고."

"괜찮아."

"하긴. 그만큼 매력도 넘치시니까. 원래 좀 그런 특이한 사람들한테 매력이 있는 법이잖아요. 부사장님 같은 예상 가능한 타입은 편하긴 한데 인간적인 매력은 좀······."

"까분다. 인간적인 매력 없는 상사가 얼마나 악독해질 수 있는지 내가 몸소 보여 줘?"

"아닙니다. 저는 편안한 상사를 모시고 싶습니다! 충성!"

현민은 키득거리며 한 손으로 경례하는 포즈를 만들어 보였다. 아직 학교를 졸업한 지 얼마 안 되어서 그런지 순수한 면이 있었고, 특히나 딱딱하면서도 업무 외 사적인 측면에서는 전혀 간섭하지 않는 도한이 편하기도 했다. 그래서 도한에게 오히려 먼저 친근하게 말을 붙일 수 있었다.

"근데 오늘 무슨 일 있었어요? 오늘 포털에 다 유니콤이랑 채화윤 사장님 기사 도배예요."

"그러게."

도한은 미간을 찌푸렸다. 이미 수상함을 감지해 화윤을 일 핑계를 대며 미리 호텔에 집어넣고 이리저리 혼자 알아본 참이었다. 갑자기 인터넷 포털에 화윤이 주목받는 인물 등으로 뜨기 시작해 배후가 있나 싶어 짧은 시간 동안 열심히 캐 보았지만 한계가 있었다.

"실시간 검색어도 계속 사장님이고. 옛날 기사랑 인터뷰까지 막 뜨고, 아마 유니콘 수익에 대한 기사가 나간 다음에 이렇게 된 거 같아요. 성공한 여성 엔지니어로 정부 기관에서 오늘 막 선정하고 그랬다던데."

"수상해. 채화윤도 전혀 모르는 일이거든. 오늘 진짜 아무 일도 없었는데……."

오늘 오후 어느 순간부터 등 뒤로 낯선 시선이 따라다니고 있었다. 트램플린을 타고 내릴 때까지는 전혀 불편함을 모를 정도로 평소와 같았는데, 갑자기 사인을 요구하는 학생들이 어느 시점부터 늘었다.

그저 모교에 갔으니 성공한 선배 정도로 요즘 학생들이 몇 명 알고 있나 보다 하며 가볍게 넘기기에는 너무 여기저기서 사진을 찍는 정황이 많이 포착되었다.

기사가 일괄적으로 뜨기 시작한 것도 그때부터였다.

"사장님은 진짜 특이하신 분 같아요. 오늘 오전에 잠시 출근하셨을 뿐인데 확실히 남다르시더라고요. 유명해지실 만도 하죠."

"채화윤은 연예인이 아니야."

"연예인만큼 엄청 예쁜데 말도 안 되게 똑똑하고, 가끔 기이

한 말들을 하는데 그게 또 듣다 보면 아무렇게나 하는 소리가 아니라 엄청 연륜이 있어 보인단 말이에요."

그런 생각은 도한도 굉장히 많이 했었다. 만일 화윤에게 전생이 있다면 클레오파트라가 아니었을까 상상한 적도 있었다.

단순히 예쁜 것이 아니라, 자신만의 색깔을 내뿜으며 삶에 대한 어떠한 영감을 주는 사람. 그녀에게 홀릴 듯한 순간들이 얼마나 많았는지 셀 수가 없었다.

주성 때문에 오랫동안 그녀가 한국에 머물러 있는 지금, 도한의 삶은 생각보다 너무나 많이 흔들리고 있었다. 당장 오늘 오후를 함께 보냈다고 머릿속에 계속 한 곡의 노래가 반복 재생이 되고 있었으니까.

"자기도 모르게 막 사람들을 사로잡고, 무슨 말을 해도 이해해 줄 것 같고, 아주 재미있는 대답을 해 줄 것 같은 그런 여자들."

"……."

"저 같은 평범한 사람은 사장님하고 하루만 같이 있어도 완전히 질려 버리거나 아니면 완전히 반하고 말 거예요. 부사장님은 10년 동안 한 번도 그런 적이 없었어요? 그냥 동료로 대하기에는 너무 예쁘고 매력이 넘치잖아요."

"유니콤에 끌려 청춘을 바친 지 10년이야."

도한은 한숨을 푹 쉬었다.

"채화윤한테 끌리면 어디까지 감당할 수 있을까 자신이 없는데."

"잘은 모르지만, 부사장님처럼 삶이 단순한 사람이 여자한테 빠지면 간도 쓸개도 다 빼 주는 법이니까요. 조심하세요."

"뭐?"

"부사장님은 회사랑 집밖에 모르잖아요. 그 외에는 관심 없
고. 그러니 남는 관심이 여자한테 다 쏠리면 대체 어떻게 되겠
어요?"

"어떻게 되는데?"

"대단하겠죠, 진짜."

현민은 주저 없이 대답했고, 도한은 생각을 이어 가기 싫다는
듯 입을 다물었지만 그렇다고 이미 시작한 생각이 바로 끊길 수
는 없었다.

한 번 의식한 감정은 절대 멈추지 않는 법이다. 트램펄린에서
신나게 뛰던 화윤의 앳된 얼굴과 추억 따위는 다시 만들면 된다
는 그녀의 처절한 외침이 계속해서 머리에 맴돌았다.

기억이 가물가물하지만 어쨌든 그의 인생에서 유일했던 몇
년간의 첫사랑을 몇 시간 만에 완전히 차단시켜 버릴 만큼 그녀
의 존재감은 이미 그에게 절대적이었다.

그녀가 한국에 온 지 일주일도 안 되었는데 벌써 정신없이 빠
져 버린 것이다.

그동안은 화윤이 3일 이상 그의 곁에 머무르지 않아서 감정
의 진척을 몰랐다. 예전에도 분명 이렇게 홀려 있었으니 10년 동
안 그녀의 존재를 의식하고 살았겠지. 유니콘에 대한 책임감과
열정이라고 합리화하기에는 사실 그 시기가 너무 길었다.

그러나 도한은 그가 그녀를 감당할 수 있는가에 대해서, 그녀
가 그를 받아들일 수 있는가에 대해서는 회의적이었다.

화윤은 너무나 자유로운 사람이었고, 누군가가 묶어둘 수 있는 여자가 아니었으며, 그는 한 번 마음을 표현하기 시작하면 그녀를 계속해서 옆에 두고 싶어질 것이 뻔했기 때문이다.

그들은 지금까지 너무나 다른 삶을 살았다. 지금 그의 마음을 표현한다면 화윤과 자신의 관계는 어떻게 되는가. 그는 아무 생각 없이 자신의 감정에만 충실한 사람은 아니었기 때문에 가슴이 답답해졌다.

상황도 복잡한데, 주성이 얽히고 난데없는 기사가 뜨는 것을 보면 예감이 썩 좋지 않은데. 그리고 이유는 모르겠지만 지키려는 것이 아무것도 없는 그녀를 지키고 싶었다.

도한의 눈빛이 깊어졌다.

"부사장님, 이제 음악 좀 멈춰요, 제발. 가사 다 외우겠어요."

현민이 괴롭다는 듯 중얼거렸다.

"안 돼."

그가 딱 잘라 대답했다.

시환은 회사로 다시 돌아와 밀린 일을 처리 중이었다.

사안 몇 개를 결재하고, 주주들의 성향을 분석한 보고서를 읽다가 그는 문득 피곤한 눈을 두 손으로 비볐다. 때마침 그의 비서가 들어왔다.

"이사님. 알아보시라 한 것에 대해 소득이 있었습니다."

"그래?"

그의 표정에 화색이 돌았다.

"채화윤의 친부가 20여 년 전 해외 도주한 이윤록이라는 정황이 여기저기서 발견되었습니다. 관련 자료는 여기 있습니다."

"이윤록?"

시환의 얼굴이 굳었다. 전혀 예상하지 못한 시나리오면서도 모든 퍼즐이 맞춰지고 있었다. 화윤은 친모의 성을 따랐기 때문에 그 아버지가 누구든 놀라지 않을 것이라고 생각했는데 이윤록이라니.

"머리 좋은 건 아버지 쪽을 닮은 것 같고."

불과 몇 시간 전에 화윤이 했던 말이다. 확실히 제대로 닮았다. 그는 기가 차서 피식 웃었다.

"이윤록이 뿌린 씨가 하나둘이 아닐 텐데. 우리한테는 더 정확한 증거가 필요해. 한국에 남아 있는 형제들이랑 유전자 검사한 번 해 보지. 정황만 가지고 움직이기엔 너무 큰일이니까."

"네."

"저기 보면 채화윤이 그때 두고 간 옷이 있어. 잘 뒤져 보면 머리카락 한 올 정도는 나오겠지. 안 나오면 호텔 관리인이라도 매수하고. 그리고……."

시환의 눈이 빛났다.

"그때, 내가 말한 미끼 말인데."

"아, 아이돌 말입니까?"

"어. 이 정도 되니 더 큰 미끼가 필요할 것 같군."

"그럼……."

"나 정도는 써야 되지 않겠나."

미워하거나 싫어하지 않는다고? 감정적으로 선을 긋는 그 말에 은근히 서운했다.

그녀가 그 어떤 것에도 애착을 갖지 않는다는 사실은 알고 있었다. 애착이 불가능하다면 자신에게 증오라도 품었으면 좋겠다고 생각했다.

화윤과 끝도 한도 없이 얽혀 보겠다고 다짐한 그가 잇몸이 보이도록 씩 웃었다.

5화

무엇이 가장 무거운 것인가?
내가 그것을 등에 짐으로써
나의 강인함을 확인하고 기뻐할 것이다.

—니체, 〈차라투스트라는 이렇게 말했다〉

출근을 위해 호텔 로비에 나왔을 때, 화윤은 자신을 기다리고 있는 도한을 보고 자신도 모르게 함박웃음을 지었다. 하지만 도한의 표정은 딱딱하게 굳어 있었다.

"지하로 가. 차 못 빼 와."

"응? 왜?"

"저기 사람들 몇 명 보여?"

화윤이 까치발을 들어 호텔 밖을 보자 몇 명의 사람들이 서성이고 있었다.

"너 찾는 거야."

"나? 왜?"

"기자들도 있고, 갑자기 생긴 팬들도 있고. 너 어제 계속 포털 검색어에 떠 있었어. 어제 사인해 달라는 사람이 많았던 게 그것 때문이야."

"나 아무 일도 없는데?"

"그러니까 수상하다는 거야. 어쨌든 몰래 가야 돼. 나가면 귀찮아질 거야."

"흐응, 그래. 뭐, 저러다 말겠지."

화윤은 그다지 감흥 없다는 태도로 도한을 따라 지하 주차장으로 내려갔다. 편안하게 그의 차 조수석에 탄 그녀가 또 무심한 말투로 말했다.

"야, 여기가 그동안 제일 오랫동안 정착했던 곳 같다."

"무슨 소리야?"

"이 차 조수석."

"……"

"10년 동안 꾸준하게 앉은 곳이네."

집이 없으니 당연한 말이었다. 역설적이게도 한국에서 가장 친숙하고, 오랫동안 자연스럽게 앉아 있는 자리였다.

도한은 아무런 말을 하지 않고, 선팅을 더 진하게 해야겠다는 생각을 할 뿐이었다. 화윤을 기다리는 사람들을 지나치며 도한이 문득 물었다.

"넌 왜……"

지금껏 한 번도 묻지 않았던 말이었다.

"집을 갖지 않는 거지? 내 한 몸 안락하게 누울 곳이 필요하다는 마음은 원시 시대부터 인간의 가장 큰 본능 아닌가? 언제부터 집이 없었어?"

그녀의 눈에 머뭇거림이 스쳤다. 그냥 대충 얼버무리며 넘어가면 도한은 더 묻지 않을 것이다. 그러나 왠지 그러고 싶지 않앉다. 새삼 도한과 너무 오랫동안 붙어 있었다는 생각을 했다.

혼자가 당연했던 그녀의 하루에 너무 자연스럽게 편입할 만큼, 자신도 모르게 도한에게 익숙해졌다는 것을 의식하며 화윤이 천천히 말했다.

"열일곱 때 자퇴하고 외할머니가 계 타던 날, 그 돈 다 들고 가출했어. 그 이후로 없어. 집을 나오니 얼마나 좋던지. 외할머니 입장에서는 진짜 날 죽이고 싶었을 거야. 나는 여러 사람의 인생을 망치면서 살아남았거든."

항상 어린 시절 얘기만 나오면 화제를 돌려 버리기 일쑤였던 그녀가 웬일인지 고분고분하게 대답해 주었다. 딱히 진지한 대답을 기대하지 않았는데 화윤이 절대 말하지 않던 가정사까지 말하기 시작하자 도한 역시 기분이 묘해졌다.

그녀가 아무리 평상시에 밑도 끝도 없는 억지를 부리더라도 그는 그 인위적인 태도 밑에 커다란 상처가 있음을 짐작하고 있었다.

그 상처를 이 정도라도 그에게 말하게 된 것은 그만큼 그를 조금 더 가까이 생각하기 시작했다는 건가. 도한은 심장이 두근거렸다.

"집에 가지 않아도 되는 게 좋아서 그동안 떠돌며 살았어. 매일매일 날 죽이고 싶어 했던 외할머니 소원대로, 내키는 대로 막살다가 죽어 버리려고 언제나 생각했었는데 굳이 안 죽어도 되겠다, 이런 생각이 들더라고. 언제든 미련 없이 떠나는 삶이 내게는 맞아."

그 이후 굳게 닫힌 그녀의 입은 더 이상 열리지 않았다.

더는 얘기해 줄 것 같지 않아 도한 역시 묻지 않았고, 그들은 조용히 침묵 속에서 회사에 도착했다.

유니콤은 기업이나 산업 쪽에서는 언어의 간단함과 뛰어난 시각적 구현 때문에 편의성이 높아 복잡한 수익 계산 및 예측에 많이 쓰이는 프로그램이었지만, 일반인들의 일상에 큰 영향을 미치는 프로그램은 아니었다.

그래서 소수의 컴퓨터공학을 전공하는 사람들에게만 유명했는데, 기사들이 얼마나 많이 노출되었는지 유니콤 회사 건물 앞에도 서성이는 사람들이 많았다.

"이거 너무 불편한데."

도한의 사무실에 어제와 같이 편안히 자리 잡은 화윤은 한숨을 폭 쉬었다.

"그래도 계속 이러지는 않겠지. 시간 좀 지나면 나아지겠지?"

"하여튼 나갈 생각은 안 하는 게 좋겠다."

도한은 출근하자마자 어제 검토하다 만 보고서를 집어 들며 말했다.

"이왕 출근한 김에 매뉴얼 좀 써."

"그럴까. 네 메일 정리 좀 해 주고."

또 일하기 싫어서 수 쓰는구나. 도한은 정말 말 안 듣는 과외 학생을 보는 시선으로 그녀를 바라보다가, 문득 화윤이 턱을 괴고 생글생글 웃으며 자신을 쳐다보는 것을 보고 심장이 툭 떨어졌다.

쟤는 저 표정이 남자들을 홀리는 걸 분명히 알고 있는 거야. 뭔가를 원하는 눈빛이다. 도한의 표정이 굳어 가는 것도 모른 채로 화윤은 앙탈을 부리듯 말꼬리를 길게 늘이며 말했다.

"동업자님, 그 여자 수신 거부 하고 싶은데."

화윤은 이미 아라의 개인 정보까지 어젯밤에 모두 입수하고 모든 관련 메일 및 연락처를 수신 거부할 수 있게 만들어 놓은 상태였다.

원래는 도한 몰래 할 작정이었으나 한 가닥 남은 양심이 그녀의 발목을 잡아 최후의 클릭 한 번을 남겨 두었다.

"뭐?"

"아예 수신 차단해 버린다고. 어디 돈 달라는 메일을 뻔뻔하게……! 다시는 네가 확인도 못하게 차단해 버릴래. 그래도 돼?"

"야, 넌 왜 남의 사생활에 간섭이야?"

"남이라니. 피 같은 우리 회삿돈이 엉뚱한 여자한테 들어가는 게 열 받아서 그러지. 아, 네 월급도 우리 회삿돈이다. 유니콤, 너, 나. 이렇게 셋은 운명 공동체라고. 월급 같은 개념은 허용하지 않는다."

"그런 걸 옛날 사람들은 궤변이라고 하지 않았나."

도한은 어제 이후 딱히 아라에게 돈을 보내 줄 마음은 없었지만, 화윤의 말에 대꾸하다 보니 어느새 어깃장을 놓고 있었다.

다른 여자를 의식하는 듯한 그녀의 태도가 왠지 마음에 들어서였는지도 몰랐다. 화윤은 마음에 안 든다는 듯이 끙, 하는 소리를 냈다.

"야, 너 아직도 이 여자 좋아해? 얘 유부녀다? 너 그러면 안 돼."

"무슨 헛소리야?"

화윤은 종종걸음으로 도한에게 다가와서 마주 앉았다.

그녀가 몸을 바싹 앞으로 기울이자 허리 곡선이 예쁘게 만들어져 도한은 잠시 숨을 멈췄다. 도한은 자신이 그녀에게 경계심을 가져야 할 대상도 안 된다는 것이 기가 막혔다.

"안 좋아하면 수신 거부하자."

"귀찮게……."

도한이 시선을 피하자 화윤은 입술을 꼭 깨물었다. 기분이 나빴다. 애가 둘이나 딸린 첫사랑에게는 그 수고를 감수하면서 돈을 보내는데, 자신이 몇 마디 하는 것은 귀찮다고?

아무리 도한이 자신에게 함부로 대한다고는 하지만 그건 겉으로 보이는 모습뿐이고 속 깊은 곳에서는 자신을 일일이 다 챙겨 주는 것을 느끼고 있었는데, 그녀는 서운함이 치밀었다.

"나 서운해."

그녀는 소파에 길게 누워서 징징거렸다.

"다 너 생각해서 해 주는 말인데."

"야, 정신 사나워. 일 밀려 있는데."

"……."

드디어 화윤의 입이 나오기 시작했다. 도한이 자신에게 이렇게 막 대하는 것은 하루 이틀이 아니었다. 그러나 이번에는 정말로 서운했다. 왜 알았다는 말 한마디를 안 해 주고 자신에게 뭐라고만 하는지.

"화윤렐라는 어려서 부모님을 잃고요……."

그녀는 풀이 죽은 표정으로 동요를 개사해서 부르기 시작했다.

"너 매뉴얼 안 써?"

"까다로운 동업자에게 구박을 받았더래요……."

도한은 기가 찼다. 노래를 부르는 그녀의 목소리는 심지어 구슬프기까지 했다. 그런데 그 모습이 굉장히 사랑스러워 그는 속으로 한숨을 쉬었다.

화윤을 가만히 바라보다가, 별다른 대꾸도 하지 않고 다시 보고서로 시선을 옮겼다.

모든 공기가 어색했다. 그는 이 사무실에 그녀와 단둘이라는 것을 의식했으며, 발을 까닥거리며 길게 누워 있는 그녀의 하얀 다리가 매혹적인 움직임을 만들어 내고 있었다. 그녀는 매뉴얼을 쓰겠다며 배 위에 노트북을 얹어 놓고 몇 글자 끄적이다가 살짝 나른해졌는지 꾸벅꾸벅 졸았다.

도한은 평소보다 두 배는 느린 속도로 보고서를 읽고 결재를 하다가, 힐끔 화윤을 바라보고 자신의 재킷을 벗어 덮어 주었다.

깨어 있을 때는 수만 가지 표정을 보여 주는 그녀의 얼굴은 잠을 잘 때만큼은 아이 같이 평온했다. 그는 멍하니 그녀의 얼굴을 보다가 머리카락을 쓸어 주었다.

이 작은 몸으로 도대체 몇 개의 세상을 창조하고, 몇 개의 세계를 견디고 있는지. 자세가 불편해 보여 어깨를 잡아 편히 뉘여 주었다. 평소 같았다면 아무렇지도 않았을 손길이 어색했다. 한 번 의식하고 나니 작은 접촉 하나하나가 망설여졌기 때문이다.

대체 다시 돌아갈 곳을 절대 만들지 않는 심정은 어떤 것일지, 낯설기보다는 안쓰러웠다.

단순히 애잔하다고 생각하고 넘기기엔 그녀가 조금 더 자신을 특별하게 여겨 주었으면 좋겠다는 은밀한 욕망이 들었다. 그의 조수석이 가장 오랫동안 정착한 곳이라는 화윤의 말이 자꾸만 생각났다.

그녀를 볼 때마다 헬륨 가스가 잔뜩 든 풍선 같다고 생각했다. 절대 한 곳에 머무르지 않고 자꾸만 하늘을 부유하며 어디론가 날아가 버릴 것 같다. 만약 풍선에 매달려 있는 얇은 실의 끝을 잡고 있는 사람이 그뿐이라면 그는 언제까지나 그녀를 놓고 싶지 않았다.

자신이 편하게 잠들 수 있도록 자세를 바로잡아 주는 도한의 손길이 너무 따뜻해 화윤은 어렴풋이 깼다. 조심스럽게 떠나가는 그 따뜻함이 아쉬워 하마터면 정말로 눈을 뜰 뻔했다. 한 번 마음을 터놓기 시작한 관계는 멈출 수가 없는지, 진심을 보이기 시작하니 자꾸만 기대고 싶어졌다.

그는 자신의 입으로 과거를 말해 준 최초의 사람이었다. 갑자기 도한과 너무 가까워진 생각이 들어 화윤은 살짝 무서웠다.

한숨 더 까무룩 잠든 그녀가 천천히 눈을 떴을 때에는 도한이 자신의 자리로 돌아가 컴퓨터로 무언가를 작성하고 있었다.

그의 재킷을 꼭 끌어안고, 그녀는 동그란 눈으로 그를 멍하니 바라보았다.

"아, 깜짝이야."

화윤이 깬 줄 모르고 있던 도한이 그녀와 눈이 마주치고 깜짝 놀라 중얼거렸다.

"깼으면 깼다고 말을 하지."

"나 못 일어나겠어."

"뭐?"

"다리에 쥐 난 거 같아."

"가지가지 한다."

"주물러 줘."

"아, 진짜⋯⋯."

도한은 신경질을 내며 책상에서 일어났다. 그의 손이 미세하게 떨리는 것을 화윤은 눈치채지 못했다. 화윤이 고통스럽게 신음을 내자 그는 한숨을 한 번 쉬고 그녀의 매끈한 다리에 큰 손을 올렸다.

"어, 거기. 으윽!"

화윤은 진짜 쥐가 나기도 했지만, 잠결에 느낀 도한의 따뜻한 손길이 좋아서 뭔가 마음의 안정이 찾아오고 있었다.

"좀 더 세게 해 봐."

"더 세게?"

"아악!"

"괘, 괜찮아?"

도한이 화들짝 놀라 튕겨 올라오던 그녀의 허리를 붙잡았다. 순식간에 얼굴이 가까워지며 두 사람의 숨결이 섞였다. 정신을 차리기까지 잠시 시간이 걸렸다.

"놔, 놔 줘도 되는데."

화윤이 살짝 말했지만, 도한은 가만히 그녀를 바라보았다. 공기가 순식간에 낯설고 어색해졌다.

뭐지, 하도한은 한 번도 이런 적이 없었는데. 신경질을 내면서 던지기라도 해야 하는 거 아닌가? 그런데 왜 이런 눈빛으로 나를 바라보지?

"아, 어어."

화윤의 얼굴이 붉게 달아올랐다. 그 어떤 남자와 무슨 짓을 할 때도 얼굴이 달아오른 적이 없어 이 상황이 몹시 당황스러웠다.

상상조차 하지 않았던 사람과 이런 분위기가 연출되어서 그런가? 심장이 쿵쿵 뛰었다.

물론 당황한 것은 도한도 마찬가지여서, 침을 꿀꺽 삼키고 천천히 화윤의 다리와 허리에서 손을 뗐다.

"이제 됐지?"

"아, 응!"

도한과 화윤의 어색한 기류는 사라지지 않았다. 도한은 벌떡 일어서서 뒤를 돌았다.

"채화윤."

"어?"

"너 출근하지 마라."

"뭐?"

그녀는 예상외의 말에 미간을 찌푸리며 물었다. 그러나 도한의 낮은 목소리는 진지했다.

"그냥 회사 오지 마."

"내가 너무…… 일 안 해서?"

"네 회사에서 네가 일 안 하겠다는데 그게 뭐."

"그럼 무슨 소리야, 갑자기 뜬금없이?"

"내 사무실에 너 있는 거 불편해."

화윤의 표정에 상처 받은 기색이 역력해졌지만 도한은 뒤를 돌아 있었기 때문에 볼 수 없었다.

그는 그녀에게 자신의 평정심을 잃은 표정을 보여 주고 싶지 않았다.

"왜냐하면 내가……."

그때, 문이 벌컥 열리고 현민이 뛰어 들어왔다.

"사장님! 부사장님!"

화윤과 도한은 깜짝 놀라 숨을 헐떡이는 현민을 바라보았다.

"이거, 사실인가요? 지금 회사 앞에 사람들이 더 많아졌어요. 기자들도 몰려오는 거 간신히 막았고요!"

"뭐가?"

현민은 자신의 휴대폰을 가까이 있던 화윤에게 넘겨주었다. 화윤의 눈이 접시처럼 커졌다. 현민이 믿을 수 없다는 듯이 그녀에게 물었다.

"정말 진짜예요? 그래서 주성하고……."

"아니야."

화윤은 단호하게 말했으나 기사를 읽을수록 표정이 딱딱하게 굳어 갔다.

도한이 성큼성큼 걸어와 현민의 휴대폰을 받아서 날카로운 눈으로 읽기 시작했다.

기사를 확인한 그의 얼굴에 분노가 일렁였다.

유니콤 창업자 채화윤, 주성 예비 며느리 될까?

화윤이 시환의 팔짱을 끼고 호텔 레스토랑에 들어가는 뒷모습이 찍혀 있었다. 화윤은 자신도 모르게 도한의 얼굴을 바라보며 필사적으로 말했다.

"아, 아니야. 진짜 아니야. 알지?"

"뭐가 아닌데."

"얘랑 사귀는 것도 아닌데 예비 며느리가 말이나 되는 소리니?"

"그럼 팔짱은 왜 끼는데."

"이런 건 나한테 아무것도 아니야. 알잖아? 어제 유니콤 넘기라고 찾아 왔길래 밥 한 끼 먹으면서 달래 준 것뿐인데……."

현민은 어제 도한이 했던 말이 떠올랐다.

"채화윤한테 끌리면 어디까지 감당할 수 있을까 자신이 없는데."

실제로, 도한은 화윤이 아무 뜻 없었을 것이라는 걸 알아서 더 화가 났다.

✿ ✿ ✿

"아, 사장님 지금 자리 비우셨고요. 네. 모릅니다."

직원들이 쉴 새 없이 전화를 받는 동안 화윤과 도한은 몇 개

의 급한 보고서와 결재를 처리했다. 당분간 업무가 정지될 정도
로 유니콤이 큰 회오리에 휘말릴 것을 예감했기 때문이다.

화윤의 눈이 빠르게 보고서를 훑었고, 도한은 혼자 며칠 걸릴
일을 반나절도 안 되어 끝낼 수 있었다.

"일단 호텔부터 옮기는 게 좋겠어."

도한은 인터넷으로 여기저기 호텔을 예약하며 말했다.

"분명히 네 호텔에도 기자들이 진을 치고 있을 거야. 지금 포
털에 난리가 났으니 일반인들도 널 알아볼 가능성이 크고, 일단
피해 있자. 남의 눈에 안 띄는 새로운 호텔을 찾아봐야지."

"알았어. 며칠 있으면 잠잠해지겠지, 뭐. 어차피 결혼 안 할
거니까."

대한민국 최고의 기업인 주성의 유력한 후계자와 벤처 성공
신화를 쓴 여성 엔지니어의 결혼을 다룬 기사는 가히 충격적이
었다. 어제부터 채화윤이 계속 포털에 검색어로 떠 있는 이유가
있었다며 많은 사람들이 추측을 하고 있었다.

대다수의 기업에 유니콤이 도입되었음에도 자체 프로그램을
고집하던 주성이 최근에서야 유니콤과 계약한 점, 해외에 나가
있던 화윤이 그 시기에 돌아온 점, 게다가 시환과 찍힌 사진까
지 모두 기사에 나왔고 사람들은 자연스럽게 저마다의 추측에
확신을 갖기 시작했다.

채화윤이 신데렐라라느니, 진시환의 이런 선택으로 주성의
후계가 확실해졌다느니 추측성 기사가 난무하는 가운데에 공통
된 의견은 당연히 유니콤과 주성의 합병이었다.

화윤은 사업상 어디에도 끼지 않았기 때문에 그녀의 휴대폰

은 조용했지만 대신 도한의 휴대폰이 쉬지 않고 울리는 탓에 그는 신경질적으로 휴대폰의 전원을 꺼 버렸다.

화윤이 직접 회사 전화로 각종 매체에 전화하여 정정 요구를 했지만 고작 기사에는 '유니콤 측에서는 사실무근이라며 부인하고 있다' 같은 말이 덧붙여질 뿐이었다.

정작 주성에서 정정 요구가 없었기 때문에 확신에 찬 기사들이 폭증하고 있었다.

"이런 개자식, 가만 안 둬."

화윤은 평정심을 잃진 않았지만 자신의 노트북으로 손을 뻗으며 중얼거렸다.

"IT시대에 나를 건드려? 주성 시스템을 마비시켜 버리겠어. 그 정도 해킹하는 거야 일도 아닌데, 모든 업무를 다 정지시켜서 부도라도 나야 정신을 차리……."

"사장님."

옆에서 일을 처리하느라 바빴던 현민이 조심스럽게 말했다.

"……그러지 말아 주세요."

"어?"

"주성 시스템 마비요. 그러지 말아 주세요."

화윤은 눈을 동그랗게 뜨고 현민을 바라보았다. 도한은 아무런 말도 하지 않았다.

"주성에서 밥 벌어 먹고사는 사람들이 얼마나 많은데요. 사장님이 주성 시스템 마비시켜 버리면 절대 복구 못 하게 완전히 말아 먹을 거잖아요. 그러면 정작 고생하는 사람들은 진시환이 아니라 거기서 일하는 저 같은 사원들이에요. 주성이 워낙 큰 회사라 제 동기들도 많거든요."

노트북을 두드리려던 화윤의 손이 멈칫했다. 그녀의 눈이 자연스럽게 도한으로 향했다. 도한은 화윤의 얼굴에서 자신에게 정답을 바라는 듯한 표정을 읽었다. 그는 참담한 마음으로 정답을 말했다.

"주성에 줄 대서 먹고 살던 수많은 하청업체들도 업무가 정지되면…… 그런 곳은 하루 매출이 결정적인 경우가 많아. 시스템 마비로 일이 틀어지면 당장 어음을 못 막는 중소기업들이 꽤 돼. 이런 문제는 신중해야 해. 냉정하게 말하면 주성은 진시환이 아니야. 수많은 사람들의 밥벌이가 달린 곳이야."

"음……."

"네가 주성을 망하게 하고 싶다면 말리지 않겠지만 그 무게가 만만치 않다는 건 알고 행동해야 하니까. 중간에 피해 보는 사람들이 정말 많을 거야."

화윤은 작은 한숨을 쉬고 노트북을 닫았다. 현민과 도한의 말이 맞았다. 실제로 회사를 운영하고 회사에서 일하는 사람들의 의견을 무시할 수는 없었다.

순간적인 분노로 주성에 직격타를 가하는 방법은 곧 쓸데없는 희생자들을 양산시키는 결과가 된다.

시환과 자신이 막장으로 얽히면, 계속해서 서로 이기겠다고 끝도 없는 싸움을 이어 나가면 분명 거기 얽혀 피해를 보는 사람들이 생기겠지. 화윤은 시환과 똑같이 행동할 수가 없었다. 그녀의 옆에 정답을 말해 주는 도한이 있었기 때문이다.

시무룩해진 화윤을 도한이 가만히 바라보았다.

"그래. 그냥 내가 잠시 참으면 되는 거지. 이런 스캔들이야 시간 지나면 가라앉을 거니까. 나만 좀…… 불편하지만 잠시 웅크리고 있으면 되는 거잖아. 뭐, 괜찮아, 그 정도는."

그가 기특하다는 듯이 화윤의 머리를 한 번 쓰다듬고 일어섰다.

"가자. 서울 제일 외곽 쪽 호텔에 묵는 게 일단은 좋겠어. 거기 중요한 거 없지? 노트북은 챙겨 왔고."

"네가 사 준 옷 한 벌. 한 벌은 그때 잃어버렸고, 한 벌은 지금 입고 있어."

"없다는 얘기네. 그럼 얼른 출발하자. 일이 더 커지면 회사도 안전하지 않을 거야."

도한의 차분한 말에 그녀도 즉시 일어섰다. 그의 차를 타고 나서야 다시 단둘이 되었다. 정신이 하나도 없었는데, 도한의 차에 타자 모든 세상이 정지된 느낌이었다. 유니콤을 둘러싼 사람들이 백미러에서 멀어졌다.

서울 외곽에 위치한 호텔이 목적지였기 때문에 그의 차는 도로를 한참이나 달렸다. 시내는 출퇴근 시간이 아니어도 적당히 막혔고, 그들은 적막 속에서 각자의 생각에 빠져 있었다.

정적이 어색했던 도한이 라디오를 잠시 켰으나 주성과 유니콤 이야기를 하는 DJ의 말에 즉시 꺼 버렸다.

"……미안."

도한이 낮은 목소리로 말했다.

"괜히 내가 주성하고 계약했어. 그러지만 않았어도 너는 계속 해외에 있을 테고, 이런 모든 일이 없었을 텐데……."

"의도하지 않은 일 가지고 미안해하지 마. 난 괜찮아."

화윤은 살포시 미소를 지으며 말했다.

"진짜야. 난 진짜로 괜찮아."

"네게 그냥 주성 없애 버리라고 하지 못해서도 미안해."

"네가 그런 사람이라서."

그녀의 길쭉한 눈이 반짝거렸다.

"네가 그렇게 말해 줄 수 있는 사람이라서 이 세상 그 누구보다도 너를 믿는 거야."

그래도 도한의 굳은 표정이 풀리지 않자 그녀가 발랄하게 말했다.

"난 똑같아. 거처만 좀 옮기는 것뿐이잖아. 사실 사람들이 날 주성 약혼녀로 착각해도 전혀 상관없어. 이런 건 시간이 해결해 주겠지. 아주 오랜 시간이 흐르면 이런 스캔들이 있었는지도 다 까먹을 거야. 적절히 숨어 있다가 다시 해외로 가면 돼."

"……."

화윤이 살짝 도한의 옆모습을 바라보고 한숨을 쉬었다. 마음이 아팠다. 자신이 불편한 것은 어느새 하나도 생각이 나지 않았고, 도한의 속이 시끄러울 것만 신경이 쓰였다.

"동업자님. 제발 나한테 그런 미안한 표정 짓지 마. 그놈은 유니콤을 옛날부터 노렸고 언젠가는 일어날 일이었을 거야. 네가 그렇게 미안해하면 그놈하고 팔짱까지 낀 나는 어떻게 되는 거니? 물론 끌려가기 싫어서 한 선택이지만……."

도한은 피가 싸늘하게 식는 것을 느꼈다. 인터넷에서 본 시환의 팔짱을 낀 화윤의 뒷모습이 다시 생각났기 때문이다. 감정을 주체 못 하겠다는 생각이 든 건 실로 오랜만의 일이었다.

그의 표정이 험악해지자 더 자책하고 있는 것이라고 판단한 화윤은 한숨을 푹 쉬고 말을 조용히 이었다.

"나는 더한 일도 겪었어. 이런 건 정말 아무렇지도 않다고."

지금 이 상황에서 누가 누구를 위로하는 건지.

도한은 따뜻한 어조로 그의 마음을 어루만지는 화윤을 곁눈으로 바라보았다. 제대로 길도 자유롭게 걷지 못하게 되었고, 전 국민에게 그녀의 거짓된 결혼설이 퍼졌는데 아무렇지도 않다고?

"나, 아무한테도 이런 얘기 해 본 적 없는데, 네가 그런 표정 짓는 건 너무 싫으니까 말해 줄게. 차라리 나한테 화를 내고 빈정거리는 모습이 더 보기 편하다, 야. 미안한 표정은 정말 너무 보기가 고통스러워."

화윤은 턱을 괴고 창밖을 바라보면서, 아주 담담하게 이야기를 시작했다. 누군가에게 자신의 과거에 대해 말할 줄은 상상해 본 적도 없었는데, 상대가 도한이라서 그런지 전혀 이질감이 없었다.

"아주 어렸을 때부터 많은 사람들이 찾아 왔어. 나보고 이 마을에 남은 유일한 사기꾼의 딸이라고 욕했던 것이 기억나. 다들 나를 구경하고, 우리 집에 와서 행패를 부리고, 뭐라도 갚아야 한다며 난장판을 만들었어."

어쩌면 이미 아주 오래전부터 이런 순간을 예상했을지도 모른다. 누군가에게 말하는 것만으로도 치유가 된다면.

화윤은 기억 속, 난장판이 된 집의 한구석에서 혼자 바들바들

떨고 있는 작은 여자아이에게 최초로 손을 내밀었다는 생각을 했다.

다름 아닌 도한이 지금 그녀의 곁에 있었기 때문에 가능한 일이었다.

"매일매일 새로운 사람들이 와서 똑같은 짓을 하고, 마을 사람들은 왜 떠나지 않느냐며 항상 눈치를 줬어. 근데 어쩔 수 없었어. 외할머니는 돈이 없었고, 엄마는 미쳐 있었으니까."

기억 속에서 초점 없는 눈으로 헤실헤실 웃던 엄마가 고개를 들었다. 화윤은 자신도 모르게 한숨을 쉬었다. 부모에 대해 객관화하는 것은 어른이 된 지금도 사실 조금 힘든 일이었다.

때로는 제 모습이 다 썩어 버린 뿌리에서 피워 올린 꽃과 닮았다는 생각을 했다.

"엄마는 엄청 아름다운 사람이었다는 게 기억나. 나보다 더 예쁘고 몸매도 훨씬 좋았다? 근데 생각도 깊지 않고, 철딱서니도 없는 데다가, 반반한 얼굴에 몸매는 성숙할 대로 성숙한 어리석은 여고생······."

도한은 차마 그녀의 얼굴을 바라볼 수 없어 눈이 아프도록 앞만 보고 운전했다.

"동네에 있던 사기꾼이 한 번 장난질 치기엔 딱이었겠지."

"사기꾼?"

"난 머리 좋은 나쁜 놈이 가장 최악이라고 생각해. 그런 종류의 사람이었나 봐, 우리 아버지는. 보통 머리 좋은 놈 아니면 그렇게 해 먹을 수는 없지. 너 이윤록이라고 아니?"

"뭐······?"

머리를 망치로 한 대 얻어맞은 것 같았다. 생각하지도 못한 이름이었다.

"나 그 사람 딸이야."

도한은 잠시 말문이 막힐 정도로 크게 충격받았다.

이윤록이라면 30년 전쯤에 횡행했던 거대한 사이비 종교와 다단계가 합쳐진 집단의 교주였다. 지방의 작은 마을에서 시작하여 그 일대를 주름잡다가, 몇백 명이 되는 교단 사람들의 돈을 횡령하여 해외로 도주한 희대의 사기꾼이기도 했다.

당시 온갖 시사 프로그램에서 '왜 사람들은 이윤록에게 미쳤는가' 등의 특집을 하도 해댔기 때문에 어렴풋한 기억에 그 이름이 남아 있었다.

"뭐, 그 인간이 돌아다니며 낳은 자식이 나 하나는 아니었겠지만, 어쨌든 맨 처음 계시를 받았다며 근거지로 삼았던 마을에서 예쁜 여고생 하나 건드려서 생긴 게 나고, 결국 그 엄청난 돈을 들고서 튀어 버렸지."

사람들에게 잘 알려지지는 않았지만, 화윤의 마을 사람들은 대부분 그 종교의 간부들이었기 때문에 그 일이 일어난 이후 거의 해체되다시피 했다. 피해자들이 하루가 멀다고 쫓아왔고 언론이 끊임없이 달라붙었으니 당연한 결과였다.

화윤의 외할머니는 가난 때문에 이사를 하지 못했고, 화윤은 그 마을에 유일하게 남은 이윤록의 흔적이 되었다. 그 시절을 회상하는 화윤의 말에 어느새 힘이 모두 빠져 있었다.

어릴 적부터 잘못된 탄생이라는 걸 뼈저리게 느끼고 있었다. 가끔 이윤록에 대한 다큐멘터리라도 나오면 그 피가 섞여 있을

몸에 소름이 돋았다.

한 남자의 이기적인 욕심과 욕망이 몇몇 사람들의 인생을 파괴했고, 그로 인해 생긴 생명이 바로 자신이었다.

언제부터 자기 자신을 부정하기 시작했는지 기억도 나지 않았다. 얼굴 한 번 보지 못한 아버지가 가장 원망스러운 것은 자신이라는 존재를 만들었다는 사실이었으니까.

"엄마는 내가 중학생 때에 자살했어. 외할머니는 항상 내가 죽어야 된다고 저주를 퍼부었는데 엄마가 죽고 나니 더 심해졌어. 근데 이해는 가. 하나밖에 없는 딸이 희대의 사기꾼 씨를 배서 미친 미혼모가 되고 마을에서 살기도 힘들어졌는데."

도한은 앞을 바라보며 조용히 운전하고 있었지만 운전대를 잡은 손에 힘이 들어가는 것을 느꼈다.

"……힘들었겠네."

"중학교 때 엄마가 자살하고, 나도 정말로 죽어야겠다는 생각이 들었는데 그때 중학교 담임 선생님이 끝까지 날 붙잡아 줬어. 영리하고 똑똑하다고, 열심히 공부해서 서울로 대학 가라고. 좋은 인재가 되어 보답하면 된다고 했어."

"아……."

도한은 천천히 이어지는 화윤의 말을 조용히 들었다. 어설픈 위로나 공감으로 그녀의 과거를 가볍게 넘기고 싶지 않았다.

화윤은 고등학교 진학 후, 마을 사람들의 노골적인 배척과 괴롭힘에 지쳤고 곧 미련 없이 자퇴해 버렸다는 이야기를 담담하게 이어갔다.

"그때 대학에 가서 자유롭게 공부해 보라고 우리 집까지 찾아

왔던 선생님께 정말 죄송했던 기억이 나. 선생님도 참 고통스러
웠을 거야, 그 작은 마을에서."

"좋은 선생님을 만나서 다행이다."

"난 그때 이미 죽어야겠다고 생각했거든. 태어나길 잘못 태어
났고, 세상에 좋은 일이라고는 하나도 없는데 대체 왜 살아? 게
다가 집은 끔찍했지. 외할머니는 마을 사람들보다 더하면 더했
지, 덜하지 않았어. 내 몸 안착할 곳이 집밖에 없다는 건 너무
힘든 일이었어."

화윤은 생각만 해도 끔찍하다는 듯 창문에 이마를 조용히 대
고 눈을 깜빡였다.

작은 시골 마을에 집으로 이어지는 길을 터벅터벅 걸어가는
10대 소녀가 머릿속에 생생했다. 차마 갈 곳이 없어서 갈 수밖에
없는 곳이었고, 누군가가 찾아와서 행패를 부릴까 봐 방 안에
쭈그려 있어도 마음이 놓이지 않는 곳이었다.

차라리 죽자, 죽어 버리자. 초라한 집이 시야에 잡힐 때마다
그런 생각을 수도 없이 하던 고등학생이 된 기분으로 화윤이 중
얼거렸다.

"그래서 나는 집 같은 곳은 싫어. 누가 나의 위치를 알아서
찾아오는 것도 싫고 내가 갈 곳이 거기 밖에 없다는 것도 싫어."

"그래서 외할머니 곗돈 들고 가출한 거야?"

"어. 이왕 죽을 거, 해 볼 거 다 해 보고 죽을까 하는 생각이
들더라. 그중 하나가 대학 졸업장이었는데 그냥 선생님 생각이
나서. 그래서 돈 싸들고 서울로 왔고, 그 이후는 네가 아는 그대
로야. 생각보다 살 만하더라고. 그 작은 마을에서 벗어나 이름

하고 얼굴 바꾸고, 이윤록 딸이라는 꼬리표 떼고 나니까 그렇게 나쁜 세상도 아니더라."

그 꼬리표를 떼고, 너를 만나서 여기까지 왔어. 화윤은 이어 지려던 말을 꾹 참고 한숨을 섞어 다른 말을 꺼냈다.

"그렇지만 난 내 근본은 잊지 않고 있어."

"근본?"

"어차피 태어나지 말았어야 했어. 엄마와 외할머니의 인생을 망치고, 마을 사람들의 트라우마, 그 자체로 존재하면서까지 살았어야 했을까. 징그럽게 좋은 머리도 아버지의 흔적 같아서 사실은 별로 쓰고 싶지 않아. 대충 살다가 죽을 거야."

그제야 과거에서 살짝 벗어났는지 그녀가 싱긋 웃으며 말했다. 한 번 정리하고 말하니 더 확실해지는 것들이 있었다. 잠시 도한의 곁에서 누군가에게 분노도 하고 설득도 당하느라 잊었는데, 화윤에게 세상사는 이미 의미가 없는 것들이었다.

화윤의 자유분방함 안에 숨겨져 있던 자살 욕구를 읽은 도한이 진지하게 화를 냈다.

"그딴 소리 하지 마. 그게 말이 되는 소리라고 생각해?"

"성장 배경이 거지 같아도 훌륭한 가치관으로 바르게 사는 사람들도 있겠지. 근데 나는 안 그래. 아니면 얼굴 한 번 못 본 아버지를 닮았다거나. 이상하고 괴상한 사람이었으니 그딴 짓을 하고 살았겠지. 안 그래? 그렇게 수많은 사람들을 속이고 크게 해 먹으려면 보통 천재는 아니었을 거야. 난 그 인간을 닮은 게 틀림없어. 가끔은 그런 내가 미칠 듯이 징그러워."

"그게 무슨 상관이야."

"……그러니까 이 정도는 진짜 아무것도 아니라는 말을 하고 싶었어. 신경 쓰지 마. 절대, 절대 자책하지 말고. 내게 삶은 원래부터 고난이었어."

화윤은 씩 웃으며 화제를 바꿨다. 그녀의 표정은 편안해 보이기까지 했다. 그는 문득 그녀가 엄청나게 강해 보였고, 동시에 역설적으로 끝까지 지켜 주고 싶어졌다. 화윤은 말을 다 끝내고 나서 큰 숨을 한 번 들이쉬더니, 정말 조심스럽게 덧붙였다.

"동업자님."

"왜?"

"내가 이윤록 딸인 거, 이런 사람이랑 얽힌 거…… 끔찍하지? 대한민국 사람들이 다 아는 미친 사기꾼 딸인데. 그것도 사이비 종교 교주."

"전혀."

도한은 한 치의 망설임도 없이 대답했다.

"너는 채화윤일 뿐이야. 누구 딸인지는 관심 없어."

"채화윤도 개명한 이름이고, 얼굴도 꽤 많이 바꿨어. 과거를 모두 엎은 범죄자의 딸인데, 그 피의 절반이 흐르고 있는데 소름끼치지 않아? 괜찮아?"

"바보 같은 소리 하지 마."

그는 잠긴 목소리로 말을 이었다.

"다만 그동안 힘들었을 거 생각하니까 마음이 안 좋아."

"어……."

"그동안 고생했다. 그리고…… 이렇게 살아 있어 줘서 고마워."

화윤은 입술을 깨물었다. 도한의 얼굴을 쳐다볼 수 없어 그녀는 고개를 돌려 창밖을 바라보았다.

"너는 꽤 괜찮은 여자야. 조금 더 행복해졌으면 좋겠어. 내 생각은 그뿐이야."

"동업자님."

"왜, 또."

"그럼 계속 나랑…… 음……."

"네가 이윤록 딸보다 더한 사람이라고 해도 네 옆에 있을 거니까 쓸데없는 생각 하지 마."

도한은 딱 잘라 말했다.

"네가 말했잖아. 유니콤, 너, 나, 이렇게 셋은 운명 공동체라고."

"흐음."

화윤이 고개를 기울여 눈을 가늘게 떴다.

"그러면 뭐 충분히 견딜 수 있어, 이 정도는. 서울로 상경하던 그때 정말 아무도 없었어. 지금은 갈 곳까지 정해 주고 데려다주는 네가 있잖아. 이건 힘든 거라고 할 수도 없어. 이 정도도 못 견디면 예전에 가출하던 열일곱의 채화윤에게 미안할 정도지."

"네가……."

도한은 진심을 담아 말했다.

"그 어떤 일이든, 견딜 수 있고 버틸 수 있다고 말했으면 좋겠어. 지금처럼, 아주 오랫동안."

"오래?"

"어. 100살까지."

너무나 진지한 대꾸에 화윤이 어이가 없다는 듯이 한숨을 쉬었다. 당장 내일 죽어도 괜찮다는 마음으로 살았는데 100살이라니?

"아이고. 생각만 해도 지겨운데. 대체 어디를 어떻게 떠돌면서 100살까지 살라고……."

"그때까지 내가 갈 곳도 정해 주고, 데려다주지, 뭐. 넌 조수석에 앉아만 있어라."

평소처럼 뚱한 도한의 말에 안도감을 느낀 화윤이 눈을 살짝 내리깔았다. 도한이라면 정말 100살까지 그녀를 옆자리에 태우고 어디론가 달려갈 것만 같았다.

난생처음 갖는 안정된 관계에 기시감을 느끼며 그녀가 툭 내뱉었다.

"너무 미안한데."

"나 취직시켜 줬잖아."

화윤이 푸흡, 하고 웃었다. 그녀는 정말 괜찮다는 생각이 들었다. 도한의 차에서 조용히 대화를 나누고 있으니 아까의 그 난리가 정말로 꿈처럼 느껴졌다.

아주 옛날의 끔찍했던 고향 마을처럼, 분명히 존재했으나 이제는 사라진 과거처럼.

그러나 아직 이 '난리'는 과거가 되지는 못했다. 화윤의 전화가 울린 것이다.

"어?"

그녀가 미간을 찌푸리며 휴대폰을 쥐었다.

"왜?"

"……진시환이야."

전화번호는 저장 안 했지만, 어제 메시지가 온 그 번호를 기억하지 못할 화윤이 아니었다.

차가 거칠게 멈춰 섰다. 화윤이 깜짝 놀라 숨을 채 들이키기도 전에 도한이 휴대폰을 낚아챘다.

—기사 내보낸 거, 당신입니까?

시환은 전화기 속 목소리가 도한의 것임을 순식간에 알아챘다. 도한의 목소리는 낮았으나 분노에 가득 차 있었다.

—대기업 이끌고 있다고 해서 평범한 사람 인생을 이렇게 망쳐도 되는 겁니까? 당신에게는 당신 인생 빼고는 아무것도 안보이나 보죠?

"채화윤 바꿔요."

—싫습니다. 세상 사람들이 다 당신 장기 말은 아니니까.

"아니, 스캔들은 혼자 났나? 나도 여기저기서 혼처 들어오고 있는데 난감한 상황입니다."

—주성전자 주식 시세 보시고도 난감 같은 소리를 하십니까?

시환의 말문이 막혔다. 오늘 주성전자는 상한가였다. 유니콤이 주성과 합병하게 된다면 무조건 호재였기 때문이다.

유니콤의 독창적인 기술력과 주성의 자본이 합쳐지면 어느정도의 시너지를 낼 수 있을지 짐작조차 할 수 없었다.

게다가 유니콤은 지금 매출은 엄청나지만 도한의 개인적인 능력으로 유지되고 있는 규모가 작은 회사였고, 대기업의 체계적인 관리가 들어간다면 훨씬 더 큰 역량을 발휘할 수 있었다.

—어제부터 기사 낸 것도 그쪽이죠?

"저는 사업 관련해서는 그 어떤 것도 실패해 본 적이 없습니다. 아무 배경도 없는 작은 벤처 하나가 정경을 모두 휩쓸고 있는 주성을 극복한다고? 더 힘 빼지 말고 채화윤 바꿔요."

시환은 딱히 도한과 입씨름을 하고 싶지 않았다. 다만 화윤에게 자신은 무시할 수 없는 존재라는 것을 밝히고 싶었다.

그녀의 동의 없이도, 온 세상에 그녀가 자신의 것이라는 낙인을 찍을 수 있을 정도로 자신이 그녀에게 미쳐 있다는 사실을 알려주고 싶었다.

대답이 없는 도한에게 시환은 냉소적으로 말했다.

"하도한 씨, 당신은 멍청이가 아니잖아. 알고 있지 않나. 승산 없는 싸움이에요. 천둥벌거숭이 같은 채화윤은 그렇다고 쳐도, 넌 사회 물 좀 먹지 않았어? 인정해. 머리 좋은 사람 몇 명이 뒤엎을 수 있는 세상이 아니야."

—내 배경이 당신과 비교도 안 된다 할지라도 너 같은 인간 쓰레기한테는 끝까지 버틸 테니 걱정하지 마라.

전화는 뚝 끊겼다. 그는 도한의 차갑고 절제된 목소리에서 절절한 분노를 읽어 냈다.

한 번도 평정심을 잃지 않았던, 언제나 차갑고 냉철한 능력 있는 경영자라 들었는데 지금 이 사태가 어지간히 열 받는가 보다 하고 시환은 끊어진 전화를 바라보았다.

유니콤 따위 넘겨도 그만이라고 여기지 않았나. 분노의 정도가 커서 그는 약간 황당하기도 했다.

그러나 그의 관심사는 도한이 아니었다.

화윤의 목소리를 듣지 못해 시환은 초조함을 느꼈다. 당연히 자신에게 연락이 올 줄 알았다. 기사를 띄우고 나서 거의 일을 못 할 정도로 화윤의 연락을 기다렸다. 온갖 곳에서 전화가 오는데도 휴대폰을 끄지 않고 있었다.

특히나 가족들의 성화가 대단했지만 그는 인내심 있게 기다렸다.

그런데 거의 한나절이 다 지나도록 연락이 없었던 것이다.

"해외로 날라 버리면 그만이지? 너 다 내팽개치고 나 따라 세계 일주 한 번 더 할래?"

절대 해외로 뜨지 못하게 하겠다.

"장기 정도는 걸고 남미 같은 데에서 같이 가 볼래? 다음 날 멀쩡히 살아서 만나면 너라도 반가울 것 같은데."

화윤의 장난기 어리면서도 서늘한 목소리가 귓가에 웅웅 울렸다. 해외로 뜬다면 끝까지 따라가겠다고 그는 자신도 모르게 다짐했다.

물론 그에게는 아직도 많은 패가 남아 있었다. 이제 시작일 뿐이었다.

유니콤을 넘겨줄 수밖에 없도록 하겠다. 세상 끝까지 쫓아가 서라도.

화윤이 유일하게 애착을 보이는 것이 유니콤이라면, 결국에는 그의 곁에 붙잡아 둘 수 있는 매개체도 유니콤이라고 판단한 그는 화윤과 유니콤을 동시에 가지고 싶다는 욕망에 눈을 가늘게 떴다.

직접 키운 회사를 자기 자신과 동일시하는 사람들을 꽤 봐 왔다. 유니콤을 가져올 수 있다면 화윤도 따라오지 않을까. 화윤과 유니콤이라면 그는 최후의 무기로 쓸 생각이었던 결혼 카드까지 내밀 생각도 있었다.

그러나 당장, 왜 이렇게 그녀와 연락이 되지 않는 것이 답답한지. 시환은 자신의 욕망에 솔직한 사람이었고, 그가 그녀를 원하고 있다는 사실을 단번에 인정했다.

그는 비서를 시켜 화윤이 어느 곳으로 호텔을 옮겼는지 조사해 보라고 지시했다.

지금까지 비슷한 방식으로 형과 누나의 편에 선 주주들을 빼앗았고, 여러 계열사들을 가져왔다. 그는 상대를 극한으로 몰아붙여 백기를 들게 하고, 유유히 원하는 것을 가지는 데에 익숙한 사람이었다.

지금까지 사냥감을 놓쳐 본 적이 없는 시환은 화윤 역시 굴복시킬 자신이 있었다.

새로 옮긴 서울 외곽의 호텔은 시설이 꽤 좋았지만 상당히 외진 곳에 위치해 있었다. 도한은 화윤의 노트북을 건네며 차분한 목소리로 말했다.

"필요한 거 있어? 지금 사다 줄게. 너무 멀어서 자주 못 올 것 같아. 아무래도 나는 부사장이니까 자주 오면 누군가한테 들킬지도 모르고."

"음, 안경이랑 모자랑 옷 같은 거. 산책하러 나가고 싶은데."

도한은 안쓰러운 얼굴로 화윤을 바라보았다. 언제까지 여기에 있어야 할지 짐작도 가지 않았다. 이런 일을 겪어본 적이 없었기 때문이다.

당장 계속 룸서비스만 시켜 먹을 수 없을 텐데 밥은 어떻게 하고, 심심하고 답답해서 하루하루는 어떻게 지내나.

"기다려. 빠르게 갔다 올 테니까."

"마트에서 초콜릿도 하나 사다 줄래? 갑자기 먹고 싶네."

"그래. 알았어."

그는 왠지 그녀가 몹시 작아 보여서, 충동적으로 그녀의 머리를 쓰다듬었다.

화윤은 자신도 모르게 고개를 푹 숙였다. 호텔에 도착하니 그제야 긴장이 풀렸다.

"힘들면 언제든 말하고. 뭐가 제일 힘들 것 같아?"

"음."

화윤은 짐짓 밝은 목소리로 말했다.

"경복궁 가기 더럽게 힘드네. 난 보통 가고 싶거나 먹고 싶은 건 3일 안에 해결했는데 말이야."

도한은 자신도 모르게 피식 웃었다.

"최대한 자주 올게."

그때, 화윤의 휴대폰이 다시 울렸다. 또다시 시환인가 하여 도한의 표정이 굳었다.

그러나 천천히 꺼낸 화윤의 휴대폰에는 '박은진'이라는 여자 이름이 떠 있었다.

화윤은 살짝 놀란 표정으로, 그러나 반갑게 전화를 받았다.

"어? 은진아?"

─선배! 잘 지내셨어요?

미국에 있을 때 예뻐하고, 클럽까지 같이 데려갔던 후배 아닌가. 미국에서 유학 생활을 성실히 하고 있던, 화윤이 롤모델이라던 그 여자애.

거의 생각도 안 하고 지내고 있었지만, 화윤이 잊어버릴 리가 없었다.

─급히 한국에 가신 일이, 주성 때문이었어요? 완전 난리네요! 선배, 정말 주성의 진시환이랑…….

"아니야. 완전 헛소리야."

화윤은 딱 잘라 대답했다.

아, 한국으로 오는 공항에서 얘한테 연락을 했었구나. 그러니 내 휴대폰 번호를 알지.

"근데 그거 물어보려고 직접 전화했었어?"

─아, 그것도 그렇지만. 선배. 저 한국 들어왔어요! 여름 방학 내내 계속 프로젝트 때문에 학교 나갔다가, 이제야 두 달 휴가 받았거든요.

"그렇구나. 그런데 내가 지금 만나고, 뭐 그럴 상황이 아닌데……."

—네. 이해해요. 한번 뵙고 싶었는데 아쉽네요.

"그래. 주변에 내 얘기 누가 물어보거든 절대 아니라고 전해 줄래?"

—네. 그런데 사실 지금 할 일도 없고 만날 사람도 없어서요. 그래도 누구 만나면 꼭 말해드릴게요!

"음, 잠깐만. 할 일이 없다고?"

—예상치 못한 휴가라서요. 가족들도 친구들도 다 자기 일이 있으니까…….

"그래?"

화윤의 얼굴에 화색이 돌았다.

"너 아르바이트 하나 할래?"

—네?

"내 소소한 심부름만 좀 해 줘. 세상 시끄러울 때 좀 숨어 있고 싶은데 내가 집이 없는지라. 타지에서 숨어 있는 건 진짜 좀 고달픈 일일 것 같아서. 진짜 며칠만."

—당연하죠! 완전 영광이에요!

은진의 밝은 목소리가 수화기 밖에서 들렸다. 화윤은 씩 웃으며 전화를 끊었다. 도한의 짐을 하나 덜었다는 생각에 그녀의 마음이 가벼웠다.

"들었지?"

그녀는 의기양양한 얼굴로 그를 바라보았다.

"믿을 수 있는 애 하나 섭외했어. 너 자주 안 와도 돼."

"가능한 자주 올 거야."

도한은 허리를 굽혀 그녀의 눈높이에 시선을 맞추었다. 안경 너머의 그 눈이 너무 다정해서 화윤은 울컥했다.

화윤은 조심스럽게 숨을 내쉬며 그의 새까만 눈동자에 비친 자신의 모습이 너무 초라하지 않기를 바랐다.

"이럴 줄 알았으면."

두 손을 그녀의 무릎에 대고 그는 천천히 말했다.

"출근하지 말라고…… 그런 소리 안 했을 텐데."

"한 치 앞도 모르는 게 인생이니까 후회 같은 건 하지 말고. 의미 없어."

화윤은 자신도 모르게 손을 뻗어 그의 얼굴을 어루만졌다. 그가 너무 슬픈 표정을 하고 있었기 때문이다.

"별것도 아닌 일이야. 며칠 여기 좀 있으면 잠잠해질 일인데, 왜 그런 눈빛이야?"

"너의 작은 불편도 내게는 큰 슬픔이라서."

그녀는 정말로 그에게 폭 안기고 싶다는 충동이 들었다. 10년 간 그와 한 기업을 이끌었는데 한 번도 느껴 보지 못했던 기분이었다.

문득, 화윤은 유니콤을 포기하지 않는 것이 아니라 유니콤으로 얽혀 있는 그를 놓지 못한다는 생각을 했다. 그러나 그에게 안기고 싶다는 충동과 동시에, 마음대로 하면 안 된다는 커다란 생각이 그녀를 가만히 있게 만들었다.

화윤은 그의 눈을 피하며 가까스로 말했다.

"……가서 초콜릿이나 사 와."

도한은 천천히 몸을 일으켜 뒤를 돌았다. 화윤은 한참 동안이나 그의 뒷모습을 바라보았다. 순간 그가 자신을 몹시 외롭게 하는 사람이라는 생각이 들었다.

그가 없었던 열일곱의 자신이 덜 외롭고 더 강하지 않았을까. 기대도 되는 사람이 생기자 그녀는 더 약해지고, 더 외로워지는 기분이었다.

생각해 보니 그녀가 어떤 남자에게 안기고 싶다고 생각하고 난 뒤 스스로 참아 낸 것은 난생처음이었다.

6화

존재하는 것에서
빼 버릴 것은 하나도 없다.
없어도 되는 것은 없다.

—니체, 〈바그너의 경우〉

다음 날, 도한은 화윤에게 일어나면 연락하라는 메시지 한 통을 넣어 두고 회사 앞에 몰려 있는 인파를 헤치며 출근했다.

당연히 주성의 후계자쯤 되면 비슷한 대기업의 자제와 정략결혼을 할 줄 알았던 사람들에게 이번 스캔들은 생각보다 파급력이 컸다.

자수성가한 젊은 여성이 대한민국 최고 기업의 유력한 후계자와 연애결혼이라니!

아무리 화윤이 아니라고 해 봤자 주성에서 정정 보도가 나오지 않는다면 말짱 꽝이다. 도한은 권력에 무력한 자신을 느꼈다. 그는 유니콤 부사장이라는 큰 명칭을 달고 있었지만 그뿐이었고, 훨씬 더 거대한 배경을 가진 남자 앞에서 아무것도 할 수 없었다.

그는 이 사회에서 똑똑하고 유능한 개인 하나쯤은 얼마나 하찮은지 피부로 체감했다.

"근데 부사장님……."

직원 중 한 명이 조심스럽게 그에게 말을 붙였다.

"저희 주성하고 합병된다는 게 사실이에요?"

"아닙니다."

"정말인가요? 그런데 주성 쪽 얘기는 다르던데요."

도한이 더 말해 보라는 듯 가만히 직원의 얼굴을 바라보았다. 도한의 차가운 얼굴에 직원은 살짝 긴장하며 말을 이었다.

"주성 쪽에서는 이미 관련 부서를 신설하고, 조직 개편이 이루어지고 있답니다."

"네?"

"그래서 주성전자에서는 당연히 유니콤이랑 모종의 계약이 된 걸로 알고 있어요. 구성원 모두가 다 그렇게 믿고 있어서, 이번 스캔들을 다들 수긍하는 분위기랍니다. 그러니, 우리가 아무리 아니라고 해도 안 믿는 거죠."

"어이가 없군요. 우리가 주성과 합병할 생각이 없는데 무슨 관련 부서 신설입니까."

"그런데 진시환, 그 사람이 워낙에 주성에서는 절대적이다 보니……."

도한은 속으로 짜증이 치밀어 오르는 것을 느꼈다. 시환의 교활한 수가 눈에 보였다. 이렇게 판도를 흔들어 놓는구나. 모든 사람들이 유니콤과 주성의 합병을 믿을 수밖에 없도록.

유니콤은 규모가 작았고, 여론에 휩싸여 본 것도 이번이 처음이었다. 이미 유니콤 때문에 주가가 급등했으니 온갖 투자자들이 유니콤의 합병을 기다리고 있을 테고, 그 기다림이 어떤 형태로든 압박으로 나타날 가능성이 높았다.

"진시환은 안 되는 일은 하지 않는답니다. 손대는 일은 무조건 어떻게든 성공시키는 사람이라, 유니콤 합병은 거의 기정사실로 받아들인 상태라더군요. 많은 주주들이 이 일로 진시환 쪽으로 돌아섰고……."

"그 주주들은 다 진시환 편이 되어 그것이 사실로 이루어지도록 노력하겠다, 이거군요."

첩첩산중이다. 도한은 한숨을 쉴 기운조차 남아 있지 않았다. 천재적인 아이디어와 날카로운 경영 능력이 만나 여기까지 잘 키워 왔다고 생각했으나 그것은 제 자만이었다. 그때 그의 전화가 울렸다.

─좋은 아침입니다.

수화기 저편의 상대는 지금 그가 열심히 속으로 욕하고 있던 그 남자였다.

─우리 한 번 만날까요?

"우리가 왜요?"

어제의 통화가 없었던 일마냥 평정심을 찾은 그들은 아무렇지도 않게 또 적당한 예의를 갖춰 말을 섞었다.

─채화윤은 유니콤 넘긴다, 한마디면 되지만 회사 사정은 하나도 모르고 있지 않습니까? 순조로운 합병을 위해 구체적인 방안은 부사장님과 의논하는 게 맞겠죠.

"안 넘길 겁니다."

─확신하시는 이유가?

"약속했으니까요."

—우리 같은 사람들의 약속을 믿으면 안 되죠.

도한은 '우리'라는 말에 자신도 모르게 인상을 구겼다. 어디 화윤과 자신을 하나로 묶는단 말인가. 그는 냉정한 목소리로 대답했다.

"지금 가면 될까요?"

—본사로 오시면 저야 좋죠.

도한은 전화를 끊고, 거침없이 회사를 나섰다.

"유니콤을 정말 갖고 싶으신가 봅니다."

도한은 주성 본사에 도착하자마자 이사실로 안내받았다. 그는 대접받은 따뜻한 차를 한 모금 마신 뒤 차갑게 말을 꺼냈다.

"자기 자신까지 스캔들에 걸 만큼 말이에요."

"주성 쪽 기사라는 걸 거의 확신하고 있군요."

시환이 씩 웃었다. 그의 살짝 올라간 눈꼬리가 거만해 보였다. 그는 부정할 생각도 없어 보이는 듯했다.

"어차피 채화윤은 유니콤을 포기하게 될 겁니다. 설득 좀 해주시죠."

시환은 여유롭고 나긋하기까지 한 목소리로 말했다.

"이번에 느끼셨을 텐데요. 유니콤은 주성, 못 이깁니다. 어차피 기업의 목표는 이익 추구 아닙니까? 돈 많이 드릴 테니 피차 힘 빼지 맙시다."

"누군가에게는 그 기업이 인생입니다."

"그럼 그게 어리석은 거지. 주성 정도는 되어야 기업이 인생이라는 말이 나오죠. 아, 물론 하도한 씨 능력은 높이 삽니다. 유니콤 부서 팀장급으로 바로 영입할게요. 연봉은 더 높아질걸요."

"싫습니다."

"영문을 모르겠군요."

시환은 고개를 갸웃하며 도한을 똑바로 쳐다보았다.

"분명히 저번에, 모든 것이 채화윤 씨 뜻이니 부사장님은 아무래도 상관없다고 하셨는데."

"제가 화윤이 뜻을 아니까요."

"이래서 이런 사람들이 문제야. 채화윤을 10년간 겪었으면서도 모르네. 나는 몇 번 보고도 금방 알겠던데. 정말 그 여자 진심을 안다고 생각하는 건가요? 순진하시긴."

"……."

"저랑 내기하죠. 채화윤은 유니콤 제 손으로 포기할 겁니다. 그런 여자예요. 자기 하고 싶은 대로 하는 여자. 내가 포기하고 싶게 만들 거거든요. 지치고 힘들게 끝까지 몰아갈 겁니다."

도한이 대답할 수 없었던 것은, 시환이 만약 지치고 힘들 때까지 화윤을 끝으로 몰아간다면 그녀가 주저 없이 삶의 끈을 놓으리라는 생각이 들어서였다.

시환은 그녀를 잘 몰라서 유니콤을 포기해 버릴 거라고 확신하는 모양이었지만, 도한은 그녀가 유니콤에 그 정도의 가치를 두고 있는가도 의심스러웠다.

그 정도로 유니콤에 애착이 있다면 그토록 엔지니어들이 불편하다고 불평하는데 조금의 개정도 안 해 줄 리가 없었다.

"설마 그 여자한테 신념이라던가 뭐 그런 게 있다고 생각하는 건 아니겠죠? 그만큼 어리석은가? 나는 이런 식의 합병은 도가 튼 사람이고, 당신들은 처음이죠."

도한은 화윤을 짐작할 수가 없었다. 언제나 이해할 수 없는 여자였지만 이런 상황에 오니 더더욱 예측할 수가 없었다.

냉정하게 상황을 분석하고 있는 도한의 표정을 읽을 수 없자 시환의 말이 길어졌다.

"고대 로마가 변방 국가 누만시아를 함락한 얘기 아닙니까? 누만시아를 정복하고 싶었던 로마는 누만시아를 에워싸는 요새를 건설해 누만시아 사람들을 굶겨 죽였죠. 기록에 따르면 누만시아 사람들 대부분이 로마인의 노예가 되지 않기 위해 자살했다고 합니다."

영리하고 용감했으며 자유를 사랑했던 누만시아 사람들에 대한 이야기는 도한도 예전에 책에서 읽은 적이 있었다. 화윤에게서 다소 생각이 돌아온 도한이 다시 차가운 눈으로 시환을 바라보았다.

"아무리 대중에게 약자가 이기는 것에 대한 환상이 있다고 해도, 역사에 정의 따위는 없어요. 지금 로마를 모르는 사람은 없지만 누만시아를 아는 사람이 있던가?"

"그러려면 이사님도 많은 걸 잃으셔야 할 겁니다."

도한은 차분하게 대답했다.

"어제 말씀하셨듯이, 이사님도 이 스캔들의 피해자 아닌가요?"

"음, 뭐 어느 정도는 나를 버리긴 했죠."

시환은 눈을 번득이며 소파에 편안히 몸을 기댔다.

"그래도 지금은 별로 손해라는 생각은 안 해요. 난 채화윤이 정말 마음에 들거든요."

차를 한 모금 더 마시려던 도한의 손이 멈췄다.

"유니콤도 갖고 싶지만, 채화윤도 갖고 싶은 게 사실입니다."

"화윤이가 물건입니까?"

"그런 식으로 생각하면 채화윤 같은 사람한테 상처 받아요. 그 여자가 제대로 살지를 않는데 왜 구태여 사람 취급을 합니까?"

시환은 자신감이 넘쳐 보였다.

"비정상인 사람들은 그 사람들 나름대로의 사랑 방식이 있는 겁니다. 온 세상을 시끄럽게 하고, 서로에게 상처를 주고, 약간의 강제적 압력이 있더라도 아마 채화윤은 날 이해할걸요."

마음은 자기 자신까지 속일 수 있을지라도 신체적 반응은 어쩔 수 없다. 도한은 온몸의 근육이 긴장하는 것을 느꼈다. 이 남자가 화윤을 원하고 있고, 그 사실을 인지한 순간부터 그는 피가 거꾸로 솟는 것 같았다.

게다가 시환은 화윤을 자신보다 훨씬 더 잘 안다는 듯이 말하고 있었다. 머리가 울리는 듯한 깊은 분노에 그가 미간을 찌푸렸다.

"당신의 상식을 기준으로 우리를 재단하지 말아요. 사랑하면 무조건 물고 빨고 다정해야 합니까? 적진에 서서 노려보고 있어도 당장 오늘 밤 침대로 끌어들이고 싶을 수 있지."

그는 테이블 위에 올려져 있던 신문 1면에 대문짝만하게 난 사진을 턱으로 가리켰다. 화윤이 시환의 팔짱을 끼고 호텔 레스토랑으로 들어가는 그 뒷모습. 도한은 속이 쓰림을 느꼈다.

화윤은 그날 오후, 자신과 함께 학교를 돌며 그토록 마음을 확실하게 가져가 버린 후 곧바로 다른 남자의 팔짱을 꼈다. 비록 진심이 아니라 할지라도.

그렇다면 자신에게는 진심이었나? 늘 제게 특별하다고 하던 그 말들은 진심이 맞나?

"우리는 우리 방식대로 진흙탕에서 구를 테니 도한 씨는 조직 개편이나 잘해 둬요."

"그런 말 들으려고 여기 온 거 아닙니다."

그는 자리에서 벌떡 일어섰다.

"지난번 제 발언을 철회하려고 직접 온 겁니다. 유니콤이 어떻게 되든 상관없다는 건 취소합니다. 화윤이는 유니콤을 안 넘길 거고, 저는 화윤이 편에 설 겁니다. 그러니 모든 것이 결정되었다는 듯이 행동하지 마세요."

누군가의 진심을 의심하는 것도 여유가 있는 사람이나 하는 것이다. 도한은 화윤에 관해서는 의심할 여유조차 없었다. 달려가는 자신의 마음을 갈무리하기에도 바빴기 때문이다.

그녀가 눈앞에 있는 이 짐승 같은 남자와 얽히는 것이 죽어도 싫었다. 이 남자가 화윤을 찾고 있다면 온 힘을 다해서 숨기겠다는 생각을 하며 차분히 덧붙였다.

"그리고 미래의 상사가 되는 것이 당연한 듯 저한테 명령하지도 마시죠."

"자신이 했던 말에 책임을 지려고 직접 찾아오는 모범생이 뭘 알아요? 채화윤은 무조건 넘깁니다. 그 여자에게 조금이라도 책임감이 있을 거라고 생각하는 건 아니겠죠."

시환은 그를 올려다보며 재미있다는 듯 말했다.

"나랑 내기하자니까요?"

"저는 당신 같은 사람이 아니기 때문에."

도한은 차갑게 대답했다.

"누군가의 인생이 걸린 선택을 두고 내기 같은 건 하지 않습니다."

은진은 초조하게 길거리에서 누군가를 기다리는 중이었다. 화윤의 말에 따르면 세 시 즈음에 동업자라는 사람이 자신을 데리러 올 것이라고 했다.

그녀는 정장 차림으로 오랜만에 화장을 하고, 약간은 설레는 마음으로 이런저런 생각을 하고 있었다.

우연히 미국에서 만난 유니콘의 창시자, 채화윤은 그 자체로 매력이 넘치는 여자였고 공부만 하며 살아온 그녀에게 또 다른 충격이었다. 그래서 병아리가 어미 닭 쫓아다니듯 쫓아다녔는데 이제 그녀가 자신을 필요로 한다고 했다.

주성처럼 엄청난 대기업의 후계자와 스캔들이 난 것도 마치 드라마 같아 자신이 설레는데 잠적 중 몰래 심부름을 할 사람으로 자신을 지목하다니. 평범했던 일상에 특별함이 끼어드는 것 같은 짜릿함이었다.

"박은진 씨 되십니까?"

생각을 이어 가던 그녀는 낮고 차분한 목소리에 깜짝 놀라 옆을 쳐다보았다.

하얀 피부에 키가 크고, 안경 너머의 눈매가 날카로운 남자가 서 있었다. 새까만 머리카락과 단정한 슈트, 단단한 입매 등을 살피는 은진의 볼이 자신도 모르게 상기되었다.

"어, 네. 박은진입니다!"

"하도한입니다."

"그, 화, 화윤 선배의 도, 동업자……."

"네. 유니콤 부사장입니다. 타시죠."

도한은 주성전자를 나온 다음, 바로 은진을 픽업해 오라는 화윤의 메시지를 받고 그녀를 데리러 온 것이었다.

아직 앳되어 보이는 20대 여성이 조심스럽게 그의 옆자리에 탔다. 항상 조수석은 화윤의 자리라고 생각했고, 그녀 역시 그곳이 유일하게 바뀌지 않는 자신의 자리라고 하지 않았는가.

다른 여자를 태우는 기분이 묘했다. 화윤이 한국에 온 지 얼마나 되었다고 어느새 그녀가 옆자리에 아무렇게나 앉아 발랄하게 아무 말이나 내뱉는 것들이 자연스러워진 것이다.

이 자리에서 무방비하게 잠든 화윤의 머리카락을 자신도 모르게 쓸어 주었던 아주 옛날의 기억에서부터, 자신의 과거에 대해 담담히 털어놓던 최근의 기억까지 주마등처럼 스쳐지나갔다.

당장 지금 화윤은 뭘 하고 있을지 걱정이 밀려왔다. 갇혀 사는 삶이 지루하다고 정말 쥐도 새도 모르게 사라지는 건 아닌가 싶어 마음이 불편했다.

상념에 빠진 바람에 도한은 은진에게 아무 말도 걸지 않았는데, 결국 은진이 먼저 불편한 듯이 정적을 깼다.

"화윤 선배는, 음…… 잘 계세요?"

"걔는 언제나 잘 있죠."

조금만 잘 못 지내면 죽어 버릴 것 같아서, 그게 문제지.

은진이 조심스럽게 말을 이었다.

"저희는 미국에서 처음 만났어요. 제가 무작정 롤모델이라고 쫓아다녔거든요."

"들었습니다."

도한은 씩 웃었다. 세상 어딘가에 있을 거라고 대꾸한 그 사람이 바로 이 여자라니, 세상일은 알다가도 모를 일이다.

"그렇지만 그렇게 살지는 말아요."

그는 순진해 보이는 아가씨에게 부드럽게 말했다.

"송충이는 솔잎을 먹고 살아야 하는 법입니다. 생긴 대로 살아야죠."

아마 시환을 만나고 오지 않았다면 이런 오지랖 넓은 발언은 하지 않았을 것이다.

그는 시환의 거침없는 감정 표현과 방식에 약간 주눅 들 뻔했으나, 호기롭게 내기에 응하지 않은 자신이 속으로는 자랑스러웠다.

그에게는 그의 방식이 있으니까. 아무리 화윤과 시환의 세상이 달라 보여도, 그는 그 나름대로 옳다고 생각하는 삶의 방향이 있었다. 화윤이 좋아도, 그녀에게 끌려도 감정의 충동에 이끌려 무작정 하고 싶은 대로 마구 하지 않는 것이 그의 방식이었다.

냉정하고 차분하게, 이성적으로 모든 경우의 수를 생각하며 자기 자신 외에 다른 사람들의 사정이나 상처에 공감하고, 한 번 내린 결정은 책임을 져야 한다.

그는 사실 속으로 유니콤이 결국엔 주성에게 넘어갈 수도 있겠다는 생각을 했다.

주성은 언론과 정치, 경제를 모두 장악하고 있었고 이대로 버티다가 많은 사람들에게 상처를 주게 된다면 결국 자신은 윤리적으로 옳은 쪽을 선택하게 될 것이기 때문이다.

그럼에도 불구하고 할 수 있는 한 최선을 다해 버틸 심산이었다.

"부사장님은 화윤 선배랑 되게 다른 사람이네요……?"

"사람은 다 다릅니다."

그는 무심하게 대답했다.

"채화윤의 색깔이 워낙 강한 것은 인정하는 바지만, 그래도 자기중심은 갖고 사는 게 좋죠."

은진은 눈을 깜빡이며 그를 바라보았다. 화윤을 볼 때 멋있었던 것은 사실이지만, 화윤 같은 남자를 사랑한다고 생각하면 몹시 고통스러울 것이 뻔했다.

막연히 상상했던 유니콤의 부사장은 화윤과 비슷한 특이함을 가지고 있을 것이라고 생각했는데 생각보다 너무 상식적이고 바른 사람 같아 그녀의 마음속에 단박에 호감이 들어찼다.

"으음, 그렇군요. 그럼 부사장님의 자기중심은 뭐예요?"

"전 진부한 사람입니다. 보통 사람들이 옳다고 생각하는, 중학교 수준의 윤리 정도?"

"어머, 부사장님한테 들으니까 진부하다는 말도 있어 보이네요."

은진이 쿡쿡 웃었다.

"……저는 선배처럼 못 살겠더라고요. 겁이 많아서."

"잃을 것도 많아서 그렇겠죠."

도한의 차분한 목소리에 은진은 가슴이 콩콩 뛰는 것을 느꼈다. 예전에 화윤이 막연히 동업자라고 얘기할 때에는 이토록 멋있는 남자일 줄 몰랐다.

사람이 사람을 이렇게 빠른 시간에 좋아할 수도 있나? 은진은 이 순간이 바로 책에서 자주 서술하는 한눈에 반하는 상황임을 깨달았다.

그 어느 것도 마음에 안 드는 부분이 없었다. 능력 있고, 잘생겼고, 남자다운 탄탄한 몸에, 게다가 남들이 그토록 중요하다던 인성까지 갖췄다.

제멋대로 살기 바쁜 화윤이 어째서 도한의 말 한마디에 서울로 날아갔는지 알 수 있었다. 믿음직스럽고 신뢰가 가는 사람이었다.

그런데 남자들은 어떤 여자를 좋아하더라. 일단 화윤처럼 살지 말라고 했으니 화윤 같은 여자는 싫어하는 게 분명했다.

그렇다면 참하고, 여성스럽고, 얌전하며 예상 가능한 삶을 사는 여자를 좋아하는 걸까?

은진은 무표정으로 운전하고 있는 도한의 옆모습을 훔쳐보았다. 어쩜 저렇게 피부는 하얗고 머리카락은 새까맣고, 눈은 날카로운데 눈빛은 따뜻하고, 턱 선은 곧게 뻗었으면서도 입매는 남자다운지.

"유니콤의 모든 경영을 맡아 하신다고 들었어요."

"천재가 아니니 성실하기라도 해야 할 것 아닙니까."

말은 겸손하게 하지만, 이 정도로 회사를 키우고 혼자 이끌어 가는 것이 쉬운 일은 아닐 것이다. 유능하지만 화윤처럼 그 누구도 따라 할 수 없는 천재는 아니라는 뜻이겠지.

은진은 그의 말 하나하나가 마음에 들어 곱씹었다. 자신 역시 천재가 아니었고, 그래서 연구실에서 성실하고 열심히 공부하는 모범생이었기 때문이다.

그때, 도한의 차 앞에 급격히 어느 차가 끼어들었다. 도한은 갑작스럽게 브레이크를 밟을 수밖에 없었다. 끼이이익, 하는 소리와 함께 은진의 몸이 안전벨트를 했는데도 앞으로 쏠렸다.

순간적으로 그녀의 몸을 도한의 오른쪽 팔이 막았다.

"괜찮아요? 왜 운전을 저딴 식으로 하지?"

그녀는 그의 단단한 팔 덕분에 천천히 제자리로 돌아온 뒤 얼굴이 붉어져 고개를 끄덕였다. 심장이 미친 듯이 뛰는 게 놀라서인지 설레서인지 알 수가 없었다.

도한은 클랙슨을 한 번 울렸을 뿐 별다른 욕은 하지 않았다.

그 급격한 상황에서 조수석의 자신을 생각해 팔로 튕기는 제 몸을 받아 주다니, 세상에! 이 남자는 왜 이렇게 완벽한지?

한 번 반하기 시작하면 아주 사소한 모든 것이 좋아 보이는 법이다. 그녀의 눈에 도한의 모든 말과 행동이 마치 수학 공식처럼 무조건적으로 멋있게 보이기 시작했다.

"선배! 오랜만이에요!"

은진은 화윤을 보고 감격에 겨워 소리쳤다. 화윤은 잔잔하게 웃고는 도한에게 눈인사를 했다.

"일주일 정도면 되겠지?"

화윤은 확신 없는 목소리로 중얼거렸다.

"일주일 정도면 좀 수그러들지 않을까? 일주일 정도만 나 좀 도와줄래, 은진아? 월급은 여기 부사장님께서 톡톡하게 챙겨 주실 거야."

"그럼요! 도와드릴 수 있죠, 뭐든. 갑작스레 한국에 들어와서 지금 할 것도 없는걸요."

은진의 발랄한 대답에 도한이 사무적인 말투로 말했다.

"지금 유니콤이 은근히 바쁩니다. 주성이 헛소문을 터트리는 바람에 해결해야 될 것이 많아요. 채화윤 좀 부탁하겠습니다."

도한은 부탁이라는 단어에 힘을 주었다. 어디로 튈지 몰라 활기차다고 생각했던 그녀의 분위기가, 과거를 다 알고 나자 불안정하기 그지없는 위태로움으로 느껴졌다.

그녀의 이해할 수 없는 기이한 행동들을 너무 많았고, 그래서 그는 예상하지 못한 방식으로 그녀를 잃을까 봐 무서웠다.

"혹시나 사람들에게 들켜서 숙소를 옮기게 된다면 은진 씨 이름으로 예약과 이동을 해 줬으면 좋겠고, 그 외에도 여기 아무것도 없으니까 화윤이가 필요한 것도 좀 사다 줬으면 해요. 심심할 테니 자주 와서 말동무도 해 주시고요."

"네. 아무거나 시키세요."

은진이 싹싹한 태도로 생긋 웃었다.

"미국에 있을 때 도움받은 것도 있고, 아, 그때 선배 가방이랑 옷 같은 것도 제가 다 가졌거든요. 엄청 비싼 것들인데…… 부담 갖지 말고 어떤 것이든 말씀해 주시면 잘 할게요."

"어떻게 잘됐네요."

도한이 안도하며 말했다.

"어쨌든 유니콤 직원이 아니니까 주성 쪽에 뒤를 밟힐 일도 없고, 나도 자주 안 와도 되고. 또 아예 모르는 사람은 상황이 상황이니만큼 맡기기가 불안했는데 운이 좋았군요."

"그럼 은진아, 이 주변 좀 둘러보고, 최대한 구석에 있고 남들 눈에 안 띄는 미용실부터 알아봐 줄 수 있을까?"

화윤은 어제부터 생각해왔던 것을 말했다. 남자인 도한에게 부탁하기엔 조금 무리가 있는 부탁이었기 때문이었다.

"이렇게 계속 갇혀 지낼 수는 없어. 머리 스타일이라도 바꾸고 하면 내가 연예인도 아니니까 대충 돌아다닐 수 있는 상황은 되겠지."

"난 그냥 가만히 여기 있는 게 좋을 거라 보는데."

도한의 차가운 말에 화윤이 고개를 저었다.

"난 그렇게는 못 살아. 너무 답답하다고. 여긴 TV도 케이블은 안 나와."

"일주일에서 열흘도 못 참아? 상대는 주성인데? 괜히 또 어떤 꼴을 당하려고."

"못 참겠으면 일단 나가는 거지, 뭐…… 그래서 머리도 자르 겠다고 하잖아."

화윤과 도한의 의견이 충돌하자 은진은 가만히 눈을 굴리다 가, 왠지 자리를 피해야 할 것 같아서 벌떡 일어섰다.

"그럼 저 다녀올게요! 미용실 찾으러!"

은진이 나가고 나서도 도한과 화윤은 한동안 서로를 쏘아보 고 있었다. 보통 이렇게 의견 충돌이 있을 때가 없었고, 누군가 가 별말 없이 양보했기 때문에 그동안은 이런 일이 없었다.

도한은 침대에 걸터앉은 화윤을 바라보며 한숨을 한 번 쉬고 건너편 테이블의 의자에 앉았다. 테이블에는 노트북이 얌전히 놓여 있었다.

"나 아까 진시환 만나고 왔어."

"어? 동업자님이 왜?"

"이미 주성은 유니콤 합병 절차를 혼자 다 시작하고 있어. 나 한테도 조직 개편 생각해 놓으라고 부른 거겠지."

"건방진 놈. 누가 누구를 오라 가라야?"

"나는 이 정도가 끝이 아니라는 생각이 들어."

화윤은 가만히 도한을 쳐다보았다.

"분명히 더한 것들이 있을 거야. 다른 기업도 아니고 주성이 야."

"더한 것? 나한테 자유를 뺏는 것만큼 짜증 나는 건 없어. 내 가 도대체 뭘 소중히 여기겠어? 날 괴롭혀서 진시환이 얻는 게 뭔데? 우리는 절대적인 우위에 있어. 내가 안 팔겠다는데 지가 어쩔 거야? 난 아무것도 안 무서워."

그녀는 흥, 하고 콧방귀를 꼈다.

"너무 걱정하지 마. 너무 나를 꽁꽁 싸맬 필요는 없어. 난 사실 진시환한테 별로 화도 안 나."

"뭐?"

"그냥 지가 그러고 싶어서 날뛰는데 내가 무슨 상관이야? 좀 불편하긴 하지만 뭐, 그것도 지 맘이니 어쩔 수 있나."

도한은 어이가 없다는 표정으로 그녀를 바라보았다.

"너무 심각하게 생각하지 마. 어떻게든 되겠지. 저 자식이 미쳐 날뛰어도, 내가 미쳐 날뛰어도 그래 봤자 세상사는 일인데 별일이야 있겠니? 내가 유니콤을 좀 잘 만들긴 했지."

"너는 그럼 진시환이 이해가 간다는 거야?"

도한의 눈에 분노가 일렁였다. 시환의 말이 생생했다.

"비정상인 사람들은 그 사람들 나름대로의 사랑 방식이 있는 겁니다. 온 세상을 시끄럽게 하고, 서로에게 상처를 주고, 약간의 강제적 압력이 있더라도 아마 채화윤은 날 이해할걸요."

그는 언제나 시환이 화윤을 우리로 묶고, 자신을 떨어트리는 특유의 화법이 싫었다.

그가 그들과 다른 사람이라는 것은 인정하지만 그래도 마치 다른 세상의 사람인 양, 서로 공유하는 무언가가 있다는 것처럼 이야기하는 것이 마음에 들지 않았다.

그런데 화윤마저도 지금 비슷한 논조의 말을 해 버리다니.

"뭐, 유니콤이 진짜 갖고 싶은가 보지."

"너는…… 그게 왜 아무렇지도 않아? 네 것이잖아. 비정상적으로 우리를 괴롭히고 있다고. 이런 억울한 상황에 진시환한테 화가 안 난다고?"

"동업자님, 왜 진시환도 아니고 나한테 화를 내? 그리고 비정상적인 사람들은 어디나 있어. 뭐가 정상이고 뭐가 비정상이야? 네 기준에서는 나도 비정상이잖아."

화윤의 무심한 말에 도한은 기가 막혀 잠시 대꾸할 생각도 들지 않았다.

아무리 차갑게 화를 가라앉혀 보려고 해도 아까 시환의 얼굴이 화윤과 겹쳐 보여 쿵쿵 뛰는 심장이 진정되지 않았다. 결국엔 화윤마저도 자신을 시환과 동류로 생각한다는 것을 받아들일 수 없었다.

"내가 짜증 나서 주성 해킹한다고 했을 때 막은 건 너야. 시간이 좀 지나니까 또 아무것도 아닌 일이 된 것뿐인데 왜 그래?"

그녀와 자신이 다르다는 건 알고 있었다. 그러나 지금 그 사실이 너무 화가 나는 것은, 진시환이라는 남자에게 자신이 이미 질투를 품기 시작했기 때문이었다.

자신의 눈앞에 있는 화윤이 결국 그에게 가지 않을 것이라는 조금의 확신도 없었다. 화윤은 예측할 수 없는 여자였고, 언제 시환에게 분노했나 싶게 천연덕스러운 모습이었으니까.

신문 기사에서 보았던 화윤이 그의 팔짱을 낀 사진이 생각나자 가슴이 옥죄어 오는 것같이 고통스러웠다. 그런 도한의 속도 모르고 화윤은 어깨를 으쓱하며 태연히 말할 뿐이었다.

"그냥 부잣집 아드님이 뭐 하나 갖고 싶어서 징징대는 거 가지고. 가진 게 많으니 더 가지고 싶을 수도 있지."

"너는 왜 그런 식으로 말하는 건데? 왜 지금 진시환 편을 들고, 정말 아무렇지도 않은 것처럼 무덤덤한 거야?"

도한은 속 깊은 곳에서 화가 올라오는 것을 느꼈다. 화윤이 무책임한 모습을 보였을 때도 그는 분노하지 않았다. 그냥 받아들였을 뿐이었다.

그런데 지금은 이성이 끊어질 것처럼 화가 났다. 시환의 여유로운 표정과, 아무래도 그만이라는 화윤의 태도가 그의 머릿속에 빙글빙글 돌았다.

사람의 감정을 가장 북돋는 것 중 하나가 질투심 아닐까.

도한은 아까 시환이 적진에 서 있더라도 침대로 끌어들이고 싶을 수 있다는 말이 계속 마음에 걸렸다. 자신은 상상할 수도 없지만, 혹시나 화윤도 같은 마음이라면 정말 자신의 상식선에서 감당할 수가 없을 것 같았다.

게다가 그는 지금 꾹꾹 눌러 담고 있기는 하지만 그녀에게 이미 마음이 있지 않은가.

"뭐, 정말로 짜증 나고 화가 나면……."

그녀는 눈을 동그랗게 뜨고, 정말 진심으로 대답했다.

"죽어 버리면 그만이잖아?"

"야, 채화윤."

도한의 표정이 생각보다 차가워서 그녀는 잠시 놀랐지만 또 아무렇지도 않게 말을 이었다.

"어차피 열일곱 살 이후로 유예해 온 인생이야. 재미있는 것들 좀 해 보고 죽자고 떠돌고 있는 것뿐이라고. 그렇게 생각하면 난 아무것도 안 무섭고 그 무엇도 화가 안 나."

"너, 앞으로 그런 소리 하지 마."

화윤은 미간을 찌푸렸다. 아무려면 어떠냐는 듯한 그녀의 무심한 표정에 살짝 짜증이 묻어났다. 한 번도 도한과 이 정도로 의견이 충돌한 적이 없었기 때문이다. 그녀는 볼멘소리로 중얼거렸다.

"네게는 다 말해 줬으니 알 것 아냐."

그녀 나름대로는, 절대 남에게는 말하지 않았던 자신의 모든 비밀을 털어놓았는데 여전히 저런 표정으로 자신을 보는 도한에게 살짝 서운하기도 했다.

"나 같은 건 원래 존재하지 말았어야 하는 애라고. 없어질 이유만 있으면 없어져도 그만이야. 내가 도대체 고통스러운 와중에 살아 있어야 할 이유는 또 뭔데?"

"내가 널 좋아하니까."

전혀 예상하지 못한 도한의 대답에 화윤의 표정이 순식간에 굳었다.

"네가 너무 좋아서, 네가 어떻게든 살아 있었으면 좋겠어."

뭐, 뭐라고? 머리를 한 대 맞은 것처럼 충격을 받은 것이 너무 오랜만이어서 화윤은 어떻게 대답해야 할지 몰라 한참을 바보처럼 도한의 무표정한 얼굴만 바라보았다.

"나는 너를 도저히 이해 못 하겠고, 내 사랑이 과연 네게 맞을지도 모르겠고, 네가 과연 나를 사랑할 수는 있을까 의문이지만……"

동그란 안경 너머 도한의 눈이 당황한 화윤의 얼굴을 담담하게, 그러나 한편으로는 절실하게 바라보고 있었다.

"정신 놓고 달려들기엔 좀 늦었긴 해도, 아직 내가 불혹까지는 되지 않아 네게 흔들리나 보다. 이제 그 어떤 것에도 흔들리지 않는 줄 알았는데……."

"동업자님……?"

"내가 흔들릴 줄 몰랐고, 그래서 마음껏 흔들려 보려고."

"어어……."

"어떤 미치광이 같은 놈도 네가 좋다고 하는데, 내 마음이 그보다 부족할 이유는 없어."

화윤은 마치 스스로가 바보가 된 기분이었다. 하도한에게 그 어떤 말을 해도 개의치 않던 채화윤이, 대체 무슨 말을 해야 할지 몰라 허둥지둥하고 있었다.

마치 꿈을 꾸는 것처럼 현실감이 없었다. 하도한을 예측하지 못한 것은 난생처음이었고, 그래서 더 어쩔 줄 모르는 채로 심장만 두근두근 뛰었다.

"너한테 상처 받을 각오 단단히 하고 나도 미친 짓 한 번 하자."

당황한 화윤을 보며 도한은 살짝 씁쓸했지만, 말하고 나니 어느 정도 마음이 후련했다. 동시에 그동안 참 많은 시간을 참아 왔다는 생각이 들었다.

어떤 종류의 말들은 내뱉고 난 뒤에야 스스로를 더 잘 이해하게 만들어 준다.

도한은 그동안 그녀가 정말로 소중했다는 것을, 지금 이 순간도 세상 그 무엇보다 아끼는 사람이라는 사실을 확인하며 덧붙였다.

"나는 네가, 정말로 여자로 좋아. 너의 모든 것이 내게는 눈부실 정도로 찬란하고 애틋해."

화윤의 얼굴이 붉게 달아올랐다. 전혀 상상하지 못했던 사람에게 예상하지 못했던 고백을 받은 것이다.

그동안 남자라면 백화점에서 쇼핑하는 정도의 유희라고 생각했던 그녀는 어쩔 줄 몰라 황망히 앉아 있을 뿐이었다. 정착하기 싫어하는 성격의 그녀가 진지하게 남자랑 사랑하고 싶다는 생각을 해 봤을 리가 없었다.

화윤이 알고 있는 사랑은, 얼굴이 잘생겼다거나 몸이 좋아 킬킬거리며 농담 따먹기를 하다가 몇 번 자고, 질리거나 짜증 나면 또 다른 사람에게 옮겨 가는 것이었다.

그러나 그 상대가 하도한이라면?

"그러니까 죽겠다는 소리는 하지 마."

10년간 어쨌든 믿고 함께 걸어왔던 동업자라면?

"나를 남자로 전혀 보지 않는 너라고 할지라도, 너는 그 자체로 내게 의미 있는 사람이야. 뭐 어떻게 나를 좋아해 달라고 부탁하는 건 아니야. 다만 네가 어떻게 살더라도 나의 세상에는 꼭 있어야 하는 여자니 없어질 이유 같은 건 찾지 마라."

"동업자님, 야, 너 왜 그러는 거야……."

화윤의 목소리가 떨렸다.

"네가…… 네가 이렇게 말할 정도면, 너는 허튼 말 같은 건 절대 안 하는데…… 너, 너 진짜 나 좋아한다는 뜻이잖아."

"그럼 가짜겠냐?"

"왜…… 왜 나야?"

그녀는 얼떨떨하게 반문했다.

"동업자님 같은 남자가…… 왜…… 왜 나를……."

"네가 너무 예뻐서. 네가 너무 똑똑해서. 너와 함께하는 시간이 재미있어서. 네가 하는 헛소리들이 귀여워서. 네 헛짓거리들이 사랑스러워서."

어떻게 얼굴 표정 하나 안 변하고 저런 소리를 하는지, 화윤은 목 뒤까지 빨개졌다. 자신의 더듬거리는 질문에 저렇게 성실하게 대답해 주는 것이 도한다웠다.

"진시환한테 평생 동업자 못 될 거라고 해 줘서. 나보고 여덟 명의 아이돌보다 멋있다고 해 줘서. 아라한테 돈 보내는 거 하지 말라고 학교까지 데려가 다른 추억들로 덮어 줘서. 다른 그 누구보다도 날 믿어 줘서."

"어, 음……."

도한과 대화할 때는 센스 있게 받아치며 서로 낄낄대는 것에 익숙했는데, 지금 그녀에게는 센스라는 것이 모두 사라진 지 오래였다.

"그 외 기타 등등 모두 하나도 빠짐없이 내게는 매력적인 너라서. 나도 사람이니 상처 받기 싫고 너랑 나랑 안 어울리는 거 알아서 말 안 했을 뿐이야. 하지만 이렇게 네게 말까지 한 이상……."

그는 정말 살짝 웃었다.

"내 말에 책임은 져야지. 네게 내 감정을 강요할 생각은 없

218

어. 가뜩이나 힘든 상황의 너를 더 힘들게 하지는 않을 거야. 너
는 지금처럼 네 멋대로 살아. 그 모든 걸, 네가 가진 모든 걸 좋
아하는 내 감정에 나 스스로가 책임을 지고 혼자 감당할 테니.”

화윤은 알 수 없는 감정이 안에서 폭풍우 치는 것을 느꼈다.
도한과 관련된 온갖 기억들이 머릿속을 비집고 휘몰아쳤다.

“대신 죽지는 마. 원래 존재하지 않았어야 한다고? 어이없는
소리. 너는 내게 존재만으로 간절한 사람이야.”

그 말에 그녀는 눈물을 삼키기 위해 꽤나 애를 써야 했다.

생각해 보니 그녀에게 그렇게 말해 준 사람은 단 한 명도 없
었다. 스스로도 자신의 존재를 부정하며 살아왔는데, 세상에 부
족할 것이 하나도 없는 이 남자가 자신이 간절하다고 말해 주면
영원히 그 말에 매몰될 것만 같아 두려웠다.

두려움, 그래. 두려움이었다.

도한이 돌아가고 난 뒤, 화윤은 나사가 하나 빠진 것처럼 멍
한 상태였다. 은진이 안내한 근처 동네의 골목길 구석 미용실에
앉아 머리를 단발로 자르고 3만 원짜리 파마를 하면서 그녀는
계속 도한이 했던 말들을 되뇌고 있었다.

그녀의 좋은 기억력은 도한의 단 한마디도 빠지지 않고 모조
리 기억했고, 그래서 그 말을 했던 도한의 표정과 눈빛, 목소리
까지 생생하게 머릿속을 빙글빙글 돌았다.

“저기, 선배.”

옆에서 덩달아 같이 파마를 하고 있던 은진이 조심스럽게 말을 걸었다.

"부사장님은 어떤 사람이에요? 몇 살이에요?"

"어? 올해 서른일곱."

"아, 저랑 띠동갑이네요."

"그렇지? 완전 아저씨네, 너한테."

"여자 친구는 있으세요? 결혼은 안 하셨죠?"

"어? 어어, 없어. 결혼도 안 했고."

"와, 정말요? 어떻게 그렇게 멋진 남자가!"

"음. 옛날에는 있었지. 오래 사귀던 여자가 있긴 했어."

화윤은 자신의 생각에 잠겨서 은진의 표정을 살피지 못하고 중얼거렸다.

그래, 물론 10년 전 얘기지만 도한은 예전에 오랫동안 사귀던 여자가 있었다. 그때 도한은 어떤 표정을 지었었나. 그때도 그런 눈빛으로 그 여자를 바라봐 주었었나.

문득 화윤은 자신이 수많은 남자를 거쳐 왔지만 제대로 사귄 남자는 없었다는 것에 생각이 미쳤다. 마음 한구석이 알싸한 게 기분 나빴다.

"사귄다는 건 어떤 느낌일까?"

"어? 선배 남자 많이 사귀었잖아요."

"음, 오랫동안 만난 남자는 없어서. 보통 몇 번 만나면 슬슬 질리지 않나? 설렘도 사라지고, 단점도 보이고, 다른 남자도 생각나고. 또 무슨 일이 있어서 멀어질 수도 있는 거고. 하도한처럼…… 몇 년을 사귀는 건 무슨 마음이지?"

"단점도 보이고, 다른 남자가 생각나도 그 모든 것보다 소중하다는 느낌 아닐까요? 사람이 어떻게 한 사람을 항상 좋아하겠어요. 하지만 잃는 것은 상상할 수 없으니 설레지 않아도, 조금 멀어져도 곁에 머무르는 거죠."

은진은 고개를 갸웃하며 대답했다.

"음, 이런 비유가 맞겠다. 왜 우리는 항상 여행을 꿈꾸잖아요. 낯선 곳에서 좋은 호텔에 묵고 그런 거. 그래도 그런 데에서 평생 살 생각은 안 하잖아요? 조금만 힘들면 집이 생각나고, 집에 가고 싶고, 돌아오면 편안해서 '집이 최고다' 같은 말이 나오고."

"아."

화윤은 살짝 한숨을 쉬었다.

"내가 집이 없어서…… 이해할 수가 없다."

"그럴 수도…… 있겠네요. 그래도 보통 사람들은 다 그런 관계를 꿈꿔요. 사랑하는 사람과 영원히."

그녀는 진심으로 사랑하는 사람도 만들어 본 적이 없었고, 영원이라는 말은 그 어떤 것에도 붙인 적이 없었다.

자신의 사랑이 네게 맞을지 모르겠다던 도한의 말은 그런 뜻이었을까. 화윤이 멍하니 눈을 꿈뻑이는데 은진이 청량하게 웃었다.

"아하하, 선배, 거울 좀 봐요."

"어?"

"우리 완전 머리 스타일 똑같은데요?"

분명히 다른 파마를 선택하지 않았나? 그런데 아주 똑같은 스타일을 한 두 여자가 거울에 나란히 비치고 있었다.

미용사가 민망해하면서 확실히 어느 부분이 다르다고 변명했으나 누가 봐도 구별할 수 없을 만큼 비슷한 머리 스타일이었다.

"선배, 완전 어려 보여요."

어깨 위로 올라온 구불거리는 머리카락을 낯설게 바라보며 화윤은 '하도한은 뭐라고 할까? 또 미친 짓 했다고 하려나?' 라는 생각부터 먼저 들었고, 또 그런 자신이 익숙하지 않아 그녀는 한동안 멍하니 거울 속의 자신을 바라보았다.

한 번도 해 보지 않은 머리 스타일이었는데, 마치 복슬복슬한 강아지 같았다.

"요즘 만나는 남자 없어요? 이럴 때 '나 어때?' 라고 물어볼 수 있는 그런 남자! 사귀는 게 그런 거죠, 뭐. 별것 아닌 평범한 일상도 함께 공유하고 싶은 거."

"······넌 없어?"

"그러고 싶은 남자는 생긴 것 같아요."

은진은 발랄하게 말했다.

"내 바뀐 머리를 알아봐 줄까, 하고 궁금한 사람이 생겼거든요."

"그럼 사귀고 싶은 거야?"

"당연하죠! 자꾸 생각나고, 생각하고 싶어지는 사람. 막 궁금하고, 더 알아보고 싶은 남자요."

화윤은 낮은 신음을 내면서 천천히 눈을 감았다.

하도한은 괜한 소리를 해서, 가뜩이나 이상한 나를 더 이상하게 만드네.

이런 복잡한 감정에 익숙하지 않았다. 남자라면, 매력이 있어서 한 번 어떻게 건드려 보고 싶거나 한번 놀고 싶거나 그런 대상 아니었나?

그런데 이 무엇도 아닌 찝찝함은 뭐란 말인가.

은진의 말마따나 자꾸 생각나고, 생각하고 싶어지는 사람이라니.

7화

필연적인 것을
완전히 감당하기만 하는 것이 아니고
은폐는 더더욱 하지 않으며
오히려 그것을 더 사랑하는 것.

—니체, 〈이 사람을 보라〉

시간은 성실하게 흘러갔다. 화윤은 은진과 소소한 수다를 떨거나 그녀를 시켜 이런저런 물건을 사 보기도 했지만 상당히 우울했다.

그렇다고 밖에 나가고 싶은 것도 아닌 걸 보면 그냥 이렇다할 이유 없이 기분이 가라앉은 것이 분명했다. 생전 처음 겪어보는 우울함에 화윤은 기운이 빠져 잠만 자곤 했다.

그 와중에 도한은 3일이나 4일에 한 번씩 들러 회사 상황을 알려 주고 이런저런 것들을 의논하러 왔다.

그는 고백이 무색하게 느껴질 만큼 담담해 보였고, 그녀의 새로운 머리 스타일을 보고도 '은진이랑 머리가 똑같네'라고 한마디 내뱉었을 뿐 별다른 말이 없었다. 평소처럼 빈정거리면 뭐라고 쏘아붙일지도 미리 생각해 두었는데, 공중에 흩어져 버렸다.

"……그래서 이 업체는 계약 연장 없이 만료 처리했고."

"아, 응."

화윤은 눈을 깜빡이며 도한의 보고 내용을 무성의하게 들었다. 모두 다 이해는 하고 있었지만 그다지 그녀가 관심을 두지 않는 분야였다. 경영은 어쨌든 그의 몫이고, 그녀는 완전히 그를 신뢰하니까.

"슬슬 소문이 가라앉긴 하나 봐. 회사 앞에 진을 치고 있던 기자들도 많이 철수했어. 주성 쪽에서도 딱히 다음 움직임이 없긴 하지만……."

"내가 안 판다는데 어쩔 거야? 거긴 방법이 없어."

화윤이 턱을 괴고 어깨를 으쓱했다.

"이런 식으로 괴롭혀 봤자 시간만 축낼 뿐인데. 물론 좀 괴롭긴 해. 자유롭고 싶어."

그녀에게 선택지는 있었다. 바로 해외로 나가 버리는 것이다. 비밀리에 해외 구석으로 나가서 몇 달간 자유롭게 살면 되는 것이다. 그런 건 그동안 그녀가 살던 방식이기도 했다.

그러나 그 방법에 대해서는 도한도 화윤도 언급하지 않았다. 화윤은 이유는 모르겠지만 지금 해외로 도망가 버리고 싶지 않았다.

모든 것을 도한에게 맡기고 잠적해 버리는 것이 무책임해서 그런가. 생각해 보면 그녀는 항상 무책임했기 때문에 그것도 아닌 것 같았다.

그냥 그러고 싶지 않았다. 그녀는 발끝을 까닥이며 도한의 말을 기다렸다.

"조금만 버텨. 한 달만 더 참으면 얼추 정리될 거야. 우리 쪽에서 꾸준히 정정 보도 요청하고 있고, 관련 질문에는 다 부인하고 있으니 다 괜찮아질 거고."

말은 그렇게 했지만, 도한은 사실 여기저기서 들어오는 압박에 스트레스가 컸다. 이미 주성과 유니콤의 합병에 투자한 사람들이 꽤 많았기 때문이다.

그것은 진시환이 얼마나 주성에서 절대적인 힘을 가지고 있는지 보여 주는 증거기도 했다.

도한은 과연 눈앞에 이 작은 여자가 그토록 거대한 주성의 압력을 견딜 수 있을까 걱정되었다. 괜찮아질 거라고 위로는 하지만, 주성이 이 정도로 멈추지 않으리라는 강한 예감이 들었다. 그 과정에서 화윤은 분명 상처를 받을 것이다.

시환은 그녀를 사랑해서 아낀다기보다는 먹잇감으로 보고 있었다. 과연 그것이 그의 사랑 방식인가.

"알았어."

화윤은 볼멘소리로 대답했다. 도한은 천천히 일어섰다.

"그럼 난 간다. 며칠 후에 또 올게."

표정의 변화 없이 깔끔하게 일어나는 도한을 물끄러미 바라보던 화윤이 가만히 있다가 말을 툭 내뱉었다.

"야, 동업자님."

벌써 몇 주째였다. 일주일에 두어 번 찾아와서 회사 관련한 말만 하고 또 일어서서 가 버리는 것.

그녀는 문득 제 우울함이 여기서 야기되는 것은 아닌지 의심이 들었다. 그가 도대체 무슨 생각을 하는지 알 수가 없다는 것, 가장 가깝다고 생각한 사람이 너무 멀어 보이는 것, 자신을 좋아한다고 했으나 그녀가 예상할 수 있는 방향으로 다가오지 않는 것.

그녀를 원했던 남자들은 많았으나, 그 남자들은 도한처럼 그녀를 가만두는 법이 없었다.

"너 앞으로 안 와도 돼."

"무슨 소리야?"

"사실 나 회사 일에 별로 관심 없어. 이딴 건 몇 달 동안 나한테 연락 안 하고도 혼자 잘 처리하던 거잖아."

"……."

"근데 왜 힘들게 직접 와서 이런 걸 말하고 가? 이 정도는 전화나 메일로 해도 충분하잖아. 사실 안 해도 되고."

"네가 무슨 상관이야?"

도한은 팔짱을 끼고 부루퉁하게 말했다.

"내가 와서 시답지 않은 보고 몇 개 한다는데 네가 왜 오라마라야?"

"어, 어? 아니, 이해가 안 가서 그렇지."

"너 온종일 혼자 있는 게 걱정도 되고, 내가 보고 싶어서 오는 거지."

화윤의 얼굴이 순식간에 붉어졌다. 그녀의 마음속에 있던 영악한 자아가 '채화윤, 애초에 이런 말을 바랐던 거 아냐?'라며 속삭였다.

당황해서 말문이 막힌 그녀와는 다르게 도한은 그다지 쑥스러워하는 눈치도 아니었다.

"네가 보고 싶어서 왔다, 왜? 안 돼?"

"안 돼. 불편해."

"너한테 내 감정 강요할 생각 없어. 그래도 며칠에 한 번씩 얼굴 보여 주는 것도 야박할 정도로 냉정한 여자인 줄은 몰랐네."

"어색하잖아!"

화윤은 결국 참았던 말을 해 버렸다.

"네가 그런 소리를 하니까 어색하고, 내가 막 너를 어떻게 대해야 할지 모르겠고, 예전처럼 편하지도 않고, 내가 알던 네가 맞는지도 모르겠고, 아무렇지도 않게 막 대하기도 힘들고, 말 한마디도 조심스럽고……."

"그래서 어쩌라는 거야? 나보고 너 좋아하지 말라고?"

도한이 미간을 찌푸리며 말했다.

"그게 마음대로 되면 내가 널 좋아하겠냐? 나도 이런 내가 짜증 나 죽겠다. 그러니까 너는…… 너는 왜 그렇게 매력이 넘치냐? 왜 한국 와서 일주일 딱 붙어 있었다고 마음을 뺏어가?"

"물론! 내가 매력적인 건 사실이지. 남자한테 좀 먹힌다는 것도 알지만, 그렇지만 넌 다르잖아. 너는…… 너는 다르다고."

그녀는 우울함에 휩싸여서 했던 수많은 생각들이 어쩔 수 없이 튀어 나오는 것을 느끼며 스스로 자괴감에 휩싸였다.

"나는 너 같은 꾸준한 사랑을 했던 사람이 아니야. 보통 사람처럼 서로 약속하고 사랑하고 품어 주고 이런 건 한 번도 생각조차 해 본 적이 없어. 나한테 남자는 그냥 여러 가지 놀이 중 하나였다고. 근데……."

도한은 아무 대답도 없이 그녀를 바라보고 있었다.

"너랑은 그러고 싶지 않아. 우리는 사랑의 방식이 달라. 네게는 정말로 상처 주고 싶지 않아. 진심이야. 그러니까 나 그냥 좋아하지 마. 내게 네가…… 소중한 사람이어서 그래."

화윤의 표정이 더없이 진지했다. 그녀는 차마 도한을 바라보지 못한 채 입술을 꼭 깨물고 고개를 돌렸다. 그 모습을 한참 동안이나 바라보고 있던 도한이 천천히 다가와 그녀의 머리를 가볍게 쓰다듬었다.

"그게 되면 이미 그만뒀어. 네가 하는 말, 나 다 알고 있는 것들이야. 상처 받기 싫고 적당히 다른 사랑 찾고 싶다는 생각은 이미 해 봤어. 그런데 난 너만큼은 아니어도 나름 똑똑해서, 그럴 수 없다는 것도 금방 알았거든."

그 목소리가 얼마나 따뜻한지, 화윤은 문득 가슴속에서 무언가가 울컥했다.

"네가 그런 사람이라는 걸 알고 있으니까, 그런 모든 면들에 끌렸으니 괜찮아. 내게 상처를 주는 측면이 있더라도 그게 너라면 더 사랑할 수 있어. 네가 이러는 걸 보니 짝사랑이라는 것도 알겠지만."

그때 갑자기 들린 노크 소리에 둘 다 화들짝 놀라 떨어졌다. 화윤이 감정을 가다듬고 천천히 문을 열었다. 은진이었다.

"선배, 저 다녀왔어요!"

은진은 방 한가운데에 서 있는 도한을 보고 순식간에 얼굴이 붉어졌다.

열두 살이나 많은 저 남자는 어쩌자고 저렇게 멋있는지. 자신을 여자로 조금도 보고 있지 않겠지만, 그녀는 열심히 인터넷을 검색하여 '남자는 나이가 어리면 어릴수록 좋아해요' 같은 희망적인 댓글을 마음에 새기고 있었다.

'열두 살 차이가 나는데 저를 여자로 볼까요?' 같은 고민 상담 글을 올렸더니, 대다수의 조언들이 '지금은 여자로 보고 있으면 도둑놈이지만, 여자가 먼저 다가간다면 마다할 남자 없을 겁니다' 같은 뉘앙스였던 것이다.

그래서 은진은 도한이 그녀에게 무관심해도 오히려 그것 때문에 도한을 더 멋있는 남자라고 판단하게 되었다.

"아, 은진이 왔구나."

열심히 노력하면 분명히 자신을 여자로 봐 주는 날이 올 것이라고 그녀는 믿어 의심치 않았다. 화윤만큼은 아니지만 자신역시 어디 가서 빠지는 외모는 아니었고, 나름 열심히 공부하여해외 명문대에서 유학 중이기도 했다.

편하게 대해 달라고 조른 결과 도한은 은진이라고 불러 주고게다가 말도 놓았다. 그녀는 그의 낮은 목소리와 큰 키, 적당한매너, 살짝 웃는 입매가 정말 좋았다.

"응. 내가 심부름 하나 시켰거든."

은진은 도한을 의식하느라 화윤의 목소리가 살짝 잠긴 것을눈치채지 못했다.

"아, 그런데 좋은 소식은 없어요, 선배. 그 학교에서도 명예퇴직 이후 어디로 이사하셨는지는 모른다고 하시더라고요."

"……그래? 그렇구나."

기운 빠진 화윤의 목소리에 도한이 무슨 일이냐는 듯 눈썹을추어올렸다. 화윤은 힘없이 말했다.

"내가 말한 적 있지 않아? 내 중학교 때 은사님. 한 번 뵙고 싶어서 은진이한테 알아봐 달라고 부탁했거든. 대학 졸업 이후로 찾아뵌 적이 없어서. 최대한 정상적인 방법으로 찾고 싶은데."

"넌 은사님이라면서 연락도 안 했냐?"

"어느 순간부터 번호가 바뀌셔서…… 알아본다고 하루하루 미루다가 이렇게 됐네. 이번엔 진짜로 좀 뵙고 싶어서 은진이한테 부탁한 거야."

시무룩하게 말하는 화윤을 천천히 바라보던 도한이 말했다.

"내가 알아볼게. 성함하고 다른 정보 좀 줘 봐."

"네가?"

"돈 좀 써서 알아보지, 뭐."

"이런 거 아니어도 너 바쁘지 않아?"

조심스러운 화윤의 말에 도한이 피식 웃으며 아무렇지도 않게 대답했다.

"짝사랑하는 여자한테 이런 것도 못 해 주냐?"

은진의 표정이 순식간에 무너져 내리는 것을 화윤도, 도한도 알지 못했다.

"결과 나왔습니다."

시환은 비서에게 유전자 검사지를 받아 들고 생각에 잠긴 눈으로 아무 말도 하지 않았다. 비서는 말을 이었다.

"이윤록의 자녀로 알려져 있는 다섯 명을 찾아 유전자 검사를 해 보았더니, 모두 다 유전적 일치도가 높았습니다. 모친이 각자 다르다는 점을 감안할 때, 아버지가 같은 것은 기정사실 같습니다."

"이윤록 소재는?"

"아무도 모릅니다. 워낙에 비상했던 사람이니, 어련히 잘 숨었을까요."

시환의 손이 초조하게 책상을 두드렸다. 그는 고민 중이었다. 무작정 터트리기에는 너무 무거운 사건이다. 이윤록 사건은 아직도 많은 피해자들이 얽혀 있는 현재 진행형의 일이었기에.

"한국을 뜬 이후로 자식들에게 한 번도 연락을 한 적이 없답니다. 남은 자녀들은 채무자들 때문에 거의 일상생활이 불가능할 지경이고, 정상적인 삶을 살고 있는 사람은 극히 드뭅니다. 자살도 많이 했고요."

"자식이 몇 명이라고?"

"공식적으로 파악된 건 열이 훌쩍 넘는데, 채화윤처럼 아예 은폐되거나 호적에도 흔적이 없는 사람들까지 치면 스무 명도 넘을 것이라고 예상합니다."

"대단히 미친놈이군, 그놈도."

"워낙에 여색을 밝히기로 유명했고, 또 사람을 이끄는 마력도 보통이 아니었다고 합니다."

"채화윤은 제 아비를 닮았나 보군."

비서는 조용히 나가자 그는 휴대폰을 만지작거렸다. 화윤에게 거의 매일 전화를 걸었지만 그녀는 전화를 받지 않았다. 이미 소재는 파악하고 있었기 때문에 찾아갈까 말까 몇 번을 망설였으나 일말의 자존심이 발목을 붙잡았다.

시환은 이미 화윤이 서울 외곽의 호텔에 잠적하고 있다는 것, 이상한 머리를 하고 안경을 쓰며 가끔 동네를 돌아다닌다는 것까지 모두 알고 있었다.

화윤이 여전히 그 어떤 답도 하지 않는 것을 보아, 그날 저녁 식사는 그 혼자서만 잊지 못하고 있는 것이 분명했다.

"그냥 여기까지만 해. 나도 만만치 않은 거 알잖아. 그때 네가 그러지 않았어? 우리 둘은 닮았다고. 닮은 사람끼리 붙기 시작하면 끝도 없어."

그녀는 왜 전화를 받지 않는가. 그는 답을 알고 있었다.

"너 같은 놈도 진심으로 싫어하지 않는 게 내 장점이야. 난 그 누구도 싫어하거나 미워하지 않거든."

화윤은 그를 미워하지도 않는 것이었다. 그가 밉고 원망스럽다면 전화를 받아 욕지거리라도 했을 것이다. 마치 도한이 싸늘한 분노를 드러내고, 주성 본사까지 쫓아온 것처럼.

그런데 화윤은 이 모든 일이 그저 귀찮아서 피하고 있는 것뿐이었다.

시환은 자신의 전화를 무시하고 있는 그녀가 미우면서도 화가 났다. 화윤에게 감정이 있기 때문에. 그녀에게 무관심하지 않기 때문에.

"장기 정도는 걸고 남미 같은 데에서 같이 가 볼래? 다음 날 멀쩡히 살아서 만나면 너라도 반가울 것 같은데."

그녀에게는 그 모든 말이 그냥 한 말이었던 걸까. 때아닌 한복을 입고 흐트러진 모습으로 그에게 화를 내며 자리를 박차고 나가던 모습, 차분히 식사를 즐기며 달래듯 그에게 여유 있는 진심을 조곤조곤 설명하던 모습이 머릿속에 마구 맴돌았다.

시환은 참을 수 없어 다시 전화를 걸었지만 이번에도 화윤은 받지 않았다. 메시지에도 답을 하지 않았다. 어쩌면 진시환이라는 사람, 그 자체를 잊어버렸을 수도 있었다. 전 국민들에게 스캔들을 냈는데도 연락 한 번 안 하는 그녀가 원망스럽기까지 했다.

대답 없는 기다림은 사람을 미치게 만드는 법이다. 그는 자신이 정말로 미쳤다고 생각했다.

화윤에게 '네 아버지 일을 알고 있다'라는 메시지를 보내려던 시환은 신경질적으로 그 글자들을 지웠다. 괜히 어설프게 대처할 시간만 주는 꼴일 수도 있었다. 아니면 정말로 해외로 먼저 떠나 버릴 수도 있는 일이었다.

그는 비서에게 전화를 걸었다.

"이윤록 사건이랑 관련된 사람들 몇 명 수소문해서 돈 좀 먹여. 채화윤 위치 알려 주면서 시위라도 하라고 해. 시위 시작하면 언론이야 자연히 붙을 테니까. 본인이 은폐하려던 것이 온 세상이 알게 되면 꽤 괴롭겠지."

―예.

"물론 채화윤 소재는 당연히 계속 파악하고 있어야 해. 분명히 호텔을 옮길 테고, 분명히 하도한하고 함께 움직일 거야. 하도한이 보호하는 여자를 계속 주시해."

그는 마치 부모님께 관심을 끌기 위해 가출을 하는 청소년이 된 기분으로 캄캄한 사무실에 혼자 한참이나 앉아 있었다.

이윤록은 30년 전, 지역 하나를 거의 불모지로 만들 정도로 대단했던 사람이었다.

피라미드형 다단계와 사이비 종교를 혼합한 그의 집단은 한때 한 집 걸러 한 집은 그를 추종한다는 소문이 돌 정도로 세력이 컸다. 그만큼 대단한 사기꾼이었고, 순진한 사람이든 기회주의적 사람이든 모두를 꼬여 냈다.

그는 신도들이 바치는 재산을 열심히 빼돌렸고, 더 큰 부를 축적해 갔다. 그리고 사기와 횡령으로 취득한 재산을 들고 해외로 도주했다.

물론 그즈음에 이윤록의 종교는 이미 사회적 문제가 되어 국가 수사의 표적이 되었음은 당연한 일이었다. 여색을 밝히기로도 소문난 그는 신도들이나 신도들의 딸들을 수없이 건드렸고 그로 인해 수많은 미혼모와 사생아가 파생되었다.

이윤록이 해외로 도주한 뒤 대다수의 사람들은 그제야 엄청

난 손해를 본 것을 깨달았다. 그들은 보상받을 길 없는 재산을 되찾기 위해 하이에나처럼 떠돌았다.

이윤록의 자식들이 가장 먼저 타겟이 되었고, 화윤 역시 마찬가지였다. 자식들이 그 모든 것을 갚아야 할 의무는 없었으나 그 사람들의 화풀이 대상은 될 수 있었던 것이다.

이윤록의 종교는 많은 이들의 인생과 가정을 파괴시켰다. 화윤의 고향 마을 사람들은 거의 다 그 종교의 간부라는 이유만으로 체포되거나 마을에서 쫓겨나 떠나야만 했다.

어떻게 알았는지 몰라도 화윤이 묵고 있던 호텔과 유니콤 본사에 사람들이 몰려들어 '이윤록의 딸, 채화윤은 아비의 빚을 갚으라!' 와 같은 구호를 외치기 시작했다. 늦잠을 자던 화윤은 처음에는 자신이 어린 시절 꿈을 꾸고 있는 줄로만 알았다.

"사기꾼의 딸이 잘 먹고 잘산다는 것이 말이 되냐!"

"이윤록과 끈이 있어 사업을 했을 줄 누가 알아?! 채화윤은 이윤록의 피해자들에게 보상하라!"

화윤의 트라우마와 직결된 부분이었다. 그녀는 창문을 내려다보고 사람들이 몰려 피켓이나 현수막을 든 채 스피커를 동원해 자리를 잡은 것을 확인했다.

"현민아, 그래. 일단 각 호텔에 다 예약해 놔. 어. 내 이름이든 네 이름이든, 가능하면 유니콤 전 직원들의 이름을 섞어서."

물론 도한은 유니콤 내에 비슷한 사람들이 몰려오자마자 은진과 함께 화윤의 호텔 방으로 달려온 참이었다.

도한이 도착하고 나서도 호텔 밖에서 사람들이 하나둘씩 몰려들고 있었다. 어차피 법적으로 해결되지 않을 것을 알기 때문에 무작정 생떼를 쓰는 듯싶었지만 화윤을 괴롭히는 방법으로는 충분했고, 벌써 기사도 뜨기 시작한 상태였다.

유니콘 채화윤, 정말로 이윤록의 친딸? 피해자들 몰려 시위 중

도한은 정정 기사를 내야 하는지 아닌지 판단을 할 수가 없었다. 일단 호적에도 올라가 있지 않고 언론에서도 딱히 증거를 잡은 것 같지는 않았지만, 사실이기에 무작정 부인하기도 쉽지 않은 상황이었다. 그들의 배후가 누구인지 짐작이 가 더 괴로웠다.

"일단 피해야 돼."

"……또?"

화윤은 멍한 눈으로 도한을 바라보았다. 그녀는 지금 그냥 웃어넘길 수 없는 단 하나의 상황을 마주해서 패닉에 빠진 상태였다.

"그럼 저 소리를 계속 듣고 있게? 언제 해체할지도 모르는데?"

"또 피하라고?"

그녀는 천천히 눈을 깜빡였다. 기사가 발표되고 나서 그녀는 딱히 심적인 동요를 내비치지는 않았지만 눈빛에 에너지가 없었다. 모든 걸 놓아 버린 표정에 도한은 불안했다.

"어디로?"

"일단은 여기가 아닌 어딘가."

도한은 냉정하게 말했다. 그는 이 모든 게 시환 때문에 일어

240

난 일이라는 예감이 들었다. 시환에게 속수무책으로 당하고 있을 수는 없었다.

"채화윤."

"……."

"나는 진시환보다 더 큰 배경이 없어 모든 상황을 해결해 주겠다는 약속은 못 해. 그래도 최선을 다해 너를 지킬 거야. 끝까지 버티고, 끝까지 맞설 테니까 제발 너도 버텨."

"……."

"무조건 네 뒤에 널 지키며 서 있을 거야. 날 믿고, 너는 제대로 존재만 해 줘."

화윤은 아무런 대꾸도 하지 않았다. 생부, 이윤록은 그녀에게 있어 하나의 트라우마였고, 절대 그냥 넘길 수 없는 유일한 과거였다. 고통스러웠던 옛 기억이 떠오르며 다시 과거로 돌아간 듯한 상황에 이미 모든 의욕을 잃어버렸다. 숨기고 싶었던 진실을 온 세상이 알게 되었기에.

은진 역시 난생처음 겪어 보는 상황에 당황하여 다리를 후들후들 떨며 아무 말도 못 하는 중이었다. 도한이 당장 오라고 해서 어영부영 왔을 뿐이었지만, 분노한 사람들을 어떻게 해야 할지 몰라 호텔 직원들이 쩔쩔매는 것을 보니 그녀도 덜컥 겁이 났다. 정적 속에 도한의 목소리만이 힘 있게 울렸다.

"내 말 잘 들어."

그는 옷장을 열어 가장 고급스러운 옷과 가방을 꺼내고, 자신이 챙겨온 선글라스와 마스크를 은진에게 건넸다.

"은진이는 이 옷으로 갈아입고 나랑 같이 가자. 현민이가 예약한 호텔 중 하나로 몰래 갈 거야. 그리고 너는……."

화윤에게는 호텔에서 일하는 아줌마의 옷을 건넸다. 화윤은 황당하다는 듯이 그를 바라보았다.

"너 지금 첩보 영화 찍니?"

"더한 것도 찍을 수 있어. 말했잖아. 난 무슨 수를 써서라도 버틸 거라고."

도한의 냉정한 표정은 변하지 않았다.

"나랑 은진이가 나가면 너는 비상구를 통해 어떻게든 빠져나와. 호텔 직원한테 대피로 받아왔어. 이 시간대에 가면 쓰레기차 탈 수 있게 조치해 놨어. 화장 좀 더 거지같이 하고. 보아하니 바람잡이 같은 사람들이 많이 보여. 눈을 속이려면 지금 속여야 해."

"빠져 나가서?"

"메시지 넣을 테니 거기로 가 있어. 그 이후는 내가 알아서 할게. 나 믿지?"

그동안 은진은 덜덜 떨며 화윤의 옷을 갈아입은 상태였다. 아마 도한이 그녀를 믿는다는 눈으로 바라보지만 않았어도 도망갔을 것이다. 그러나 이 상황에서 짝사랑하는 남자를 두고 못 하겠다며 나갈 수는 없었다.

물론 화윤을 존경하긴 했지만 이런 일에 얽힐 정도로 따르지는 않았던 것이다. 그녀는 너무 어려 이윤록이라는 사람 자체는 잘 모르지만, 상상할 수조차 없는 큰일이라는 건 알 수 있었다.

"이따 거기서 봐."

도한은 그녀의 볼을 한 번 감싸고, 눈을 한동안 마주친 뒤 은진의 어깨를 감싸고 방문을 나섰다. 은진은 자신의 어깨를 감싼 도한의 큰 손을 느끼며, 여기서 도망칠 수는 없겠다는 생각을 했다.

그동안 화윤은 청소부 옷을 갈아입고 비상구 창문에 서서 도한의 차가 도로를 따라 달리는 것을 가만히 바라보았다. 도한의 흰색 차는 위태위태하게 속도를 높이고 있었고, 여러 차량들과 사람들이 그 뒤를 쫓고 있었다.

그녀는 천천히 휴대폰을 열었다. 도한의 메시지가 도착해 있었다.

〈강동구 암사 2동 이현 아파트 101동 1001호, 문 앞 비밀번호는 0906.〉

여긴 어디지? 평범한 아파트 같은데. 그녀는 천천히 걸음을 옮기며 도한이 말한 쓰레기차를 기다렸다. 저 멀리 보이는 호텔 로비와 이어지는 길에 온통 사람들이 가득했다. 모두가 힘들고 지쳤지만 분노에 가득 찬 얼굴이었다.

그녀의 아버지는 얼마나 해 먹은 걸까. 이미 세월이 많이 흘렀고 알려진 이윤록의 자식이 자신뿐만이 아니니, 저 사람들이 바라는 것은 돈일 것이다. 만일 그녀가 이토록 유명하고 돈이 많지 않았더라면 이렇게까지 쫓아오지 않았을 수도 있다.

이름도 개명했고, 어린 시절에 비해 얼굴도 많이 바뀌었고, 고향 땅에 발걸음조차 하지 않았으니 아무도 모를 거라고 생각했다. 갑자기 이렇게 알려질 줄은 생각조차 하지 못했다. 작정

하고 그녀의 뒤를 캐지 않으면, 그것도 문서에 남아 있지 않으
므로 몹시 힘든 과정이었을 텐데, 도대체 어떻게…….

정말로 주성인가.

그녀는 잠시 비틀거렸다. 주성이 이 정도였나. 국정원도 아니
고, 어떻게 이런 것까지 다 알아낸단 말인가. 그리고 진시환은
이 정도로 자신을 구석으로 몰 생각이었나. 흐려진 시야 너머로
그녀를 찾고 있는 사람들이 보였다.

화윤은 어린 시절 지겹도록 보았던, 그녀를 찾아 몸이라도 팔
아서 아비의 죄를 갚으라며 윽박지르던 사람들이 떠올랐다. 그
시간이 더 끔찍하게, 더 거대하게 덮쳐 오고 있는 것이다.

도한의 메시지를 바라보는 그녀의 눈이 가라앉았다.

내가 여기 가야 할 이유는 무엇인가? 내가 살아야 될 이유는?
열일곱 때 죽기로 결정했던 내가 이제 또다시 그 자리로 돌아온
것 아닌가. 돌고 돌아 또 그 상황에 돌아온 이상, 더 이상 즐길
인생도, 죽지 말아야 할 이유도 없지 않나.

그녀의 생각을 알아챈 듯, 휴대폰이 한 번 더 울렸다.

〈네 선생님 어디 계신지 알았다. 뵈러 가야지. 데려가 줄게.〉

애 운전 중 아니야? 운전 중에는 절대 휴대폰 안 하는 게 하
도한인데, 어지간히 급한가 보다. 화윤은 쓸쓸하게 웃었다.

하도한, 이 인간은 지금 내가 무슨 생각을 하고 있는지 아는
구나. 메시지는 계속 들어왔다.

〈내 어쭙잖은 작전을 평생 후회하게 하지 마라.〉

만일 그녀가 지금 죽어 버린다면, 그는 이 순간을 평생 후회하게 될 것이다. 어쭙잖은 작전 같은 거 세우지 말고 그냥 채화윤을 혼자 두지 말걸.

화윤은 그가 무슨 말을 하고 있는지 단번에 이해했다. 죽더라도 선생님은 보고 죽고, 하도한과 전혀 상관없는 상황에서 죽어야겠다고 다짐한 화윤이 한숨을 쉬었다.

"암사동에서 내려 주세요."

화윤은 쓰레기차에 타며 파란색 머릿수건을 한껏 내렸다. 도한이 얼마나 돈을 썼는지 몰라도, 쓰레기차 운전수는 별말 없이 차를 출발시켰다.

"은진아, 정말 미안하다."

도한은 현민이 예약해 둔 호텔 중 가장 외진 곳을 찾아 가까스로 체크인하고 지친 표정으로 말했다.

"이렇게 위험한 일이 될 줄은 몰랐는데, 내가 정말로 온갖 특별 수당 다 얹어 줄게."

은진은 사실 굉장히 얼떨떨한 상태였다. 지금까지 살면서 이토록 극적인 상황을 겪어 본 적이 없었다. 화윤인 척했을 뿐인데도 심장이 두근거렸다.

호텔 주차장으로 몰래 향하는데도 사람들이 우르르 따라왔고, '이 미친년아, 돈 내놔!' 같은 말에서부터 '네 애비 때문에 내 아들이 반병신 됐다'라는 섬뜩한 말까지 안 들은 말이 없었다.

그녀에게 달려드는 사람들은 거의 다 노인들이 많아 도한이 쉽게 제압할 수 있었던 것이 다행이었다. 정말 분노에 찬 사람들도 몇 명 보였지만 정작 목소리가 큰 사람들은 그들을 붙잡기보다는 시위를 하는 데에 목적이 있어 보였다.

가까스로 조수석에 앉아 호텔을 탈출할 땐 거의 호흡 곤란이 올 지경이었다. 은진은 그동안 자신의 삶이 얼마나 평탄했던가를 새삼 느꼈다. 수없이 따라오는 차들을 백미러로 바라보며 두려움에 울컥 눈물이 나왔다.

도한은 거의 서울 시내 몇 바퀴를 돌고 돌아 그 많은 차들을 모두 따돌렸다.

"일단 좀 시간을 보내다가 한밤중에 집으로 몰래 가. 옷하고 가발 사다 줄 테니까 아까랑 다른 차림으로. 누가 붙잡더라도 얼굴 보여 주면 될 거야. 이제 화윤이 심부름도 할 필요 없어. 앞으로 우리 일에 얽히지 마라."

"화윤 선배는요? 어떻게 하실 거예요?"

"해외로 내보내야지."

도한은 담담히 대답했다. 은진은 심호흡을 했다. 그와 함께 모험 아닌 모험을 했던 지난 시간이 잊히지 않았다. 무서웠지만 그만큼 믿음직스러웠다. 그가 자신을 거의 안다시피하고 사람들 사이를 빠져나올 때는 시간이 멈췄으면 했다.

아마 도한이 아니었다면 화윤인 척하라는 작전에 응했을 리가 없다. 그 정도로 그녀는 담이 크지 않았다. 그러나 사랑이 뭔지, 그녀는 마스크를 끼고 화윤을 연기하기까지 했다.

"지금 쫓아온 사람들은 별로 무섭지 않아. 분노해서 무작정 찾아온 사람들은 괜찮아. 작정하고 집요하게 쫓아올 앞으로의 사람들이 문제지. 언제까지 이런 눈속임이 통하겠어."

"연락해도 돼요?"

"연락? 무슨 연락?"

"부사장님께요……."

"나한테? 왜?"

"어…… 그냥, 뭐 이런저런 일로."

은진은 우물쭈물 중얼거렸다. 도한은 화윤을 짝사랑한다고 했었다. 그러나 화윤을 해외로 보낸다고 하니, 결국 이루어지지 않는 것 아닌가?

화윤은 도한뿐만이 아니라 그 어떤 남자에게도 마음을 줄 사람이 아니고, 이 모든 사건을 겪으면서 도한은 화윤을 더 이상 감당하기 싫어졌을 수도 있었다. 그러면 자신에게도 기회가 있는 것 아닐까.

도한은 별로 망설이지도 않고 대답했다.

"그럼. 언제든 연락해."

물론 아무 생각 없이 대답했을 뿐이었다. 그는 진심으로 은진에게 미안했다. 단순한 심부름만 시키려고 했는데 사실 목숨을 건 일을 한 게 아닌가.

은진이 잘 몰라서 그렇지, 정말로 이윤록에게 앙심을 품은 사람이 칼을 들고 무작정 찌를 수도 있었다. 그런 위험을 무릅쓰

게 한 것이 너무나 미안해서 도한은 자신도 모르게 따뜻한 미소를 지어 보였다.

은진과 헤어지고 나서, 도한은 휴대폰을 열어 위치 추적 앱을 켰다. 화윤은 천만 다행히도 자신의 집에 있었다. 화윤에게 전달한 곳은 그의 집이었던 것이다.

그는 화윤을 해외로 보낼 마음이 없었다. 지금 정서적으로 불안하기 그지없는 그녀를 어떻게 혼자 해외로 보낸단 말인가.

"어, 현민아. 지금 당장 오늘 밤까지 가능한 곳으로 항공권 다 끊어 놔. 화윤이 이름으로."

다만 상황이 심각한 만큼, 모두를 속여야겠다고 생각한 것뿐이었다. 도한이 생각하기에 이 사안은 그저 기자들이 진을 치고 있는 것과는 달랐다.

화윤의 트라우마를 정곡으로 찌르는 일이며, 사실은 유니콤 기업 자체의 위신을 깎아 먹는 일이었다. 도한은 보너스라도 두둑하게 줘야겠다고 생각하며 이번 분기 영업 이익을 속으로 헤아려 보았다.

한편 집으로 향하는 그를 주시하고 있는 사람이 있었다. 시환의 비서였다. 그는 호텔에 몰려드는 사람이 너무 많아 모든 상황을 세밀하게 지켜볼 수는 없었지만, 도한이 짧은 파마머리의 여자와 함께 몰래 떠나는 것은 추적할 수 있었다.

도한과 함께 있는 여자를 쫓으라는 시환의 지시에 충실했던 그는 로비에서 도한의 전화 통화까지 엿듣고 시환에게 전화를 걸었다.

"예, 이사님. 유니콘 부사장이 채화윤 씨를 B호텔에 두고 이제 막 자가로 떠났습니다. 해외로 도피시킬 예정 같습니다. 여기엔 사람을 두고, 저는 공항으로 가겠습니다."

✳   ✳   ✳

화윤은 조심스럽게 도한의 아파트를 구경하고 있는 중이었다. 지금까지 도한의 집을 궁금해한 적도 없다. 어디에 사는지도 몰랐던 자신이 새삼 놀라웠다. 그녀가 집에 관심이 없으니 타인의 집에도 전혀 호기심이 없었던 것이다.

도한의 집은 서울의 중심가에서 떨어진 거주 지역이었는데, 베란다 뒤로 야트막한 동네 산이 푸르게 보였다.

"아, 깔끔하게 해 놓고 사네."

주인을 닮아 군더더기 없는 살림과 먼지 하나 없는 바닥이 인상적이었다. 방은 세 개였는데, 특이하게 가장 작은 방을 침실로 꾸며 놓고 가장 큰 방은 서재로 사용하고 있었다.

서재 벽 하나를 가득 채운 책장과 안락한 책상을 본 그녀의 눈이 살짝 웃었다. 정말 자는 것보다 일하는 것이 더 중요한 하도한의 성격을 완벽히 반영해 놓은 집이었다.

"와, 이건 뭐지?"

마루에는 TV가 없었고, 거대한 스피커가 자리 잡고 있었다.

"돈 좀 썼는데? 이거 엄청 비쌀 텐데."

그리고 그녀는 천장에서 빔프로젝터도 발견했다. TV 대신 빔프로젝터를 사용하는 모양이었다. 고개를 돌리자 깔끔한 디자인의 아일랜드 식탁과 그 위에 얌전히 올려져 있는 커피 머신이 보였다.

"밥도 해 먹나?"

그녀는 자신도 모르게 혼잣말을 하고 있었다. 남의 공간에 와서 그런지 왠지 위축이 되었다.

부엌에 들어서서 냉장고를 보니 식재료가 나름 풍부하게 있는 게 간단한 요리를 해 먹고 지내는 모양이었다. 그녀의 눈이 이제는 개수대 위의 그릇을 훑고 있는데 도어록을 누르는 소리가 났다.

화윤은 쭈뼛쭈뼛 마루로 나가며 말했다.

"왔어?"

도한은 예상은 했지만 좀 놀랐다는 눈으로 그녀를 바라보았다. 어색한 기류가 흘러서 둘 다 당황했다. 화윤이 미간을 찌푸리며 재차 물었다.

"왜 그래? 왔냐고 물어보잖아."

"아."

그가 눈을 깜빡이며 머쓱한 듯 중얼거렸다.

"누가 집에 온 게 처음이라."

도한은 그제야 신발을 벗고 마루로 걸어 들어왔다.

"음, 집에 왔냐고 맞이해 준 것도 처음이고."

그들은 아주 어색하게 소파의 끝과 끝에 앉았다. 화윤은 왠지 긴장되어 괜스레 이미 둘러본 그의 집을 두리번거리며 구경하는 척을 했다. 한때에는 누구보다도 편한 사이였는데 왜 이렇게 낯설고 불편한지 모르겠다.

포장마차에 마주 앉아서 낄낄거리며 서로 빈정대고, 농담 따먹기를 하던 그 시간이 아득히 멀게만 느껴졌다. 모든 어색함은 도한이 아무렇지도 않게 자신이 좋다며 고백을 하던 그 시점부터였다. 그때부터 화윤은 도한의 앞에서 숨을 쉬는 것조차 어색했다.

"그, 그래. 그래서 난 이제…… 어디로 가면 돼?"

"가긴 어딜 가? 이제 시작인데."

"어?"

"당연히 당분간 은신해야지. 지난번 기자들한테 숨은 것보다 더 철저하게. 저 사람들이 너 쫓아다니면서 시위하는 거 들을 셈이야? 대한민국에 너 돈 많은 거 모르는 사람 없어. 그 채화윤이 이윤록 딸이라는 소문을 들었는데 피해자들이 가만히 있을까? 그렇다고 돈을 다 쥐여 주면, 누구에게 어디까지 줄 건데? 잠잠해질 때까지, 내가 어떻게 해결할 때까지 일단 숨어 있어."

"그럼 은신을…… 어디서? 설마 여기서?"

화윤은 말도 안 된다는 표정으로 눈을 깜빡였다. 그녀는 내심 막연하지만 도한의 집에서 죽을 수는 없고, 다음 은신처쯤에서 조용히 빠져나와 생을 마감해야겠다는 생각을 하고 있던 참이었다.

어차피 이제 하고 싶은 것도, 먹고 싶은 것도 없는데 굳이 무언가를 피해야 하는 삶이라면 이어 갈 이유는 없다고 생각했기 때문이었다. 이미 그녀는 매일같이 자살을 생각했던 사람이었고, 또 얼굴과 이름을 바꾼 뒤 숨어 사는 것은 더 이상 하고 싶지 않았다.

"더 좋은 생각이라도 있어?"

"야, 동업자님. 지금 나보고 여기서 살라고?"

"왜? 안 돼?"

도한은 뭐가 문제냐는 듯이 반문했다.

"그럼 넌?"

"나는 당연히 여기서 살아야지. 여기 내 집이야."

화윤의 눈이 커졌다. 그녀가 펄쩍 뛰며 말했다.

"야, 야! 지금 그게 말이 돼? 성인 남녀가 지금 같이 살자고?"

"이 세상에 나보다 너한테 더 안전한 인간이 있어? 뭐가 말이 안 된다는 거야?"

"대체 언제까지?"

"다 정리될 때까지. 천천히 하나하나 풀어 가다 보면 정리가 되겠지. 죽으란 법은 없으니까. 버틸 때까지 버티자고. 안 팔면 그만이라고 한 사람은 너잖아. 밖에서 뒷감당은 내가 다 할 테니 너는 일단 여기서 무사히 살아 있어라."

도한은 태연하게 대답했다.

"어차피 법적인 책임은 없고, 도의적인 책임을 다하라는데…… 결국 돈 나올 구석을 발견한 사람들의 발악이야. 돈으로 어느 정도 해결할 수 있으면 해결하고, 아니면 철저히 은폐시키고. 나도 진시환 흉내를 내서 언론에 줄을 대 볼까 싶기도 한데 왠지 괴물을 따라 하면 나도 괴물이 되어 버릴 것 같은 느낌이군."

"야, 그게 문제가 아니고…… 어떻게 너랑 같이 살아?"

"그냥 살면 되지. 난 어차피 출근해야 되거든. 넌 저 방 써."

252

도한은 성큼성큼 걷더니 서재의 문을 벌컥 열었다. 고개를 갸웃하던 그가 작은 방에서 요를 하나 꺼내 가운데에 깔았다.

"이거 네 방이야."

그리고 턱 끝으로 자신의 침실을 가리키며 농담조로 말했다.

"저기는 내 방인데, 나 덮치지 마라. 함부로 들어오면 소리지를 테니까."

"미친……."

"저녁 먹을래? 일단 옷부터 갈아입는 게 좋겠네."

그녀는 자신의 옷을 바라보았다. 호텔 청소부 옷 그대로였다.

"여자 옷이 없는데, 일단 이거라도 입고 있어."

그는 작은 방에 가서 자신의 약간 후줄근한 티셔츠와 헐렁한 반바지를 하나 건넸다.

다시 방에 들어갔다가 나온 도한은 슈트 차림이 아니었다. 회색 트레이닝복 바지에 줄무늬 티셔츠를 입은 그의 모습이 낯설었다. 도한은 학교를 다닐 때에도 단정한 셔츠에 면바지를 즐겨입던 학생이었다.

"화장실이 두 개라 다행이야. 넌 저쪽 서재에 딸린 거 써."

"어, 어."

화윤은 조심스럽게 서재로 들어가 도한이 준 옷으로 갈아입고, 간단히 씻고 나왔다. 어색했지만 도한의 말마따나 더 좋은 방법이 있는 것도 아니었다.

이곳은 어쨌든 누구도 예상하지 못할 은신처였다. 자신조차도 이곳에 있을 줄 예측하지 못했으니까. 마루에 나오자 맛있는 냄새가 났다.

언제 씻었는지 젖은 머리를 내린 편안한 차림의 도한이 부엌에서 사부작거리고 있었다. 머리를 내린 도한은 훨씬 더 인상이 부드러워 보였다.

"야, 냉장고에서 달걀 좀 꺼내 줘."

어깨너머로 보니 김치볶음밥 같았다. 화윤은 눈을 깜빡이다가 냉장고에서 달걀 두 개를 꺼냈다. 익숙하게 달걀 프라이를 하는 도한의 모습을 그녀는 신기하게 바라보았다.

순식간에 달걀 프라이를 얹은 김치볶음밥 두 그릇이 완성되었고, 그들은 소박한 식탁에서 마주 보고 식사를 시작했다.

"맛있지?"

도한은 무뚝뚝하게 물었고, 화윤은 고개를 크게 끄덕거렸다.

"동업자님 요리 잘한다. 밥이랑 김치는 다 어디서……."

"편의점이지. 혼자 살기 딱 좋은 세상이야. 요리라고 볼 수도 없어."

도한은 몇 숟가락을 먹다가, 까먹었다는 듯이 식탁 옆에 있던 리모컨의 버튼을 눌렀다. 거실에 있던 거대한 스피커로 클래식 음악이 나오기 시작했다. 화윤은 온몸의 긴장을 풀며 식탁 의자에 몸을 기댔다.

삶이란 건 어쩜 이렇게 우스운 것인지. 한나절 전만 해도 죽음을 확신하던 자신이, 도한의 집에서 그가 해 준 밥을 먹으며 편안하게 늘어져 있다니.

"진짜 이상하다."

"뭐가?"

화윤의 말에 도한이 고개도 들지 않으며 물었다. 그녀는 씩 웃으며 담담하게 말했다.

"이렇게 있으니까 모든 게 꿈같아서."

"뭐가?"

"내가 이윤록 딸인 것도, 그래서 온갖 사람들이 날 찾고 있다는 것도. 내가 쌓아 온 것도, 내 자유도, 내 자아도 다 없어질 거라는 걸 아는데 별로 걱정이 안 돼."

"넌 원래 뭐든지 걱정 안 했잖아."

"그건 그렇지만 정말로 남의 일 같아서 그래. 내 일인데. 여기 이상한 곳이네."

"천천히 차분하게 해결하면 다 잘될 거야."

도한이 고개를 들고 그녀의 얼굴을 바라보았다. 싸구려 파마 때문에 한껏 상한 머리카락들이 하나로 묶여 제멋대로 뻗친 모습이 살짝 우스웠지만 그만큼 사랑스러웠다.

"그동안 좀 숨어 지내."

"주성 짓일 거야. 어떻게 알아냈는지는 모르지만……."

화윤은 한숨을 푹 쉬었다.

"무서운 사람들이다. 어떻게 알았을까. 정말 많은 것을 추리해야 했을 텐데."

"그래도 이겨 내 보자."

도한이 그녀의 손에 다시 숟가락을 쥐여 주며 말했다.

"몰라. 일단은 생각 좀 해 봐야겠어. 이대로 당하고 있을지, 뭐라도 반격해야 할지."

화윤은 도한의 체온이 남아 있는 자신의 손을 가만히 바라보았다.

"그냥 주성 다 엎어 버릴까? 호텔에 있으면서 접근을 좀 해 봤는데, 확실히 보안이 복잡해서 쉽지는 않겠더라고. 그래도 시간 들여서 어떻게 건드려 보면 다 망가트릴 수 있을 것도 같긴 한데."

"네 뜻대로 해라. 이렇게 된 이상."

"그럼 나, 이윤록이랑 똑같은 사람 되는 거 아니야?"

그녀가 중얼거렸다.

"아무 상관 없는 사람들한테 피해 주고, 인생 다 망가트리고. 진시환은 물론 거지 같은 새끼지만 주성 다니는 사람들은 평범하고 좋은 사람들일 거 아니야? 현민이 같은⋯⋯."

"그럼 더 연구해 봐."

도한은 차분하게 말했다.

"여기서 너는 안전할 테니까, 시간은 많으니까 천천히 생각하면 되잖아. 당장 결정하려고 하지 말고. 그러니까."

그가 그녀의 손을 다시 잡고 숟가락을 고쳐 쥐여 주었다. 사실은 그는 지금 주성이나 유니콤보다 아까 보았던 화윤의 초점 잃은 그 표정이 가장 걱정되었다.

"제발 버텨 줘라, 채화윤."

"그러지 뭐."

화윤은 기운차게 숟가락을 들어 암팡지게 한 숟가락을 먹었다. 아직도 밥이 따뜻했다.

"선생님은 어디 계셔? 알아냈어?"

"⋯⋯사실은 못 알아냈어. 그런데 자녀분 주소까진 알아냈어."

"야, 너 나한테 거짓말 한 거야?"

"어."

도한은 뻔뻔하게 고개를 끄덕였다.

"곧 알아낼 수 있겠다 싶어서 완전한 거짓말은 아니라고 생각했는데."

"그래도! 너 아까 그 메시지……."

"너 안 올까 봐 어쩔 수 없었다."

화윤은 도한을 쏘아보았다. 도한은 전혀 굴하지 않고 씩 웃어 보였다. 그의 자연스럽게 내려간 머리카락이 인상을 훨씬 더 부드럽게 만들었다. 그 눈을 보면서 화윤은 지금 자신이 많이 약해져 있음을 새삼 느꼈다.

그리고 눈앞의 이 남자에게 얼마나 의지하고 있는지도.

"채화윤."

"어?"

"오늘은 우리 많이 지쳤으니까, 좀 쉴래?"

"쉬자고?"

"그래. 유니콤이든 이윤록이든 진시환이든 오늘 저녁부터는 생각하지 말자. 내일 아침이면 또 지겹도록 생각해야 하잖아. 일단 집에 왔으니까, 좀 쉬자고."

쉬자는 말은 남자들이 어쭙잖게 집에 끌어들일 때 쓰는 말이었는데, 도한은 그런 의도가 전혀 아닌 듯했다.

그녀는 쉬고 싶다는 생각을 할 땐 언제나 죽음을 생각했다.

영화 같은 곳에서 주인공들이 죽으면서 '이제는 쉬고 싶어'라는 대사를 할 때 몇 번이고 공감을 했었던 것이다. 그래서 화윤은 또 바보 같이 되묻고 말았다.

"어, 뭐하고 쉬어?"

"영화 볼래?"

"영화?"

영화관을 가자는 이야기인가? 그러나 도한은 천장을 가리키며 태연히 말했다.

"어. 빔프로젝터 못 봤어? 너 무슨 영화 좋아하냐?"

"화양연화 있더라. 그거 보자."

"좋지."

그들은 나란히 얼마 안 되는 설거지를 함께하고, 또 소파의 끝과 끝에 앉았다.

도한이 꺼내 온 감자 칩과 맥주를 마시며 편한 차림으로 함께 영화를 보는 기분은 묘했다. 세상 편하면서도 정말로 새로운 기분이었다.

화윤은 휴대폰도 꺼 두고, 의식적으로 인터넷도 보지 않았다. 도한의 집에는 TV도 없어서 세상과 완전히 단절된 기분이었다.

영화가 끝나자 도한이 기지개를 펴면서 무심히 물었다.

"잘래?"

"어. 슬슬 피곤하네."

그녀는 고개를 끄덕이고, 서재로 들어가 누웠다. 도한이 따라 들어와 불을 꺼 주었다. 그가 문을 닫아 주며 낮은 목소리로 말했다.

"잘 자."

"아, 어……."

"오늘 하루 고생했다. 잘 버텨 줘서 고마워."

"너야말로."

화윤은 진심을 담아 대답했다. 일단은 도한의 집에서 이렇게 죽을 수는 없었다.

"너도 잘 자. 내일 아침에 봐."

그녀는 이불을 턱 끝까지 올렸다. 도한에게 호텔에서 흐트러진 모습을 한두 번 보인 게 아니었다.

그런데 여기가 도한의 집이라는 이유 하나만으로 그녀는 모든 행동이 새로웠다.

예를 들어, 누군가와 함께 밥을 지어 먹고 여유 있게 저녁 식사를 하다가 편안하게 잠드는 것이 처음이었다. 보통은 남자의 집에 가도 다른 짓을 하기에 바빴기 때문이다. 그 경험이 주는 안락함이 미묘해서 그녀는 얕은 한숨을 쉬었다.

그것은 문을 닫고 나간 도한도 마찬가지였다.

도한은 침대에 눕고 나서도 한동안 잠을 이루지 못했다.

8화

괴물과 싸우는 자는 그 싸움 중
스스로도 괴물이 되지 않도록 조심해야 한다.
우리가 괴물의 심연을 오랫동안 들여다봤다면,
그 심연 또한 우리를 들여다 볼 것이기 때문이다.

—니체, 〈선악의 저편〉

"응, 그래. 화윤이는 적절히 해외로 도피시켰고, 보안 유지하자."

도한은 가장 최측근이라고 할 수 있는 현민과 은진에게도 그녀의 소재를 숨겼다. 굳이 알려서 득이 될 것보다는 실이 더 많을 것이라고 판단했기 때문이다. 전화를 끊고 출근 준비를 하는 도한을 화윤은 식탁 의자에 앉아 멍하니 바라보았다.

"갖고 싶은 거 있으면 회사로 택배 보내. 내가 갖고 들어올 테니까."

"언제 와?"

"몰라. 그래도 야근이지, 뭐. 뒤처리가 만만치 않아."

"난 나가면 안 되겠지?"

"말이라고 하냐?"

생각만 해도 지루하다는 화윤의 표정을 보며 도한은 피식 웃으며 냉장고에서 사과를 하나 꺼내서 던졌다.

화윤은 자신도 모르게 두 손으로 받았고, 단단하고 차가운 사과의 촉감이 그대로 손바닥에 전해졌다.

"그거 아침으로 하나 깎아 먹어. 아침 사과가 보약이라니까."

과일을 깎아 먹는다고? 화윤은 세상에서 가장 낯선 물체를 바라보듯 사과를 바라보았다. 그녀에게 모든 음식은 그냥 사 먹는 것이었다. 자신이 뭔가 사부작거려서 먹어야 한다는 행위 자체가 새로웠다.

"그리고 유니콤 매뉴얼이나 써. 우리 개발팀 좀 고생 덜 시키게."

"뭐?"

"넌 감금당하기 전까지는 매뉴얼 못 쓰겠다며."

화윤의 표정이 굳었다. 도한은 아주 고소하다는 표정을 지으면서 능청스럽게 말했다.

"완전히 감금당했으니 이젠 좀 쓰지 그래?"

화윤은 세상 기운 없는 표정을 지어 보이며 한숨을 쉬었다.

화윤은 일부러 휴대폰을 켜 놓지 않았는데, 세상이 무서워서라기보다는 세상이 싫어서였다. 그녀는 언제나 자신의 욕망에 충실한 사람이었고, 그래서 지금은 피하고 싶다는 일차원적인 감정에 충실한 상태였다.

죽어야겠다는 생각이야 변함이 없었지만 왠지 도한에게 미안해서 자꾸만 미루게 되었다. 도한의 집에는 TV 대신 DVD만 가득했고, 그녀는 영화를 하나 골라 틀어 보았지만 밤에 도한과 함께 보던 때처럼 고즈넉한 분위기가 나시 않아 그냥 꺼 버렸다.

TV도 휴대폰도 없는 세상 속에서, 그녀는 완벽한 은둔 생활을 시작했다. 끝없이 지루할 것이라고 생각해서 도한은 겉으로는 내색하지 않아도 꽤 걱정했었는데 생각보다 그녀는 생각보다 잘 적응했다.

심지어 이틀째에는 도한보다 일찍 일어나 사과 하나를 알아서 깎아 먹고, 커피 한 잔을 여유 있게 마시며 출근하는 도한을 배웅하는 수준에 이르렀다.

"잘 다녀와."

"오늘은 외근 없어. 일찍 올 거야."

"그래?"

화윤은 매일같이 호텔에서 룸서비스를 받던 사람이라, 자신이 흐트러뜨린 이불은 자신이 정돈해야 한다는 아주 기본적인 일에도 새로움을 느꼈다. 하나의 공간에 이렇게 계속 머무른 적이 없었기 때문이다.

어제 점심에는 자신이 설거지를 한 식기를 저녁에 또 이용하다 보니 좀 더 예쁜 식기를 가지고 싶다는 생각이 들었고, 그것은 아주 오랜만에 느끼는 소유욕이었다.

당연히 죽어야겠다는 생각을 하고 있는 와중에 파란색 그릇이 갖고 싶다는 생각을 하는 자신이 우스워 화윤은 혼자 피식 웃었다.

한숨을 한 번 쉬고 출근하는 도한의 모습을 바라보던 화윤은 그의 뒷모습이 사라지자마자 그가 기다려진다는 것을 실감해야만 했다.

"하도한네 집인데, 내가 훨씬 더 오래 있네."

저녁에는 도한이 온다는 사실이 그토록 위안이 될 줄은 몰랐다. 지금 이 순간들을, 혼자라면 절대 이겨 내지 못했을 거란 생각이 들었다.

도한의 집은 아늑했고 또 세상에서 멀리 떨어져 있는 것 같았으며, 가만히 있으면 마치 꿈을 꾸는 것 같기도 했다.

지금 자신은 그 어느 때보다 곤란한 상황인데, 자신을 찾고 있는 사람들이 수도 없이 많을 텐데, 그런데도 불구하고 평온함을 느꼈다. 마치 세상에서 빗겨 난 느낌이었다. 그저 존재만 하고 있는 기분이 낯설었다. 항상 당장 죽을 이유를 찾지 않기 위해서 일회성인 쾌락만 좇으며 살았기 때문이다.

도한은 아무 생각 없이 치유의 시간을 가지라고 조언했지만, 화윤은 마음 한구석에 죽어야겠다는 생각을 몰래 품고 있었다. 그렇지만 정말 아무것도 아닌데, 그저 고요한 집 안에 혼자 있는 것뿐인데 자신의 안쪽 무언가가 차오르고 있다는 생각이 들었다. 스스로 음식을 만들어 식사를 해결할 수 있고, 언제까지나 소유하고 있을 것이 분명한 물건들이 지척에 있었다.

"와, 이건 뭐지?"

도한이 심심하면 집에서 놀이거리를 찾으라고 했으므로, 그녀는 집에 있는 대학교 졸업 앨범이나 대학교 전공 책, 다이어리 등을 살펴보면서 혼자 묘한 기분에 휩싸였다. 사람에게도 역사가 있다면, 그의 역사가 차곡차곡 쌓여 있었다.

그렇게 치면 그녀는 자신을 증명할 그 어떤 것도 갖고 있지 않았다. 그다지 남기고 싶은 것도 없었거니와 당장 죽어도 아쉬울 것이 없다고 생각했기 때문이었다.

"히히, 하도한 이 사진 너무 웃기다. 고등학교 때인가?"

서랍장에서 액자 하나를 발견한 화윤이 중얼거렸다. 부모님과 함께 대학교 입학을 축하한다는 현수막 밑에서 교복 차림으로 어설프게 꽃다발을 들고 찍은 사진이었다.

사진을 바라보고 있던 그녀의 눈이 깊어졌다. 이게 평범한 사람들의 집이고, 평범한 사람들의 일상이구나 싶어 살짝 쓸쓸해졌다. 버리고 떠날 필요가 없는 사람이 지니고 있는 것들은 한 사람의 인생을 보여 준다.

반면 그녀는 보관하고 싶은 그 어떤 것도 없었고, 이대로 사라져 버리면 흔적조차 없어질 사람이었다.

"아니지……."

이미 도한의 인생은 거의 다 알고 있었다. 예상을 벗어나지 않는, 정말 예측대로의 삶을 사는 남자였다. 특별히 놀라울 것도 없었다. 그럼에도 불구하고 화윤은 약간의 이질감을 느꼈다.

"유니콤, 유니콤이 있지. 그래도 그거 하나는 남기고 가니까 하도한이랑 연결……."

다음 서랍장을 연 화윤의 눈이 커졌다. 그녀가 떨리는 손으로 사진을 집어 들었다.

학사모를 쓰고 있는 자신과 그 옆에서 뚱하니 서 있는 양복 차림의 도한이었다. 그녀가 꽃다발을 들고 어색하게 웃고 있었다. 게다가 어디 있는지도 몰랐던 그녀의 대학교 졸업장이 거짓말처럼 놓여 있었다.

"어……!"

사진을 보자마자 기억이 났다. 그녀의 졸업식에는 당연히 올 사람이 없었다.

졸업장을 받으러 가는 길에 도한이 왔다. 그가 억지로 학사모를 씌우고, 길가의 상인에게서 가장 큰 꽃다발을 사서 안겼다. 그리고 돌아다니는 사진사에게 영업을 당해 사진을 찍었다.

가격도 기억이 났는데, 5만 원이고 인화해서 집으로 보내 주겠다고 했다. 자기의 집 주소를 적어 주었던 도한과 멀뚱히 그의 길쭉한 뒷모습을 바라보았던 자신의 멍청한 표정이 생각났다.

"나도……."

그녀가 피식 웃었다. 아무 생각 없이 대학교 졸업장을 도한에게 건네고 그 소재를 묻지 않았던 자신과, 그럼에도 불구하고 고이 간직해 놓았던 도한이 우스웠다.

"흔적이 있었네."

사진을 보면 나이가 보인다더니, 그때만 해도 앳된 기운이 확연했던 젊은 날의 도한과 화윤이 어설프게 나란히 서 있었다.

"그것도 하도한 집에."

도한이 없었더라면 대학 졸업식 사진도 없었겠구나. 아니, 인화된 사진이라고는 아무것도 없었을 것이라고 생각하니 왠지 그가 보고 싶었다.

화윤은 사진과 졸업장을 다시 서랍장에 넣었다.

언젠가 이 집을 떠나겠지만, 사진만큼은 이곳에 남겨졌으면 했다.

✿　　　　✿　　　　✿

　도어록 소리가 들리고 도한이 들어오자, 그녀가 쪼르르 달려
가 배시시 웃었다. 도한이 자신도 모르게 휘어지는 눈가를 감추
지 못하며 방금 튀긴 치킨 한 마리와 편의점에서 사 온 수입 맥
주 몇 캔을 흔들었다.

　"왔어. 오늘 잘 지냈어?"

　도한이 씻고 편한 옷을 입을 동안, 화윤은 더 맛있어 보이는
맥주를 고르고 재빨리 닭다리를 집어 들었다. 그가 수건으로 머
리를 털며 나오다가, 화윤의 모습을 보고 기가 막혀 하며 옆자
리에 털썩 주저앉았다.

　"야, 의리 없게 먼저 먹냐?"

　"식잖아."

　"그리고 이건 내가 먹으려고 사 온 거야. 넌 이거 먹어."

　"싫어!"

　화윤은 자신이 들고 있던 체코 맥주를 휙 뺏어 버리는 도한
에게 달려들었다. 도한이 얄밉게 맥주를 위로 들고 손을 좌우로
흔들 동안, 화윤이 자신도 모르게 그의 무릎에 앉다시피 하며
한쪽 팔로 그의 머리를 누르고 맥주 캔을 다시 찾으려고 안간힘
을 썼다.

　"이거 먹을래!"

　"이건 내가 제일 좋아하는 거라고!"

　"그래도 내가 먼저 먹고 있었잖아!"

그들이 유쾌하게 엉켰다. 화윤이 중심을 잃자, 도한의 손이 재빨리 그녀의 허리를 잡았다. 의식하지 못한 채 안은 셈이 되어 도한의 귀가 붉어졌다. 화윤은 살짝 숨이 멎는 듯했지만, 그때를 놓치지 않고 도한에게서 맥주를 뺏어 들었다.

"캬!"

몇 모금 급히 마시고 난 그녀가 생긋 웃었다.

"세상에, 체코에서 직접 마신 것보다 맛있어!"

"치사해, 채화윤."

도한이 툴툴거리며 닭 날개를 하나 집어 들었다.

"이런 식으로 내 감정을 이용해?"

화윤은 치킨을 먹다가 목이 한 번 컥, 하고 막힐 뻔했다. 도한의 집에 오면서 모른 척해 왔던 감정들이 밀려왔다. 그녀는 왠지 모든 것이 어색했다. 원래 아무 말이나 내뱉어도 상관없었고, 그게 그녀의 방식이었는데 화윤은 자신도 모르게 말을 고르고 있었다.

그래서 아주 바보 같은 말을 내뱉고야 말았다.

"너, 아직도 나 좋아해?"

"어."

"내가 이런 엉망인 모습인데도? 지금 유니콘에 전문 시위꾼들 몰려와서 내 욕하고 있지 않니? 일하기 힘들 텐데……."

화윤이 어이가 없다는 듯이 눈을 깜빡였다. 지금 그녀의 머리는 마구 뻗쳐 있었고, 옷차림은 다소 후줄근했다.

게다가 굳이 외적인 변화가 아니더라도 그녀가 처해 있는 곤경이 너무나 커서, 함께하기에 벅찰 텐데. 거기에 혼자 편하게 살다가 군식구가 들어왔으니 얼마나 불편하겠는가.

그녀의 이런 생각을 아는지 모르는지 도한이 천천히 말했다.

"상관없어, 그런 건."

"그래도 괜히 너희 집에 신세 지고……."

"나는 혼자 사는 게 편하다고 늘 생각했는데, 누군가 집에서 기다리고 있다는 기분도 생각보다 되게 좋더라고. 맨날 혼자 살아서 몰랐지."

도한은 어느새 다른 맥주 캔을 따고 그녀가 들고 있던 캔에 가볍게 부딪혔다.

"채화윤."

"어?"

"너는 집 같은 건 싫다고 하지만 나는 사실 집이 참 좋아."

도한이 천천히 말했다.

"난 무엇보다 집이 필요한 사람이거든."

그가 언제 화윤에게 무언가가 필요하다고 한 적이 있었나.

항상 정돈된 모습으로 자신이 필요한 것만 묵묵히 챙겨 주던 까칠하고 냉정하던 사람이 맞나.

눈앞의 도한은 무릎을 한 번 걷어 올린 회색 트레이닝복 바지를 입고 너무나도 편해 보이는 표정을 짓고 있었다. 흐트러진 자세로 그녀에게 담담히 자기 자신을 말하는 그가 새로워 그녀는 가만히 그를 바라보았다.

"지치고 힘들 때가 있어. 나이가 들어도, 돈을 많이 벌어도, 높은 위치에 있어도 바깥 생활은 만만치 않더라. 그럴 때마다 그냥 집에 들어와서 멍하니 시간을 보내면 마음이 편해져."

몸이 조금 떨어져 있는데도 불구하고 그의 체온이 느껴지는 것 같았다. 도한은 한 번도 그녀에게 다정하게 자신의 이야기를 한 적이 없었다. 그의 집이어서 나오는 편안한 대화에 화윤은 가만히 그를 바라보았다.

"아마 바깥 생활은 어떤 목적을 따라가는 시간들이고, 집의 시간은 그냥 사는 시간이라서 그런가 봐. 밖에서 정말로 맛있는 음식을 사 먹어도 가끔 집에서 먹는 캔 맥주가 그리울 때가 있고, 그 어떤 유명한 공연보다 몇 번 본 DVD가 즐거운 밤이 있더라."

그녀는 그냥 사는 시간에 대해 이해할 수 있었다.

지금이 바로 그냥 사는 시간 아닌가. 어떠한 목적도 없고, 어떠한 의미도 없이 그냥 존재하는 것이 전부인 시간. 그 누구에게 어떤 의미가 될 필요가 없고, 돌아가야 할 곳도 없다. 그동안은 이해하지 못했지만, 지금은 이해할 수 있는.

"난 늘 강하지 못해서, 혼자 충분히 약해져도 괜찮은 공간이 필요하거든. 근데 그런 내 공간에 네가 있는 이 현실이 되게 낯설고."

"불편하지? 괜히 나 때문에……."

"아니. 좋은데."

"어……."

"편한 차림으로 하루의 일과를 얘기할 수 있고, 함께 맥주를 마시고, 좋은 영화를 아무 생각 없이 보고, 아무 약속도 없이 밥을 먹고, 그런 게 나름 괜찮은데."

화윤은 자신이 왜 '나도 그래!' 라며 발랄하게 대답할 수 없는지 답답했다. 침묵은 그녀의 특기가 아닌데도 불구하고 그 앞에서 말이 어려웠다. 결국 그녀는 비슷한 말을 아주 가까스로 했을 뿐이었다.

"뭐, 나도 나름, 음…… 괜찮은 것 같아. 얹혀사는 주제에, 이틀째에 이런 말 하기도 좀 그렇지만."

도한은 화윤이 어색하게 말하는 게 귀여운지 피식 웃었다. 그녀는 굴하지 않고 말을 골랐다.

"그냥, 너무 아무렇지도 않게 밤에 잘 자라고 인사하고 당연히 아침에 잘 잤냐고 물어볼 사람이 있다는 게. 그게 너무 당연히 계속 그럴 거라고 생각하는 게 뭐, 좋은 것 같아."

"야, 너 더 이상 말하지 마라."

그가 리모컨을 찾으며 약간은 퉁명스럽게 말했다.

"너한테 더 바랄 것 같다."

화윤은 너무나 자연스럽게 보고 싶은 영화를 말했고, 그가 DVD를 골라 재생했다. 캄캄한 어둠 속에 그들만이 있는 듯했다. 영화가 다 끝났어도 또다시 가야 할 곳은 없었다. 엔딩 크레딧이 올라가며 영화에 대한 이야기를 가볍게 나누다가, 화윤이 살짝 물었다.

"선생님은 찾았어?"

"찾고…… 있어."

도한의 말에 살짝 망설임이 있는 것을 화윤은 눈치챘다. 무슨 일이 있구나. 그녀는 미간을 찌푸리며 더 이야기를 이어 갈까 망설였다.

어렸을 때는 엄마 치맛자락만 쳐다보느라 아무것도 몰랐고 어느 정도 머리가 컸을 때 이따금씩 자신을 원망스럽게 바라보던 엄마가 자살하면서 자신은 태어나지 말아야 할 존재였다는 것을 알게 되었다.

그 힘든 시기를 견디게 해 준 사람이 바로 중학교 때의 담임 선생님이었으며, 화윤이 결국 학교를 꾸준히 다니겠다는 약속을 지키지 못하고 고등학교를 자퇴했을 때에도 괜찮다고 해 준 유일한 사람이었다.

자신이 죽지 않고 서울로 상경하여 대학 졸업장이라는 목표를 이뤄 낸 것도 선생님 덕분인데, 모든 사람들이 어린 그녀를 마음 놓고 학대할 때 유일하게 편이 되어 준 사람이었는데.

화윤은 뭐라고 재촉하려다가, 도한에게도 생각이 있을 것이라고 판단해서 더 이상 묻지 않았다. 어쨌든 머지않은 시일 내에 죽음을 마음먹은 이상 선생님은 한 번 보고 죽고 싶었다.

영화가 끝난 뒤 소화를 시켜야 한다며 도한이 가지고 있던 게임기로 실컷 뛰었다. 트레이닝복 차림으로 깔깔거리며 구르는 것이 너무 편안하여 자꾸 그들은 한 판만 더, 한 판만 더, 반복하다가 벌게진 눈으로 자정을 넘겼다.

"오늘도……."

도한은 화윤의 머리를 꾹 누르며 씩 웃었다.

"잘 자라."

아까, 잘 자라는 인사를 하는 것이 좋다고 해서 그런지 도한의 눈에 따뜻함이 가득했다. 화윤은 울컥했다.

"너도 잘 자."

그의 집에서 그냥 보낸 시간들은 이대로 휘발되어 없어지는 걸까. 화윤은 어차피 적절한 시기에 떠나서 혼자 조용히 삶을 마무리할 생각이었다.

그녀는 삶 그 자체가 고통이라고 생각하여, 항상 내심 죽음을 곁에 두고 살아왔다. 죽음 직전의 시간들이 이토록 별일 없을 수 있다는 것은 그동안에는 상상하지 못한 모순이었다.

어떠한 결과도 만들어 내지 못하고, 어떠한 자극적인 기억도 남기지 못했으니까. 이런 시간들은 지금까지 의미 없이 계속되었고, 앞으로도 계속될 테니까. 별로 특별할 것도 없는 시간 죽이기였으니까.

"좋은 꿈 꿔."

그러나 아무 일 없이 그의 집에서 함께 보낸 시간들은 그녀의 일상에 차곡차곡 무겁게 쌓여 갔다. 그래, 일상. 일상이었다. 화윤은 지금까지 일상이라는 것이 없이 살았다. 그랬던 그녀가 지금 도한에게 잘 자라는 말을 하는 것을 일상의 일부로 받아들이고 있었다.

그 일상이 생각보다 편안하여 다시 죽음이 아득해져 갔다. 계속해서 이렇게 살 수 없음을 분명히 알고 있는데도.

화윤은 어두운 방 안에서 자신도 모르게 휴대폰을 켰다. 시환의 메시지가 수없이 많이 쌓여 있었다. 그녀를 원한다고, 유니콘을 넘기라고, 그러니 연락을 하라고, 자신에게만 오면 이 모든 상황을 해결해 주겠다는 내용이었다.

시환이 자신을 원하고 있다는 것은 애초에 눈치채고 있었다. 다만 그다지 신경을 쓰지 않았을 뿐이었다. 그러나 도한은 이모든 상황이 괜찮을까. 그는 그녀와는 다른, 지극히 평범하고 상식적인 사람인데. 그녀처럼 될 대로 되라는 듯 모든 것을 놓아 버리고 편안할 수 있을까.

생각이 복잡해진 화윤은 다시 휴대폰을 끄고 눈을 감았다.

✽   ✽   ✽

다음 날, 도한이 출근한 후 화윤은 자신도 모르게 키보드를 두드려 유니콤 본사의 CCTV를 연결했다.

"어쨌든 뭐, 내 회사니까."

어깨를 으쓱하고 중얼거리며 마우스를 딸깍이다가 눈을 몇 번 깜빡이고 다시 혼자서 덧붙였다.

"몇 번 출근했으니까, 궁금하기도 하고."

화윤은 초조한 듯 손가락으로 탁자를 톡톡 두드리며 얕은 한숨을 내쉬었다.

도한이 대체 어떤 하루를 보내고 있나 궁금했다. 인정하고 싶지는 않았지만, 그의 집에 있다 보니 집을 떠난 도한이 어떻게 하루를 보내고 있는지 자꾸만 보고 싶었다.

"흠, 아! 됐다."

박수를 한 번 치고, 쾌활하게 모니터를 바라보던 그녀의 표정이 굳었다. 예상은 했지만 훨씬 더 보기 싫은 광경이었다. 그녀는 로비에 연결된 CCTV에서 도한이 시위꾼들에게 붙잡혀 있는 것을 보았다.

정말로 예전에 사기를 당한 사람도 있었겠지만 대다수가 화윤이 보기에는 어디선가 뒷돈을 먹은 듯한 전문 시위꾼들이었다. 사람들이 얼마나 악다구니를 써 대는지 CCTV에서는 소리를 들을 수 없음에도 불구하고 화윤은 마치 실제로 귀가 아픈 느낌이었다.

"아……."

로비를 지나쳐 복도 CCTV에 다시 그가 잡혔다. 흐릿한 화면 속에 보이는 그의 표정은 확연히 지쳐 있었다.

다시 부사장실에 있는 노트북 카메라로 연결한 화면으로 그가 보였다. 도한은 피곤한 표정으로 사직서들을 결재하고, 계속해서 울리는 전화에 한숨을 쉬었다. 주성과의 합병 문제로 계속 압박을 받는 듯했다.

화윤은 턱을 괴고 멍하니 표정의 변화가 없는 도한의 바쁜 하루를 지켜보았다. 대학에 합격했다며 현수막 밑에서 부모님과 함께 사진을 찍고, 작은 아파트를 얻어 자신의 삶을 꾸려 가고 있는 평범한 남자에게 지금 무슨 일이 벌어지고 있는 것일까.

왜 자신은 도한의 집에서 편안히 앉아 있고, 도한은 자신의 출생과, 자신과 얽힌 남자 때문에 하루하루를 전쟁처럼 살고 있는 거지?

화윤의 눈에 눈물이 고였다. 저렇게 고생하면서 집에 돌아와서는 아무렇지도 않은 척을 하며 그녀와 맥주를 마시고 게임을 했다. 힘들고 지칠 때 필요하다는 그만의 공간에서조차 그는 그녀를 배려해 주었는데…….

"네가 오라고 하면 태평양을 날아 즉시 오고, 네가 사 준 옷세 벌 중 두 벌을 잃어버린 것이 아직도 마음이 쓰리고, 진시환이 너와 내 사이를 별것 아닌 동업자로 치부하면 화가 나고."

그녀의 기억이 찬찬히 생각의 수면 위에 올라왔다. 아무도 없다는 이유로, 익숙해진 공간이라는 이유로 진심이 편안하게 정리되었다.

"네 전 여친이 널 호구로 알고 있으면 짜증 나고, 네 고백을 들었을 때 가장 먼저 든 생각은 이대로 내 인생에서 네가 사라지면 어쩌지 하는 걱정이고……."

그녀는 모니터 속의 도한을 바라보며 중얼거렸다.

"나 같은 사람이 괜히 네 인생에 들어와서 평범한 네 삶을 모두 망친 것 같고, 그런데도 너를 떠나고 싶지는 않고, 네 고백을 듣고 나서는 괜히 어색하지만 그래도 자꾸만 네 마음을 확인하고 싶고."

전달되지 못한 마음이 쓸쓸하게 흩어졌다. 도한에 대한 감정의 기원을 살펴보면 '놓을 수 없다'라는 강렬한 욕망이었다.

어쩌면 그의 고백에 즉각 반응하지 않았던 것도, 하룻밤 상대로 그를 안고 나면 자연스럽게 놓아 버려야 할까 봐 두려워서였다.

사랑, 동료애, 욕정. 그 모든 말들을 파헤치면 그를 놓을 수 없다는 원초적인 감정만이 남았다. 그가 없는 삶을 상상하고 싶지 않았다.

"네 집에 온 다음에는 일상 하나하나가 낯설면서 설레고, 네 생활이 잔뜩 묻어 있는 이 집에 있는 시간들이 지루하지 않고."

모니터 속의 도한은 누군가에게 화를 내고 있었다. 화윤은 그를 잘 알고 있었다. 아마 그의 인생은 그녀를 만나지 않았어야 더 행복했을 것이다.

애초부터 도한은 능력은 있지만 거대한 야망은 없는 남자였다. 평범한 여자를 만나, 두 명 정도의 아이를 낳고, 오순도순 가정을 꾸리며 잘 살았을 텐데. 화윤과 얽힌 순간 그러한 삶들이 모두 사라진 것이나 마찬가지였다.

"나라고…… 이런 게 너를 좋아하는 건지 모르는 줄 아니? 그것보다 더 많은 것을 생각하게 되어서 그렇지."

그럼에도 불구하고 화윤은 동업자로서 그를 놓을 생각이 전혀 없었는데, 막상 그의 집에 와 보니 그동안 그가 살아왔던 평온한 역사가 보여 죄책감이 들었다.

내키지 않는다고 대충 둘러댔던 수많은 행동의 중심에는 그가 있었고, 그 결과로 현재 도한은 겪지 않아도 될 상황들을 겪고 있었다. 화윤의 눈빛이 깊어졌다.

"나는 연인 같은 건 한 번도 만들어 본 적이 없지만, 만약 너와 나 같은 사이가 연인이 된다면…… 미래를 생각하지 않을 수 없잖아. 그렇다면 나의 과거가, 내 끔찍한 배경이, 계속되는 방황이 너를 힘들게 하면 어쩌니?"

물론 도한은 화윤에게 제 선택이니 신경 쓰지 말라고 할 것이다.

그렇지만 화윤은 자신이 평범한 환경에서 태어나지 않았으며 태생의 문제로 폭력 속에서 자란 탓에 남을 배려하는 법을 모르는 채 성장했음을 인지하고 있었다.

배려 받기를 원하고 살았지만 결국 가장 제멋대로인 사람이 되었음을, 자신을 함부로 대하던 사람들과 똑같은 인간이 되었음을 잘 알고 있었다.

"그리고 당장 죽어도 아쉽지 않을 존재니까."

수많은 남자와 밤을 보냈고, 그중에는 화윤을 진심으로 사랑하던 사람도 있었지만 화윤은 누군가와 유대 관계를 유지하는 것이 싫어 언제나 잠적해 버리곤 했다.

이번엔 달랐다. 도한을 놓고 싶지 않다는 생각 때문에 유니콤만 넘기면 쉽게 끝날 수도 있는 일을 여기까지 끌고 왔다. 스타트업 기업의 매각은 이 업계에서 흔하디흔한 일인데.

"짧은 행복으로 우리가 불행해지면 어떡하니? 사랑? 이런 게 사랑이라면, 사랑이 끝나면, 사랑이 식은 것 같으면 우리는 어떻게 되는 건데? 동업자님, 나는 너와 동업하지 않는 삶은 상상하기가 힘들어. 그래서 유니콤을 못 놓고 있나 봐."

사람의 생각은 말로 표현하면 더욱더 증폭되는 법이다. 외면하며 꾹꾹 눌러왔던 생각이 입 밖으로 표현되자마자 화윤은 쏟아지는 감정에 눈을 감았다.

모니터 속의 도한이 또 어디론가 향하기 시작했다.

그때, 도한은 은진의 만나자는 연락을 받고 망설임 없이 B호텔에서 보자는 약속을 잡았다. 은진에게 말은 안 했지만, 그날 혹시 모르게 자신들을 쫓았던 사람들이 있다면 이참에 더 혼선을 주기 위해서였다.

여기저기서 들어오는 압박이 심상치 않았고, 자신이 예측하지 못하는 더 큰 음모가 기다리고 있을까 봐 불안했다. 그러면서도 또 한편으로는 지금 이 시기가 영원했으면 좋겠다는, 이율배반적이면서도 절대 남들에게 말하지 못할 욕망도 마음 깊숙한 곳에 자리하고 있었다.

채화윤이 자신의 집에서, 어디에도 가지 못하고 항상 자신을 기다리는 삶이라니 상상조차 못했던 일상 아닌가.

그는 평생을 이렇게 화윤이 자신하고만 교류하며 갇혀 지내는 것도 나쁘지 않다는 생각을 하다가 이내 스스로가 정상이 아니라는 생각이 들어 혼자 고개를 절레절레 저었다.

사랑은 사람을 미치게 한다는데, 정말 미친 생각을 하게 되는 자신이 환멸스러워 점점 더 표정이 굳었다.

화윤에게 사랑을 강요하지 않기로 했는데 자꾸만 욕심이 생긴다. 화윤에게 마음을 전하고, 그 이후는 그녀의 방식대로 맡기는 것이 그가 생각한 성숙한 사랑이었다. 그런데 자신의 공간에 그녀를 가두고 나니 자꾸 제 방식대로 그녀와 사랑하고 싶어진다.

도한은 마음을 다잡으며 조용히 은진을 기다렸다.

"부사장님!"

밝고 명랑한 목소리가 들렸다. 머리 스타일이 똑같아 잠깐 화윤을 본 게 아닌가, 생각했지만 곧 은진임을 알아챘다.

사랑이라는 것은 참 사람을 바보로 만들어서, 계속 어떤 사람을 생각하다 보니 전혀 생뚱맞은 상황에서도 착각을 하게 된다. 그의 얼굴에 무의식적으로 떠오른 부드러운 미소를 보며 은진이 얼굴을 붉혔다.

"많이 기다리셨어요?"

"아니, 그다지."

은진은 침을 꼴깍 삼키고 도한의 평온한 얼굴을 바라보았다.

"잘 지냈어?"

"네, 부사장님은요?"

"잘 지냈다고 할 수는 없고."

도한은 피곤한 듯 안경을 벗고 눈을 한 번 문지른 후 바로 본론으로 들어갔다.

"그래서, 오늘 왜 보자고 한 거야? 무슨 일 있어?"

"아."

은진은 약간 어색하게 대답했다.

"입금 확인했어요. 이렇게까지 많이 주시지 않으셔도 되는데, 제가 뭘 했다고요."

"아니야, 고생했지. 마지막엔 정말 생각하지도 못한 일에 얽히고."

"그, 그래도 너무 많아서……."

"너무 많이 줬다고, 그 말 하려고 보자고 한 거야?"

"아, 아니오. 그것뿐만은 아니고……."

좋아하는 상대 앞에서 자꾸만 바보 같아지는 것이 사람의 본능인지라, 은진은 처음의 밝은 모습을 읽고 점차 우물쭈물하게 말끝을 흐렸다. 그녀도 눈치가 없지는 않아서 도한이 자신을 전혀 여자로 보고 있지 않다는 것은 알고 있었다.

하지만 자신이 먼저 여자로 다가가면 관계가 다른 국면으로 접어들지 않을까. 일전에 화윤을 짝사랑한다던 말은 가히 충격적이었지만 지금까지 둘은 아무 사이도 아니지 않았나.

게다가 화윤은 이런 일련의 사건들 이후로 외국으로 떠나 버리기까지 했다.

도한도 사람인데, 감당하기 힘든 타입의 화윤을 좋아해 봤자 이루어지지 않는다는 것은 알고 있을 것이다. 요즈음 사회 분위기를 보면 화윤은 이제 한국 땅에 영영 발도 못 붙일지도 몰랐다. 이윤록의 딸이라고 대놓고 알려진 유명인은 처음이었기 때문이다.

도한이 짝사랑하기에는 너무 벅찬 상대가 아닐까. 그래서 은진은 정면 돌파하기로 했다.

"저 부사장님이 좋아요."

멍하니 앉아 있던 도한이 깜짝 놀라 테이블을 가볍게 두드리던 손가락을 멈췄다.

"좋아해요. 처음 본 순간부터."

도한은 너무 놀라 잠시 말문이 막혔다. 자신이 고백할 때 화윤이 이런 기분이었을까. 전혀 예상하지 못했던 상대가 예고 없이 마음을 고백한다는 것은 상당히 당황스러운 일이었다.

그는 덜덜 떨리고 있는 은진의 손을 한참 동안 바라보다가 천천히 말문을 열었다.

"……미안. 생각도 안 해 봤던 일이라 너무 당황스럽다."

"이제부터라도 생각해 주시면 안 돼요?"

"음, 너는 아직 많이 어리고, 더 좋은 사람 찾아보는 것이 좋겠다. 나는 지금 네 마음을 받아 줄 여유조차 없어. 미안하다."

딱 잘라 대답하는 도한을 은진은 간절하게 바라보았다. 이런 대답을 상상하지 못한 건 아니었지만, 은진의 입장에서는 이게 최선이었다. 이제는 일로도 도한을 만날 일이 없으니, 어떻게 해서든 연결 고리를 만들어야 했다.

"당장은 회사 때문에 힘드시겠지만 그래도 몇 번이라도 저 만나 주시면, 혹시 모르잖아요. 제가 좋아질 수도……."

"그럴 일은 없을 거야."

도한은 자신이 분명하게 말해 주는 것이 서로에게 좋다는 것을 알고 있었다.

"그러니까 포기하고, 앞으로는 이런 일로 내게 연락하지 않았으면 좋겠다. 너와 더 어울리는 상대를 찾을 수 있을 거야."

"조금, 조금이라도 생각해 봐 주시면 안 돼요?"

은진의 눈에 눈물이 고였다. 그녀가 상상한 거절은 나이 차를 핑계로 한 완곡한 거절이지, 이토록 단호하고 차가운 거부는 아니었다.

"왜 안 된다고만 하세요? 사람 일은 모르는 건데, 몇 번이라도 제게 기회를 주시면……."

"미안. 근데 정말로 생각할 여지조차 없어."

은진은 결국 흘러내리는 눈물을 손등으로 찍어 냈다.

가차 없는 거절이었다. 게다가 좋아한다는 말을 꺼내고 나서는 그의 표정이 더 차갑게 굳어 있었다. 자신에게 보여 준 적이 없는 표정이다. 그동안 다정하고 잘 챙겨 주던 모습은 정말로 고용인으로서의 배려였나 싶어 그녀는 살짝 비참해졌다.

그래서 은진은 자신도 모르게 절대 꺼내지 않으려고 했던 말을 꺼냈다.

"……화윤 선배 때문이에요?"

"네가 알 것 없어."

"화윤 선배, 좋아하셔서 그런 거예요?"

"네가 날 좋아한다고 해서 나에 대해서 그런 것을 물어볼 권리가 생기는 건 아니야."

"화윤 선배랑 정말로 잘될 거라고 생각하시는 건 아니죠?"

"이만 일어나 볼게."

화윤의 이야기가 나오자 도한은 눈에 띄게 불편한 표정을 지으며 일어섰다. 그녀와 말도 섞기 싫다는 얼굴이었다. 은진은 엉겁결에 그를 따라 일어났다.

"부사장님, 부사장님은 그냥 정상적인 사람이잖아요. 그냥 평범한 삶을 사시는 상식적인 남자잖아요. 화윤 선배 같은 사람을 진지하게 마음에 두면……."

도한은 뒤를 돌아 뚜벅뚜벅 걸어 나갔다. 은진의 다급한 목소리가 뒤에 꽂혔다.

"제가 더 부사장님께 어울리는 거 아시잖아요. 비슷한 가치관을 갖고 있는 사람끼리 만나야 상처 받지 않아요. 부사장님, 잠시만……."

은진은 도한을 따라가려다가 그의 뒷모습조차 차가워 자신도 모르게 주저앉고 말았다. 그녀는 그의 얼굴에 잠시 스친 인정과 고통의 표정을 보았다. 지금 그녀가 하는 말은 모두 사실이었던 것이다. 도한은 화윤을 좋아하고, 그로 인해 고통스러워하고 있었다.

미국에서 얼마나 많은 남자들이 화윤을 따라다녔는지 은진이 모르는 바는 아니었다. 화윤은 기본적으로 새로운 남자를 좋아하고, 유혹하며 한 번씩 즐기는 데에 거부감이 있는 사람이 아니었다.

자신과 관계가 없을 땐 그저 멋있고 대단하며 사회의 이단아 같았지만, 자신이 짝사랑하는 상대가 좋아하는 여자라면 이야기는 달라진다. 멋있지 않다. 기분이 나쁘다. 꼭 자신이 좋아하는 남자를 휘어잡고 가지고 노는 여자 같다.

은진의 거절당한 마음은 화윤을 향한 분노로 바뀌었다. 도한의 멀어지는 뒷모습을 바라보며 그녀는 멍하니 B호텔 카페에 앉아 있었다. 도한은 화윤이 미국에서 어떻게 지냈는지는 알고 저러는 것인가. 그런 고통스러운 표정을 지을 정도의 진심이 통할 만 한 여자가 아니다.

혼자 남아 가만히 앉아 있은 지 얼마 되지 않아, 누군가가 그녀에게 조심스럽게 다가왔다.

"저기……."

은진은 흠칫 놀라 낯선 남자를 바라보았다.

"실례지만, 채화윤 씨와 무슨 관계입니까?"

"네?"

"저는 A일보 기자 윤중하입니다. 채화윤 씨 흔적을 찾다가 마지막 거취가 여기로 판단되어 잠복해 있었거든요. 아까 만난 분이 유니콤 부사장님 맞죠?"

기자는 자연스럽게 은진의 앞에 앉으며, 명함을 건넸다.

"혹시 채화윤 씨가 어디 계신지 아십니까?"

"모, 몰라요, 저는."

"아, 저는 그냥 개인적인 호기심입니다. 제가 뭐 기사를 내고 그럴 건 아니고요, 그냥 이 모든 사건들이 지금 워낙에 이슈다 보니…… 일단 채화윤 씨와는 어떤 관계인지 물어봐도 될까요? 아니면 부사장님하고 관계가 있으신 분이십니까? B호텔에서 이렇게 부사장님하고 만난 걸 보면 분명 채화윤 씨와…… 어? 그러고 보니 실루엣이 상당히 비슷하시군요. 혹시…….”

“아, 아뇨. 저는 그냥 대학 후배예요. 미국에서 만난 대학 후배.”

“그렇군요.”

서글서글한 인상의 기자는 은진의 말문을 열었으면 거의 다 되었다는 생각에 속으로 미소 지었다.

“뭐, 채화윤 씨 거처는 모를 수 있죠. 지금 대한민국에 그거 아는 사람이 과연 있을까 싶네요. 채화윤 씨는 미국에서 어땠나요? 어떤 사람인지 아세요? 저는 말단이라, 그냥 개인적인 호기심에서 여쭤보는 겁니다, 하핫.”

“음…….”

은진은 이런 말을 하는 자신이 믿기지 않았다. 정신적으로 꽤나 충격을 받은 지금 그녀는 누구라도 좋으니 자신의 마음을 털어놓고 싶었다.

자신이 사랑하고 있는 완벽한 남자가, 진심 따위는 없이 마구잡이로 놀던 여자에게 매달리고 있는 이 기막힌 상황을 누군가 들어 주었으면 했던 것이다.

“사실은 많이, 음. 이런 말하면 어떻게 들릴지 모르겠지만 자유로운 사람이었죠.”

“자유로운? 그게 무슨 말이시죠?”

기자의 말에 천천히 대답하기 시작하는 은진의 모습을 멀리서 시환의 비서가 지켜보고 있었다.

도한이 오랜만에 B호텔로 가기에 드디어 화윤과 접촉하나 했는데, 화윤과 비슷한 스타일의 여자와 만나는 것을 보고 날카롭게 관찰하는 중이었다. 그때 저와 같이 무언가 수상함을 느낀 기자가 먼저 접근한 것이다.

인터뷰의 내용을 듣는 비서의 표정이 점점 더 어두워졌다. 저 여자는 기자의 '이런 건 기사로 안 쓰죠' 같은 말을 믿는 걸까? 지금 기자에게 하소연이라도 하는 건가?

"점심에 이 남자랑 밥 먹고, 밤에는 거의 매일 클럽에 가서……."

저렇게 화윤에게 적대심을 가지고 처음 보는 사람에게 모든 이야기를 쏟아 내는 여자에게 도한이 중요한 정보를 넘겼을 것이라고 볼 수는 없었다.

비서는 은진에게 별다른 접촉을 하지 않기로 결정했으나, 이 모든 상황을 보고하기 위해 재빨리 자리를 떴다.

도한이 집으로 돌아왔을 때, 화윤은 그의 집에 있던 책을 읽고 있는 중이었다. 그가 그녀의 옆에 털썩 주저앉으며 표지를 들춰 보았다.

"뭐야?"

그가 어이없다는 듯이 피식 웃었다.

"웬 아동심리학 책이야? 이런 책이 있는지도 몰랐네."

화윤이 눈을 동그랗게 뜨고 그를 한참 동안이나 바라보더니, 새침하게 대답했다.

"그래서 내가 읽어 주는 거야."

"유니콘 매뉴얼이나 쓰랬지? 그리고 곧 업데이트가……."

업무 얘기를 시작하려던 도한은 잠시 몸이 굳었다. 화윤이 그의 어깨에 아무렇지도 않게 머리를 기댔기 때문이다. 그녀가 팔을 뻗어 책을 편 채로 그 속의 구절을 중얼거렸다.

"성장기에 사랑을 받지 못한 사람은 정말로 사랑을 주는 법을 평생 모르는 걸까. 대부분의 건강한 애착을 형성한 아이는 엄마가 다가가면 방긋 웃으며 안기고, 멀어지면 운다. 이러한 애착이 형성되지 않은 아이는 엄마가 다가오거나 멀어지는 것에 관심이 없다."

또박또박 책을 읽는 화윤의 목소리가 살짝 떨렸다. 그녀가 심호흡을 하고 다음 문단을 천천히 읽었다.

"그런데 엄마가 다가가면 울고, 그렇다고 멀어져도 우는 아이가 있다. 이런 아이들은 회피형 애착을 갖고 있다고 말한다. 자신이 원하는 거리에서 더 다가오는 것은 무서워하고, 그렇다고 해서 멀어지는 것을 용납하지 못하는……."

도한이 푸핫, 하고 웃었다.

"뭐야? 자기소개야?"

화윤이 미간을 찌푸리며 그대로 기대고 있던 머리를 뒤로 세게 박아 도한의 어깨에 타격을 주었다.

"이게 왜 나야?"

그가 아야, 하며 자신의 어깨를 주무르다가 억울하다는 듯 화윤의 목에 팔을 걸어 아프지 않게 조였다. 화윤이 캑캑대며 그의 무릎을 한 대 때렸다.

"그럼 나……."

도한이 화윤의 귀에 대고 속삭였다.

"더 다가가도 돼?"

화윤이 버둥거리다가 몸에 힘을 빼고 그대로 도한의 무릎에 누워 버렸다. 그를 바라보는 그녀의 눈빛에 복잡함이 가득했다.

"하도한……."

"너는 아무것도 몰라."

그가 그녀의 머리카락을 천천히 쓸며 중얼거렸다.

"내가 매일 밤 어떤 마음으로 잠드는지, 네가 기다리고 있는 집으로 오면서 무슨 생각을 하는지. 매일같이 참고 있는 내 감정이 어떤 크기인지 정말 아무것도 몰라."

화윤은 가만히 그를 바라보았다. 어린 시절, 머리가 비상함을 알고 자신에게 아버지를 똑 닮은 괴물이라고 욕하던 사람들이 있었다.

그때, 자신의 삶을 망가트리는 그들이야말로 진정한 괴물이 아닌가 생각했었다.

그런데 지금 왜 자신은 또 누군가의 삶에 끼어들어 모든 것을 망가트리고 있을까.

"오늘 좋은 하루 보냈어? 별일은 없었고?"

사실은 CCTV로 너의 고단한 하루를 모두 봤다는 이야기를 하지 못한 채로 그녀가 억지로 화제를 돌렸다.

도한이 살짝 한숨을 쉬고 피식 웃났나.

"별일 있었지."

"그래? 무슨 일?"

"나 고백 받았어."

게슴츠레 힘없이 떠져 있던 그녀의 눈이 커졌다. 그가 오후에 잠시 외출한 것을 알고 있었다. 도한이 나른하게 말을 이었다.

"그것도 열두 살이나 어린 애한테."

"열두 살?"

불길한 예감이 머리를 스치고 지나갔다.

"은진이가, 내가 좋다고 하더라고."

화윤은 아무런 말도 할 수가 없었다. 분명 오늘 온종일 그를 놓아주어야 한다고, 자신이 도한의 삶을 모두 망쳐 버렸다고 자책하는 중이었는데 머리가 멍해질 정도로 화가 났다.

"뭐? 아니, 그 계집애 맹랑하네! 아니 열두 살이나 많은 아저씨를 왜……."

화윤은 최대한 아무렇지도 않게 말하려고 했지만 자신의 목소리가 떨리는 것을 느꼈다. 은진이 너무 어려서 그렇게는 생각하지 못했지만, 가만히 바라보니 도한은 여전히 다른 여자에게도 매력적인 남자였다.

생긴 것도 멀끔하고, 키도 크고, 목소리도 낮고, 성격도 진중하다. 능력도 있고, 매너도 좋으며 유머 감각도 있다. 정말로 여자들이 좋아할 매력이 넘치는 사람이다. 화윤의 눈이 가늘어졌다.

그래서 어떻게 대답했냐고, 받아 줬냐고, 앞으로 어떡할 거냐고 물어보려고 했는데 입이 떨어지지 않았다. 어색한 침묵이 한동안 이어졌다.

화윤은 만일 그들의 사이가 예전 같았다면, 도한이 자신을 좋아한다는 말을 듣기 전이라면 어떻게 했을지 열심히 생각해 보다가, 가까스로 밝은 목소리를 지어내서 말했다.

"게다가 용기도 가상하네, 불러내서 고백? 어머, 어머머! 미쳤다, 진짜! 그것도 넌 단번에 거절해 버려? 매정해라."

"넌 이게 재밌냐?"

도한이 기운이 다 빠진 목소리로 물었다. 그녀의 심장이 툭 떨어졌다. 지금 또, 그는 그녀에게 화를 내고 있는 것일까?

"남의 진심이 그렇게 가볍냐?"

그러나 그렇다고 할지라도, 화윤은 더 깊은 생각을 할 수가 없었다. 그녀를 바라보는 그의 눈빛이 너무 쓸쓸했기 때문이었다.

"모르겠다. 내게는 이런 일들을 아무렇지도 않게 말해 버리는 너도, 널 갖고 싶다며 상황을 이렇게까지 만드는 진시환도 이해가 안 가. 거절하기는 했어도, 좋아하는 마음을 정확히 언어로 전달하는 방법이 내게는 정상으로 느껴져."

화윤의 눈빛이 떨렸다. 처음으로 들어보는 도한의 진심이었다. 그동안은 계속해서 그냥 나는 네가 좋다, 너의 모든 것을 받아 줄 수 있다, 이런 말만 했었다. 자신에게 부담을 주지 않으려고 최대한 예전처럼 대하는 태도도 알고 있었다.

그는 그녀의 머리카락을 만지던 손길을 힘없이 툭 내려놓았다.

"······내가 너한테 그랬던 것처럼."

화윤은 도한이 은진의 편을 드는 것 같아 몹시 서운해졌다.

"하도한, 너는 대체 뭘 바라는데?"

"영원히 평생 서로를 사랑한다 말하고, 나 말고 다른 이성은 쳐다보지도 않겠다고 약속하고, 언제나 함께하겠다 다짐하고, 기쁘고 힘들 때 항상 옆에 있어 주겠다 말해 주고, 서로의 마음이 변하지 않는 것을 믿어 주는······."

화윤은 그중 그 무엇도 다른 남자와 해 본 적이 없었다. 당장 내일의 거처도 알 수 없는데, 마음이라는 것이 얼마나 변덕스러운지 스스로가 잘 알고 있는데, 어떻게 그런 약속을 한단 말인가?

"평범한 사람들의 어리석은 사랑 방식."

그의 눈을 바라보던 화윤이 불현듯 일어나 그의 옆에 무릎을 끌어안고 앉았다. 그녀는 한참 동안 생각에 잠겨 있다가, 시무룩한 목소리로 말했다.

"음, 몰라. 모범생인 너는 이런 내가 이해도 안 되고 한심하겠지만······ 그런 건 나 같이 괴물에게서 태어나, 괴물처럼 살아온 사람한테는 어울리지 않아. 난 평범함, 강인한 내면, 아름다운 약속, 이런 거랑은 너무나 거리가 먼 사람이야."

"마음속에 괴물 하나 없는 사람이 어디 있겠어?"

화윤은 문득 가까워진 도한의 얼굴에 깜짝 놀랐다. 그녀는 안고 있던 무릎을 무심결에 놓다가 균형을 잃었고, 살짝 비틀거리는 화윤의 어깨를 도한이 단단히 잡았다.

"어?"

도한의 눈동자가 유독 검게 느껴진 그 순간, 그의 두 팔이 화윤의 어깨를 꾹 눌렀다. 그녀가 별다른 저항을 하지 않았기 때문에 화윤은 바닥에 쓰러진 꼴이 되었고, 그 위로 도한이 올라탄 모양새로 자리를 잡았다.

그녀의 골반 양옆으로 어느새 그의 두 무릎이 느껴졌다. 화윤은 숨 쉬는 것조차 잊은 채로 자신의 얼굴 바로 위에 위치한 도한의 얼굴을 바라보았다.

"네가 내 마음을 조금만 읽을 수 있다면⋯⋯."

도한이 속삭이듯 중얼거렸다.

"⋯⋯내가 모범생이라는 말은 못 할 거야."

화윤은 아무 말도 하지 않았다. 그의 약간은 거친 숨이 목덜미에 느껴졌다.

"내가 매일, 어떤 마음과 어떤 기분으로 널 대하고 있는지, 밤마다 네 방으로 향하고 싶은 발걸음을 얼마나 짓누르고 있는지, 널 위한다는 명목으로 내 집 아래 가둬 둔 검은 욕망이 얼마나 지독한지."

화윤은 그의 눈을 피하지 않았다.

나는 괜찮은데, 도한이라면 정말로 괜찮은데. 분명히 혼자 생각할 때, 도한과는 어떠한 강도 건너지 않아야 한다고 생각했는데 막상 그의 체온이 느껴지니 모든 것이 아득했다.

"이대로 평생 네가 내 집에 있었으면 좋겠다고. 그 어떤 사람도 만나지 않고, 어디에도 가지 않고, 매일 이 곳에서 나만 기다리고. 그렇게 영원히 너를 가두고 싶다고 하루에도 몇 번씩 그런 생각을 해. 어차피 너는 내게 정착하고 싶은 마음이 없는 걸

뻔히 알면서도, 정말로 이기적이지."

그가 한숨을 쉬었다.

"동업자님."

화윤은 천천히 말했다. 지금 이 순간만큼은 그를 향한 제 감
정에만 충실하고 싶었다.

"나랑 자고 싶어?"

"어."

도한은 씩 웃었다.

"매일 밤, 매일 아침. 네 얼굴을 볼 때도, 네 얼굴을 보지 않
을 때도."

"그럼……."

"하지만."

화윤의 말을 그가 낮은 목소리로 막았다.

"자는 것보다 더 사랑하고 싶어. 사랑받고 싶고."

그가 화윤의 이마에 입술을 대고 중얼거렸다.

"너를 잘 사랑하고 싶어. 아끼고 소중히 하고 싶어."

화윤은 눈을 감았다. 당장 세상을 떠나야겠다고 생각하면서
도 왜 이런 말을 들으니 온몸이 떨릴 정도로 좋은 걸까. 은진에
대한 질투심 때문인지는 몰라도, 결국엔 이 남자에게 끝까지 거
리를 두지는 못하겠다는 생각이 들었다.

"그러니 내가 이대로 널 가두고 싶어도, 최선을 다해 너의 자
유를 찾아 주기 위해 노력할 거고……."

그의 입술이 만들어 내는 따뜻한 숨결이 좋아 그녀는 피하고
싶지 않았다.

"진심보다 먼저 욕망을 나누지 않을 거야."

화윤은 한 번 자는 것쯤이야 아무것도 아니라고 하려다가 말을 참았다.

그녀가 생각해 온 관계란 그런 것이었다. 서로 마음이 동하면 몸을 섞는, 한낮에 햇볕을 피해 마시는 차가운 커피 한 모금처럼 일시적인 것.

성장 환경에서 일정한 사랑을 받지 못했고 아무 곳에서도 머무르지 않았다. 그러므로 머무르는 사랑 같은 건 애초부터 상상하지 않았던 것이다.

시환도 마찬가지인가. 그 역시 정글 같은 기업 후계 구도 속에서 살다 보니 건강하게 사랑하는 법 같은 건 처음부터 배우지 못했나. 마치 사냥감을 잡는 호랑이처럼 상대를 괴롭히고 약하게 만들어 전리품으로 취하는 것밖에 모르는 걸까.

화윤은 비로소 존중과 사랑을 함께 받는 것이 얼마나 마음에 안정이 오는지, 도한이 제게 주는 마음이 얼마나 소중한지 체감했다.

사람마다 살아오며 익힌 사랑의 모습이 다른 법이다. 그녀는 이제야 하도한이라는 사람이 가진 사랑의 모습과 방식에 익숙해지고 있었다.

"사실 난 네 생각보다 개인주의적인 놈이거든."

그건 어쩔 수 없다. 어떤 성장 환경에 놓이는가는 어차피 개인이 선택할 수 있는 것이 아니었다.

"물론 워커홀릭인 면도 있지만, 생각보다 내 일상을 엄청 소중히 여겨. 다 갖춰 놓은 우리 집을 보면 알겠지만."

그러나 이토록 건강한 사랑을 받고, 또 그 사랑을 받으면서 배운다면 인생이 몇 겹이나 더 따뜻해질 수 있겠다는 생각이 들었다.

그래서 사랑이 사람을 구원할 수 있다고, 수많은 영화나 드라마에서 말하고 있는 거구나.

"그런데 네가 오고 나서는……."

물론 어떤 사람은 배우지 않아도 너무나 훌륭한 방식으로 누군가를 사랑할 수 있겠지만, 화윤은 그렇지 못했기에 도한의 사랑을 완전히 받고 나서야 어렴풋이 사랑이라는 감정의 윤곽을 잡기 시작할 수 있었다.

"내 일상이 몇 배로 소중해."

"그렇구나."

화윤이 멍하니 그의 눈을 바라보며 중얼거렸다.

"이런 마음으로……."

그동안도 그녀는 하고 싶은 대로 하며 살아왔지만, 지금 온 세상에 그밖에 없는 것 같아 지금껏 해 온 자신의 생각들이 모두 무색할 지경이었다.

안 된다고, 그의 삶을 망가트리면 안 된다고 다짐했던 것들은 모두 사라지고 그저 일단은 이 남자의 마음에 화답하고 싶다는 생각만 들었다.

채화윤이라는 사람은 어쨌든 책임감 따위는 없고, 자신의 감정에 언제나 이기적인 사람이었고, 충동에 늘 약하여 무언가를 인내하는 데에는 재능이 없었으니까.

이미 죽을 마음을 먹고 있는데도 불구하고 그녀는 지금 자신의 마음을 참지 않았다.

"……다들 이런 마음으로 사랑을 하는구나."

도한은 화윤의 말에 대답할 수 없었다.

그녀가 그의 목을 감고 입을 맞춰 왔기 때문이었다.

9화

너의 삶 전체는 마치 모래시계처럼 되풀이하며
다시 거꾸로 세워지고
몇 번이고 되풀이하여 또 끝날 것이다.

—니체, 〈유고〉

화윤이 아침에 일어났을 때, 도한은 사과를 잘라 그녀의 자리에 놓아두고 있었다.

화윤은 아무렇지도 않게 자신의 자리에 앉고 눈을 비비며 커피를 내리는 그를 바라보았다. 커피 향이 좋아 그녀는 자신도 모르게 코를 킁킁거렸다.

"계속 집에 있어서 답답하지?"

"뭐, 괜찮아."

그녀는 어깨를 으쓱하며 대수롭지 않게 말했다. 마치 아무 일도 없었다는 듯 이어지는 대화가 편안했다.

"내가 많이 부족해서 삶이 내게 가르침을 주는 것이지. 배우기 싫으면 내가 탈출하면 돼. 자퇴한 것처럼."

"……어?"

"자살할 마음 없으면 그냥 불평하지 말고 살아야지, 뭐 어쩌겠어? 나 진짜 긍정적이지?"

도한은 그녀에게 커피를 한 잔 따라 주며 조용히 웃었다.

"나는 긍정이라는 말, 싫어."

"어? 왜?"

"나쁜 일을 그냥 묻어 두는 것 같아서."

화윤은 출근 준비를 마친 그를 가만히 바라보았다.

"나쁜 일은 나쁜 일이야. 그래서 나는 진시환이 싫고, 네가 집에만 있는 게 안타깝고, 충분히 불만스러우니 내가 할 수 있는 최선을 다할 거야. 내 방식대로 널 지킬 거고."

왜 아무것도 아닌 말에 화윤은 가슴이 뛰는지 모르겠다고 생각했다. 이유 모를 감정들이 늘어갈수록 그녀는 지금까지 똑똑한 척 감정에 관조한 척 살아온 나날들이 헛되게만 느껴졌다.

도한은 씩 웃으며 그녀의 두 볼을 잡고 입을 살짝 맞췄다. 그 제야 어젯밤의 입맞춤이 새삼스럽게 실감이 났다. 감정적으로 교류하고 있는 대상과 마음을 나눈다는 것이 얼마나 서로를 가깝게 하는지 화윤은 처음 알았다.

"하도한."

눈동자에 비치는 자신의 모습을 기분 좋게 바라보던 화윤이 말했다.

"너, 너무 멋있다."

"어?"

"왜 이렇게 멋있는 인간이니, 너?"

"갑자기 왜 이래."

그가 한숨을 한 번 쉬고, 그녀의 이마에 길게 입을 맞췄다.

"나 출근해야 하는데, 나가기 싫게."

"좋아 죽겠나 봐?"

"죽을 것같이 좋아."

도한에게서는 막 내린 커피 향기가 났다. 화윤은 그 향이 그와 잘 어울린다고 생각했다.

"나 원래 집 좋아하는데, 네가 있으니까 더 나가고 싶지 않다."

그녀의 볼에 입술을 누르며 도한이 중얼거렸다. 단정했던 넥타이가 반쯤 흐트러진 것을 보고 화윤은 깔깔거리며 웃었다.

이 행복이 정말 손으로 잡을 수 있는 것이라면 얼마나 좋을까. 행복한 순간순간, 평범한 일상 속에 말 한마디로 표현되는 설렘. 이 모든 것들이 시간 속으로 사라지는 것들이 아쉬워 화윤은 문득 슬퍼졌다.

너무 행복하면 슬프고, 너무 사랑하면 서럽다는 말들은 이런 때를 위해서 있는 거구나. 지나가는 시간들을 붙잡지 못해 안타까웠다.

아, 도대체 누가 연애라는 걸 발견해 냈을까. 이런 달콤한 관계를 맨 처음 생각해 낸 인류는 누구였을까. 그녀는 쿨하게 넘겼던 모든 감정들이 자신을 짓누르는 것을 느꼈다.

이 남자에게 더 잘 보이고 싶은 마음, 이 남자가 자신을 더 사랑했으면 좋겠다는 마음, 자신의 추한 모습을 보여 주기 싫은 마음, 그만큼 모든 것을 기대 하고 싶은 마음, 이 남자에게 여자란 자신뿐이었으면 좋겠다는 마음.

"좋은 하루 보내."

온종일 집에 있을 것을 뻔히 알면서 도한이 속삭였다. 사람과 사람 사이에서 너무도 흔하게 하는 말인데도 진심이 가득 느껴졌다.

"나의 여자에게 좋은 시간만 계속되기를."

그녀라는 명사 앞에 소유격이 붙었던 적이 있었던가. 그런데도 거부감이 들지 않고, 기분이 벅차올랐다.

"만일 힘이 들 때가 오더라도 내가 있어 좋은 시간으로 만들 수 있기를."

화윤은 그를 꼭 안았다. 그의 포근한 목소리가 꿈결처럼 계속되었다.

"나의 하루도 너로 인해 무조건 행복할 테니까."

"정말?"

"나 오늘 퇴근하면……."

도한이 속삭였다.

"너도 내가 좋다고 말해 줘."

화윤이 키득키득 웃었다. 생각해 보니 그에게 좋다고, 정말 좋아한다는 말을 아직 하지 않았다.

그 누구에게도 직접적으로 좋아한다, 사랑한다는 말을 하지 않아서 해야 한다는 생각도 하지 못했다. 하지만 마음이 급하지 않았다. 그런 말은 그가 돌아오고 나서 해도 괜찮으니까.

아무런 약속을 하지 않아도, 아무런 일정이 없어도 다시 돌아오는 것이 당연하다는 사실에 화윤은 갑자기 낯설다는 생각을 했다.

"잘 다녀와."

그가 그녀의 머리카락에 입을 맞추고 힘들게 사라졌다.

화윤은 문득 모든 나라의 언어를 배울 때 초급 단계에서 '안녕히 다녀오세요'와 '어서 오세요'라는 말이 있는 것을 생각해 냈다.

세상 모든 사람들의 일상은 이렇게 똑같구나. 다들 매일같이 이런 말을 하면서 사랑하는 상대를 기다리는구나. 입에 붙는 잘 다녀오라는, 그 말을 한 번 더 중얼거리다가 그녀는 털썩 주저앉았다.

"……어떡해."

도한이 출근한 현관문을 가만히 바라보며 화윤은 자신도 모르게 한숨을 쉬었다.

"죽고 싶지 않아……."

당장 죽지 않을 이유를 찾기 위해 말초적인 즐거움을 찾아 헤매며 살았다. 이대로 죽기 억울하다는 생각으로 끌어온 인생이다. 그런데 이제 와서, 다른 이유도 아니고 도한이 계속 보고 싶어서 죽고 싶지 않았다.

죽어야 한다고 이미 마음을 먹었는데, 어쩜 이렇게 이기적이고 자기중심적일 수 있는지. 결국엔 도한을 안아 버리고 또 이제는 죽기 싫다는 생각까지 하게 되었는지.

새삼스러울 것도 없이 스스로가 싫어져 화윤은 한참 동안이나 가만히 앉아 있었다.

도한과 함께 있을 때는 이성이 마비되었다가, 또 도한이 사라지고 혼자가 되면 생각이 복잡해졌다. 화윤은 또다시 건물 밖에 상주해 있는 시위꾼들 사이로 출근하는 도한을 CCTV로 바라보다가, 무언가 결심을 한 듯 노트북을 두드리기 시작했다.

한동안 시환과, 그와 연결되어 있는 사람들의 PC 정보를 해킹하고 있던 그녀의 손이 움직임을 뚝 멈췄다.

"뭐야?"

그녀는 멍하니 입술을 깨물고 숨을 몰아쉬었다.

"이런……."

그다지 중요한 정보가 아니라고 판단해서 그런지 엄청난 보안이 걸려 있지는 않았다. 그럼에도 불구하고 화윤은 심장이 두근거리는 것을 느꼈다. 중요한 정보로 취급하든, 취급하지 않든 중요한 것은 이들이 여기까지 알아보았다는 사실이었다.

화윤은 천천히 스크롤을 내리며 '하도한' 카테고리의 문서를 읽어 내려갔다.

도한이 졸업한 고등학교, 도한의 친부모님의 주소, 도한의 형제 관계, 도한의 실거주지. 화윤은 하도한 외에도 유니콤의 핵심 인력들의 신상이 죽 적힌 문서들을 보며 마른침을 삼켰다.

현민과 줄곧 가벼운 대화를 나눴음에도 불구하고 그가 아버지 없이 자란 줄을 모르고 있었는데, 주성은 이미 현민의 아버지가 고등학교 때 교통사고로 돌아가신 것까지 파악하고 있었다.

"미쳤네."

화윤은 혼자서 중얼거렸다.

"유니콤이 대체…… 대체 뭔데."

어제 읽었던 책에서 나왔던 회피 애착이 그녀의 머릿속을 떠다녔다. 회피 애착이 있는 아이는 엄마가 멀어지면 불안해하지만 또 가까이 다가와도 무심한 척한다고 했다.

그녀에게 유니콘은 하나의 끈이었다. 부유하고 있던 삶에 세상과 연결되어 있던 단 하나의 끈. 그리고 그 끈의 끝에는 도한이 있었다.

도한을 맨 처음부터 남자로 사랑한 건 아니었다. 그녀는 어차피 사랑 같은 감정을 제대로 배우지 못했다. 그러나 이 세상에 단 하나밖에 존재하지 않는 안정된 어떤 것이라는 생각이 들었고, 그와 반드시 연결되어 있어야 한다고 무의식중에 여겼던 것 같다.

그러면서도 그와 함께할 생각은 하지 않았다. 유니콘을 매개로 해서, 반드시 필요한 그 자리에 그와 그녀가 마주 보고 있어야 한다고 영리한 그녀의 무의식이 명령하고 있었던 듯했다.

어차피 내일 죽어도 별로 상관없을 것이라고 생각했던 그녀에게 유니콘이 별다른 의미가 있을 리 없었다.

실제로도 크게 신경 쓰지 않고 살아왔지만, 그래도 주성이 인수 의사를 밝혔을 때 그토록 강렬하게 거부한 것은 막상 유니콘이 사라졌을 때 도한과의 연결 고리조차 없어지는 느낌이 들어서였음을 화윤은 빠르게 인정했다.

"영원히 평생 서로를 사랑한다 말하고, 나 말고 다른 이성은 쳐다보지도 않겠다고 약속하고, 언제나 함께하겠다 다짐하고, 기쁘고 힘들 때 항상 옆에 있어 주겠다 말해 주고, 서로의 마음이 변하지 않는 것을 믿어 주는······."

다만 그 끈의 끝을 잡고 있었던 도한은 행복했을까. 그 역시 자신이 좋다고 했지만, 그녀는 수더분했던 그의 전 여자 친구 아라를 기억하고 있었다.

아라 같은 평범한 여자랑 만났다면 도한은 정말 평온하게 살 수 있었을 것이다.

아늑한 집에서, 하루 일과를 마치고 돌아오면 아내와 함께 맥주 한 캔을 마시고, 아이의 재롱을 보고, 좋아하는 영화를 보다가 잠들며 영원을 얘기했을 것이다.

화윤은 이미 시환 때문에 망가진 자신의 삶을 충분히 인지하고 있었다. 시환은 마음만 먹으면 화윤뿐만이 아니라 다른 사람들도 망가트릴 수 있는 사람이었고, 실제로 행할지는 모르지만 어쨌든 도한이 그 대상이 될 수도 있다면 화윤은 자기 자신에게 너무나 화가 날 것 같았다.

자신은 이미 망한 인생이었기 때문에 상관없었지만, 도한은 부모와 형제가 모두 평범하게 살고 있었다.

"아, 지친다."

사진을 서랍장에 집어넣고, 화윤은 다시 책상에 앉아 중얼거렸다. 도한의 부모님 주소가 적혀져 있고, 그들의 인간관계나 학력까지 서술해 놓은 워드 페이지를 바라보며 화윤은 턱을 괴고 한참 동안이나 그림처럼 앉아 있었다.

"……무력하다."

이런 기분을 느낀 적이 있다. 화윤 혼자 아무리 똑똑해 봤자 거대한 집단을 이길 수는 없었다.

10대 시절 그녀를 끊임없이 괴롭히던 마을 사람들, 죽이지 못해 키운다며 혐오스런 눈빛으로 저를 보던 외할머니, 가끔 찾아와 몸이라도 팔라고 윽박지르던 낯선 남자들. 너무나 도망가고 싶었고 기회가 생기자마자 실행에 옮겼다.

지금, 그때의 그 무력함을 다시 한번 느끼고 있었다. 조금 다른 것이 있다면 이제는 지키고 싶은 것들이 생겼다는 점이다.

반면 시환에게는 그런 존재가 없는 듯했다. 그는 부모에게도 애정이 없었고 형제자매는 오히려 이겨야 할 경쟁 상대로 보고 있었다. 어떻게 보면 자신과 시환은 정말 닮은 구석이 많았다.

화윤은 천천히 일어서서 홀린 듯이 서랍장 앞에 쭈그리고 앉았다. 두 번째 서랍에서 그녀는 자신의 졸업장 위에 놓인 졸업식 사진을 꺼내 멍하니 바라보았다. 워낙에 휴학을 밥 먹듯이 했던지라 졸업은 또래보다 늦었다.

6년 전의 도한과 자신이 변함없이 나란히 서서 대학교 정문 앞을 배경으로 카메라를 보며 어설프게 웃고 있었다. 그녀가 자의적으로 이 세상에 남긴 유일한 사진이며 도한과의 과거를 증명하는 단 하나의 증거였다.

"이걸로 됐어."

평생 잊을 수 없는 것들이 머릿속에 스쳐 지나갔다.

아침마다 반으로 갈라 서로 한 조각씩 베어 먹던 사과, 일어나자마자 창문을 바라보며 오늘 날씨에 대해 나누던 가벼운 대화, 함께 만들어 먹던 따뜻한 음식, 서로의 몸을 기대고 맥주 한 캔을 마시며 보았던 옛날 영화들, 좋은 꿈을 꾸라는 인사, 서로의 존재가 당연하고 익숙한 시간들.

어쩌면 화윤의 등장 이후 그의 인생에서 거짓말처럼 사라져 버린 것들.

그녀가 불완전한 프로그램인 유니콤을 던져 주고 난 뒤 아무렇지도 않게 무의식적으로 파괴해 버린 그의 일상.

천천히 휴대폰을 켠 그녀가 쌓여 있던 시환의 메시지들을 가만히 들여다보다가 통화 버튼을 눌렀다.

시환은 기다림의 잔인함을 몸소 체험하고 있는 중이었다. 그가 그동안 살아오면서 만난 여자들 중 모두가 그를 좋아한 것은 아니었다. 그를 끔찍하게 싫어하거나 증오하게 된 여자들도 제법 있었다. 다만 그에게 무관심한 여자는 처음이었다.

시환은 화윤의 다음 연락을 반쯤은 설레는 마음으로 기다리고 있었으나 결국 아무런 일도 없었다.

화윤은 그에게 아주 새로운 적수라는 호승심을 불러일으킴과 동시에 매력적인 여자였고 그래서 바쁜 와중에도 그녀를 놓을 수가 없었다.

비서를 시켜 소재를 파악하라 일렀으나 후보가 되는 몇 군데의 호텔만 지목할 뿐 확실한 위치를 알아내지는 못했다.

그는 주성의 직원들 중 유니콤의 핵심 직원들과 친분이 있는 사람을 모아 접촉시키고 스카우트를 제의했다.

아무리 매출이 상위권이어도 아직 역사가 짧고 벤처의 소규모 기업 구조를 갖고 있는 유니콤이 끝까지 버틸 수 있을 것이라고는 생각하지 않았다.

예외가 있다면 화윤을 향한 대책 없는 기다림은 언제나 그에게 지독한 패배감을 안겨 주었다. 유니콤을 압박하면 화윤이 나타날 것이라고 생각했지만 도한이 그녀에게 회사의 사정은 전하지 않는지 여전히 감감무소식이었다.

감정의 관계에서 갑을이 정해진다면 현실적인 권력도 소용없는 일이었다. 그 와중에 갑자기 화윤에게서 전화가 걸려 오자 시환은 벌떡 일어섰다.

"역시 한국이었군."

그가 낮은 목소리로 통화 버튼을 누르고 말했다.

"하도한이 한껏 해외로 표를 뿌려 놨기에 설마 했지만, 공항에 확인한 바로는 어디에도 탑승을 하지 않았다고 해서 한국인 건 알고 있었지."

―좀만 참지 그랬어.

그녀가 발랄하게 대답했다. 시환은 이 모든 사건이 벌어지고 나서도 화윤의 태도가 마치 어제 헤어진 친구에게 받는 것처럼 태연하다는 점에 놀라 잠시 말문이 막혔다.

―며칠만 참으면 이렇게 내가 전화도 해 주고 친히 한국이라는 말도 해 줬을 텐데.

"미리 아는 게 좋지, 뭐든. 작전을 짜려면 말이야."

―그 빌어먹을 작전 말인데, 이번에는 너무 정도가 지나쳤다고 생각해.

그녀는 짜증을 숨기지 않으며 투덜거렸다.

―너지? 온 세상에 나를 잡아먹으라고 광고해댄 거. 이미 파

괴된 인생이라고 마구잡이로 망쳐 버려도 되는 거니? 차라리 쥐
도 새도 모르게 죽여 버리지 그랬어? 번거롭게 사람을 괴롭히다
니, 이름도 얼굴도 바꾼 내 뒷조사하기도 쉽지 않았을 텐데 너
도 참 피곤하게 산다.

"그렇게 하지 않으면 목소리도 못 들을 테니까. 그래서 힘 좀
썼지."

시환은 씩 웃었다. 그동안의 기다림이 보상받는 듯 짜릿함이
온몸에 퍼졌다.

—너 나랑 한 번 자고 싶어서 이러니? 그럼 끝나? 솔직히 말
하면 이젠 네가 유니콘이 아니라 나를 원하는 것 같아서.

"둘 다 원한다는 대답을 하고 싶군. 내 손을 잡고 세상에 나
와. 그 누구도 너를 욕하지 못하게 해 줄 테니까. 유니콘을 넘기
기 싫다면 나와 결혼해. 어때?"

수화기 너머에는 잠시 정적이 흘렀다. 깔깔거리며 헛소리한
다고 빈정거리거나, 아니면 화를 낼 줄 알았던 그녀의 목소리는
예상외로 차분했다.

—너를 이해해. 네게는 무슨 수를 써서라도 네게 못 벗어나게
하는 것이 사랑이겠지. 내게는 한 번 자고 한나절 히히덕거리는
것이 사랑이었어.

시환은 그녀가 인위적인 발랄함이나 다 필요 없다는 관조적
인 태도로 전화를 받을 줄 알았다. 예상하지 않았던 담담한 말
투에 그녀가 무슨 표정을 짓고 있을지 짐작이 가지 않았다.

—그런 것밖에 못 배우고 자랐으니 어쩔 수 없었을지도 모르
지.

"뭐?"

—내 인생은 어차피 끝났지만, 남의 인생은 함부로 하면 안 돼.

시환은 진심으로 당황했다. 그녀가 이런 교과서 같은 말을 자신에게 할 줄은 몰랐기 때문이었다. 일단은 얼굴을 보자고, 보고 싶다고 말하려는 순간 그녀의 쓸쓸한 말이 이어지고 전화가 툭 끊겼다.

—네 사랑이 내게 끔찍하듯이, 내 사랑도 누군가에게는 추악하겠지. 고마워. 네 덕분에 책임감이라는 게 좀 생겼으니까. 곧 봐.

그는 화윤이 무슨 말을 하는지 이해할 수 없었다. 다만 곧 보자는 말이 빈말 같지 않아서, 한참 동안이나 끊긴 전화를 바라보고 있었다.

그 후로 며칠 동안 평온한 일상이 이어졌다. 다만 화윤은 무언가를 시작했다. 도한과 화윤은 간단한 아침을 차려 먹으며 좋은 하루를 빌어 주고, 도한이 출근하고 나면 화윤은 몇 대의 컴퓨터와 노트북을 연결해 놓고 무언가에 열중하는 하루를 보냈다.

도한은 퇴근하여 화윤이 키보드를 두드리는 것을 물끄러미 바라보고 있다가 그 어느 것도 묻지 않고 가만히 그녀의 머리를 쓰다듬어 주었다.

"채화윤."

"어?"

"나 좋아한다는 말, 언제 해 줄 거야?"

꼭 일주일이 되던 어느 날 아침, 커피를 마시고 있던 화윤이 모니터를 보고 있다가 고개를 들었다.

출근 준비를 마친 도한의 얼굴을 잠시 바라보던 그녀가 피식 웃으며 그의 목을 끌어안고 입을 맞췄다.

도한이 미간을 찌푸리고 그녀의 양 볼을 쥔 채 이마를 대고 말했다.

"너 내 여자라고, 언제 그렇게 말해 줄 거야?"

"동업자님, 왜 욕심을 내고 그래? 나한테 아무것도 안 바라겠다며?"

아침 햇볕이 따뜻하게 거실을 비추고 있었다. 화윤은 그와 동거하는 연인처럼 살면서도 그를 좋아한다는 말만큼은 절대 하지 않았다.

"너도 날 좋아하는 것 같으니까 그렇지. 그런데 왜, 나만 바라보겠다는 그 말을 안 하는 거야? 서로에게 유일한 사람이 되자고, 그 말 한마디가 그렇게 어려워?"

도한의 부루퉁한 말에 화윤이 깔깔거리며 웃었다. 그녀가 다시 도한의 손가락을 잡아 하나씩 입 맞추다가 노트북 하나를 잡은 채 도한의 무릎 위에 털썩 주저앉았다.

반달로 휘어진 화윤의 눈웃음에 도한은 한숨을 푹 쉬었다. 그녀의 허리를 끌어안은 도한이 멍하니 알 수 없는 노트북 화면을 바라보고 있다가 그녀의 목에 고개를 묻었다.

"동업자님."

"왜."

"너는 나한테 소중한 사람이야."

"알아. 근데 그런 말 말고 다른 말."

화윤이 그의 체온을 느끼며 노트북의 키보드를 타닥타닥 두드렸다.

"네게는 나를 만난 게 불행이겠지만."

"웃기지 마."

도한은 그녀의 허리를 더 세게 끌어안았다.

"지금이 내 인생에서 가장 행복한 시간들이야."

"대체 뭐가?"

"사랑하는 사람과 함께 일상을 사는 것."

화윤은 눈을 가늘게 뜨고 몇 번 키보드를 두드리다가, 한숨을 폭 쉬고 노트북을 탁 덮었다. 조용히 '끝났다' 라는 말을 중얼거린 그녀가 피식 웃었다.

"웃기다."

"왜?"

"너랑 나는 삶이 완전히 다른데, 가장 행복한 시간은 같다는 게."

노트북을 다시 옆에 두고, 그녀는 버둥거리며 일어섰다. 도한이 출근해야 할 시간이었기 때문이다.

깎아 놓은 사과를 도한의 입에 넣어 주며 화윤이 싱긋 웃었다. 도한은 사과를 오물거리며 정말 출근하기 싫다는 얼굴로 자리에서 일어서며 중얼거렸다.

"진짜 좋다."

"뭐가?"

"누군가 내 먹을거리 준비해 주는 거, 잘 다녀오라고 해 주는 거."

화윤은 고개를 까닥거리다가 어깨를 으쓱했다. 괜히 목이 메는 것 같아 그녀는 괜히 도한의 넥타이를 바로잡아 주는 척하며 시선을 피했다.

"나 아직 잘 다녀오란 소리 안 했는데."

"안 할 거야?"

화윤은 입술만 달싹였다. 그녀의 복잡한 표정을 읽고 도한이 피식 웃었다.

"채화윤."

"어?"

"이러면 안 되는데, 난 요즘 그렇게 기분이 나쁘지가 않아. 회사 운영하면서 지금처럼 힘들었던 적은 처음인데 힘이 안 든다."

도한이 그녀의 머리를 가지런히 쓸면서 말했다. 화윤은 가만히 그를 바라보고, 손가락을 들어 그의 뺨을 만졌다. 그녀의 가느다란 손가락이 그의 머리카락에서부터 짙은 눈썹을 지나, 동그란 귓바퀴를 만지고 직선으로 곧게 뻗은 턱선을 따라 내려왔다가 아랫입술 밑 오목한 곳에 한참을 머물렀다.

"네가 내 곁에 있어서, 예상 가능할 만큼 아주 오랫동안 있을 것 같아서. 상황이 최악인데도 그게 좀 좋다, 나 나쁜 놈이지?"

화윤의 심장이 아침부터 아프게 뛰었다. 이제 그녀는 그의 상황을 최선으로 바꿔 주고 조금 더 슬프게 만들 준비가 되어 있었다.

"네겐 우습겠지만 이게 내가 바라는 사랑이거든. 언제나, 소소하게, 늘 곁에서, 서로 위해 주며. 너를 충분히 존중해 주고 싶었는데 내 방식대로 나 혼자 좋아서 미안해. 그리고 점점 더 욕심이 나서 이런 말을 자꾸 하게 되는 것도 미안."

"……동업자님, 출근 안 해?"

"알았어, 간다, 가."

도한이 씩 웃고, 자신이 가지런히 정돈해 놓은 화윤의 머리카락을 한 번 흐트러트린 뒤 현관으로 나섰다.

단정한 옷매무새, 흐트러짐 없는 헤어스타일까지 완벽한 차림이었다. 매일 밤 보는 편안한 차림의 그와는 완전히 다른 모습을 보며 화윤이 자신도 모르게 중얼거렸다.

"동업자님."

그녀는 자신의 목소리가 떨리지 않기를 바라며 말했다.

"잘 다녀와."

"저기요, 잠시만요."

주성 본사의 아침은 질서 정연하면서도 분주했다. 잘 차려 입은 정장 차림의 직원들이 모두 사원증을 찍고 출근하느라 바쁜 시간, 화장기 없는 얼굴에 제대로 손질되지 않은 짧은 머리를 대충 묶은 여자가 나타났다.

심지어 다리 라인이 한눈에 들어오는 스키니진에 헐렁한 후드티 차림이었기 때문에 청소부마저도 검은 유니폼을 입는 주성 본사와는 몹시 이질적으로 보였다.

"왜요?"

출입문 앞을 지키던 경비가 그녀를 잡은 것은 당연했다. 동그란 호피 무늬의 안경테 속에서 화윤의 눈이 의아하다는 듯 그를 바라보았다.

경비는 천연덕스러운 그녀의 표정에 잠시 흠칫했다. 어떤 미친 동네 백수가 들어오나 했는데 그러기에는 전신에서 느껴지는 분위기가 어딘지 모르게 남달랐다.

"신분 확인 좀 하겠습니다. 누구시고, 어떤 일로 오셨……."

"어, 저는 채화윤이고요."

경비의 눈동자가 커졌다. 요 며칠간 TV와 인터넷을 도배했던 그 여자가 틀림없었다. 다만 화면에서 본 것보다 훨씬 더 어려 보였고, 화려하다기보다는 명랑하다는 말이 더 어울렸다. 남자의 것처럼 보이는 터무니없이 큰 배낭을 옆으로 맨 뒤 꺾어 신은 운동화를 질질 끌고 온 외모와는 다르게 몹시 당당했다.

"진시환 만나러 왔는데 어디로 가야하죠?"

"자, 잠시 기다리십시오."

채화윤이라면 유니콤의 사장 아닌가. 유니콤과 주성 합병 건은 경비도 알 만큼 주성 내에서도 뜨거운 관심사였다.

사내에서 1순위 후계자로 승승장구하고 있는 진시환의 이름을 아무렇게나 부르는 그녀에게 기시감을 느끼며 그는 재빠르게 이사실로 전화를 연결했다.

그동안 화윤은 벙벙한 후드티 앞주머니에 손을 꽂아 넣고 자신에게 향하는 무수한 시선을 무시하고 있었다.

화윤이 천천히 눈을 깜빡이고 있는 동안, 꽤 시간이 흘렀는지 누군가 그녀의 앞에 섰다. 출근하고 있던 사람들이 대놓고 그들을 구경하기 시작했다.

진시환이 나타난 것이다. 그녀를 마주 보고 선 슈트 차림의 시환이 마치 배낭여행객 같은 차림의 화윤을 웃으며 반겼다.

"내가 출장이라도 가면 어쩌려고, 대책 없이 와?"

"오후에 회의 하나 있고, 출장은 내일인 것 이미 알고 있어."

시환에게 반말을 쓰는 그녀를 바라보며 주변 사람들이 수군댔지만 그녀는 전혀 개의치 않고 똑바로 시환을 바라보며 말했다.

"나 유니콤 넘기려고."

시환의 눈이 놀라움에 커졌다. 도저히 종잡을 수가 없는 여자였다. 유니콤만큼은 절대 넘길 수 없다며 잠적해 버릴 땐 언제고, 갑자기 찾아와 밑도 끝도 없이 유니콤을 넘긴다는 얘기를 해 버리는 그녀를 보며 시환은 크게 당황했다.

"계약서 쓰자. 여기서 쓰면 돼?"

정말로 로비 바닥에서 주저앉아 계약서에 사인할 기세의 화윤을 보며 시환이 자신도 모르게 씩 웃었다.

"이사실로 가지."

시환은 친근하게 그녀의 어깨를 둘러싸며 말했다. 강한 남자 향수 냄새와 함께 단단히 힘이 들어간 팔이 느껴졌다. 화윤은 딱히 그 팔을 뿌리치지 않고, 그와 함께 걸어가며 피식 웃었다.

"넌 원래 네 말만 잘 들으면 이렇게 꼬리 흔드는 개마냥 잘해주냐?"

"글쎄다. 하나 힌트를 주자면⋯⋯."

그들이 걸어가는 길로 모세의 기적처럼 사람들이 비켜섰다. 그는 임원용 엘리베이터의 버튼을 누르며 속삭였다.

"나는 아버지를 제외하고 그 누구에게도 로비까지 직접 마중 나온 적이 없어."

"나도 내 아버지를 제외하고 그 누구도 짜증 났던 적이 없다."

엘리베이터를 탄 화윤이 그의 팔을 탁, 쳐내며 대꾸했다. 시환은 키득대며 그녀를 이사실로 안내했고, 그녀는 처음 와 보는 주성 본사의 화려함에도 전혀 주눅 들지 않고 편안하게 소파에 앉았다.

검은 남자용 배낭을 옆에 놓는 화윤을 보며 시환이 궁금한 듯 물었다.

"도대체 그 낡아 빠진 가방은 뭐야?"

"하도한 거야. 걔가 대학생 때 가지고 다니던 거."

"그건 왜 갖고 왔어?"

화윤은 아무 말 없이 배낭을 열었다. 그 안에서 외장 하드 몇 개를 꺼내어 테이블에 쏟아 놓았다.

"유니콤 매뉴얼이야. 그리고 이건 유니콤 개정판인데 내가 좀 또라이라, 결정적일 때 나를 불러야만 해결할 수 있는 코드를 몇 개 넣어 놨었거든. 그걸 다 풀어 주는 거야."

"아."

시환이 비서에게 눈짓을 하자 그가 재빠르게 외장 하드를 정리하기 시작했다. 그녀의 말투는 발랄했지만 무언가 기운이 빠져 있었다. 화윤은 팔짱을 끼고 무성의하게 말을 이었다.

"매뉴얼은 꽤 자세하게 썼으니 영리한 엔지니어 몇 명 동원하면 나 없어도 완벽하게 다룰 수 있을 거야. 또, 그동안은 핵심적인 아이디어가 좀 복잡해서 나만이 다룰 수 있었는데 이거 같이 깔면 엔지니어들이 다루기에 평범한 프로그램이 될 거야."

"……."

"내가 제법 머리는 똑똑하거든. 그러니까 믿어도 돼. 이제 계약서나 줘. 사인하고 가게. 난 계약 문서에 어둡고, 뭘 어떻게 할지 모르니 네가 알아서 해. 아마 하도한 지분도 있겠지만, 그런 건 네가 알아서 해. 분명한 건 하도한은 내가 넘겼다고 하면 끝까지 버티지는 않을 거야."

그녀는 아직도 이 상황이 이해가 되지 않는 듯한, 묘한 표정의 시환을 바라보았다.

"몇 가지 조건만 달자. 첫째, 매뉴얼에 개정판까지 넘겼으니 유니콤 일로 나를 부르지 말 것. 둘째, 유니콤 소속 사람들을 모두 다 그대로 채용하고 연봉을 올려 주며 단독 팀으로 운영시켜 줄 것. 셋째, 너로 인해 생겼던 내 인생의 모든 불편함을 책임지고 회수할 것."

"그렇게 넘기기 싫어하더니 왜 지금은 아무렇지도 않아 보이지? 그리고 유니콤 일로 너를 부르지 말라니? 너는 유니콤에 애착이 있는 것 아니었나?"

"어차피 넘길 건데 미련 둬 봤자 나만 손해지."

"채화윤."

화윤은 미간을 찌푸렸다. 시환이 낮은 목소리로 말했다.

"유니콤을 넘기지 않는 방법이 있어."

"장난하냐, 지금?"

"나랑 결혼하자."

화윤은 표정의 변화 없이 눈을 몇 번 깜빡이고, 한숨을 푹 쉬었다.

"너 진짜 미쳤구나?"

"나랑 결혼해서, 주성도 유니콤도 다 네 것으로 가지면 되지."

"나는 너랑 달라서 남의 것은 탐내지 않아."

"네가 좋다. 이렇게 갖고 싶었던 여자가 있었던 적이 없었어. 나는 유니콤도, 너도 둘 다 갖고 싶어."

시환은 내심 진심으로 당황하고 있는 중이었다.

화윤이 유니콤에 보인 애착을 생각했을 때, 이토록 쉽게 그에게 던지고 떠날 줄은 몰랐다. 그것도 전혀 예상하지 못한 시기에, 갑작스럽게 등장하여 팔아 치우겠다고 말하는 상황은 상상조차 하지 못했다.

화윤은 살짝 한숨을 쉬더니 어깨를 으쓱했다.

"나는 사랑하는 남자가 있어서, 그 마음은 받아 줄 수가 없는데."

"그래? 그 남자가 너를 다 받아 줄 수 있을까? 그 감정이 언제까지 유지될 거라고 생각하지? 사랑이 영원할 거라고 믿는 건 일반인들도 하지 않는 착각이야."

시환은 사랑하는 남자가 있다는 화윤의 말에도 전혀 개의치 않아 하는 눈치였다. 그는 타오르는 눈빛으로 화윤을 바라보며 말을 이었다.

"나는 네게 직접 남자들을 붙여 주기까지 한 사람이야. 네가 원한다면 한 번 더 붙여 줄 수도 있어. 넌 계속 자유롭게 살아. 어차피 나는 내가 정상적인 결혼 생활을 할 거라고 생각한 적 없다. 다만 내 곁에 있어."

화윤은 눈을 내리깔고 가만히 숨을 몰아쉬었다. 그녀도 정상적인 결혼 생활을 할 수 있을 것이라고 생각한 적이 없었다.

그를 전혀 이해할 수 없었지만, 그녀도 그 누구에게도 이해를 바란 적이 없었으니 묘한 동질감이 느껴지는 것은 사실이었다.

"진시환. 전에 내게 수많은 음식을 먹어 봤지만 도쿄의 한 장인이 만든 오마카세가 가장 맛있다고 했던 말, 기억해?"

"그랬지."

대체 언제적 대화를 말하고 있는 건가. 시환은 화윤의 기억력에 놀랐다.

"그때 내가 그 장인이 죽었기 때문에, 다시 못 먹는다는 생각 때문에 그렇게 느껴질 거라고 했었던 것도 기억나?"

화윤은 싱긋 웃고, 천천히 말을 이었다.

"너는 내가 다시 못 만날 사람이라고 생각하니까 계속 원하는 거야."

"……."

"절대 안 잡힐 걸 아니까 집착하는 거야."

"넌……."

"이 순간이 지나면 다시는 못 볼 거라는 사실을 아니까, 최고라고 생각하는 거겠지. 아마 너도 이제 나한테 흥미가 식을걸.

이제 나는 무서운 것도 생기고 잃고 싶지 않은 것들도 가졌어. 그러니 예전처럼 대충 막살 수는 없어."

화윤의 말에 대답할 수 없었던 것은, 그녀의 말이 사실이었기 때문이다. 화윤은 실제로 자신이 내뿜고 있던 강렬한 색채가 모두 사라졌다는 것을 실감하고 있었다.

지키고 싶은 것들이 생기면 누구보다도 겁이 많아지고, 겁이 많아지면 평범해진다. 그 평범한 일상과 보통 사람들의 소심한 결정을 이해할 수 있다는 것이 그녀에게는 처음 겪어 보는 일종의 성취감이기도 했다.

"이제는 네게 정말로 평범하고 매력 없는 그런 여자가 될 거야."

시환의 미간이 확 찌푸려졌다. 채화윤은 상식으로 재단하기 힘든 발랄한 여자였는데, 지금은 누구보다 차분하고 쓸쓸한 표정으로 그에게 상식을 말하고 있었다.

"네가 평범하다 느끼는 다른 사람들, 아까 로비에서 우리를 관찰하던 수많은 사람들, 걔네들이 나처럼 너한테 개차반으로 못 굴어서 고개 숙이는 줄 아니? 나름대로 지키고 싶은 것들이 있고, 절대 잃을 수 없는 것들이 있어서 그런 거야."

맨 처음 계획한 대로, 주성은 유니콤을 인수해 더 몸집을 키울 것이고 그는 이로써 후계 싸움에 결정타를 날린 셈이 되었다. 그는 사업에 관해서라면 한 번도 실패한 적이 없었고 유니콤도 그중 하나의 사례로 남을 뿐이었다.

"유니콤을 가졌으니, 이제 날 놔줘. 난 정말 지쳤고, 힘들어. 부탁이야."

화윤이 공허한 눈으로 말했다. 시환은 씁쓸한 표정으로 그녀를 바라보았다. 유니콤을 가지면 당연히 화윤이 따라올 줄 알았다. 그녀가 애착을 보인 단 하나의 대상이었기 때문이다. 그래서 당연히 둘 다 가지고 싶었고 무리수를 써서 밀어붙였다.

그러나 냉정하게 말하면 화윤은 유니콤을 대신할 수는 없다. 아무리 처음 겪어 보는 감정이라 해도 그는 사업가였다. 사랑이 사업보다 우선일 수는 없었다. 사랑에 모든 것을 거는 사람들은 사실 이 세상에 흔치 않다.

그는 도쿄의 스시 장인이 몇 년 전 만들어 준 오마카세가 먹고 싶었다. 이제는 먹을 수 없다는 것도 알았다. 화윤도 마찬가지였다.

눈을 감자 다 풀어헤친 한복을 입고 양주를 홀짝이던 긴 머리의 여자가 생각났다. 그에게 포크를 던지고 돌아서던 그 여자가, 어느 순간 대화의 주도권을 잡고 그를 달래던 채화윤이 선명했다.

"채화윤."

눈앞에 있는 그녀는 대학생 같은 차림이 되어 아무렇지도 않게 유니콤을 자신에게 던져 버리고 떠나겠다고 선언했다. 그녀의 말을 들으니 그는 혼자만 임했던 싸움 같아 허탈해졌다.

화윤이 제대로 된 주먹도 한 번 날리지 않고 링 위를 떠나 버린 것이다. 지금 같은 시대에 유니콤은 가질 수 있지만 사람은 억지로 가질 수 없었다.

"어떻게 하면 널 가질 수 있지? 내가 뭘 주면 될까? 너를 이토록 몰아세웠던, 네가 패배하고야 말았던 권력을 네게 쥐여 줄 수도 있어."

화윤이 눈을 한 번 굴렸다. 어차피 죽을 마음이라는 것은, 그다지 시환에게 알리고 싶지 않았다.

"아무래도, 난 이제 자유보다는 평범한 정착을 원하는 것 같은데……."

그녀가 어깨를 으쓱하고 말을 이었다.

"어쨌든 네가 줄 수 있는 종류의 안정은 아니야."

"안정?"

시환이 어이가 없다는 듯 벌떡 일어섰다.

"너는 누군가한테 정착할 수 있는 사람이 아니야. 네가 더 잘 알고 있지 않아?"

"어쨌든 너는 신경 꺼도 좋아. 얼른 유니콤 가져가."

그녀는 팔짱을 끼고, 피곤한 듯 눈을 비볐다.

"그리고 내 자유 좀 돌려줘."

"그래. 그 말은 들어주지. 다시 너는 네 멋대로 살아."

"이렇게 고마울 데가."

빈정거리는 것이 분명한 화윤의 말투에 그는 씩 웃었다.

"다시 온 세상을 쏘다녀 봐. 널 감당할 수 있는 남자는 나뿐이라는 걸 잊지 마."

화윤은 어이가 없다는 표정으로 어깨만 으쓱했다.

"네가 정착할 수 있는 남자는 없을 거야. 절절히 느끼고 내게 오길 바라."

시환은 분명한 미련을 보이고 나서, 또 언제 그랬냐는 듯이 비서에게 손짓해 본격적인 인수 절차를 밟으라고 지시하기 시작했다.

"너는 정착 같은 건 못해. 이 말이 실감 날 때에 내게 와."

화윤은 턱을 괴고 시환의 옆모습을 바라보았다. 그녀는 사랑을 위해 유니콤 정도는 던져 버릴 수 있었지만, 그는 어쨌든 주성이 먼저인 남자였다. 그녀에게 느끼는 패배감을 억지로 치환하려는 속내가 읽혔다.

그 모든 것이 무슨 의미가 있단 말인가. 화윤은 그 무엇에라도 사인할 기세로 볼펜을 돌리며 드디어 무언가를 끝냈다는 생각을 했다.

유니콤, 안녕.

"조금 기다려. 절차가 필요하니까."

화윤은 고개를 끄덕이고 괜히 손톱 끝만 바라보았다. 너무 각오를 해서 그런지 눈물도 나오지 않았다.

하도한, 안녕.

"급할 거 없어. 천천히 해."

살짝 목이 메었다.

그동안 덤으로 살았던 나의 고된 삶도, 이젠 안녕.

그날 오후, 도한은 집에 급히 들어가 화윤을 찾았지만, 아니나 다를까 흔적조차 없었다. 어느 날 그녀가 들어오기 전 그대로의 모습으로, 그의 집이 고요한 정적 속에서 그를 맞았다.

허탈한 마음으로 소파에 털썩 주저앉았다. 이런 적막이 너무 오랜만이었다. 회사 앞에서는 시위꾼들의 함성으로 늘 시끄러웠고, 집에서는 깔깔거리며 반겨 주던 화윤이 있었다.

그런데 갑자기 시위꾼들도 자취를 감추고, 화윤도 유니콤을 주성에 넘기겠다는 짧은 메시지만 남기고 사라졌다. 당연히 휴대폰은 꺼져 있었고 위치 추적도 불가능했다.

가만히 앉아 있는 그림자가 창문 밖에서 들어오는 석양 때문에 마루에 길게 드리워졌다.

허탈하고 황당하고, 분노가 차오르면서도 굉장히 쓸쓸했다. 화윤이 이런 식으로 하루아침에 유니콤을 던져 버리고 자신을 떠나갈 줄은 몰랐기 때문이다.

계속 컴퓨터로 무슨 작업을 하더니, 완전히 유니콤을 떠나려는 의도로 완벽한 개정판을 만드는 중인 줄은 짐작도 하지 못했다.

"저랑 내기하죠. 채화윤은 유니콤 제 손으로 포기할 겁니다. 그런 여자예요. 자기 하고 싶은 대로 하는 여자."

도한이 안경을 벗고 자신의 머리카락을 헤집으며 한숨을 쉬었다. 시환의 자신만만했던 말이 결국엔 맞았다는 걸 인정했고 그는 무력감에 한동안 움직일 수가 없었다.

사실은 화윤이 절대 자신의 예상대로 움직이지 않을 것이라는 걸 알고 있었는데, 요즈음은 정말로 그녀가 자신을 받아들이고, 자신의 방식대로 머물지도 모른다는 생각을 했다.

그녀의 편안한 표정, 그를 보면 바로 지어지던 환한 미소, 홍얼거리던 콧노래, 이런 것들이 너무나 그에게 익숙해져서 정말로 그에게 온 줄 알았다.

고개를 든 그의 시야에 무언가가 잡혔다. 천천히 일어나 테이블에 올려 있는 종이를 집었다. 단정한 화윤의 글씨가 빼곡하게 쓰여 있었다.

"뭐야……."

그가 처음으로 받아 본 화윤의 편지였다. 편지를 읽는 도한의 손이 떨렸다.

동업자님, 이 편지를 읽을 때에는 나 같은 여자랑 얽힌 걸 너무나 후회하고 있겠지?

이토록 무책임한 여자일 줄은 몰랐다며 온갖 욕을 퍼붓고 있을 것 같아. 사실 너, 나한테 한 번도 화를 낸 적이 없는데. 지금은 화를 많이 내도 내가 할 말이 없네.

나는 실수로 세상에 태어나 끔찍한 환경에서 자랐어. 배려가 없고 이기적이고, 내 멋대로 사는 게 부끄럽지 않았던 건 어차피 내 감정을 받아 줄 사람은 나뿐이기 때문이었지.

다들 돌아갈 누군가가 있고, 치유 받을 가족이 있는데 나는 그렇지 못했어. 돌아갈 곳이 없어 안정감을 배우지 못해, 순간적인 감정만 생각하며 살아서…… 내가 동업자님에게 느끼는 감정에도 이름을 붙이지 못했어.

고백할 것이 하나 있어. 동업자님이 늘 잔소리했던 유니콘의 자잘한 오류, 조금만 고치면 내가 필요 없다고 했던 그 부분, 정말로 내키지 않아서 고치지 않았어. 몇 개월에 한 번은 나를 부르도록 말이야. 동업자님이 나를 완전히 잊어버리고 알아서 잘 경영하는 게 싫었나 봐.

그렇다고 동업자님과 계속 같이 있자고 매달리지도 못했어.

책에서 읽은 회피형 애착 기억나? 나는 사랑을 그런 식으로 했나 봐. 오랫동안 함께 머무르는 것을 배우지 못해 원하지 않고, 그렇다고 절대 놓아줄 수는 없는 방식 말이야.

동업자님처럼 정상적인 사람은 이해하지 못하는, 타고난 본성과 성장 배경이 모두 엉망인 내가 품는 비뚤어진 감정의 실체가 이래.

동업자님 집에서 지낸 요 며칠, 처음으로 나도 머무르고 싶다는 생각을 했어. 나는 그저 떠돌고 있을 뿐이라고 생각했는데 사실은 길을 잃고 헤매는 중이었나 봐. 생각보다 사람이 관계에 대해 배울 수 있는 기회가 많지 않잖아.

가족도, 친구도 없이 자라 이게 전부라고 생각하며 살았는데, 동업자님 덕분에 안정된 관계를 배웠어. 나조차도 종잡을 수 없는 충동, 널뛰는 삶의 방식, 불안정한 감정, 이런 것들을 참아야 겠다는 생각을 처음으로 한 거야.

그래서 동업자님을 놓아주려고 해. 유니콘은 동업자님과 나를 연결해 주던, 멀쩡한 삶을 살 수 있는 동업자님을 놓아주지 않던 나의 미성숙한 감정이야. 캠퍼스에서 연인과 행복했던 동업자님을 이토록 혼자 살게 한 나의 이기심이기도 해. 물론 동업자님이야 본인의 선택이라고 하겠지만, 그래도 나는 나의 내밀한 욕망을 알잖아.

이 집에 머물면서 처음으로 제대로 된 삶을 사는 것 같더라.

그래서 더 네 인생을 찾아 주고 싶어졌어. 내가 내 인생에서 유일하게 내린 남을 위한 결정이야. 원래는 사실 아버지 기사 터지고 자살해 버릴 생각이었는데, 그래도 뭔가 책임은 지고 싶더라고.

사실 네게 배운 거야. 너는 내게 함께하는 법을 가르쳐 준 유일한 사람이니까. 정말로 네 인생에서 깔끔하게, 제대로 떠나주려고. 넌 이제 나와 관련된 그 어떤 것에도 얽매이지 마.

동업자님, 너를 정말로 좋아해. 이성 간의 끌림을 초월하여 너는 나의 유일한 비뚤어진 애착 대상이야. 너는 상상할 수 없을 만큼 좋은 사람이고, 그러니 나 같은 사람은 뻔뻔하게 곁에 있기가 무서워.

그거 알아? 삶은 반복되고 반복되는 거야. 완전한 해결 같은 건 없고, 결국엔 몇 가지 본질이 다른 얼굴을 하고 계속해서 나타나. 떠나왔다고 생각했던 과거도 언젠가 나를 덮친 것처럼, 나의 회피하는 성격도 또다시 나타난 거야.

선생님께 철석같이 약속해 놓고 견딜 수 없어 고등학교를 자퇴하던 것처럼, 너와의 약속도 결국엔 마음대로 어기고 유니콘을 넘겨 버린 게 나야. 동업자님이 내게 결국엔 영원한 안정을 말하듯이 말이야.

동업자님은 상식적이고 훌륭한 사람이라 나를 이해할 수 없겠지만, 나는 탄생부터 불행을 몰고 다니는 여자였고 네게 불행이 되는 것이 가장 두려워.

너와 내가 가진 행복한 기억, 거기서 멈추고 싶은 내 마음 알겠니? 더 큰 불행이 닥쳐 우리의 관계가 흔들리는 그 시점이 무서워 떠나 버리는 난 여전히 안정된 관계를 맺을 수 없는 불안정한 사람이야.

유니콤과 내가 연결되어 있는 한, 동업자님은 이런 폭풍 같은 삶에서 벗어날 수 없어. 나와 진시환에게 얽혀서 정상이 아닌 사람들의 괴물 같은 싸움에 괜히 피해 보지 마. 그냥 다 놓아 버리고 평범한 일상을 살기를 바랄게.

10년 동안 내가 놓아주지 않았지만 동업자님은 여전히 매력 있는 남자니까 충분히 좋은 여자 만나서 안정된 삶을 살 수 있을 거야. 부디 나를 동업자님을 스쳐 간 몇 명의 여자 중 하나로 기억해 주길 바라.

다만 동업자님은 내게 그런 남자들 중 하나는 아니야. 하루하루의 의미를 찾지 못했던 내게 대학 졸업은 누군가와 지킨 단 하나의 약속이었어. 그때 곁에 있어 주었던 것만으로도 내게 너는 대체할 수 없는 사람이야. 나의 캄캄하고 가치 없는 삶에 딱 하나 비치던 빛이 있다면 그 순간이고, 죽어서도 잊고 싶지 않은 따뜻함이 있다면 이 집에서 머물었던 시간들이야.

이 편지를 다 읽고 나면 우리는 더 이상 동업자가 아니겠지. 부디 나를 잊고 평범하게 자유로워져. 언젠가 몇 년 전 당신이 얘기했던, 사랑하는 사람과 캔 커피 하나 들고 캠퍼스의 기타 소리를 들어도 행복했다던 첫사랑 이야기를 비로소 이해할 수 있었어.

당신의 방식으로, 당신의 곧고 바른 세상에서 또 행복해지기를 바랄게.

도한은 몇 번이나 편지를 읽고, 한참이나 가만히 앉아 있었다. 화윤이 훌쩍 떠나 버리는 것은 어제오늘 일이 아니었다.

어느 순간 또 그를 놔두고 어디론가 갈 수 있다는 생각을 해 보지 않은 것도 아니다.

그러나 이번엔 아무리 많은 시간이 흘러도 또다시 예전처럼 발랄하게 웃으며 돌아오지 않을 것만 같다는 예감이 들었다.

10년 동안 이 기묘한 관계에 이름을 붙이지 않은 것은 도한도 마찬가지였다. 사람의 감정이 그렇다, 아니다 단 두 가지만으로 결정되는 것은 아니어서, 도한은 화윤과 함께하는 순간 그녀에게 끌려도 그녀가 또다시 멀어지면 혼자 무심하게 또 일상을 살아낼 수 있었다.

어차피 화윤은 그가 부르면 언제든 다시 돌아오니까.

그리고 바람과 같은 여자를 가둬 둘 수 없다는 것을 충분히 알고 있으니까.

그 상태에서 머무르던 미묘한 선을 먼저 넘은 것은 도한이다. 다시는 예전으로 돌아갈 수 없다. 화윤이 무서워했던 것이 이런 일이라면 도한은 더더군다나 여기서 멈출 수 없었다.

그가 벌떡 일어섰다.

10화

사람에게 위대한 것이 있다면
그것은 그가 목적이 아니라
하나의 교량이라는 점이다.

—니체, 〈차라투스트라는 이렇게 말했다〉

"부사장님이 안 가실 줄은 예상했지만…… 그래도 좀 허무하네요."

현민은 다소 서운한 표정으로 도한을 바라보고 있었다. 편한 옷차림에 앞머리까지 부드럽게 내린 도한은 평소보다 어려 보여서, 마치 친한 형을 만나는 느낌이었다. 유니콘의 매각은 순식간에 이루어졌고, 유니콘의 직원 대다수가 주성에 만들어진 특별 팀으로 인사 발령이 났다.

그러나 도한은 미련 없이 자신의 지분을 모두 넘기고 아예 손을 털어 버렸다.

"임원급 제안받으셨다고 들었을 때 같이 가시나 살짝 기대를 하긴 했는데."

도한은 어깨를 으쓱하고 커피를 한 모금 마신 뒤 편안하게 말을 돌렸다.

"대기업 일원이 되니까 어때?"

"주성백화점 할인 혜택도 있고, 주성투자증권에서 주식 거래하면 수수료 할인도 된대요. 주성전자 임직원 몰에서 혼수도 좀 싸게 할 수 있을 테고. 필요한 거 있으면 말씀하세요. 제가 싸게 사 드릴게요."

현민의 대답에 도한이 피식 웃었다. 도한의 눈에 비친 현민에게 젊음이 보였다. 20대 내내 착실히 공부했고, 취직하고 난 뒤 차곡차곡 월급을 모아, 적절히 만난 여자 친구와 결혼을 해서 청약을 알아보는 평범한 삶의 지도를 그리고 있는 그에게서 막연히 먹먹함이 느껴졌다.

한때는 자신도 그렇게 삶의 발달 과업을 하나하나 넘어가는 인생을 살 것이라고 믿어 의심치 않았었다. 채화윤을 만나기 전까지는.

"사장님은…… 여전히 연락 안 되시는 거예요?"

도한은 천천히 고개를 끄덕였다. 그의 흔들림 없는 눈빛을 본 현민이 한숨을 쉬었다.

"부사장님, 그럼 오늘도……."

"응."

현민은 잠시 말을 골랐다. 도한과 화윤 사이에 흐르던 묘한 기류와, 두 사람이 함께 있으면 확연히 느껴졌던 완벽한 신뢰 같은 것들이 떠올랐다.

세상 다시없을 모범생 같은 남자 도한과 마치 바람과도 같아서 짐작할 수조차 없던 화윤을 한 번씩 떠올린 그는 조심스럽게 휴대폰을 만지작거렸다.

"오늘 인터넷에 돌아다니던 그 게시물은 보셨어요?"

"봤어."

"……부사장님, 사장님 좋아하시는 거 맞죠?"

"어."

오늘 오전, 실시간 검색어 1위가 또 채화윤이었다. 현민은 아침에 일어나자마자 떨리는 손가락으로 포털 사이트 메인을 장식한 기사를 눌렀다.

이윤록 딸, 유니콤 창업자 채화윤의 문란한 사생활 논란

그의 눈에 어지럽게 활자가 들어왔다.

현재 한 커뮤니티에 채화윤의 미국 시절 지인이었다는 대학 후배의 게시물이 올라와 화제다. 여러 남자들과 함께 찍은 사진과 함께 게시된 이 글은 한 시간 뒤 삭제되었으나 이미 캡쳐 본이 떠돌아다니는 상태다.

한밤중 외국의 휘황찬란한 밤거리에서 화윤이 외국인 남자들과 진한 스킨십을 하고 있는 사진이 올라와 있었다.

현민은 알지 못했지만, 예전에 시환이 화윤에게 보여 준 그녀의 사진들 중 하나였다. 아주 예전부터 시환이 가지고 있던 자료 중 하나인 것이다.

대학 후배인 P양이 올린 본문에 따르면 그녀는 매일 밤 클럽에

다니고 늘 다른 남자와 불안정한 관계를 즐기는 삶을 살았다고 한다.

기사에 댓글이 잔뜩 달려 있었다. 국제 망신이라느니, 한 기업의 CEO가 저 모양인데 그룹 상태가 어떤지 안 봐도 뻔하다느니, 과연 이윤록 딸이라느니, 별별 댓글이 다 올라왔다.

물론 그녀의 문란한 사생활이 다 밝혀진 셈이니 자연스럽게 주성과의 결혼설은 무마되었다.

술에 취해 비틀거리는 그녀를 잡아 주는 외국인 남자의 문신이 그의 머릿속마저도 어지럽게 떠다니는데 도한의 심정은 과연 어떨지 짐작조차 할 수 없었다. 오늘 기사를 보고 주말인데도 불구하고 막무가내로 도한을 찾아온 이유이기도 했다.

"주제넘지만 부사장님······."

현민이 입술을 달싹거리다가 한숨을 섞어 말했다.

"그냥 잊으세요. 사장님이 부사장님한테 아무런 의논도 없이 유니콤 넘겨 버리시고 잠적을 감춘 것부터가······ 우리가 감당할 수 있는 사람이 아니에요. 오지랖인 거 아는데, 저도 사장님 싫어하는 거 아니지만, 부사장님한테는 아까워요. 잊고 더 좋은 여자 만나세요."

"왜 다들 똑같은 말을 하지?"

도한이 딱히 기분이 상하지도 않은 듯, 어깨를 으쓱했다.

"채화윤마저도 그 소리를 하던데."

"그럼 부사장님은 정말 괜찮으세요? 감당하실 수 있으시겠어요?"

"물론 처음에는 피가 거꾸로 솟는 줄 알았지. 그렇지만 어쩔 수 없는 것들이 있잖아."

현민의 눈을 보며 도한은 커피를 한 모금 마셨다. 매일 아침마다 막 내린 커피를 화윤과 나눠 마시던 때가 엊그제 같았다.

지나고 나니 꿈결 같은 순간들이 있는 법이다. 그리고 아무렇지도 않게 넘겼던 그 순간들이 예상하지 못하게 덮쳐 올 때가 있다.

커피, 사과, 맥주, 이런 아주 작은 것들에게서 사소한 일상이 떠오를 때면 저도 모르게 무력해지고 만다.

"이런 것들이 그 애를 이루고 있는 일부라면 그것까지 받아들여야지. 화윤이는 물건이 아니니까 내 마음에 드는 부분만 남길 수는 없고. 이런 모든 것들이 모여 내가 좋아하는 화윤이의 또 다른 면모를 이루고 있을 거야."

부디, 화윤도 주변에 있는 작은 것들에게서 함께했던 사소한 일상에 무력해지고 있기를 바라며 도한이 덤덤하게 말을 이었다.

"이렇게 말할 수 있을 때까지 수많은 생각을 한 것도 사실이지만, 내게는 내 감정을 살필 여유가 없어. 질투도 여유가 있어야 할 수 있는 거지."

"아……."

"지금은 내가 바다만큼 괴롭다고 할지라도, 이런 일로 화윤이가 이슬만큼이라도 다쳤을까 봐 그게 더 걱정되니까."

현민은 도한을 가만히 바라보았다. 더는 도한에게 뭐라고 말을 할 수가 없었다.

도한의 냉정하고 신속한 일 처리, 현명하고 원칙에 입각한 경영 능력, 실수가 없고 인정을 바탕으로 한 인간관계 등은 함께 일한 그가 제일 잘 아는 사실이었다. 현민이 판단한 도한은 그 누구보다도 정신이 건강하고 흐트러짐 없는 사람이었다.

그런데 그 남자가, 지금 전 국민 앞에 다른 남자들과 함께 찍힌 사진이 뿌려진 여자를, 갑자기 하루아침에 회사를 넘기고 잠적해 버린 그 여자를, 모든 사람들이 문란하다 욕하기 시작한 그 여자를 사랑해서 곁에 있어 주겠다고 말하고 있었다.

그의 모습을 바라보며 현민은 어느 좋은 날 오후, 도한이 사랑에 미치면 정말로 자신을 살피지 않을 것이라고 장난스럽게 농담을 했던 것이 떠올랐다.

"가 볼게."

시계를 흘끗 바라보던 도한이 씩 웃고 일어났다.

"오늘도 기다려 봐야 하니까."

"정말로 거기서 기다리면, 사장님을 만날 수 있을 거라고 생각하시는 거예요?"

"어."

현민의 눈빛에 살짝 경악이 스쳤다. 도한이 아무렇지도 않게 살짝 눈꼬리를 내리며 웃었다.

"미친 사람 같다고 생각하지 마. 난 이제 시간도 많고, 누군가를 기다리는 건 달리 힘이 들지 않는 일이잖아."

"아니, 기약도 없는 기다림이잖아요. 올지 안 올지도 모르는데……."

"채화윤이 잡으러 가면 잡힐 사람이냐? 유니콤을 던지면 던졌지, 절대 진시환한테 안 잡힌 거 보면 몰라?"

그가 간소한 짐을 챙기고 주머니에 손을 찔러 넣었다.

"걔한테는 기다려 주는 사람이 필요해. 난 진시환처럼 온갖 언론을 동원해서 그 애를 몰아가지는 못하지만, 희미한 가능성을 믿고 기다리는 거야 평생이라도 할 수 있지."

"부사장님, 그게 더 힘든 사랑일 수도 있어요."

현민이 고개를 절레절레 저었다.

"제 여자 친구가 사실 싸우면 되게 오랫동안 화를 내거든요. 전 여자 친구를 위해 죽을 수도 있는데 가끔 싸우고 나서 며칠 동안 연락이 안 되면 너무 힘들어요. 확실히 죽는 것보다는 좀 오랫동안 화난 것을 달래 주는 게 백만 배는 쉬운 일인데."

평온한 도한의 얼굴 뒤에 얼마나 많은 괴로움과 외로움이 감춰져 있을지 현민은 짐작조차 하기가 어려웠다.

"세상 단 하나뿐인 사랑인 것처럼 사랑하던 사람들도, 길고 반복되며 작은 것에 헤어지잖아요. 강렬하게 사랑하는 것보다, 아주 오랫동안 작은 슬픔을 버티는 사랑의 난이도가 훨씬 더 높다고 생각해요. 그런 면에서 부사장님은 정말 대단한 사랑을 하고 계시는 거예요. 평생 기다린다니요."

도한은 별다른 말을 하지 않고, 그의 어깨를 툭 친 뒤 뒤를 돌아서 걸어 나갔다.

현민 역시 20대를 거치며 이런저런 연애를 해 본 사람이었다. 사랑은 순간적인 발화에 강하다. 사랑을 하고 있는 사람들은 역도선수 같다. 놀랍도록 큰 무게를 번쩍번쩍 잘 들어 올린다.

드라마에 자주 나오는 장면인, 차에 치일 뻔한 연인을 밀치고 대신 치이는 것쯤은 생각조차 하지 않고 해 줄 수 있다.

그렇지만 사랑의 경기장은 역도장이 아닌 마라톤 트랙이다. 모두 다 자신의 사랑이 강렬하다며 빵빵한 근육을 내세워 보지만 결국 폐에서 오래도록 헐떡이는 작은 숨 때문에 지쳐 버린다.

사랑은 시작하는 것보다 유지하는 것이 더 힘들고, 빠지는 것보다 견디는 것이 더 어렵다. 그런 면에서 도한과 화윤은 정말 오랫동안, 굉장히 엄청난 시간을 함께 달려온 사람들이었다.

"간다. 잘 지내."

"부사장님!"

현민은 그의 뒷모습을 보며 허탈하게 덧붙였다.

"사장님 만나면, 제가 엄청 짜증 냈다고 전해 주세요. 임직원들한테 인사 한마디 없이 떠나는 게 무슨 사장이냐고!"

"당연하지."

"물론 딱히 상처는 안 받았다고, 원래 그런 사람인 건 알고 있었다고, 죄책감은 안 느껴도 된다는 것까지도요."

"알았어."

성의 없는 대답임에도 현민은 그 말들이 모두 전달될 것을 알 수 있었다. 도한은 한 번도 무언가를 빠트리거나 놓친 적이 없는 사람이었기 때문이다.

아무도 종잡을 수 없는 화윤의 행선지를 짐작할 수 있는 사람이 이 세상에 있다면 도한뿐일 것이라는 생각이 들어 현민은 뒤통수를 긁었다.

지금까지 화윤은 비정상이고, 도한은 정상이라고 생각했다.

과연 화윤을 끝까지 기다리겠다는 도한은 그렇다면 정상의 범주인가?

둘 사이를 보면 정상과 비정상의 경계가 흐려지고, 비슷한 사람끼리 만나야 행복하다는 상식도 희미해지고, 다만 이 세상에 유일한 둘만의 관계가 있다는 생각이 들었다.

세상에는 논리로 설명할 수 없는 관계가 있다는 것을.

"끝까지 엿 먹이네."

깊숙이 모자를 눌러쓴 화윤은 택시 뒷좌석에서 휴대폰을 보면서 한숨을 쉬었다.

"네가 정착할 수 있는 남자는 없을 거야. 절절히 느끼고 내게 오길 바라."

시환의 마지막 말은 이런 뜻이었나. 화윤은 신경질적으로 휴대폰 화면을 꺼 버렸지만 그 잔상이 사라질 리가 없었다. 어지러움을 느끼며 눈을 감았다. 그녀가 분노에 못 이겨 혼자서 중얼거렸다.

"내가 어떤 남자랑 자던, 매일 다른 클럽에서 다른 외국인이랑 놀아나던 그게 무슨 상관이야? 내가 누구한테 상처를 줬니, 누구한테 억지를 썼니, 합의하지 않은 권력을 사용했니? 그리고 이딴 걸 전 국민이 아는 게 나한테 조금이라도 영향이 있을 것 같아? 백만 명이 날 욕해도 상관없어. 어차피 욕먹기 시작한 삶."

혼잣말은 최근 생긴 그녀의 버릇이었다. 도한과 함께 살다 보니 사소한 대화를 하는 게 습관이 되었었는데, 그를 떠나고 난 뒤 혼자서 이런저런 말을 중얼거리게 되었다. 그럴 때마다 새삼 쓸쓸함이 밀려들곤 하는 것이었다. 그녀의 혼잣말은 마스크 속에서 알 수 없는 웅얼거림이 되어 사라졌다.

"그런데……."

그녀가 울컥하는 감정을 억지로 꾹꾹 눌렀다.

"한 사람한테…… 지금 생각나는 한 사람이…… 내가 얼마나…… 얼마나 두려운지 알아? 정말로, 정말로 난 이딴 거 전혀 상관없는데…… 진짜 이런 모습 보여 주기 싫은 사람이 생겼단 말이야……."

기사에 같이 실린 사진은 일전에 시환이 접대랍시고 마련한 자리에서 자신에게 보여 주었던 사진이다.

언제 어떻게 은진과 시환이 접촉했는지, 접촉하지 않았다면 어떻게 엮어서 이런 기사가 나올 수 있었는지 짐작할 수 없었으나 그녀는 기사의 P양이 은진임을 빠르게 직감했다.

시환과 은진은 또 어떻게 연결된 것인지, 언제부터 은진을 믿지 말았어야 했는지 짐작은 가지 않았으나 어차피 벌어진 일이었으니 생각할 필요는 없었다.

"이런저런 남자를 만나다가 정말 사랑하는 사람이 생기면 아무 죄책감도 없이 사랑할 수 있겠어?"

화윤처럼 살겠다는 은진에게 이런 조언을 한 적이 있었다.

"마구잡이로 살다가 후배님의 평온한 일상도, 꿈꾸던 미래도 다 날아갈 수 있어. 결론은 이렇게 막살면 안 된다는 소리야. 그러지 마."

그때는 그 모든 것이 자신에게 있을 수 없는 일이라고 생각했는데. 사실은 남을 위해 조언을 해 줄 처지가 아니었던 것이다. 자신이 정확하게 경고했던 그 말들이 자신을 향해 오는 것을 보고 화윤은 인생의 잔인함을 느꼈다.

정말 사랑하는 사람이 자신에게 생길 줄 몰랐고, 잃고 싶지 않은 평온한 일상도 경험할 줄 몰랐다.

한때였지만, 딱 지금처럼만 계속 함께 살고 싶다는 미래도 꿈꾼 적이 있었다.

"더 이상 내일이 의미가 없을 때, 그때가 오면 나처럼 사는 걸 한 번 생각해 봐."

인생이 이렇게 내 뒤통수를 치는구나. 화윤의 머리가 멍해졌다. 인과응보라고, 자신의 과거가 이런 식으로 덮쳐 오는 것에 그녀는 어떠한 변명도 할 생각이 없었다.

"한 치 앞도 모르는 게 내 감정이고, 내 인생이야."

어쩌면 이런 일이 벌어질 것이라는 예상을 어렴풋이 했기 때문에 도한을 떠난 걸지도 모른다. 만일 그의 집에서 함께 있다가 이런 사진을 봤다면 어떻게 그의 얼굴을 봤을지 상상하기도 싫었다.

같이 있었다면 그를 아무렇지도 않게 대할 수 있을까. 미안하다고 했을까. 도한이 자신을 아무렇지도 않게 대해도 자신은 그냥 넘길 수 있을까.

도한은 자신을 계속 사랑해 주었을까. 이 모든 사진을 눈으로 확인하고도, 전 국민이 자신의 문란한 과거를 알아차렸는데도.

그 물음에는 자신이 없었다. 만일 화윤이 모든 것을 던지고 잠적했음에도 불구하고 그녀에게 손톱만큼의 미련이 있었더라도, 이런 사태까지 왔다면 이제 정말 포기하고 싶어질 것 같았다.

짧은 시간 동안, 화윤의 머릿속에 각종 기억들이 어지럽게 뒤섞였다.

아침마다 그녀를 보고 부드럽게 짓던 미소, 그럴 때마다 베란다 밖에서 들어오던 햇빛, 웃을 때마다 부드럽게 호를 그리던 입술, 안경을 벗으면 생각보다 부드러웠던 인상, 함께 가볍게 부딪히고 마시던 편의점 맥주의 청량함, 잠들 때마다 좋은 꿈꾸라고 속삭이던 밤 인사.

분명히 자극적인 즐거움은 아니었는데도 아련하게 머무르고 싶어지는 기억들이었다.

"차라리 잘 된 거지, 뭐."

그녀는 서울을 훌쩍 벗어난 외곽의 풍경을 쓸쓸하게 바라보았다.

"미련 같은 것도 없어지고."

저 멀리, 다소 을씨년스러운 건물이 하나 보였다. 그녀의 목적지인 K요양원이 생각보다 초라한 모습으로 서 있었다. 이제 세상에서 그녀가 가진 단 하나의 미련을 만날 시간이 오고 있었다.

화윤은 살짝 긴장된 얼굴로 어깨에 걸친 가방 속을 흘끗 쳐다보았다.

K요양원에 도착한 그녀는 관계자와 대화를 나눈 뒤 멍하니 벤치에 앉아 있었다.

여기저기서 보이는 휠체어 속의 노인들이 알아들을 수 없는 말을 중얼거리거나 시체처럼 흐릿한 눈으로 어딘가를 바라보고 있었다.

화윤은 며칠간 직접 중학교 선생님의 거처를 찾아다녔다. 처음에는 얼굴과 이름이 달라져 민망한 마음에 찾아뵙지 못했고, 나중에는 다시 고향에 가고 싶지 않다는 마음과 언제든 뵐 수 있다는 생각에 10년을 끌었다. 생각보다 쉬운 일이었는데 결국엔 정말 당장 죽을 마음이 생기고 나서야 찾아오게 되었다.

이곳에 선생님이 계시다는 사실부터가 슬픔이 몰려와 그녀는 고개를 푹 숙였다. 애착을 가진 상대가 있는 것은 이토록 힘든 일이다.

정작 자신의 외할머니는 언제 어디서 돌아가셨는지도 모르는데, 그것이 하나도 슬프지 않았는데 지금 은사님의 거처를 확인한 것 자체로 기운이 빠졌다.

어디가 아프신 걸까, 얼마나 아프시면 이런 곳에 계신 걸까, 조금 더 좋은 곳에 모시기는 어려웠을까, 선생님께 무슨 사정이라도 있었던 걸까.

생각에 생각이 꼬리를 물고 늘어질 때 거짓말처럼 퉁한 표정의 간병인이 천천히 휠체어를 끌고 그녀의 앞에 섰다.

"이숙현 할머니 면회 오신 것 맞죠?"

"……예."

하얗게 센 머리와 주름으로 뒤덮인 검은 얼굴이 화윤을 바라보았다.

그녀의 은사, 숙현은 몇 년 전 마지막으로 보았을 때와 비교도 할 수 없이 늙고 몸이 불어 있었다. 그러나 더 충격적인 것은 숙현의 표정이었다.

전혀 모르는 사람을 본다는 듯한 그녀의 눈동자를 보고 화윤은 머리를 한 대 맞은 것 같았다.

"선생님?"

"나 배고파. 밥 언제 줘?"

"선생님, 저 기억 안 나세요?"

"아버지? 아버지, 혹시 과자 사 오셨어요? 아이고, 저는 정말 괜찮다니까……"

화윤의 눈에 순식간에 눈물이 고였다. 충격을 받은 그녀의 얼굴을 본 간호사가 무덤덤하게 숙현은 현재 치매 말기고, 가끔 찾아오는 가족의 얼굴도 제대로 못 알아볼 때가 많다고 설명해 주었다. 간단한 퍼즐 하나도 못 맞추게 되었다는 말을 들었을 때, 화윤의 가슴에 절망이 쿵 하고 내려앉았다.

"선생님."

화윤이 그녀의 휠체어 앞에 무릎을 꿇고 중얼거렸다.

"선생님, 저 은희예요. 채은희, 기억 안 나세요?"

그녀는 개명 전 이름을 말하며 간절하게 말했다. 그래도 반응이 없자, 화윤은 모자를 벗고 마스크를 내렸다.

간병인은 그녀의 얼굴을 유심히 바라보기는 했지만 '채은희'라는 낯선 이름에 무언가를 물어보려다 말았다.

"은희, 채은희. 모르시겠어요? 얼굴이 좀 바뀌긴 했는데 그래도 자세히 보면 옛 얼굴이 남아 있을 거예요. 선생님, 저 좀 보세요."

기적 같은 건 없나. 예외 같은 건 없나. 자식들이 아닌 대다수의 사람들을 만나면 거의 다 아버지라고 인식한다는 숙현은 그녀를 바라보면서 엉뚱한 소리를 할 뿐이었다.

"아버지, 너무 힘들게 일하지 말아요. 제가 얼른 커서 일하면 되지요."

"선생님……! 제가 중학교 졸업할 때, 저 꼭 안아 주셨잖아요."

그녀가 가방을 뒤져 대학교 졸업장을 꺼냈다. 도한의 집에서 마지막으로 유일하게 챙긴 것이었다.

화윤은 졸업장을 펼쳐 숙현의 무릎 위에 놓아주었지만 숙현의 공허한 눈빛은 졸업장을 쳐다보지도 않았다.

"버텨서 장하다고, 앞으로 조금만 더 버텨서 고등학교도 잘 졸업하라고⋯⋯."

그녀는 입술을 꼭 깨물며 눈물을 참았다. 검정고시를 치고, 대학에 입학하고, 또 자퇴를 고민하면서도 꾸역꾸역 학점을 채워 가며 막연히 상상하던 장면이 있었다.

바로 숙현에게 졸업장을 보여 주는 모습이었다.

"그런데⋯⋯ 졸업하지 못하고 바로 자퇴해 버려서 죄송해요."

"아버지, 그런데 나 과자 먹고 싶어. 하나만 주세요. 오늘 저녁에 먹을 거예요. 동생들 것은 다 남겨 놓을게."

"그래도 선생님이 저를 생각해 준 시간들이 있어서 한국에서 제일 좋은 대학도 갔는데, 가서 선생님 말 듣고 졸업장도 땄는데⋯⋯."

"아버지, 울지 마세요. 제가 철없이 굴어서 그런가요?"

마음에만 묻어 두고 간절하지 않았던 바람이 시간 속에서 이미 무력해진 줄도 모른 채 살았다. 언제라도 할 수 있을 것만 같았던 일들은 그녀를 기다려 주지 않는다.

몇 년 전 어느 상갓집에 갔다가, 나중에 효도하려고 했다며 이렇게 기회조차 없을 줄은 몰랐다고 오열하던 누군가가 떠올랐다. 어쩌면 사람들의 삶은 수없이 다른 상황 속에서도 이리도 닮았을까.

"선생님, 정말로 저 기억 안 나세요? 정말 조금도?"

"괜찮아요. 저 정말 공부 열심히 할게요."

"그러면, 그러면⋯⋯ 선생님. 우리 기억들은, 저를 일으켜 세워 주고 제가 평생 잊지 못했던 그 기억들은 이제 저만 가진 거예요? 선생님 머릿속에는 아예 사라져 버린 거예요?"

화윤의 입김이 맥없이 흩어졌다. 차가운 땅의 기운이 무릎을 타고 올라와 몸이 부들부들 떨렸다.

"시장하시죠? 얼른 숙자한테 밥 차리라고 할게요. 일어나세요. 왜 그러고 계세요?"

"선생님, 제발 한 번만 저 좀 기억해 주세요. 한 번만 얘기 좀 들어 주세요. 한 번만…… 저 대학 졸업장 땄다고, 한 번만 기억해 주시면 안 돼요?"

"숙자야! 얼른 들어가자. 춥기도 하고, 아버지 진지도 잡수셔야지."

화윤의 눈에 허탈함과 허무함이 잔뜩 깃들었다. 눈앞에 선생님이 있는데, 정말 그토록 원하던 대학 졸업장 땄다는 말을 전하는데 전달이 되지 못하고 있었다. 그 무엇도 기억하지 못한다는, 모든 것들이 사라졌다는 사실을 인정하기가 힘들었다.

"선생님……."

이런 걸 무력하다고 하는 거구나. 화윤은 다리에 힘이 풀려 일어날 수가 없었다.

어떻게 할 수 있는 것이 없었다. 그 어떤 절망이 다가와도 그저 죽어 버리면 그만이라고 생각해서 괜찮았는데, 생애 의미 있었던 단 하나의 사람, 힘든 시기에 존재만으로도 의지가 되던 은사님의 기억이 무너진 것을 보니 인간이 어찌할 수 없는 슬픔을 느꼈다.

"아이고, 그새 오줌 싸셨네. 들어가 봐야겠어요."

간병인은 이러한 슬픔을 너무나 많이 봐서 무뎌진 사람 같았다. 그녀는 능숙하게 휠체어를 돌리며 말했다.

"더 시간 필요하세요? 다시 나올까요?"

"아. 잠시만요."

화윤은 주저앉은 채로 멍하니 중얼거렸다.

"조금만 생각할 시간이 필요해서요. 시간이 더 필요하면……
다시 말씀드릴게요."

"그렇게 하세요."

간병인은 이내 휠체어를 밀며 멀어졌다. 화윤은 힘없는 다리
를 질질 끌다시피 하여 다시 벤치에 앉았다.

두 손에 얼굴을 묻었다. 납골당이나 무덤까지 각오했는데도
왜 이리 슬픈지 모르겠다. 분명히 육체는 선생님이 맞는데, 모
든 것들이 그녀가 아니었다. 그때의 그 기억과 약속은 모두 어
디로 간 걸까.

조금 더 일찍 찾았어야 했는데. 다음에 한국에 들어오면 더
찾아보자, 연락처를 남겨 뒀으니 연락이 오겠지, 이런 마음가짐
으로 자꾸만 미뤄왔다. 다음 같은 건 없다는 걸 알면서 살아왔
으면서도.

나의 삶은 모순투성이구나. 대단하고 하찮게 산다고 삶을 방
관했으면서도 사실 그냥 대충 산 것뿐이구나. 화윤은 등을 구부
리고 한참 동안 눈을 뜨지 못했다.

모든 것을 놓아 버리고 산다고 했으면서도 어느새 애착을 가
진 사람들이 생겼고, 소중히 하면서도 제대로 곁에 두지 못했으
니 얼마나 의미 없는 삶인가.

언제 떨어졌는지 모를 졸업장이 숙현이 있던 자리에 초라하

게 떨어져 있었다. 화윤은 주울 생각도 하지 않은 채 등을 옹송 그려 무릎에 얼굴을 묻었다. 그녀의 삶에 얼마 안 되었던, 목적을 가지고 이루었던 것이 모두 허무하게 흩어졌다.

숙현의 말을 되새기며 받아 낸 대학교 졸업장도, 도한과 연결되고 싶어 지니고 있었던 유니콤도 결국엔 어떠한 의미도 없게 되어 버렸다. 자신이 롤모델이라고 했던 까마득히 어린 후배는 모든 것을 비웃듯이 자신을 비난하는 글을 인터넷에 올렸다.

이제는 정말로 세상에 나를 둘 곳은 아무 데도 없는가.

하고 싶은 것도, 가고 싶은 곳도, 먹고 싶은 것도 없었다. 삶이라는 것은 지긋지긋하고, 인생은 어렵기만 하고, 행복이라는 것은 허상과도 같았다.

기억도 의미도 잃은 숙현을 본 뒤 정신에 큰 타격을 입은 화윤이 이제는 정말로 지친다고, 더 이상은 살고 싶지 않다고 결심하던 찰나였다.

"채화윤."

낮게 들려오는 목소리에 화윤은 잠시 자신이 환청을 듣고 있다고 생각했다. 그녀가 믿어지지 않는다는 눈빛으로 고개를 들었다.

"이거 버리면 안 되지."

화윤이 멍한 표정으로 청바지 차림의 도한을 올려다보았다. 편한 옷차림의 그가 평소와 같이 무심한 표정으로 졸업장에 묻은 흙을 털어 내고 있었다.

"……어."

그가 그녀의 졸업장을 들고, 무릎을 굽혀 벤치에 앉아 있던 화윤과 눈높이를 맞춰 다리를 구부리고 앉았다.

"여기는 어떻게……?"

"이게 없어졌더라고."

그가 졸업장을 툭툭 치며 살짝 웃었다.

"네가 이걸 가져갔다면, 분명히 여기로 오지 않을까 싶어서."

"너, 여기에 선생님 계신 거 알고 있었어?"

"사실은 네가 충격받을까 봐 숨기고 있었어."

화윤은 그를 아주 오랜만에 보는 느낌이 들었지만, 동시에 어쩔 수 없는 편안함을 느꼈다.

몇 달 만에 만나도 아무렇지도 않게 대화를 이어 가던 그들이었다. 지금의 화윤은 아직 정신을 못 차리고, 그동안의 그 시간들이 느릿하게 그녀를 움직이고 있는 느낌이었다.

"계속 기다렸어."

화윤은 뭔가 감정이 자꾸 북받쳐 올라 말을 잇지 못하는데, 도한은 아주 오랫동안 준비해 온 것처럼 담담하게 말을 이었다.

"네가 사라진 뒤로, 계속해서 네가 여기에 나타나기를."

"대체 왜……."

"이제 내가 백수가 된 지라, 시간이 많아서 말이야. 인수 절차 마무리하는 건 좀 시간이 걸렸지만, 그때에도 어쨌든 네가 나타나면 연락해 달라고 부탁해 두었었거든. 생각보다 네가 좀 늦어서 다행이네."

"야, 하도한."

화윤이 살짝 한숨을 쉬고, 어이가 없다는 듯이 쏘아붙였다.

"너 바보야?"

도한이 피식 웃었다. 화윤은 미간을 찌푸리며 툴툴거렸다.

"너한테 한마디 상의도 없이 유니콤 넘겼다고. 이제 너랑 나랑 이어지던 끈은 끝난 거야. 이제 자유로워지라고 했잖아. 그런데 왜 날 여기서 기다려? 네 연락도 받지 않은 나를, 무책임하기 그지없는 사장을 왜? 욕하려고?"

아무 말도 하지 않는 그를 마주한 화윤의 목소리가 살짝 떨렸다.

"이젠 동업자가 아니고, 다 끝났잖아."

화윤이 애써 웃음을 지으려고 했지만 결국 실패하고 입술을 깨물며 말을 이었다.

"어차피 충동적으로 만든 프로그램, 모든 것엔 끝이 있겠지. 그래도 유니콤을 만들어 너랑 10년 동안 함께해서 좋았어. 이제 그냥 예전으로 다 돌아간 것뿐이야."

정적이 잠시 흐르고, 도한이 그녀의 손을 잡았다. 밖에 오래 있었던 화윤의 손이 찼다.

"너와 나는 유니콤이 아니면 아무 사이도 아니야?"

"하도한."

화윤은 그의 손을 맞잡았다.

"네가 내 모든 것을 받아 줄 거라는 건 알아. 그렇지만 언제까지 그럴 수 있을까."

도한은 잠시 그녀가 쓸쓸해 보인다고 생각했다. 채화윤과 쓸쓸함은 절대 어울리지 않는 단어였는데, 지금은 슬플 정도로 쓸쓸해 보였다. 도한은 새삼 그녀가 꽤 말랐다는 것을 깨닫고 한숨을 삼켰다.

"너랑 나랑 유니콤. 우린 운명 공동체였는데 이제 깨진 거잖아. 사실은, 사실은 그걸 깨고 싶지 않아서 유니콤을 넘기기 싫었는데…… 어쩌면 너를 끝까지 잡아 둘 수 있는 수단이라고 남몰래 생각했었는데……."

"그런 거 없어도 남들은 잘만 사랑하고 살아."

도한의 입에서 사랑이라는 단어가 나오자, 화윤의 입에서 참아 왔던 말들이 하릴없이 쏟아져 나오기 시작했다.

"맞아. 나는 네가 좋아."

원래 그녀는 무언가를 오랫동안 참는 사람이 아니었고, 게다가 상대가 도한이라면 결국엔 모든 생각을 전할 수밖에 없었다. 그만큼 그의 앞에서 자기 자신을 보이는 데에 익숙했기 때문이었다.

"그동안의 모든 삶이 방황이라고 느껴질 정도로 너를 사랑해. 남들이 이런 걸 사랑이라 부르나 싶을 정도로 새롭게. 나 정말, 진부하지만 너를 위해 죽을 수도 있어."

도한이 그럴 줄 알았다는 듯이 살짝 웃었다.

"그렇지만……."

도한은 그녀가 뭐라고 하든 그녀의 손을 놓을 생각이 없어 보였다.

그의 무표정한 얼굴을 다시 똑바로 쳐다보며 그녀는 허탈한 듯 중얼거렸다.

"그 기사들이, 내 과거들이 우리를 괴롭히지 않을까? 나는 네가 예전 여자 친구랑 보낸 메일만 생각해도 안에서 천불이 올라오는데, 너로서는 상상할 수 없는 과거를 나는 갖고 있고, 그 과거를 전 국민이 알기도 해. 그러니까…… 이제 굳이 힘든 건 하지 마."

"채화윤."

"대체 너는 어떤 생각으로, 오늘 아침 그 모든 기사를 봤을 텐데 여전히 나를……."

도한의 표정에는 변화가 없었다. 찬 바람이 부는 어느 횅한 요양원의 뒤뜰에서, 그들은 미동도 하지 않고 서로를 빤히 바라보았다.

"나 노래 하나 불러도 되냐?"

"어?"

도한은 목을 한 번 가다듬더니, 서투른 목소리로 노래를 부르기 시작했다.

지금 여기 너와 내가 마주 보고 서 있잖아
네 눈에 비친 내가 이렇게 편안히 웃고 있어
기억 속의 옛사랑이야 무슨 상관이야

크게 부르지는 않았지만, 주위에 아무도 없었기 때문에 그의 어설픈 목소리가 세상의 유일한 소리인 양 울려 퍼졌다.

화윤은 자신도 모르게 환히 웃었다.

변하지 않는 과거는 잊고 내 손을 잡아
우리 함께할 시간들이 궁금하지 않니
어쩔 수 없는 과거는 버리고 내게로 와

화윤이 아는 하도한은 아무런 반주도 없이 노래를 부르기는 커녕 혼자 샤워할 때도 콧노래조차 흥얼거리지 않는 사람이었다. 정말로 오랜만에 노래를 부르는지, 그의 음정 하나하나가 어색하기 그지없었다.

화윤은 그가 얼마나 큰 용기를 냈을까 싶어 노래가 끝날 즈음에는 깔깔대며 배를 잡았다. 약간은 어색한 그의 표정이 사진을 찍어 두고 싶을 만큼 새로웠다.

"야, 뭐 하는 거야?"

화윤이 눈물을 찍어 내며 웃었다.

"그냥 부르고 싶어서 불렀지, 뭐."

머쓱해 하면서 그가 딴청을 부리며 말했다.

"그깟 과거가 뭐가 대수냐? 새로운 기억으로 덮어 버리면 그만이지. 넌 과거 같은 거에 얽매여서 현재를 제대로 보지 못하는 게 최악이라고 생각하는 사람 아니었냐?"

예전에, 대학 캠퍼스를 갔을 때 화윤이 그에게 한 말 그대로였다. 그 당시에 화윤은 첫사랑에게 얽매인 듯한 그의 모습을 보면서 짜증 난 나머지 과거 따위는 중요하지 않다는 말을 해댔다. 충동적으로 '과거는 잊고' 라는 노래까지 부르면서.

그때부터 그녀는 그가 첫사랑을 생각한다는 사실만으로도 화가 치밀었던 것 같다.

사랑이라는 건 오랜 시간 마음속에 잠재되어 있다가, 어느 순간 자각과 동시에 폭포처럼 쏟아져 내리는 것인가, 화윤은 잠시 생각했다.

"나, 예선 여사 친구한테 돈 보낸 거 사실이야. 그렇지만 앞으로는 주아라한테 다시는 돈 안 보낼 거야."

도한이 담담하게 말했다.

"너도 그렇게 산 거 사실이지. 그렇지만 앞으로는 나만 봐. 그럴 수 있어."

"나 믿을 수 있어?"

화윤의 목소리에 간절함이 묻어났다.

"내가 약속하는 영원을 믿을 수 있어? 나는…… 유니콤을 안 넘기겠다는 약속도 이미 어겼어. 고등학교 자퇴하지 않겠다는 약속을 어긴 것처럼."

"대신 결국엔 대학교 졸업장 땄잖아."

도한은 그녀의 머리카락을 쓸어 주었다.

"유니콤은 넘겼어도, 나는 놓지 마라. 우리는 유니콤을 목적으로 하던 사람들이 아니잖아. 그냥, 그 시간 모두가 함께 있었던 그 순간순간이 가치 있는 것인데."

그가 부드럽게 웃었다. 화윤은 한 번도 해 보지 못한 생각이었다. 아무 매개체도, 아무 이유도 없이 누군가가 자신을 사랑해 줄 수 있다는 것. 자신의 엉망인 삶을 괜찮다 해 주고 끝까지 손을 내밀어 주는 사람.

"네가 언젠가는 나를 떠날 수도 있겠지만 그렇더라도 지금 결정을 후회하지는 않을 거야. 지금 내가 너를 너무 좋아해서. 너는 한국 온 지 일주일 만에 나를 사로잡았는데, 같이 살았던 그 시간 동안 내가 얼마나 홀렸겠냐."

그녀가 나타날 수도 있다는 작은 희망을 가지고 몇 날 며칠이고 이곳에서 그녀를 기다려 준 사람. 바닥까지 보여 줬음에도 불구하고 그녀에게 웃어 주는 그를 바라보며 화윤은 모든 두려움이 사라지는 것을 느꼈다.

그가 그녀를 버릴 것이라는 두려움, 차가운 눈빛으로 그녀를 떠날 수도 있다는 무서움, 그녀의 마음 깊숙하게 존재하고 있던 공포가 눈 녹듯이 사라지며 울컥한 그녀가 고개를 숙였다.

"아……."

"난 10년 동안 유니콘에 최선을 다해서 누군가에게 넘기는 지금도 미련이 없어. 미래에 무슨 일이 벌어지더라도 최선을 다해 사랑할 거야. 네 과거 같은 것에 신경 쓸 여유 없어. 나 내일 모레 마흔이야. 좋은 것만 생각하고 살기에도 벅차."

화윤은 아무 말도 이을 수 없었다. 도한이 천천히 그녀를 일으키며 말했다.

"밥은 먹었어?"

"……아니."

"따뜻한 것 먹자. 추우니까."

그녀가 마른침을 삼켰다. 그와의 식사가 정말 아무렇지도 않은, 당연한 일인 시절이 있었다.

"몸보신할까? 삼계탕 같은 것 먹이고 싶다."

도한은 화윤의 앞에 서서 축 늘어진 그녀의 머리카락을 천천히 쓰다듬어 주었다. 화윤의 눈에 눈물이 핑 돌았다.

"미안. 정말 미안."

"도대체 뭐가 미안하냐. 네 회사 네가 팔아 놓고."

"네가 그런 사진을 보게 하고. 너한테는 정말 보여 주고 싶지 않았는데…….”

화윤은 울지 않으려고 입술을 꾹 깨물었다. 그저 말을 하고 있을 뿐인데도 눈물이 비죽거리며 나와 눈에 힘을 잔뜩 주었다. 도한은 그런 그녀를 천천히 안았다.

“괜찮아.”

도한의 품에 안기자 온몸에 긴장이 풀린 화윤은 힘없이 그의 몸에 기댔다.

“과거가 우리를 잡아먹게 놔두지 말자.”

그의 낮은 목소리가 귓가에서 들렸다.

“기억 같은 건 언제나 만들 수 있는 거라고 네가 말해 주었잖아.”

그녀는 그의 품속에 얼굴을 더 깊숙이 파고들었다.

“앞만 보고 가는 거야.”

“…….”

“네가 뭐라고 해도 난 내가 하고 싶은 건 다 하고 살 거니까.”

도한은 그녀와 천천히 떨어져 그녀의 얼굴을 마주 보았다. 두 손으로 화윤의 두 볼을 감싼 그가 따뜻하게 웃었다.

“너와 계속 같이 있는 게 내가 하고 싶은 일이야. 사실은, 유니콤 경영보다.”

“…….”

“부끄러워서 그동안 말하지 못했을 뿐이야.”

너무 하고 싶은 말이 많으면, 결국 아무 말도 못 하게 되는 것일까. 화윤은 차마 대답하지 못하고 가는 숨만 내쉬었다.

“오늘은 참 힘든 하루다, 그렇지?”

"그러게. 정말로…… 지친다."

나의 이런 지친 모습을, 추하고 약한 모습을 이 세상에서 가장 많이 본 사람. 정말로 이런 모습을 보여 주기 싫었는데, 결국엔 바닥까지 다 보여 줘 버린 남자. 바닥을 보여 주고 싶지 않아 떠났는데, 그럼에도 불구하고 괜찮다고, 다 받아들일 수 있다고 말해 준 남자.

"제정신을 차릴 수 없을 정도로 지쳐."

아침에는 절대 유쾌하지 않은 사진들이 인터넷에 돌아다녔고, 오후에는 제정신이 아닌 은사님까지 만났다. 너무 지쳐서 삶을 이제 그만둬야겠다고 다짐한 순간, 존재만으로도 안도가 되는 남자가 나타나 따뜻한 것을 먹자고 손을 이끌었다.

"밥 먹고 나서."

"……."

"집에 가자."

그 말에, 화윤의 볼 위로 눈물이 흘렀다. 그녀는 눈물이 주룩주룩 흐르는 자신이 당황스러웠다. 집에 가자는 말이 뭐 그렇게 대수라고, 뭐가 그렇게 서러운지 뜨거운 눈물이 멈추지 않고 흘러내렸다. 그 어떤 상황에서도 울지 않았는데, 대체 집으로 가자는 그 말이 뭐라고.

도한이 흐르는 눈물을 천천히 닦아 주었다.

"생각이 너무 복잡하거든, 뭘 결정할 수 없거든, 그러면 일단 집에 가서 쉬자. 그러고 나서 생각하면 되잖아."

"……그래."

화윤이 코를 훌쩍거리며 고개를 끄덕였다. 얼굴이 엉망일 것을 알면서도 그녀는 도한의 손길을 뿌리치지 않았다.

호기롭게 편지 한 장 남기고 떠나온 것이 무색하게, 화윤은 너무나 쉽게 고개를 끄덕였다.

그녀는 살면서 단 한 번도 해 본 적 없던 말을 내뱉으며, 다시 한번 세차게 고개를 끄덕였다.

"집으로 가자."

도한은 그녀를 이끌고 시내의 한 삼계탕집으로 향했다.

한방 냄새가 나는, 푹 고아진 닭을 보고 있다가 화윤이 숟가락을 들었다. 뚝배기 속의 국물은 따뜻했고 쭉쭉 찢어지는 닭고기는 부드러웠다.

살면서 온갖 맛있는 음식을 먹으러 다녔지만 이렇게 대놓고 몸보신하는 음식을 먹어 본 적이 없었다.

"몸이 많이 안 좋아 보여서. 날도 춥고."

"맛있어."

"어른들이 왜 자꾸 복날마다 이런 거 챙겨 먹으라고 하는지 알겠어."

도한이 씩 웃으며 말했다.

"왜 그러는 건데?"

화윤이 눈을 깜빡이며 물었다.

"난 날 챙겨 주는 어른이 없어서 아직도 모르겠어."

"아끼는 마음이지, 뭐."

그가 흘러내린 그녀의 앞머리를 쓸어 넘겨주었다.

"나이가 드니까, 세상사가 절대 마음대로 안 된다는 걸 알게 되잖아. 꿈도, 미래도, 희망 같은 것도, 이제 영영 이루어지지 않을 수 있다는 걸 받아들이는 거지."

"……."

"내가 조금 더 젊었다면 네게 화를 낼 수도 있었겠지. 어떻게 그렇게 쉽게 유니콤을 놓아 버리고, 나를 떠날 수 있냐고. 현민이가 네게 정확히 이대로 전해 달라더라. 직원들에게 인사도 안 하는 무책임한 사장님한테 욕해 달라고."

"하하……."

"나도 덩달아 욕하고 싶을 수도 있겠지. 왜 그렇게 막살아서 나를 마음 아프게 하냐고. 그런데 이제 불혹이 가까워서 그런지 다 그럴 수도 있다는 생각이 들어."

그의 어조에 조금도 원망하는 기색이 담겨 있지 않아서 그녀는 턱을 괴고 그를 물끄러미 바라보았다.

"아이의 미덕이 꿈을 꾸는 일이라면, 어른의 미덕은 살아내는 것 아닐까. 아무리 상상했던 것보다 보잘것없는 삶을 살더라도 말이야."

그녀는 지금까지 한 번도 꿈을 꾸지 않았고, 살아내겠다는 생각조차 해 본 적이 없었다.

"그러니까 같이 살아내자. 때 되면 보양식을 먹고, 몸이 예전 같지 않거든 영양제를 먹고, 채소를 많이 먹고, 뭐 그러면서. 함께하는 삶 그 자체가 중요하지, 반드시 뭘 이뤄야 하나?"

10년간 언제나 그 자리에 서 있었던 남자, 처음 만났을 때 보였던 그 뚱한 표정으로 항상 그녀를 챙겨 주던 동료.

어느 날 갑자기 그녀의 선 안으로 넘어와 그 누구도 약속해 주지 않았던 기다림을 말해 주었고, 끝까지 그녀를 지키려고 고군분투했던 그는 또 똑같은 얼굴로 그녀 앞에 앉아 있었다.

딱히 감정 기복이 없는 얼굴, 딱딱한 표정 뒤에 충분히 읽을 수 있는 다정함, 툭툭 내뱉는 말들 속에 느껴지는 따뜻함, 존재만으로도 불안한 그녀의 옆에서 한결같이 유지하고 있는 평정심. 그녀가 모든 걸 내던지고 도망쳤을 때에도 그녀보다 그녀의 삶을 더 소중히 여겨 준 사람.

지속되는 따뜻함을 견디지 못해 떠돌았던 시절이 있었다. 도한이 없었다면 계속해서 그렇게 살았을 것이다. 그러나 그 따스함을 손으로 잡고 싶었던 것도 사실이다.

사랑은 사람을 다시 어쩔 줄 몰라 하는 어린아이로 만든다. 그렇다면 비정상적으로 형성된 회피 애착이라는 것도 바로잡을 수 있지 않을까.

"하도한."

화윤이 그를 마주 보며 결심한 듯 말했다. 만일 그녀의 삶이 방황 그 자체였다면, 자리를 잡을 곳은 결국엔 항상 뒤를 돌아보았을 때 가만히 있던 그 사람의 옆이었다.

"나는 말이야, 너랑 달라. 네가 나를 떠난다고 하면…… 어떻게든 되찾을 거야."

그녀는 도도하게 턱을 치켜들고 말했다. 그가 제멋대로에 남의 입장을 생각하지 않는 그녀를 사랑해 준다면, 그녀 역시 더는 떠나는 것만이 도한을 위한 일이라고 생각하지 않기로 했다.

마음이 시키는 대로 행동하기로 한 것이다.

그리고 도한의 옆이라면 그녀는 정말로 삶을 잘 살아낼 수 있 겠다는 생각이 들었다.

"나 같은 사람은 내가 제일 잘 알아. 내가 변할 리 없어."

"너, 나 살짝 미친 거 알지? 만에 하나 네가 변한다 해도 너를 무조건 되찾을 거야. 우리가 헤어지게 된 이유가 뭐든 그것을 없애고 파내고 사라지게 해서 다시 내 옆에 갖다 놓을 거야. 그 러니까 대답 잘해. 도망갈 마지막 기회니까."

그녀가 한 번 심호흡을 한 뒤 말을 이었다. 정말로 어른의 미 덕이 살아내는 것이라면, 그가 없는 삶을 상상하기가 이제는 힘 들었다. 앞으로 살아갈 생각을 한다면 절대 그를 놓을 수가 없 었다.

그는 지금 그녀에게 유일한 애착 대상이었고, 이 세상에 존재 하는 단 하나의 그녀를 기다려 줄 수 있는 끈이었다.

"난 너같이 관조적인 말은 잘하지 못하겠어. 그런 건 내 전공 이 아니야. 일차원적이고, 단도직입적이고, 내 감정에만 충실하 게 말할게."

식사 시기를 놓친 삼계탕 집에는 얼마 안 되는 손님들이 뚝뚝 떨어진 테이블에 앉아 있었다.

"너 지금 내 옆에 있겠다고 하면, 도망가고 싶어도 못 도망갈 줄 알아."

그녀가 몸을 앞으로 기울여 그의 턱 밑에 바로 자신의 얼굴을 기울이며 속삭였다.

"동업자님……."

도한은 그녀의 반달같이 휘어진 눈에 비친 자신의 모습을 보았다.

"그럼 이제 내 동반자님이 되어 줄래?"

그녀의 달콤한 속삭임을 듣고 나자, 그는 더는 주변을 신경 쓰고 싶지 않았다. 무단 횡단조차 해 본 적 없는 그가 그녀의 붉은 입술에 자신의 입술을 갖다 대었다. 그녀의 볼을 감싸고 그가 속삭였다.

"호텔 같은 곳은 이제 가지 마라."

그녀는 기분 좋게 그의 입술을 느끼며 탁자 위로 몸을 더 기울였다. 그의 큰 손이 그녀의 볼을 감쌌다. 살다 보면 서울 시내 한복판의 한 음식점에서 남들의 눈꼴신다는 시선을 받으며 진한 스킨십 한 번은 할 수 있지 않을까.

그래. 불혹이라는 마흔, 마흔이 되기 전에. 도한의 작은 속삭임이 그녀의 입술 위에서 이어졌다.

"예약 같은 거, 이제 안 해 줄 거야."

그 말에 화윤이 키득거렸다. 그녀는 눈을 가늘게 뜨고 대답했다.

"그럼."

그녀가 분명하게 말했다.

"······집에 가야지."

마지막으로 그의 입술에 입 맞추고, 화윤이 천천히 자세를 정돈하며 밝게 말했다.

"지난 아침, 사과 자르는데 칼이 잘 안 들더라. 칼 좀 갈아야겠어."

"알았어."

고작 며칠 있었는데, 머무른다는 생각을 난생처음 해서 그런지 아무렇지도 않게 돌아가는 것이 자연스럽게 느껴졌다.

도한이 챙긴 그녀의 졸업장은 이제 다시 서랍장에 들어갈 것이다. 모든 게 제자리로 돌아간다는 생각이 들었다.

그녀도 행방을 몰랐지만, 도한의 집에 단정히 몇 년 동안이나 잠들어 분명히 존재했던 것. 졸업장도, 그녀의 알 수 없이 비어 있던 마음 한 조각도 항상 그 자리에 있었다.

그녀에게는 지금 그 무엇도 없었다.

그녀의 유년기에 단 하나 기둥이었던 사람은 모든 기억을 잃었고, 어쨌든 10년 동안 만들어 놓았던 회사는 원수 같은 자식에게 넘겨 버렸으며, 자신에 대한 모든 추문과 비밀을 온 세상 사람들이 알아 버렸다.

그럼에도 불구하고 기다려 준 사람이 있어서, 돌아갈 곳이 있어서 그녀는 그 어느 때보다 가슴이 충만해지는 것을 느꼈다.

"여기서 집에 가려면 어떻게 가야 되지?"

도한은 씩 웃으며 그녀에게 손을 내밀었다.

"그냥 넌 내 옆자리에 있기만 해."

"……어?"

"내 조수석 옆에서 가만히 있기만 하면."

많이 돌아왔지만, 우리는 10년 동안 사실은 함께 걷고 있었으니까.

"어디에 있어도 함께 집에 갈 수 있을 거야."

"음."

이렇게 힘들고, 괴롭지 않았다면 평생 몰랐을 편안함.

"지치고 힘들 때, 고민 없이 한 몸 누울 수 있는 곳 말이야."

"지금 우리한테 필요한 곳이겠다."

화윤이 키득거리며 웃었다.

"우린 지금 동반 실직했으니까."

11화

인간의 위대함에 대한 내 정식은 운명애다.
네 운명을 사랑하라.

—니체, 〈이 사람을 보라〉

그러니까 둘에게 모두 여유 시간이 생긴 셈이다. 도한은 남은 인수인계 절차에 바빴지만 예전처럼 일을 스스로 열심히 하지 않다 보니 주말에 화윤의 손을 잡고 경복궁에 갈 수는 있게 되었다.

어느 햇살이 따뜻하던 겨울날, 느지막이 일어나 나온 경복궁 앞에는 온갖 한복을 입은 관광객들이 많았다.

"그때 한복도 샀는데, 어디 갔는지도 모르겠어."

안경을 쓰고, 어깨까지 오는 구불거리는 머리를 묶은 수수한 차림의 화윤은 원래 연예인이 아니었기 때문에 길 가는 사람들이 흘끔 쳐다보기는 했어도 제대로 알아보는 사람은 없었다.

그녀에 대한 세상의 관심은 빠르게 식었다. 유니콘의 매각 및 합병은 그 누구의 반대 없이 순조롭게 이루어졌고 화윤과 시환의 결혼설도 당연히 일단락됐다.

그토록 문란하게 살았다는 기사가 떴는데 주성에서 그녀를
받아 줄 리가 없다는 것이 중론이었다.

"한복을 입고 싶다, 이거잖아. 다른 방법이 있겠지."

도한은 주위를 둘러보더니, 한복을 대여해 준다는 집을 찾아
서 그녀를 데려갔다. 한복이 혼수 위주의 종로 주단 집보다 훨
씬 더 다양했다. 외국인 관광객이나 데이트하는 사람들을 타깃
으로 한 여러 종류의 한복이 있었다.

화윤이 둘 다 입어야 한다고 우기는 바람에 그도 한복을 골랐
는데, 의외로 왕이 입는 곤룡포를 골라 화윤은 낄낄댔다.

키가 큰 도한에게 곤룡포는 사실 잘 어울렸다. 화윤은 평범한
한복을 빌리려다가 기생 한복이 마음에 들어 바꿔 입었다.

도한과 화윤은 왕과 기생이 되어 경복궁을 향해 걷기 시작했
다.

"아무래도 난 전생에 왕이었나 봐."

도한은 얼굴색 하나 바꾸지 않고 천연덕스럽게 말했다.

"옷이 아주 편안하네. 옛 기억이 살아 돌아오는 것 같기도 하
고."

"네가 왕이었으면 진짜 재미없었겠다."

화윤은 치맛자락을 한 번 휘어잡고 진지하게 말했다.

"넌 정말로 성군이고, 태평성대였을 것 같아. 아무 일 없어서
사극도 안 만들어지는 그런 아주 무난한 시대."

"또 모르지."

그가 한숨을 쉬었다.

"네가 기생으로 같은 시대에 태어났으면 네 치맛자락에 휩싸

여서 정사를 다 망쳤을지도."

"그럴 듯한데."

화윤과 도한은 시답지 않은 농담을 하며 키득댔다.

"이상한 세상이야."

도한이 눈을 가늘게 뜨고 중얼거렸다.

"여기, 왕이 사는 곳이었잖아. 일반 백성들이 오고 싶다고 해서 올 수 있는 곳은 절대 아니었을 텐데. 지금은 아무나 구경 오고, 심지어 왕이 입는 옷도 입을 수 있고."

"좋은 세상이지."

화윤이 그의 손등에 입을 맞추며 말했다.

"옛날 같았으면 진시환 같은 왕이 첩으로 들어와라, 하면 찍 소리 못하고 들어갔어야 했을 거 아니야."

"그렇게 생각하니……."

도한은 화윤의 손을 놓고 어깨를 꽉 감싸 안으며 중얼거렸다.

"유니콤을 넘겼어도, 너만은 내 옆에 뒀으니 그걸로 됐다. 사실 이길 수가 없는 싸움에서 진짜 못 이기니까 기분이 나빴는데."

"그래. 그놈은 별거 없어도 그놈이 가진 걸 생각해 봐. 그동안 살짝 해킹해서 봤더니 대단하더라. 요새 아무도 나한테 접근 안 하는 이유가 있었어. 참 자본주의 사회에 돈이란 건 엄청나. 나도 돈이라면 많은 줄 알았는데 비교도 안 되더라고."

"좋은 세상이야."

진시환 이야기가 나오니 도한이 얼마나 그녀를 세게 안았는지 화윤은 숨이 좀 막혔지만 기분이 나쁘지 않아 더 그의 품에 파고들었다. 햇살이 기분 좋았고, 시야도 밝았다.

"넌 참 좋겠다. 나처럼 멋있는 남자랑 데이트도 하고. 내가 이렇게 기분이 좋은데 넌 얼마나 좋겠냐?"

"건방지긴."

"어허, 지금은 왕인데 못하는 말이 없네."

"아이고, 그렇게 왕 하고 싶어 하는 줄 몰랐어. 이번 생애에 평범하디 평범한 남자로 태어나서 얼마나 슬프니?"

화윤은 곱게 눈을 흘겼다. 도한이 잠시 생각하다가 고개를 살짝 저었다.

"하나도 안 슬퍼."

"응?"

"평범하게 태어나 모범생으로 자라고, 너한테 재미없고 매력 없다는 얘기도 꽤 들었지만 그래서 네가 내 옆에 있는 것 아니야? 그러면 된 거지, 뭐. 아무것도, 아무것도 안 아쉬워. 다행히 시대를 잘 타고 나서 너를 폭군한테 뺏기지 않았으니 됐어."

"야, 어느 시대에서도 폭군이 빼앗아 가도 끝까지 뺏기지 않았을 거란 얘기를 해야 되는 거 아니니?"

그녀가 핀잔을 주었지만 도한은 또 담담한 표정으로 무뚝뚝하게 대답할 뿐이었다.

"안 되는 건 안 되는 거지."

"아, 진짜 재미없어."

그녀는 한숨을 푹 쉬었다. 그러나 그녀를 붙들고 있는 그의 팔이 여전히 좋았다.

그가 재미없는 사람이라서 좋았고, 지키지 못할 약속 같은 것은 하지 않는 그가 정말로 끝까지 자신의 옆에 있어 줄 것 같아 좋았다.

"채화윤."

"어?"

"유니콤 일 다 정리되고, 내가 진짜 백수가 되고 나면…… 우리 세계를 돌아다니며 왕궁 투어나 할까?"

"뭐? 왕궁 투어?"

"그래. 프랑스의 베르사유도 가 보고, 캄보디아의 앙코르와트도 가 보고, 중국의 자금성도 가 보고…… 세상에 왕궁이란 왕궁은 다 가 보자."

"괜찮은데?"

화윤은 키득댔다. 사실 그녀는 베르사유는 이미 가 본 적이 있었다. '루이 14세, 이놈은 어지간히 해 먹었구나. 작작 좀 하지' 같은 평가만 속으로 내렸을 뿐이지 큰 감흥을 받지는 못했다.

하지만 도한과 어딘가를 놀러 간다면 어디든 다 좋을 것이다. 그녀는 고개를 갸웃하며 덧붙였다.

"그래. 옛날에 왕궁이라는 곳도 이제는 아무나 들어가는데, 몇백 년쯤 흐르면 대기업의 횡포쯤이야 소설 속에나 나오는 얘기가 될 수도 있지. 더 좋은 세상이 올 거야."

"채화윤, 역시 똑똑해. 음. 여행 기간이 너무 길면 지치니까, 왕궁 서른 곳 정도 돌고 다시 돌아오면 적당하겠지?"

도한이 그녀의 눈을 바라보며 씩 웃었다.

"집으로."

화윤은 얼굴 가득 웃음을 띠고 고개를 끄덕였다.

그녀를 만났으니 평범하게 태어난 것도 좋다던 도한만큼이나 화윤도 지금이 행복했다. 한 번도 사랑하지 않았던 자신의 운명이 꽤나 괜찮다는, 자신이 생각해도 미친 생각을 했다.

축복받지 못한 탄생, 징그럽게 비상했던 머리, 험난했던 유년기와 방황하던 지난날.

그 모든 시간들이 있어 이 남자의 곁에 머무르게 되지 않았는가. 그녀에게 안정과 편안함, 변치 않는 마음을 약속하는 정말 좋은 사람과 함께 있을 수 있어 좋았다.

어느 시대에 어떻게 태어났는가는 그녀가 결정할 수 있는 것이 아니었다. 지금 입고 있는 옷처럼 조선 시대에 기생으로 태어났어도 그녀는 도한을 만날 수 있었다면 꽤 괜찮은 삶을 살수 있었으리라는 생각이 들었다.

몇 번이고 비관했던 운명이지만 지금 이 남자가 있기에 모든 순간을 비로소 사랑할 수 있을 것 같았다.

"좋다."

불어오는 바람이 시원했다. 화윤은 신이 나서 재잘거렸다.

"왕궁에서 여러 가지 기념품을 사서 집에 전시해 놓을 거야. 난 어디에서도 기념품 같은 건 산 적이 없거든. 예쁜 선반을 사야겠다. 거실 왼쪽 빈 곳에 놓아 두면 멋있을 거야."

그녀의 인생에서 한 번도 해 본 적이 없는 일이다. 문득 그녀는 자신이 자연스럽게 미래를 생각하고, 앞으로의 일들을 예상하고 있다는 것을 알았다.

그래서 화윤은 그동안 남자를 만났을 때 한 번도 들지 않았던 생각을 했다.

"하도한, 내가 예뻐서 좋아?"

"어."

"시간이 지나면 늙을 텐데? 나도 마흔이 되고, 쉰이 될 텐데. 지금처럼 안 예쁘면? 나 사실 그때까지 내가 살아 있을 거라고 생각한 적이 한 번도 없어. 근데 이제 그때까지 살고 싶어졌는데, 그때 가서 네가 나 안 예쁘다고 싫어하면? 와, 내가 이런 걱정을 할 줄이야."

"예쁜 마흔이 되고 예쁜 쉰이 되겠지. 그리고 나는 안 늙냐?"

도한이 어이없다는 듯 그녀의 머리를 꾹 눌렀다.

"못 믿겠으면 프러포즈해라. 제도로 묶어. 내가 하해와 같은 마음으로 받아 줄 테니까."

"뭐야, 넌 안 하냐?"

"어?"

그의 눈이 가늘게 웃었다.

"채화윤."

도한이 그녀를 돌려세웠다. 화윤은 미간을 찌푸리며 그를 불만스럽게 바라보았다.

"진짜야?"

"뭐가?"

"진짜, 너도 결혼하고 싶냐?"

"뭐래, 갑자기?"

"나야 관습의 노예니 당연히 하고 싶었지만…… 너도? 진짜?"

"아, 시끄러워."

화윤은 괜히 민망해져서 그의 팔을 쳐냈다. 종종걸음을 치며 다른 곳으로 옮겨 가는 그녀를 도한이 지분거리며 따라붙었다.

"채화윤, 정말? 진짜 결혼도 생각 있어?"

"몰라, 저리 가."

"하고 싶어? 나랑?"

"아, 저리 가! 사람들이 쳐다보잖아!"

도한이 하도 실실대며 그녀에게 재미있다는 듯이 몸을 치대자 화윤은 짜증을 확 냈다. 자신의 마음을 자신도 알 수가 없었다.

결혼 같은 건 단 한 번도 생각하지 않았던 단어다. 그런데 또 도한이 저렇게 말하니 기분이 좋기도 하고, 그렇다고 해서 도한에게 '너랑 결혼하고 싶다'라고 말하기도 내키지 않아 시선만 돌렸다.

세상에, 내 기분을 내가 모르겠다니. 단 한 번도 이런 적이 없었는데.

원하는 것과 원하지 않는 것이 분명하고 표현 역시 즉각적이었던 그녀는 내면의 충돌이 새삼 새로워서 한숨을 쉬었다.

도한이 그녀의 어깨를 다시 꼭 끌어안으며 속삭였다.

"그럼 천천히 시간을 두고 더 얘기하자."

하긴. 이제 남자를 만날 때 충동적으로 무언가를 결정해야 할 필요가 없었다.

그들에게 남은 시간이 너무나 많았기 때문이었다.

화윤은 세상 그 어디에서도 느낄 수 없었던 행복을 느꼈고 사람들이 왜 미련이라는 것을 품는지 드디어 알 수 있었다.

"하도한."

"왜?"

"나 삶을 다시 사는 것 같아."

화윤이 화려한 단청 마루를 보며 중얼거렸다.

"몰랐던 감정을 새로 배우고, 소중한 것에 대한 마음가짐도 달라져."

그녀가 그의 허리를 꼭 안고 배시시 웃었다.

"내 삶을 사랑하는 법도 네가 가르쳐 줬어. 네 존재가 내 삶을 바꾸고, 비극이라 생각했던 운명마저도 사랑할 수 있게 바꿔 준 거야. 남에게는 흔하디흔한 사랑의 힘 같은 단어로 압축되겠지만, 나를 잡아 준 것만으로도 넌 내 인생의 구원이야."

도한은 그런 그녀가 사랑스러워서 하마터면 입을 맞출 뻔했다. 화윤은 여전히 자신의 감정에 솔직했고, 투덜대면서도 그를 그만큼이나 인정해 주었고, 서로의 삶에 있어서 각자가 대체할 수 없는 존재임을 공유하는 유일한 사람이었다.

"이토록 소중한 사람을 내 선택만으로 혈연보다 끈끈하게 만들 방법이 있다는 것도 행운이겠지. 나는 가족을 필요로 한 적이 없어. 하지만 이제는 내가 그런 사람이 아닐지도 모른다는 생각이 드네."

도한이 피식 웃었다.

"생각은 곧 확신이 될 거야."

공기가 차가웠지만, 햇살은 부드러웠고, 온몸에 느껴지는 그의 체온은 더욱더 따뜻했다.

"두고 봐."

나보다 나를 더 잘 아는 것이 너인데, 네 말이 맞겠지. 화윤은 속으로 생각하며 시선을 멀리 던졌다.

문득문득 그가 얼마나 깊은 상처를 받아 가면서 자신의 곁에 있었는지 새삼 경외감을 느낄 때가 있었다.

자신의 삶이 화려하다 못해 정신없는 색깔을 강렬하게 뿜어 댈 때도 늘 곁에 있어 주던 그 사랑, 그 사랑은 나를 이렇게 바꾸었는데 나의 사랑 역시 당신을 행복하게 만들어 줄 수 있을까.

"사랑해, 하도한."

그녀가 불쑥 말했다.

"어른은 더 이상 꿈을 꾸지 않는다고 하지만…… 너는 여전히 나의 꿈이야."

남들이 보잘것없다고 느끼던 일상들이 내게는 알지 못하던 나의 꿈이었으니까.

시환은 유니콤과의 합병으로 인해 주성전자의 주가를 끌어 올린 대가로 그룹 내에서 독보적인 입지를 세우게 되었다.

목표를 눈앞에 둔 그는 항상 바빴고, 자신 때문에 연합하기 시작한 형과 누나를 더 짓밟아 주기 위해 또다시 안테나를 곤두세웠다.

그에게 삶은 언제나 전쟁이었고, 진시환이라는 사람 자체가 가만히 있으면 불안하여 무언가를 찾아 헤매야 하는 목표지향적인 성향을 가지고 있었다.

"채화윤은?"

그는 아버지가 위독하다는 말을 듣고 비밀리에 병원으로 이동하는 중, 문득 생각이 났다는 듯이 비서에게 물었다.

비서가 머뭇대다가 말했다.

"하도한 부사장과 여행을 떠났습니다."

"……."

"연인 관계로 보이고요."

"의외군."

그가 태블릿을 보며 어이가 없다는 듯이 피식 웃었다.

"둘은 상극인데. 게다가 다른 남자도 아닌 하도한이 채화윤 같은 여자를 받아들인다고?"

비서는 딱히 할 말이 없는지 아무런 말도 하지 않았고, 시환은 차가운 눈빛으로 보고서를 읽으며 중얼거렸다.

"얼마나 가겠나."

시환은 도한과 화윤 사이에 흐르던 묘한 기류, 도한을 바라보던 화윤의 눈에 보이던 무한한 신뢰, 그림자처럼 아무 말 없이 그녀의 곁에 붙어 있던 도한의 무표정을 생각하며 내심 입맛이 썼지만 평정심을 잃지 않았다.

유니콘이야 어떻게 가진다고 하더라도, 사람의 마음까지 압박하여 얻어 낼 수 없다는 것은 알고 있었다.

화윤이 정처 없이 헤매는 불안정한 사람이라면, 시환은 정신 없이 누군가와 싸워야만 살아 있음을 느끼는 호전적인 사람이었다. 싸워 볼 여지가 없는 화윤에게 시간을 쏟기에는 다시 눈앞의 적이 나타난 셈이었고, 그에게 우선순위는 명확했다.

더 이상 화윤을 건드렸다가는 이제는 자신의 것이 된 유니콤에 악성 코드라도 심어 놓을까 봐 두렵기도 했다.

제 버릇 개 못 주고, 또다시 방황하겠지.

그리고 그때, 아직도 화윤을 원한다면 또다시 생각해 볼 일이다.

병원의 지하 주차장으로 들어가며 그는 지금 아버지의 임종이 닥친다면 어떻게 행동해야 하는지 계산하기 시작했다.

※   ※   ※

파리로 가는 비행기를 타기 전에 확인한 메시지는 은진에게서 온 것이었다. 화윤은 물끄러미 장문의 메시지를 바라보았다.

〈저는 선배처럼 쿨하지 못해서, 질투 때문에 그런 인터뷰를 했어요. 그런데 그게 그런 식으로 가공되어 순식간에 화제가 되고, 어떻게 하기도 전에 또 내려가고, 그럴 줄은 몰랐어요. 제가 법을 잘 몰라서 고소라도 당할까 봐 계속 전전긍긍했는데……연락하기에도 염치가 없어서요.〉

누군가를 진심으로 싫어하거나 미워하지 않는 것이 화윤의 장점이었지만, 그녀는 그 순간 은진이 확실히 미웠고, 우습게도 그래서 은진을 이해할 수 있었다.

자신의 옆에서 손을 잡고 게이트를 지나고 있는 도한은 정말 좋은 남자였기 때문이었다.

그녀 역시 질투 앞에서 얼마나 추해질 수 있는가 생각하며 새삼 도한의 손을 꼭 잡았다.

〈이제는 죄책감이 커서 선배를 마음껏 미워하거나 부러워하지도 못하겠어요. 지금 부사장님이 곁에 계실지 알 수 없지만, 그래도 행복하셨으면 좋겠어요. 진심이에요. 이 또한 제 죄책감을 덜려는 이기적인 마음이겠지만요.〉

세상에 정말로 나쁜 사람들은 극히 드물다고 화윤은 생각했다. 은진은 정말 나쁜 사람도 아니었고, 사랑 앞에 헤매다가 잘못된 선택 때문에 죄책감으로 몇 날 며칠 잠 못 이루는 평범한 사람이었다.

어쩌면 도한에게 돈을 부탁했던 아라도, 생계 앞에 지난날의 추억을 팔아야만 했던 평범한 사람일지도 몰랐다. 원래 인간이라는 것이 평범하게 잘못하고 흔하게 뻔뻔해지는 자기중심적 동물이니까.

그 와중에도 고소라도 당할까 봐 긴 하루를 보냈을 은진에게 연민마저 느껴졌다.

화윤 역시 이제 지키고 싶은 것이 생겼고, 머무르고 싶은 곳이 생겼으니 나중에 똑같이 행동할 수도 있는 것이다. 지금 이 남자가 곁에 있으므로 은진을 원망하지는 않았다.

그녀가 롤모델이라며 졸졸 쫓아다니던 그 시절은 또 얼마나 부질없는가.

"왜? 무슨 일 있어?"

휴대폰 액정을 바라보는 화윤에게 도한이 무심히 물었다.

"아니."

화윤이 고개를 저었다.

"별일 아니야."

정말로 별일 아닌 일이다. 화윤은 답장하지 않고, 휴대폰을 껐다.

비행기를 또 누군가와 함께 타는 것은 처음이었다. 자리를 찾아 화윤과 나란히 좌석에 앉은 도한은 비행기 입구에서 신문을 하나 펼쳐 들고, 화윤과는 다른 의미에서 생각에 잠긴 모양이었다.

주성그룹의 회장이 결국에는 지병으로 사망하기 직전이라는, 베일에 싸인 후계 구도가 곧 밝혀질 것이라는 신문 1면의 기사를 정독하며 그의 눈빛이 깊어졌다.

"화윤아."

"왜?"

창가를 바라보고 있던 화윤이 발랄하게 대답했다.

"진시환이 너 좋아했잖아."

"응."

그녀가 낄낄거리며 대꾸했다.

"그게 뭐?"

"그 남자한테 갔으면 지금쯤 주성의 안주인이……."

도한은 말을 잇다가, 자신도 어이가 없는지 허탈하게 웃었다.

"뭐, 네가 그런 걸 원할 사람도 아니지만."

자신이 결론을 내어 버리는 도한을 바라보면서 화윤이 즐겁다는 듯이 그의 손을 꽉 잡았다.

어쩜 사람은 사랑을 하면 전부 똑같아질까. 분명히 사랑하는 상대가 곁에 있는데도, 그 사람에게 매력을 느낀 또 다른 이성이 신경 쓰인다. 미묘하게 안도가 되는 것을 느끼면서, 그녀가 대답했다.

"나는…… 정말 어려운 사랑이 필요한 사람이 아닐까. 사람마다 필요한 사랑은 모두 다르잖아. 너처럼 정신이 건강한 사람은 조건 없이 누군가를 사랑할 수 있다고 해도, 나처럼 결핍이 있는 사람에겐 어떤 사랑을 받는가도 몹시 중요한 문제라고."

지나고 나서야 비로소 깨닫는 것들이 있다. 화윤은 사랑이 왜 항상 자기 이해를 동반한다고 하는지 알 것 같았다. 도한과 사랑하게 되면서 화윤은 그를 더 잘 알게 되는 것이 아니라, 오히려 그녀 자신을 더 잘 알게 된다는 생각이 들었다.

왜냐하면 그와의 안정된 관계에서, 그녀의 역사 중 한 시대가 끝났다는 것을 알게 되었기 때문이다.

"나의 방황을 방치한 채 가지겠다고만 하는 사람보다는, 나를 보듬어 주고 품어 주는 사람이 내게는 필요한 사람이야. 비행 청소년에게 필요한 건 함께 일탈을 행하는 친구가 아닌, 언제나 믿고 기다리는 부모님인 것처럼 말이야."

비행기가 이륙하겠다는 안내 방송이 나오기 시작했다.

"너를 만나고 나는 드디어 내 삶이 마음에 들기 시작했어."

활주로를 달리는 비행기의 속도가 점점 더 빨라졌다.

"이 세상 어디에 있을지라도 말이야."

파리는 가 본 적이 있는 곳이었지만, 그래도 그와 손을 잡고 바라보는 에펠탑은 또 다른 로맨틱함이 있을 것이다. 화윤은 싱긋 웃었다.

다가올 시간들이 더 이상 흐릿하지 않았다. 앞으로 남은 삶들이 너무 많아 힘이 들었던 시간들, 몸이 아플 정도로 외로웠던 어느 날 밤을 어디엔가 묻어 두고 비행기가 이륙했다.

그 시절로부터 비행기를 타서 멀어지는 것이 아니라, 어떤 남자가 곁에 있음으로 해서 말하지 않아 잊었다고 생각한 기억들이 정말로 멀어지고 있었다.

"파리는 와인이지!"

화윤이 깔깔거리며 테라스에 앉아 마트에서 사 온 싸구려 와인을 잔뜩 늘어놓았다.

"얼른 와! 에펠탑이 반짝반짝일 때, 지금 마실 거라고!"

치즈를 썰어 온 도한이 한숨을 쉬며 그녀의 앞에 앉았다. 그녀가 반드시 에펠탑이 보이는 곳을 원해서 얻은 취사가 가능한 숙소에서, 화윤은 편한 옷차림으로 세상 행복한 미소를 짓고 있었다.

능숙하게 오프너로 와인을 따고 숙소에 있는 잔에 콸콸 와인을 따른 그녀가 기분 좋은 듯이 콧노래를 흥얼거렸다.

"불이 반짝반짝 거릴 때, 일기를 써야지."

"아, 맥락 없어. 갑자기 무슨 일기야?"

툴툴거리는 말투와는 반대로 도한이 슬쩍 그녀의 앞에 놓인 노트와 펜을 훔쳐보았다. 그녀가 펜을 들고 어깨를 들썩였다.

"자!"

그녀가 와인 잔을 도한의 손에 쥐여 주고, 쨍하고 맑은 소리가 나게 잔을 부딪쳤다.

도한은 자신도 모르게 턱을 괴고 그녀를 바라보았다. 눈을 뗄 수 없다는 어느 노래 가사처럼 그의 시선은 어디로 튈지 모르는 그녀의 일거수일투족에 머무를 수밖에 없었다.

"한 모금에, 한 문장씩!"

와인을 꿀꺽 삼키고 키아아, 하는 아저씨들이나 낼 법한 소리를 낸 화윤이 펜을 들어 노트에 또박또박 글씨를 썼다.

"하도한과 파리를 왔다."

한 문장 쓰고, 다시 한 모금을 마셨다. 도한의 시선이 보랏빛 액체를 머금은 붉은 입술에서 분주히 움직이는 그녀의 손으로 옮겨갔다.

"너무 좋다."

도한은 피식 웃으며 자신도 와인으로 목을 축였다. 이렇게 언제까지나, 그녀가 하는 쓸데없는 일들을 바라봐 주면서 살고 싶었다.

"하도한은, 멋있으니까."

언젠가, 술이 어설프게 취해서 더 마시고 싶다는 그녀의 요청에 포장마차에 함께 마주 보고 앉았던 서울의 밤에도 똑같은 생각을 한 것 같았다.

"좋아 죽을 것 같다!"

장소가 문제가 아니었다. 서울의 밤도, 파리의 밤도 그의 기억 속에는 똑같았다.

그녀의 맑은 웃음과 노랫말이 머릿속에 어지럽게 흩어지고, 이대로 시간이 멈췄으면 좋겠다는 어이없는 생각이 들며 그저 한없이 그녀와 별 뜻 없는 대화를 나누고 싶어지는 것이었다.

"야."

별로 의미 없는 대화일지라도, 지금 이 순간 너의 생각들이 궁금해서. 눈을 둥그렇게 뜬 화윤이 그를 바라보며 또 한 모금 와인을 마셨다.

"왜 이렇게 유치해? 초등학생 일기 같아."

도한이 일기장을 손에 들고 고개를 갸웃했다.

"예전에 나한테 썼던 그 편지의 문장력은 이렇지 않았는데."

화윤이 머쓱한 듯이 어깨를 으쓱했다.

"어쩔 수 없어. 그런 생각밖에 안 나는 걸 어떡해?"

배시시 웃으며 다시 일기장을 받아 든 그녀가 펜의 꼭지를 입에 물고 미간을 찌푸렸다.

"사랑하면 유치해진다더니, 왜 생각나는 말들이 단순하고 쉬운 것들뿐일까? 너무 신기하다."

"그래서 예술가들도 철학자들도 사랑을 하기 시작하면 예전처럼 성과를 내지 못한다는 말이 있나 봐."

도한이 명쾌하게 대답했다.

"안정된 삶은 감정 기복을 없애고, 감정 기복이 사라지면 사고가 단순해져서."

"내가 원하던 삶인데. 답도 없는 내 삶의 정답은 사랑이었구나."

화윤이 키득키득 웃으며 와인을 한 모금 더 마셨다. 빈 잔을 확인한 그녀가 불현듯 벌떡 일어섰다.

"나가자, 하도한!"

"어? 갑자기?"

"키스하고 싶어졌어."

그녀의 말에 그가 곧바로 그녀의 입술에 자신의 입술을 눌렀으나, 그녀가 흐응, 하고 몸을 뺀 뒤 에펠탑을 가리켰다.

"저기, 에펠탑이 보이는 저 광장에서."

"우리 지금 막 씻었는데, 또 나가자고?"

"어!"

화윤이 발랄하게 그의 손목을 잡아끌었다. 아직 병에 남은 와인, 펼쳐져 있는 일기장, 아무렇게나 놓인 펜들을 뒤로하고 도한은 툴툴거리며 못 이기는 척 그녀에게 끌려갔다.

"파리는 연인의 도시잖아! 에펠탑 앞에 두고 키스할 거야."

"머리 조심. 난간 낮잖아."

춤추듯이 낮은 난간을 통과한 화윤이 배시시 웃었다.

"내일은 베르사유 궁전의 정원에서, 백조들 앞에서 키스해야지."

"잠깐만. 추우니까 목도리 하나 둘러."

도한은 붉은색 목도리를 화윤에게 둘러 주고, 밖에 나와 문을 닫았다. 어느새 길게 늘어진 화윤의 머리가 바람에 흩날렸다.

"내가 나여서 좋아. 그 모든 길을 헤매서 너를 만날 수 있어서 기뻐."

그녀가 기분이 좋은 듯 빙글빙글 돌았고, 그의 시야 속에 또다시 그녀의 몸짓이 어지럽게 박혔다.

"너와 함께하므로, 좋은 삶이야."

도한은 주머니에 손을 꽂아 넣고, 어느새 노점상의 에펠탑 모형을 고르고 있는 화윤의 뒷모습을 바라보았다.

화윤의 말 하나하나를 기억하고 싶었다. 그는 화윤처럼 천재가 아니었기 때문에 모든 순간들을 기억할 수 없었다. 일기는 자신이 써야 할 판이었다.

그러나 언제라도 삶을 그만둘 것 같던 화윤에게 좋은 삶이라는 말이 나오자, 오히려 사랑한다는 말을 들을 때보다 마음이 벅찼다.

"나 이거 살래."

싸구려 에펠탑 모형을 손에 쥐고 화윤이 밝게 웃었다.

"거실 장식장에 둬야지."

값을 치르며 도한이 무심하게 대답했다.

"저 광장 가면 사진도 찍자. 인화해서 거실에 걸어 두면 꽤 예쁠 거야."

"에펠탑 잘 나오게 찍어야겠다!"

화윤이 손뼉을 치며 깔깔거렸다. 도한은 차가운 에펠탑 모형을 쥐고 강아지처럼 폴짝거리는 화윤을 보며 천천히 걸음을 옮겼다.

그녀의 종잡을 수 없는 충동을 함께하는 것, 툴툴거리면서도 언제나 옆에 있어 주는 것,

사실은 그녀를 처음 만났을 때부터 반복되던 패턴, 그것이 그에게는 지키고 싶은 유일한 일상이었다.

　"파리 처음 아니라며. 그런데 왜 이렇게 에펠탑을 좋아해? 처음 보는 사람처럼."

　"하도한, 뭘 모르는구나. 무언가를 처음 볼 때보다 더 사람을 미치게 하는 건, 다시는 볼 수 없을 것만 같을 때야. 진시환이 그래서 나한테 목매달았던 것 기억 안 나?"

　그녀가 킬킬거리며 팔짝팔짝 뛰었다.

　"옛날엔 맘에 들면 그냥 계속 있어도 되니, 그 어떤 곳에도 감흥이 없었어. 근데 이제 볼 수 있는 기한이 정해져 있잖아. 그러니 순간순간에 최선을 다하게 될 뿐이야."

　"기한?"

　"언제까지고 여기에 있을 수는 없잖아, 이제는?"

　화윤이 눈을 동그랗게 뜨고 말을 이었다.

　"집에 가야 할 것 아니야."

　돌아갈 곳이 있다는 것은 사람을 더 강하게 만들어 준다. 강한 사람만이 현재를 제대로 즐길 수 있다.

　화윤은 그동안 현재를 즐긴 것이 아니라, 자꾸만 도망가고 있었을 뿐이라는 생각이 들었다. 그렇기에 돌아갈 곳이 존재하는 지금의 여행이 더 의미 있었다.

　"왜 우리는 항상 여행을 꿈꾸잖아요. 낯선 곳에서 좋은 호텔에 묵고 그런 거. 그래도 그런 데에서 평생 살 생각은 안 하잖아요? 조금만 힘들면 집이 생각나고, 집에 가고 싶고, 돌아오면 편안해서 '집이 최고다' 같은 말이 나오고."

언젠가 미용실에서 은진이 했던 말이 생각났다. 순간순간이 행복하고 좋아도, 막상 집에 돌아갔을 때 온갖 긴장이 풀려 편안히 누우며 '집이 최고다'와 같은 말을 할 것 같았다.

드디어 그 말을 이해할 수 있다니 왠지 성취감이 들었다.

"맞아."

도한이 그녀의 손을 꽉 움켜쥐었다. 문득 혼자 파리에 와서 에펠탑을 바라보며 가만히 앉아 있던 3년 전의 잔디밭이 기억났다.

원래부터 갖지 못한 것들, 더 갖기 위해 갖지 않았던 것들, 갖고 싶은데 가질 수 없는 것들, 어떻게 해야 가질 수 있는지 감조차 잡히지 않는 것들, 이제 갖고 싶은지 아닌지조차 알 수 없는 것들.

이 모든 것들이 무의미해지고 남은 건 손에 느껴지는 온기뿐이었다.

원래 행복한 삶은, 발걸음이 가벼운 어느 날의 집으로 돌아가는 길처럼 단순하고 평범한 것이니까.

에필로그

나의 사상이 가르치는 것,
다시 살고자 원할 수 있도록 그렇게 살아라.
그것이 과제다.

―니체, 〈유고〉

참외는 달고 물이 많았다. 그것이 화윤이 도한의 고향 집에
내려와 처음 느껴 보는 미각이었다. 도한의 어머니, 효순이 상
다리가 휘어지게 이른 저녁상을 차려 주었지만 도대체 무슨 맛
인지 알 수가 없었다.

화윤은 정말 오랜만에 긴장이라는 걸 했다.

후식으로 나온 과일 상에서 참외를 한입 깨물고 나서야 현실
감이 느껴졌다.

작고 아늑해 보이는 전원주택이 도한의 고향 집이었다. 더 좋
은 집을 사 드리겠다 했지만 거절하셨다 들었다.

중년에서 노년으로 넘어가는 동글동글한 효순의 얼굴에 너그
러움과 느긋함이 엿보였다. 농사를 짓는 거친 손이 참외를 하나
더 깎기 시작했다.

사랑하는 남자를 낳아 준 부모를 본다는 건 참 묘한 일이었

다. 도한은 아버지인 길호를 굉장히 많이 닮았다 생각했는데, 보다 보니 웃는 모습은 효순을 닮았다. 다만 도한이 잘 웃지 않기 때문에 처음에는 잘 몰랐을 뿐이었다.

그녀는 딱딱하면서도 편안해 보이는 그들의 대화 속에서 핏줄 간의 끈끈함을 느꼈다.

"당연히 남의 집이니 불편하겠지만, 그래도 편안히 있어요. 배부르면 남겨도 되고."

효순의 까만 눈이 웃자 눈가에 주름이 잡혔다.

부모님께 인사는 한번 시켜 드리고 싶다는 도한의 말에 고개를 끄덕인 뒤 성주로 내려왔다.

오는 길에는 자꾸 나쁜 생각만 들었다. 내 얼굴과 이름을 보고 무작정 반대를 하시거나 화를 내시면 어쩌지, 부모가 없다고 혹은 부모가 그런 사람이라고 역정을 내시면 어쩌지, 아니면 반대로 나이가 찼으니 바로 결혼하고 아이부터 가지라고 닦달하면 어쩌지.

그러나 도한의 부모님은 편안히 웃는 모습으로 그들을 반겨 주고, 가벼운 대화로 느긋하게 함께 저녁을 먹었을 뿐이었다. 화윤에 대해서는 그 무엇도 묻지 않았고, 결혼에 대한 얘기도 꺼내지 않았다.

"뭐 싸 줄 건 없나? 반찬 같은 거."

"필요 없다."

평소에는 듣지 못하는 도한의 사투리도 새로웠다. 도한이 가만히 있다가 문득 말을 꺼냈다.

"눈치챘겠지만."

도한이 참외를 삼키며 마치 날씨 얘기를 하는 것처럼 말을 이었다.

"우리 오래 만났다. 아마 결혼도 할 거고."

"그래?"

허락 같은 건 처음부터 필요 없다는 듯한 도한의 말투에 효순이 재미있다는 듯이 웃었다.

"과연 우리 도한이가 빠질 만큼 정말 곱구나."

화윤은 하마터면 딸꾹질을 할 뻔했다. 곱다는 말은 생전 처음 들어봤기 때문이다. 예쁘다거나 몸매가 좋다거나, 어려 보인다는 말이야 늘 들었지만 곱다는 형용사는 정말로 처음이었다.

"나는 네가 평생 혼자 살 줄 알았다. 누구랑 같이 살 생각이 들었다니 다행이구로."

물이 흐르는 듯 잔잔한 목소리에 화윤의 눈이 조금 커졌다. 안심하라는 듯이 효순의 눈이 또 인자한 눈웃음을 만들어 냈다. 이미 화윤이 누구인지 다 알고 있고, 그런 것들은 전혀 문제가 안 된다는 표정이었다.

"결혼이 쉬운 일은 아니지만, 또 막상 기댈 곳 하나 있다고 생각하면 나쁜 것만은 아니더라고요. 결혼하게 된다면 우리 도한이 잘 부탁해요."

"아, 음……."

화윤은 '네, 그러겠습니다!' 라고 호기롭게 대답하지 못하는 자신이 조금은 비참했다.

누가 자신에게 잘못했다고 하지도 않았는데, 자꾸만 신문과 인터넷에 떠돌던 자신의 사진들이 생각났다.

'저, 괜찮으세요?' 라고 물어볼 수도 없고, 어른과 함께하는 자리는 화윤에게 거의 처음이나 마찬가지인 경험이었기 때문에 그녀의 머릿속이 굳어 버리고 말았다.

그런 화윤의 얼굴을 보며 묵묵히 있던 길호가 말문을 열었다.

"우리가 사실은 굉장히 가난했고, 도한이가 몹시 힘들게 컸거든요. 우리 부부는 입에 풀칠하기도 바빴고, 거의 혼자 큰 것이나 다름없습니다. 남들 다 사는 메이커 운동화 하나 사 달라고 못 하는 아이를 보며 부모에게 무언가 하고 싶다는 말도 못 하게 키웠구나, 하며 자책하는 밤이 많았어요."

"왜 다 지난 옛날이야기를 하는데."

"다 커 버려서, 사실 자식까지 있을 나이의 아들이 하고 싶은 것이 있다면 들어주는 것만 해도 우리의 기쁨입니다. 내 자식은 내가 잘 아는데, 얘는 혼자 컸기 때문에 원래부터 바라는 것이 별로 없어요. 아가씨가 우리 도한이의 바람이라면 그것만 해도 기쁩니다. 도한이가 그런 여자를 못 찾을 줄 알았는데, 우리 도한이 앞에 나타나 줘서 고마워요."

효순이 함박웃음을 지으며 고개를 끄덕였다. 화윤은 심장이 두근거리는 것을 느꼈다. 피를 나눈 혈육에게도 자신의 존재가 고맙다는 말을 듣지 못했는데, 생판 남인 도한과 그 가족에게서 그런 말을 듣는 것이 낯설었다.

"사실은, 도한이가 선택해서 우리 아들로 태어난 건 아닐 수도 있겠죠. 우린 워낙에 찢어지게 가난했으니까. 그러니 부모의 역할은 도한이가 인생을 살아가며 하는 모든 선택을 응원해 주는 것이지, 비난하는 것이 아니라고 생각해요. 아마 아가씨가 그 어떤 사람이라고 해도…….”

화윤의 떨리는 손을 효순이 살짝 잡아 주었다.

“다음에 또 만났으면 좋겠다고, 가족이 되었으면 좋겠다고, 부디 둘이 행복하게 살아 달라고 말했을 거예요.”

몸 깊은 곳에서부터 온기가 퍼져 나가는 느낌이 들었다.

※   ※   ※

서울로 올라가는 길, 틀어 놓은 라디오에서 지루한 광고가 이어질 때 도한은 문득 생각났다는 듯이 창가만 바라보고 있는 화윤에게 말을 걸었다.

“아까 엄마한테 뭐라고 한 거야? 마지막에. 엄마가 엄청 좋아하던데.”

“아, 별말 아니야.”

화윤이 눈동자를 굴리며 대답했다.

“그냥, 뭐. 다음에는 말씀 편하게 하시라고.”

“엄청 좋아할 말이네.”

도한이 씩 웃었다.

“우리 집에 젊은 여자가 온 게 처음이야. 터울 많이 지는 남동생도 아직 결혼 안 했으니까. 부모님께 좋은 경험이긴 했을 거야.”

“부모님이 너 엄청 아끼시더라. 눈빛에서 대견함이 뚝뚝 떨어지시던데.”

“부모가 자식 보는 눈이 다 그렇지, 뭐.”

"나 같아도…… 너 같이 훤칠하고 잘난 아들 두면 엄청 대견할 거야."

"훤칠하고 잘나지 않았어도 그랬을 거야."

도한의 무심한 말에 굳건히 자리 잡고 있는 신뢰가, 자식이 부모에게 갖고 있는 사랑의 확신이 화윤은 막연히 부러웠다.

"나는 우리 부모님이 엄청 가난했어도, 밤마다 학교에서 무슨 일이 있었는지 물어봐 주고 아침마다 찬은 없지만 따뜻한 밥을 차려 주는 게 좋았어."

대학 원서를 쓸 때도, 부모님은 자신들이 배운 것이 없어 아들에게 조언을 해 주지 못한다는 점에 미안해했다. 그러니 도한이, 네가 원하는 대로 진로를 설계했으면 좋겠다고 말했고, 그는 부모님을 향한 감사함과 존경심을 느꼈었다.

그때의 일을 떠올리며 도한이 천천히 말을 이었다.

"그러니 우리 부모님도 내가 좀 부족한 면이 있더라도 기특해했을 거야."

"부럽다."

화윤이 피식 웃었다.

"내 가족들은, 음, 내가 아무리 천재 소리를 들어도 단 한 번도 칭찬해 준 적이 없는데."

"내가 해 줄게."

도한이 담담히 말했다.

"너의 모든 면을 사랑하는 거, 너의 존재를 절대적으로 여기는 거, 내가 해 줄게. 아니, 해 주는 게 아니라 난 그렇게 할 수밖에 없다."

화윤은 왠지 목이 메어 와서 다시 시선을 창밖으로 돌렸다.

"나도 그럴 거야. 너한테 배운 대로 그렇게 널 사랑할 거야."

"이런 감격스러울 데가."

"또, 하고 싶은 게 생겼어."

"뭔데?"

"너랑 결혼해서, 아이를 낳고, 그 아이의 선택을 응원해 주는 부모가 되는 것. 그래서 그 아이가 선택한 배우자에게 내 아이의 앞에 나타나 줘서 고맙다고 말해 주는 것."

이제는 과거가 되어 버린 옛날에, 대한민국에서 엄청난 권력을 가진 남자가 그녀에게 모든 것을 주겠다 제안한 적이 있다. 온 세상의 쾌락과 자극적인 즐거움, 어마어마한 권력을 주겠다고 했으나 그녀는 그 모든 것이 내키지 않았었다.

아마 그런 것보다 더 바라는 것이 생기게 될 거라는 사실을 막연하게나마 짐작하고 있었나 보다. 그녀의 생각을 아는지 모르는지 도한이 가볍게 대답했다.

"내가 하고 싶은 거 하고 똑같네."

어두운 고속도로를 도한의 차가 쌩하니 달렸다.

그들은 유니콤을 주성에 넘긴 뒤 나란히 세계 일주를 떠났었다. 슬슬 집이 그리워 한국으로 돌아오고 나서, 도한은 오랜만에 왔으니 고향 집에 가 봐야겠다고 말했고 화윤에게 아무렇지도 않게 같이 가지 않겠냐는 제안을 한 것이다.

"고속도로 달리다 보니 우리 독일에서 엄청 빠르게 드라이브했던 기억난다. 한국에서는 그렇게 못 달리니까."

"너 그때 되게 좋아했잖아. 난 좀 무섭던데. 옆자리라 그런가? 나는 오히려 풍경 좋은 데가 기억에 남아. 포지타노 가던 길."

"그때는 운전하는 입장에서 오히려 좀 무서웠어. 길이 워낙에 꼬불꼬불해서. 그래도 예쁘긴 진짜 예뻤지."

"집에 가면 말 나온 김에 그 사진 한 번 더 봐야지. 은근 또 그립네."

그들은 세계 일주를 하며 있었던 온갖 추억들을 하나씩 꺼내 놓으며 라디오에서 무슨 말이 나오는지도 모르는 채로 실컷 떠들었다. 워낙에 많은 나라를 돌아다녀서 할 얘기도 많았다.

도한이 키득키득 웃으며 말했다.

"여행 잘 다녀온 것 같아."

"왜?"

"너랑 함께한 기억들이 많아져서. 기억할 것들이 정말로 많아져서. 인생이 풍족해진 느낌이야. 네가 그래서 온 세상을 떠돌았나 싶을 정도로 다양한 기억이 생겼어."

"그렇지."

"너는 워낙에 많이 돌아다녔고, 도시마다 오랫동안 살기도 했으니 그런 기억이 참 많겠지만 나는 모든 게 다 새로웠어."

"응. 나는 그런 기억이 진짜 많지. 외국에서 떠돌던 시간이 워낙 기니까."

화윤이 담담하게 말했다. 도한이 살짝 서운해지려고 할 때, 그녀는 조용히 웃으면서 말을 이었다.

"하지만 기억도 양보다는 질이야. 나는 잊는 것도 없어서, 어마어마하게 많은 기억들이 있지만…… 정말로 떠오를 때마다 전

율이 도는 순간이 있는데, 나머지 기억들이 그 순간보다 못하다
는 생각을 할 때가 있어."

"그 순간?"

"어느 날, 너무너무 힘들었던 날."

화윤이 도한의 옆모습을 빤히 바라보면서 말했다.

"정말로 당장 죽어 버리고 싶다고 생각했던 날. 너무너무 비
참하고 무섭고 두렵고 화가 나던 날. 모두 다 끝났다고 생각했
던 날, 그 순간에……."

도한은 어깨를 으쓱했다.

"어떤 멋있는 남자가 집에 가자고 하지 뭐야."

"멋있네."

"그 한마디가 뭐라고, 안도가 되던지. 너무너무 비참하던 날
인데, 그래서 죽음까지 생각했던 날인데 그 남자 때문에 빛나는
기억으로 남아 있단 말이지. 나중에 치매 걸려도 이날의 기억만
은 제발 잊지 않았으면 좋겠어."

화윤이 살짝 한숨을 쉬었다.

"아주 작은 것만 보고 아주 작은 것만 생각해도 충분한 뇌가
되어도."

"네가 그렇게 되면, 네가 잊어버려도 내가 매일매일 말해 줄
게."

"하도한."

"왜?"

"너 꼭 나보다 늦게 죽어야 된다."

화윤의 목소리에는 절실함마저 묻어났다.

"이젠 정말 네가 없는 세상이 고통스러울 것 같아서 그래."

"너보다 하루 더 살게."

도한이 낮은 목소리로 조용히 웃으며 대답했다.

"네가 죽는 그날까지 끊임없이 사랑할게. 집이 주인을 품듯 품어 줄게."

"너 약속했다?"

"어."

정적이 흘렀다. 생각에 잠긴 두 사람의 공기 위로 라디오가 흘러나왔다. 그동안 의식하지 못했는데, 라디오 아나운서가 뉴스를 말해 주고 있었다.

─……주성전자는 영업 이익을 역대 최대로 갱신했고, 직원들에게 성과급은 적어도 기본급의 500% 이상 지급할 예정이라고 밝혔습니다.

"유니콤 인수하고 매 분기 영업 이익 갱신이야. 잘나가네."

"유니콤이 잘 만든 프로그램이긴 하잖아. 그런데 주성 만나서 더 체계적으로 성장하는 거지. 확실히 우리 둘이 처음 기획할 땐 어설픈 시작이었고, 시작이 어설펐으니 차곡차곡 쌓아 올려도 구멍이 많았어."

도한이 미간을 찌푸리며 중얼거렸다.

"주성하고 인수 절차 밟으면서, 대기업은 역시 대기업이구나, 확실히 체계적이구나를 느끼긴 했거든. 후계자 수업 잘 받은 진시환의 능력일 수도 있지만. 어떻게 보면 유니콤은 덩치만 커졌지 기본적으로 허접한 대학생 벤처의 한계를 계속 갖고 있었어."

"내가 제대로 개정도 잘 안 해서 나한테 의존하는 면도 많았지, 뭐. 조금 더 남들이 다루기 쉽게 진작 개정했어야 했는데. 다시 생각하니 정말 위태롭긴 했어. 그러니 쉽게 넘어간 건지도 모르지."

"다시 시작할 수 있다고 하면 더 잘할 수 있을 텐데."

도한이 아쉽다는 듯이 피식 웃었다.

그 말에 화윤이 문득 생각났다는 듯이 눈을 빛냈다.

"하도한."

"왜?"

"그럼 다시 만들면 되잖아."

"뭐?"

화윤의 발랄한 말에 도한이 황당하다는 듯이 반문했다.

"세상에 아직 불편한 게 얼마나 많은데."

"나 참."

"잘 만든 프로그램 하나만 있으면 해결할 수 있는 것들이 참 많다고. 아직도, 이 세상엔."

"제대로 된 사업 계획서 하나 없이 뭘 시작하겠다고……."

"사업 계획서? 그런 거 써서 뭐할 건데?"

화윤이 키득거리며 웃었다.

"팔릴 만한 거, 필요한 거, 엄청 획기적인 거, 뭐 그런 것만 잘 개발해 내면 되는 거지."

"그럼 네가 하나 만들어 보시던가."

도한은 톨게이트를 지나며 건성으로 대꾸했다가, 갑자기 자신의 말에 기시감을 느끼고 자신도 모르게 브레이크를 밟을 뻔했다.

"나랑 지금 똑같은 생각한 것 맞지?"

화윤이 장난스럽게 웃으며 말했다.

"우리, 맨 처음 만났을 때 서로 했던 대화랑 똑같았잖아."

도한은 자신도 모르게 푸하하 웃었다. 웃음이 많지 않은 그가 소리 내어 웃는 것은 정말 오랜만이었다. 그를 웃게 만들 수 있는 것은 이 세상에 그녀뿐이었다.

척추를 타고 올라오는 짜릿한 전율을 느끼며, 그는 다음 휴게소에서 차를 세우면 바로 화윤에게 키스해야겠다고 다짐했다.

"동업자님, 우리는 할 수 있지 않을까?"

"옛날처럼."

"그래, 다시 시작해 보자. 재미있었잖아, 우리 함께 동업하는 것."

"확실히 좋았었지."

도한 역시 의식적으로 생각하지 않으려고 했던, 유니콤에 대한 기억을 되살리며 천천히 말했다.

"이왕 시작하는 거, 소심한 복수라도 할 겸 주성의 약점을 파고드는 굉장한 사업을 해 보자. 대단한 기업으로 성장시킬 거야. 업계 최고의 대우로 현민이도 다시 데려오자."

"이번엔 관심 좀 가질 모양이지? 다 나한테 알아서 하라고 하는 게 아니라?"

"응. 만약 박은진이 지원하면 절대 안 받아 줄 생각이거든."

피식 웃는 그의 얼굴을 보며 화윤이 쐐기를 박듯 말했다.

"자세히 더 얘기해 보자, 동업자님. 지금은 운전에 집중하시고."

화윤의 목소리가 얼마나 경쾌한지 라디오에서 흘러나오는 아나운서의 말이 하나도 들리지 않았다.

그녀에게는 평온한 일상도, 꿈꾸는 미래도 있었고 게다가 사랑하는 남자가 일생을 약속해 주었다. 별일도 일어나지 않았는데 이렇게 신이 날 수가 없었다.

"집에 가서 말이야."

—*fin*

작가 후기

처음 이 글을 구상할 때, 정말로 지치고 힘들어 삶의 바닥에서 끝을 생각하고 있는 여자에게 '집으로 가자'며 손을 내밀어주는 남자의 모습을 떠올렸습니다.

소중한 것이 없어 내키는 대로 살았던 화윤이는 이야기가 진행될수록 점차 특유의 자유분방한 매력이 감소되고 종내에는 평범한 일상을 살게 되는데요. 이는 전과 달리 그녀에게 잃고 싶지 않은 것이 생겼기 때문입니다.

저는 이 평범함에 대해, 평범한 사람들의 사랑 방식에 대해 이야기를 하고 싶었습니다.

한편으로는 탄생의 비뚤어짐은 어쩔 수 없지만, 왜곡된 인생을 구원할 수 있는 건 결국 사랑이었더라, 하는 진부한 이야기이기도 합니다.

화윤이 도한에게 받던 '무조건적인 사랑'을 위해서 두 사람의 매개체였던 유니콘은 전개상 사라져야 했지만, 그래도 둘은 다음번에는 더 잘할 수 있을 겁니다.

〈집으로 가는 길〉은 평범한 집순이였던 제게는 살짝 어려운 작품이었습니다. 그런데 막상 팔랑거리는 화윤이와 그 곁을 지키던 도한이를 보내려니 아쉽네요.

이 아쉬움을 발판으로 삼아 조만간 더 좋은 글로 찾아뵙겠습니다.

부족한 글 읽어 주셔서 감사드립니다.

매일 저녁, 여러분의 집으로 가시는 길에 평범한 행복이 깃들길 바랍니다.

— 2018년 5월,
선우정민 올림.